착한 놈, 씩씩한 놈,
행복을 주는 놈

416 단원고 약전 **짧은, 그리고 영원한 7** 권

착한 놈, 씩씩한 놈, 행복을 주는 놈

2학년 7반

경기도교육청 약전작가단 지음
경기도교육청 엮음

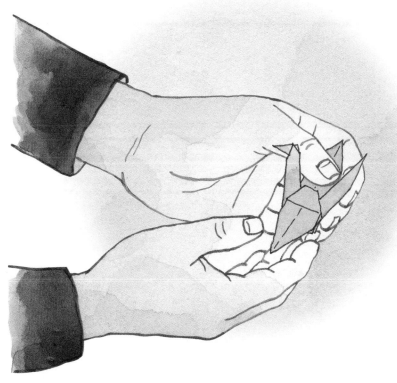

굿플러스북

발간사

·
·
·

《단원고 약전》으로 영원히 기리다

　'기록하지 않은 기억은 망각되고, 기록은 역사가 된다.' 우리가 오늘 그날의 이야기를 기록하는 이유입니다. 단원고 학생과 교사 261명을 포함해 모두 304명의 목숨을 앗아간 4.16 세월호 참사. 그들의 못다 한 꿈을 영원히 기억하고 우리의 책임을 통감하며 후대에 교훈으로 남기기 위해 이 참사를 기록하게 되었습니다.

　'세월호'의 기록은 우리 시대의 임무입니다. '세월호'를 하나의 사건으로만 기억하지 않고 역사의 기록으로 남겨야 하는 이유는 가장 소중한 가족을 잃은 사람들의 비통함 때문만은 아닙니다. 안전 불감증이라는 사회적 성찰과 국가의 부끄러운 안전 정책은 물론 역사의 진실을 제대로 알리고자 하는 마음이 모여 한 장 한 장 피맺힌 절규를 담게 되었습니다.

　희생자 한 명 한 명의 삶과 꿈, 그 가족과 친구들의 기억을 기록하는 데 그치지 않고, 어떻게 기록해야 진실을 올곧게 담아내고 가장 많은 사람들과 이 기억을 공유할 수 있을까를 생각했습니다. 그래서 이번 참사의 아픔을 함께하고, 우리 시대의 사랑과 분노, 희망과 좌절을 문학 작품으로 기록해 온 작가들을 약전 필자로 모셨습니다. 아무리 훌륭한 작가가 있다 해도 아들딸, 형제자매를 떠나보낸 가족들이 이들을 만나서 이야기해 주지 않았다면 단 한 줄도 기록할 수 없었을 것입니다. 약전 발간에 대한 가족들의 관심과 참여가 1만 매가 넘는 원고를 만들어 낸 가장 소중한 밑거름이 되었습니다.

약전 작가와 발간위원들은 가족들이 있는 합동분향소, 광화문광장, 팽목항으로 찾아가 묵묵히 그 곁을 지키며 함께했습니다. 눈을 마주치고 짧은 인사를 나누고, 그렇게 시작해 몇 시간씩 마주 앉아 함께 울고 웃으며 '지금은 천 개의 바람이 되어 버린 그들'에 대한 이야기를 나눴습니다.

이렇게 12권의 책이 만들어졌습니다. 경기도는 물론 전국 방방곡곡에서 단원고 학생과 교사들의 삶을 약전을 통해 다시 만나고 그들과 함께할 것입니다. 그들의 꿈과 미래가 영원히 우리 곁에서 피어나길 기원하며, 이 시대를 살아가는 모든 분께 《단원고 약전》을 바칩니다.

2016년 1월
경기도교육청

기록의 소중함

《삼국유사》가 전승되지 않았더라면 천년 이후에 우리는 신라의 향가를 비롯해 우리 고대의 역사, 문화, 풍속, 인물들을 어떻게 추론할 수 있었을까? 모두 알다시피 정사인 《삼국사기》와 달리 《삼국유사》는 최초로 단군신화를 수록하고 학승, 율사와 같은 위인의 전기뿐만 아니라 선남선녀들의 효행을 기록했다. 우리가 진정 문화 민족의 후예임을 밝혀 주는 보물 같은 기록이다.

사마천의 《사기》 역시 마찬가지로 문명사회의 시원과 중국 고대사를 비추는 찬란한 등불이다. 그리고 나아가 이제는 인류의 공동 자산이 되었다. 흥미로운 것은 방대한 《사기》에서 가장 많이 사랑받는 부분은 '제왕본기'가 아니라 당대의 문제적 인간들의 이야기를 엮은 '열전'이다. 지배 계층 인물보다 골계 열전에 엮은, 당시 민중의 살아 숨쉬는 모습이 압권이다. 실로 이천여 년 전의 인간이라 믿기 어려울 정도로 사실적이다.

《삼국유사》와 《사기》 안에 부조된 인간사는 현대에도 부단히 여러 예술 장르로 부활, 변용되고 있다. 기록은 그토록 소중한 작업이다.

세월호 참사에 대한 보도, 영상물을 비롯한 기타 자료 등은 넘치고 또 넘친다. 해난 사고가 참사로 이어지는 과정에 대한 탐구, 분석, 평가 또한 앞으로 이어질 것이다.

'바다를 덮친 민영화의 위험성', '무분별한 규제 완화', '정부의 재난 대응 역량' 등의 문제는 정치의 영역일 터이다.

우리 139명 작가들과 6명의 발간위원들은 4.16 참사라는 역사적 대사건의 심층을 들여다보고 이를 기록하고자 했다. "잘 다녀올게요" 하고 환하게 웃으며 수학여행을 떠난 그들이 어떤 꿈과 희망을 부여안고 어떤 난관과 절망에 부딪치며 살았는지 있는 그대로 되살려 내고자 했다. 여기에는 결코 어떤 집단의 유불리나, 하물며 정치적 의도 같은 것이 있을 리 없다.

파릇한 나이에 서둘러 하늘로 떠나 버린 십대들의 삶과, 또한 이들과 동고동락한 선생님들의 생애를 고스란히 사실적으로 담았다.

로마의 폼페이 유적지에서 이천여 년의 시간을 뚫고 솟아난 한 장의 프레스코화는 실로 눈부시다. 머리 빗는 여성의 풍만한 몸매와 신라 여인을 연상시키는 의상, 그리고 이를 바라보는 어린 아들의 익살스런 포즈는 그 시대를 단번에 현대인에게 일러 준다.

프레스코화 기법의 핵심은 젖은 회반죽이 채 마르기 전에 그리는 것이라고 한다. 우리 역시 비극의 잔해가 상기 남아 있는 시기에 약전을 쓰려고 했다. 무척 고통스럽고 슬픈 작업이었다. 작가들은 떠나간 아이들과, 그리고 남아 있는 부모와 가족, 친지들과 함께 다시 비극의 한가운데 오래 머물러야 했다.

'왕조실록', '용비어천가', 《삼국사기》가 역사 기록이듯 '녹두장군', '갑오동학혁명', 무명의 여인들이 쓴 형식 파괴의 '사설시조' 등도 전통의 지평을 넓히는 우리 문화유산이다. 평가와 선택은 후세가 할 것이다. 우리는 다만 동시대인으로서 비극에 얽힌 인물들의 이야기를 기록한다.

함께 별이 된 아이들과 교사들이 하늘에서 편하시기를 기도하며, 고통스런 작업에 참여해 주신 가족, 친지분과 작가 여러분께 깊이 감사드린다.

2016년 1월

유시춘 (작가, 약전발간위원장)

기록의 소중함

발간사

《단원고 약전》으로 영원히 기리다 | 이재정 ·6

기록의 소중함 | 유시춘 ·8

———————

곽수인 다정한 아들이 될게요, 언제까지나 ·21

국승현 보라색 꿈이 된 승현이 ·33

김민수 렛잇고, 아무런 문제도 없어…… ·45

김상호 희망이 있어서 더 아름다웠던 시절 ·57

김성빈 '가족'과 함께했던 행복 발자취 ·69

김수빈 착한 놈, 씩씩한 놈, 행복을 주는 놈 ·81

김정민 너를 통해 보는 네 모습 ·93

나강민 기억 속의 소년 ·105

박성복 박성복 보고서 ·117

박인배 나는 두렵지 않다 ·129

박현섭 매일 너의 이름을 부른다, 현섭아 ·141

서현섭 나의 일기 ·153

성민재 땡큐, 크리스토프 ·167

손찬우 요리가 좋아지기 시작한 봄 ·179

송강현 게임의 왕, 강현이의 꿈 ·191

안중근 소중한 것들을 대하는 그의 태도 ·203

양철민 불꽃놀이 하자, 철민아! ·215

오영석 웃고 웃기며 사는 즐거운 인생 ·227

이강명 안 되면 되게 하라 ·241

이근형 영원한 동생바보 ·253

이민우 어느 날 갑자기 ·265

이수빈 수학자를 꿈꾼 수빈이 ·279

이정인 사랑하는 사람들과 함께했던 소년의 시간 ·291

이준우 2차원과 3차원을 연결하기 위해 ·301

이진형 기억 속에 피는 꽃 ·313

전찬호 내 생애 가장 긴 편지 ·325

정동수 예비 로봇 공학자 ·337

최현주 힘껏 사랑받는 사람 ·349

허재강 엄마가 강이를 키웠고 강이는 엄마를 키웠다 ·361

2학년 1반
1권 ｜ 너와 나의 슈가젤리

고해인	해바라기의 창
김민지	Be Alright
김민희	그러니까 민희는
김수경	나는야 친구들 고민 해결사
김수진	사랑하는 방법을 아세요?
김영경	영롱한 날의 풍경
김예은	예은이의 웃음소리
김주아	유려한 강물의 기운을 타고난 아이
김현정	어느 멋진 날
박성빈	깊고 넓은 우주, 버릴 게 하나도 없는 우리 딸
우소영	단원고의 이나영이라 불렸던 아이
유미지	구름은 왜 구름일까?
이수연	춤과 노래를 좋아하는 수재
이연화	너와 나의 슈가젤리
한고운	오래된 골목 속으로 사라지다

2학년 2반
2권 ｜ 작은 새, 너른 날갯짓

강수정	웨딩드레스 디자이너를 꿈꾸며
강우영	내 곁에 있어야 할 넌 지금 어디에
길채원	우리들의 메텔
김민지	아프로디테 민지
김소정	아름다운 것이 없다면 세상은 끔찍한 곳이겠지
김수정	세상에서 만난 모든 것을 사랑했네
김주희	망고 한 조각
김지윤	추억의 창고, 노란 앨범
남수빈	마음은 이미 사학자
남지현	지현이의 기도
박정은	괜찮아요? 괜찮아요!
박혜선	엄마, 가끔 하늘을 봐 주세요
송지나	쪽지 편지
양온유	갑판에서 다시 선실로 뛰어든 반장
오유정	오! 유정 빵집에 오신 걸 환영합니다
윤민지	빛과 소금처럼
윤 솔	내 눈 속에 이쁨
이혜경	초록, 오렌지, 분홍, 빨강
전하영	작은 새, 너른 날갯짓
정지아	정지아 족장님의 아름다운 생애
조서우	춤추는 손
한세영	태풍이 지나간 자리에
허유림	시간 여행, 유림이의 역사 속으로

2학년 3반
'3권 l 우습게 보지 마, 후회할 거니까

김담비	담비, 가족을 이어 준 복덩이
김도언	사랑으로 자라 사랑을 베풀며
김빛나라	내면이 툭 터져 영글어 가던 그때
김소연	아빠는 내 친구
김수경	따뜻한 눈사람, 수경이
김시연	깨박 시연, 그리고 재광
김영은	타고난 복
김주은	내 웃음소리를 기억해 주세요
김지인	나 행복해
박영란	영원한 작은 새, 엘리사벳
박예슬	또각또각 구두 소리
박지우	선물 같은 아이
박지윤	그림이 된 소녀
박채연	언제나 세상 모든 것이었던 채연아
백지숙	가만히 빛나는
신승희	멈춰 버린 시간을 붙잡고 싶어
유예은	우습게 보지 마, 후회할 거니까
유혜원	팔색조 같은 우리의 친구
이지민	궁극의 에이스를 위하여
장주이	주이라는 아름다운 세계
전영수	나의 신(神), 나의 교주, 나의 딸
정예진	눈이 오는 날마다, 너는
최수희	88100488
최윤민	머리부터 발끝까지 이쁜 아이
한은지	코스모스를 닮은 은지야
황지현	꿈이 없으면 뭐 어때!

2학년 4반
4권 l 제 별에서 여러분들을 보고 있을게요

강승묵	소울이 가장 중요한 '단세포밴드'
강신욱	푸근하고 듬직한 신욱이
강 혁	순애 씨의 하얀 돼지
권오천	세상을 다 가진 소년
김건우	작은 거인 건우 이야기
김대희	지켜 주고 싶어서
김동혁	엄마가 가져온 변화, 그리고 가족의 행복
김범수	이 똥깔놈!
김용진	마술이 마법처럼 제 삶을 바꿨어요
김웅기	잘 다녀오겠습니다
김윤수	하늘나라 작가가 된 윤수
김정현	형! 나 정현이야
김호연	진중하고 단정한 아이, 호연이
박수현	"사랑"을 입버릇처럼 말하던 소년
박정훈	정든 포도나무, 박정훈
빈하용	제 별에서 여러분들을 보고 있을게요
슬라바	주문을 외우면
안준혁	착한 돼지가 아니면 안 '돼지'
안형준	천둥 치는 날, 꼭 와야 해
임경빈	멋진 발차기 태권 소년 경빈이
임요한	파랑새의 집
장진용	쾌남, 주니어
정차웅	열여덟, 연둣빛처럼
정휘범	886번째 수요일부터 그다음 수요일까지
진우혁	그림, 라면, 게임, 우혁이를 표현하는 세 단어
최성호	벚꽃엔딩
한정무	충분히 좋은 기억
홍순영	여기, 한 아이가 있다

2학년 5반
5권 | 엄마, 큰 소리로 노래를 불러요

김건우-1   속정 깊은 쿨 가이
김건우-2   책임감과 배려심이 강했던 진정한 축구돌
김도현   자유로운 영혼의 작은 천재 피아니스트
김민성   속 깊고 철들었던 아들
김성현   형의 자리에 앉아
김완준   그 새벽의 주인공
김인호   사랑했고, 사랑하고, 영원히 사랑할 사람에게
김진광   나는 듣는 사람, 내가 네게 갈게!
김한별   한별아 나의 아가
문중식   체체, 엄마를 지켜 줘!
박성호   평화와 정의 실현을 꿈꾼 어린 사제
박준민   행복한 마마보이
박홍래   한 마리 자유로운 새가 되어 날아왔어요
서동진   끼가 넘치는 명랑 소년, 서동진
오준영   엄마의 편지 : 안산은 아침이 아프다
이석준   영원한 아가, 이석준 이야기
이진환   곁에만 있어도 절로 웃음이 나는 아이
이창현   바람처럼 빠르고 햇살처럼 따스한
이홍승   나는 이홍승
인태범   와스타디움 '편지 중계' 다시 좀 안 되겠니?
정이삭   엄마, 큰 소리로 노래를 불러요
조성원   오! 해피 데이
천인호   너는 사랑만 주었다
최남혁   보석처럼 빛나는 아들
최민석   민석이는 떠나지 않았다

2학년 6반
6권 | 그만 울고 웃어 줘

구태민   아름다운 힘, 태민
권순범   너무 일찍 철이 든 아이
김동영   젖지 않는 바람처럼
김동협   여러분, 김동협의 모노드라마 보러 오실래요
김민규   이제 그만 울고 모두를 위해 웃어 줘, 엄마
김승태   아빠, 부탁해요!
김승혁   특별하지 않아 가장 특별했던 아이
김승환   선명한 밝은 빛, 저를 기억해 주세요
박새도   아직은 친구보다 가족이 더 좋았던 아이
서재능   큰 소리로 꿈을 말하다
선우진   네가 있는 세상보다 더 좋은 건 없을 거야
신호성   18세의 아리랑고개
이건계   내가 알고 있는 건계
이다운   이 노래 그대에게 들릴 수 있기를
이세현   나타날 수 없지만 분명히 존재한다
이영만   따뜻한 웃음, 순수한 영혼
이장환   장환이가 우리 친구라서
이태민   요리의 제왕, 이태민
전현탁   너처럼 착한 아이
정원석   빛을 가진 아이
최덕하   결정적 순간
홍종영   평등한 세상을 꿈꾼 쌍둥이 형
황민우   민우의 바다

2학년 7반
7권 | 착한 놈, 씩씩한 놈, 행복을 주는 놈

곽수인   다정한 아들이 될게요, 언제까지나
국승현   보라색 꿈이 된 승현이
김민수   렛잇고, 아무런 문제도 없어……
김상호   희망이 있어서 더 아름다웠던 시절
김성빈   '가족'과 함께했던 행복 발자취
김수빈   착한 놈, 씩씩한 놈, 행복을 주는 놈
김정민   너를 통해 보는 네 모습
나강민   기억 속의 소년
박성복   박성복 보고서
박인배   나는 두렵지 않다
박현섭   매일 너의 이름을 부른다, 현섭아
서현섭   나의 일기
성민재   땡큐, 크리스토프
손찬우   요리가 좋아지기 시작한 봄
송강현   게임의 왕, 강현이의 꿈
안중근   소중한 것들을 대하는 그의 태도
양철민   불꽃놀이 하자, 철민아!
오영석   웃고 웃기며 사는 즐거운 인생
이강명   안 되면 되게 하라
이근형   영원한 동생바보
이민우   어느 날 갑자기
이수빈   수학자를 꿈꾼 수빈이
이정인   사랑하는 사람들과 함께했던 소년의 시간
이준우   2차원과 3차원을 연결하기 위해
이진형   기억 속에 피는 꽃
전찬호   내 생애 가장 긴 편지
정동수   예비 로봇 공학자
최현주   힘껏 사랑받는 사람
허재강   엄마가 강이를 키웠고 강이는 엄마를 키웠다

2학년 8반
8권 | 우리 형은 열아홉 살

고우재   다시, 길 위에서
김대현   말 없는 바른 생활 사나이
김동현   달려라, 김동현!
김선우   먼 훗날의 옛날이야기
김영창   가슴 시린 이야기
김재영   엄마, 사랑해요
김제훈   형은 나의 우주입니다
김창헌   애인 같은, 철든 아들
박선균   로봇을 사랑한 소년
박수찬   수찬의 나날
박시찬   시와 찬양을 간직한 사람, 박시찬
백승현   혼자 떠나는 여행은 어떤 것일까?
안주현   기타 치는 자동차공학자
이승민   승민이와 엄마의 오랜 습관
이재욱   생명, 환경을 사랑한 재능꾸러기
이호진   너와 우리의 시작을 생각한다
임건우   우리 형은 열아홉 살
임현진   그 허연 얼굴과 까만 안경도 무척 이쁘지만
장준형   엄마는 이름이 많아
전현우   속 깊은 아이
조봉석   태권 보이 조봉석
조찬민   소울 푸드 요리사 조찬민
지상준   이 소년이 사랑한 것들
최정수   미래를 연출하다

2학년 9반
9권 | 네 잎 클로버를 키운 소녀

고하영   담담하고 당당하게!
권민경   네 잎 클로버를 키운 소녀
김민정   엄마의 꽃 민정이
김아라   김아라, 수호천사 우리 딸!
김초예   누구랑 여행해도, 어디를 여행해도
김해화   엄마, 얼굴 예쁘게 작게 낳아 줘서 고마워
김혜선   그리움의 조각을 이어 붙이다
박예지   행복한 사람, 자기를 사랑할 줄 아는 사람
배향매   다시 올게요
오경미   그날, 무대의 막이 오를 때
이보미   보미의 편지
이수진   아기 고래의 꿈
이한솔   놀기도 잘하고 공부도 잘하던 당찬 공주
임세희   노란 나비가 되어 다시 찾아오렴
정다빈   빵을 만드는 작가
정다혜   항상 멋진 정다혜!
조은정   '효녀 은정'이라고 불러 줘
진윤희   포에버 영원한 친구, 윤희
최진아   나의 샴고양이 똑순이(쑤니)에게
편다인   별이 언니의 Star's Story

2학년 10반
10권 | 팥빙수와 햇살

구보현   이렇게 행복해도 되나 가끔 두려워
권지혜   미소 천사 지혜
김다영   간직해 줘요, 깨알 편지에 새긴 내 무늬
김민정   태어나 줘서 고마운 아이, 민정이
김송희   엄마랑 같이 행복하게 산다더니
김슬기   빨리 와, 나 화장실 가야 해
김유민   다시 태어나도 엄마와 함께
김주희   짧은 생애 그러나 큰 기쁨을 주었던 김주희를 기억하며
박정슬   마음을 담아, 사랑하는 사람들에게
이가영   더 가까이, 더 따뜻하게!
이경민   갱이 이모
이경주   혼자 우는 친구가 있다면 늘 그 옆에 있고 싶다
이다혜   다 덤비라고 해, 나 이다혜야!
이단비   참 행복한 아이, 단비
이소진   그래도 나는 동생이 좋아
이해주   춤 잘 추는 영원한 반장
장수정   내 카페에 오는 사람들에게 천국을 보여 주고 싶다
장혜원   팥빙수와 햇살

선생님
11권 | 우리 애기들을 살려야 해요

유나나　하루키, 여행, '콩가루 패미'를 사랑한 청춘
전수영　우리 애기들을 살려야 해요
김초원　몸짱, 얼짱, '범생이' 초원이
이해봉　참 좋은 사람, 이해봉
남윤철　좋은 세상을 앞서 사는 희망
이지혜　그대는 역시 반해 버렸지
김응현　스승의 날 돌아온 모두의 아빠
최혜정　그대, 사라지지 않는 환한 빛
고창석　아직도 여행 중인 그대, 이제 그만 돌아와요
박육근　두근반세근반 선생님
양승진　여보, 도대체…… 어디 있어요?

그리고
12권 | 세월호와 함께 사라진 304개의 우주

기고　기억을 넘어서 치유와 회복으로
　　　역사 없는 이들의 역사
　　　희망 노래, 해원상생의 세월호를 꿈꾸며
　　　'사실'은 어떻게 '진실'이 될 수 있는가
　　　우리가 모래·풀·먼지입니까
　　　망각에 대한 저항

김기웅　스물아홉의 불꽃
방현수　백마 탄 아들
이현우　우리 가족 우체통

집필소회　나눔의 길을 배우며
　　　우리 아이들을 기억해 주세요
　　　이야기로 새롭게 탄생하는 아이들
　　　우리의 안일을 이겨 내고, 기억하기 위해서
　　　그 애의 이름은 '아가'였다
　　　작은 기적 그리고 기억
　　　'깨끗한 슬픔'을 위하여
　　　추모할 수 없는 슬픔
　　　세월호와 약전, 그리고 해피엔딩

포토에세이　머물렀던 자리

별이 된 아이들 이야기

다정한 아들이 될게요, 언제까지나

안산 단원고 2학년 7반 **곽수인**

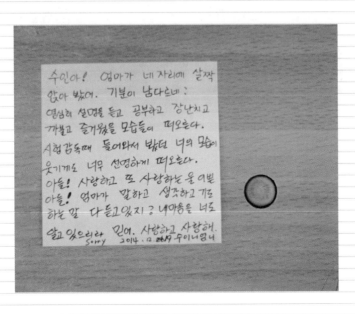

1. 고1 여름. 할아버지, 고모 식구들과 함께(뒷줄 맨 왼쪽이 수인이).
2. 중2 때 설날 가족과 함께.
3. 고1 때 같은반 친구들(앞줄 왼쪽에서 세 번째가 수인이).

다정한 아들이 될게요, 언제까지나

수인이 떠돌아다니며 살고 싶다고 생각한 것은 아마 중학생이 되기 전부터였을 것이다. 유랑하는 삶에 끌린 것은 자신이 나고 자란 한국 역사에 대한 부정적인 생각에서 비롯되었다. 불평등한 현실과 편견, 끝없이 반복되는 가진 자들의 횡포, 그리고 무엇보다 고쳐 쓸 수 없는 한국의 역사가 절망스러웠다.

"네가 힘을 키워서 잘못된 것을 바로 잡기 위해 노력하면 되잖아."

대학을 졸업하면 다국적 기업에 취직을 해서 평생 떠돌이로 살고 싶다는 수인의 말을 듣고 아빠가 걱정스러운 얼굴로 이야기했다.

수인은 말없이 고개를 가로저었다. 소수의 힘으로 바뀔 수 있는 일이 아니라고 생각했다. 수인은 혁명가를 꿈꾸지 않았다. 어렸을 때부터 읽었던 역사책이 수인을 현실에 눈 뜨게 해주었고 절망에 빠뜨렸고 미래의 삶을 계획하도록 만들었다.

자신이 좋아하는 무언가가 고통이 될 수 있다는 것을, 그것으로부터 완전히 자유로울 수 없다는 사실을 수인은 알고 있었다. 즐겨 읽었던 책이 그랬고 사람이 그랬다. 수인은 초등학교 때《삼국지》를 셀 수 없을 만큼 여러 번 읽었다. 힘과 지혜를 갖춘 장비 같은 사람이 되고 싶었다. 《삼국지》의 영향으로 한국사와 세계사에 관심을 갖게 되었다. 학교에서 가르쳐 주지 않는, 결코 시험에 나오지 않는 한국의 군사독재 정치와 광주민중항쟁을 알게 되면서 수인은 가슴이 답답했고 분노와 수치심을 느꼈다.

유랑하는 삶을 산다고 해도 나고 자란 이 땅으로부터 자유로울 수 없다는 것을 수인은 알고 있었다. 부모님과 동생 정인이 살아갈 나라였다. 광주에 살고 계신 할아버지의 나라였다. 그렇지만 수인은 어른이 되면 최대한 멀리 떠나고 싶었다. 타국 생활에 지쳐서 고국을 그리워할지도 모르고 상처와 오욕의 역사가 안타깝게 느껴질지도 모르는 일이었지만 그것은 먼 미래의 일이었다.

사랑하는 존재가 고통이 될 수 있다는 것을 수인은 이모를 통해 알았다. 건강하고 아름다웠던 이모, 다정하고 부지런했던 이모가 투병을 시작한 것은 수인이 중학교 2학년 때였다. 이모의 몸에 암종이 자라고 있다는 사실을 알게 되고 투병 과정을 지켜보는 내내 수인은 불안하고 슬프고 안타까웠다.

이모의 집과 수인의 집은 걸어서 5분 거리였다. 이모가 거동조차 하지 못하게 되자 수인의 엄마는 집보다 이모 곁에서 더 많은 시간은 보냈다. 식사 준비를 해 주고 집안을 치워 주고 수인의 사촌 동생들을 챙기고 이모의 말벗이 되어 주었다.

엄마는 수인과 정인에게 소홀한 것을 미안해했다. 수인은 언제 어떻게 될지 모르는 아픈 동생을 돌보는 엄마가 얼마나 힘들고 고통스러울지 그저 짐작만 할 뿐이었다. 동생이란 어떤 관계와도 비교할 수 없을 만큼 친밀한 존재라는 것을 수인은 알고 있었다. 만약 정인이가 이모처럼 아프다면? 수인은 상상조차 하고 싶지 않았다. 하지만 엄마는 수인이 상상조차 하고 싶지 않은 일을 겪고 있는 것이었다.

학교가 파하면 수인은 곧장 이모집으로 갔다. 엄마는 필요한 것이 있으면 전화를 하라고 했지만 수인이 절실하게 필요로 하는 것은 쇠약해진 이모의 모습을 가슴에 새기고 이모의 눈을 바라보는 것이었다. 이모를 만나러 갈 때마다 수인은 늘 마음속으로 말했다.

'이모, 저 왔어요. 수인이에요. 오늘 하루도 잘 버텨 주셔서 고맙습니다. 엄마는 저랑 정인이를 잘 챙겨 주지 못해서 미안해하시지만 그런 건 아무렇지도 않아요. 전 벌써 중학교 3학년인 걸요.'

이모는 아무 말도 하지 않았다. 흐릿해진 눈동자는 아무것도 보고 있지 않은 것 같았다. 사촌들은 이모가 누워 있는 방에 얼씬거리지 않았다. 제각각 자신의 방에 틀어박힌 채 꼼짝하지 않았다. 엄마가 드나들지 않으면 이모를 간병할 사람이 없었다.

"수인아, 엄마가 미안하구나. 중3인데 신경 써 주지 못하고……"

이모 곁에 앉아 있는 수인을 바라보면서 엄마가 말했다.

"엄마, 전 괜찮아요. 정인이는 제가 챙길게요. 우린 건강하니까 걱정하지 마세요. 그리고 이모한테 최선을 다하세요. 나중에 후회하지 않게 그렇게 하세요."

수인은 이모의 차가운 손을 가만히 잡았다.

이모의 손을 내려놓고 집으로 돌아갈 때마다 수인은 어쩌면 이것이 작별 인사가 될지도 모른다고 생각했다. 엄마 역시 날마다 이모와 작별 인사를 하고 있을지 몰랐다.

사랑하는 사람이 조금씩 죽어가는 모습을 지켜보는 것은 고통이었다. 하루하루 죽음을 향해 달려가고 있는 이모가 의지할 수 있는 사람은 수인의 엄마 한 사람뿐이었다. 엄마는 이모가 겪는 아픔이 육체적 고통만이 아닐 거라고 말했다. 이모는 젊었고 이모의 세 아이는 어렸다. 이모의 손길이 필요한 아이들이었다.

이모의 부고를 전해 들었던 날, 수인은 다리가 아파서, 심장이 두근거려서 더 이상 뛰지 못할 때까지 학교 운동장을 달렸다. 곧 떠날 거라고 짐작했고 날마다 작별 인사를 하고 있었지만 막상 닥치자 슬픔이 차올랐고 후회가 밀려왔다.

장례를 마친 뒤 엄마는 더 이상 이모 집에 가지 않았다. 사촌들은 친가 할머니가 와서 챙겨 주었고 멀리 떠나 있었던 이모부도 돌아왔기 때문이었다. 엄마는 지치고 슬퍼 보였다. 가슴에 보이지 않는 구멍이 뚫린 사람 같았다. 무엇으로도 엄마의 상실감을 채워 줄 수 없을 것 같았다.

다정한 아들이 될게요, 언제까지나

사랑하는 엄마

저, 수인이에요.

이모가 떠난 지 벌써 한 달이 지났어요. 전 꿈에서 이모를 보았어요.

그런데 이상한 것이 이모는 하나도 아파 보이지 않았어요. 이모는 암에 걸리기 전처럼 건강하고 예뻤어요. 이모를 보고 전 막 달려갔어요. 손을 잡고 안기려고 했는데 이모가 한 걸음 물러서는 거예요. 이모, 괜찮아요? 아프지 않으세요? 제가 물었더니 이모가 말없이 고개를 끄덕거렸어요.

이모는 이제 강을 건널 거라고 했어요. 강을 건너면 다시 돌아올 수 없다고 말했어요. 전 이모에게 가지 말라고 했어요. 우리 엄마한테 가서 이모가 아프지 않다고 말해 달라고 떼를 썼어요. 이모는 안 된다고 했어요. 자신은 죽어서 그럴 수 없다고 했어요.
전 울면서 말했어요. 엄마가 이모 생각하면서 슬퍼한다고요.
그러니까 가서 위로해 달라고 그랬어요.

수인아, 이모는 죽었단다. 죽은 사람은 모두 저 강을 건너야 해. 그리고 돌아올 수 없단다. 이모는 우리 수인이가 고맙고 대견하구나. 네가 내 머리맡에 앉아서 했던 말 기억하고 있어. 넌 날마다 내게 작별 인사를 했지. 내가 언제 떠날지 몰라 불안해했다는 걸 알아.
수인아, 착한 내 조카, 수인아. 엄마한테 전해 줘.
이제 이모 걱정하지 말라고. 이모는 아프지도 않고 슬프지도 않다고 말이야.

그리고 수인아. 언제까지라도 엄마에게 다정한 아들이 되어 주길 바란다.
꿈을 깨고 나서 한참을 생각했어요. 엄마, 이모는 정말 아프지 않을까요. 슬프지 않을까요. 그랬으면 좋겠어요. 이모는 충분히 아플 만큼 아팠으니까요. 꿈이었지만 왠지 안심이 되었어요. 이모는 강을 건너갔을까요? 강 건너편에서 편안할까요?

엄마, 이모가 부탁했던 것처럼 앞으로 언제까지라도 엄마의 다정한 아들이 될게요.
수다스러울 정도로 말을 많이 하는 아들이 될게요.
어떤 일이라도 엄마에게 모두 털어놓을게요.

엄마, 사랑하는 나의 엄마.

이제 그만 슬퍼하세요. 엄마의 슬픔과 아픔과 고통을 제가 덜어드릴게요.

저는 엄마의 아들로 태어나서 정말 행복해요.

사랑해요.

수인은 엄마에게 쓴 편지를 흰 봉투에 넣어 주방 선반 위에 올려놓았다. 사랑한다는 말을 아껴야 할 까닭이 없었다. 엄마에게 아빠에게 정인이에게 그리고 친구들에게도 자신의 감정을 솔직하게 말하고 싶었다.

먼 훗날 부모님이 세상을 떠난 뒤에 후회해도 소용없는 일이었다. 지금, 이 순간 두 분이 얼마나 소중하고 고마운 존재인지 날마다 확인시켜 드리고 싶었다.

"우리 수인이가 수다쟁이가 됐구나."

학교가 파하면 집으로 곧장 달려가서 엄마가 만들어 준 간식을 먹으면서 학교에서 있었던 시시콜콜한 이야기까지 하는 수인이를 보며 엄마가 말했다.

아빠는 갑자기 말이 많아진 수인이를 걱정하는 것 같았다. 사내는 과묵한 것이 미덕이라고 믿는 아빠였다. 하지만 세상은 변했다. 남자들도 요리를 배우고 집안일을 하고 육아에 참여하는 시대다.

주말이면 수인은 아빠와 함께 집 근처 초등학교로 가서 운동장을 달렸다. 수인이 어렸을 때 아빠는 수인이 커서 운동선수가 되기를 바라셨다. 수인은 농구와 유도, 골프, 축구, 야구 등 운동에 탁월한 소질이 있었다. 지금 수인의 키는 185센티미터였다. 운동선수로서 나무랄 데 없는 신체 조건을 가졌고 자신이 있었지만 수인에게 운동은 취미 이상은 아니었다.

취미라고 해도 수인은 대충할 수 없었다. 어떤 것도 거저 얻을 수 없는 것이었다. 농구부 친구들은 수인이 타고난 재능이 있고 아무 노력 없이 운동을 즐기는 것 같다고 말했지만 그것은 사실이 아니었다.

　수인은 중3 여름방학 때부터 농구 연습을 했다. 수인은 진학할 고등학교에 농구부가 있고 테스트를 거쳐 농구부원을 선발한다는 정보를 들었다. 수인은 꼭 농구부에 들어가고 싶었다. 테스트를 보고 떨어진다면 창피해서 얼굴을 들고 학교에 다닐 수 없을 것 같았다.

　수인은 저녁마다 엄마와 함께 농구 연습을 했다. 엄마는 농구 선수 출신이었다. 국가대표는 아니었지만 어쨌든 학교에서 날리는 농구선수였던 엄마가 수인의 코치가 돼 주었다. 엄마는 수인의 코치이며 영양사이며 매니저였다.

　땀으로 흠뻑 젖은 채 함께 집으로 돌아가면 엄마는 수인이 샤워를 하는 동안 간식을 만들었다. 엄마는 어떤 음식이든 빨리 그리고 맛있게 만들어 낼 줄 아는 사람이었다. 수인은 피조개를 제외한 어떤 음식이든 가리지 않고 먹었다. 수인의 고향은 음식으로 유명한 전라남도 광주였다. 안산에서 자라고 학교에 다녔지만 할아버지가 살고 있는 그곳에 수인의 태가 묻혔다.

　수인은 걸음마를 뗄 때부터 남도 음식을 먹었다. 어떤 사람들은 냄새가 고약해서 고개를 내젓는 삭힌 홍어를 간식으로 먹고 자랐다. 세상에서 가장 맛있는 음식은 광주 음식이었고 엄마가 해 주는 밥이었다.

　음식을 가리지 않고 잘 먹었던 덕분에 수인은 잔병치레하지 않고 자랐다. 초등학교에 들어가기 전부터 또래 아이들보다 키가 컸다. 부모님과 친척들은 살이 통통하게 오른 수인을 기특하게 생각했다. 초등학교 3학년 때 수인은 부모님의 만류에도 아랑곳하지 않고 다이어트를 했다. 자신보다 키가 작은 아이가 뚱땡이라고 놀렸을 때 큰 충격을 받았기 때문이었다.

　수인은 거울 앞에 서서 자신의 몸과 얼굴을 찬찬히 살폈다. 뚱뚱하다고 생각했다. 뚱땡이라고 놀렸던 그 아이가 미웠고 짜증났지만 뚱뚱한 것이 사실이라고 생각했다. 독하게 살을 빼서 두 번 다시 누군가에게 놀림을 당하고 싶지 않았다.

수인은 간식으로 먹었던 빵과 과자를 멀리했다. 운동을 했다. 운동장을 달렸고 축구를 하고 야구를 했다. 식구들이 치킨이나 피자를 먹을 때 냄새를 맡지 않으려고 손가락으로 코를 막았다. 부모님은 수인이 며칠 뒤 다시 과자를 먹고 빵을 먹고 피자와 치킨을 먹을 거라고 생각하는 것 같았다. 수인이 생각보다 독하다는 것을, 한번 마음먹으면 악착같이 해내는 아이라는 것을 미처 알지 못했다.

다이어트는 고통스러웠다. 무심코 먹었던 음식들을 의식적으로 멀리 한다는 것은 생각보다 훨씬 힘든 일이었다. 한 달이 지났고 다시 한 달이 지났다. 수인의 몸은 눈에 띄게 달라지고 있었다. 방관자처럼 지켜보던 엄마와 아빠가 이제 수인이를 응원하고 지지해 주었다. 특별히 빼야 할 살이 없다고 말씀하시면서도 마음먹은 일을 해내는 아들이 기특하다고 말했다.

1년 뒤 수인은 날씬한 몸으로 바뀌었다. 말랐다는 말을 들을 만큼 살이 빠졌다. 다이어트를 끝낸 뒤에도 수인은 운동을 중단하지 않았다. 살이 빠졌고 이제 누구도 놀릴 수 없다는 사실보다도 마침내 해냈다는, 자신과의 약속을 지켰고 중간에 포기하지 않았다는 사실이 더 기뻤다.

수인이는 열여덟 살이고 고등학교 2학년이었다. 큰 키에 단단한 몸을 가진 건강한 아이였다. 농구를 잘하고 한국사와 세계사와 지리를 좋아했다. 이모가 세상을 떠난 뒤 엄마에게 살가운 아들이 되었다.

수인은 엄마가 첫아이를 잃고 10년 뒤 낳은 아들이었다. 아빠는 3남 2녀 중 장남이고 수인은 장손이었다. 어릴 때 순하고 말수 적은 아이였던 수인은 자신보다 작은 아이에게 맞고 오는 일이 잦았다. 왜 맞고 오냐고 묻는 엄마에게 수인은 그 애가 작아서 차마 때릴 수 없었다고 대답했다. 자신보다 작은 사람, 약한 사람과 싸울 수 없다는 것이 어린 수인의 생각이었다.

"내가 때리면 그 앤 엄청 아플 거예요."

"그럼 때리지 말고 막아라. 네가 가만히 맞고 있으니까 만만히 보는 건지도 몰라."

엄마가 걱정스러운 얼굴로 말했다.

어느 날 태권도복을 입은 아이에게 공격을 당했을 때 수인은 엄마의 말을 떠올렸다. 수인은 그 아이를 한 대도 때리지 않았지만 맞지도 않았다. 자신의 몸을 향해 내려치려는 그 아이의 손을 왁살스럽게 붙들었다. 아이는 순순히 항복했다. 이렇게 쉽고 간단한 방법이 있었다니. 수인은 웃음이 나왔다.

태권도복을 입은 아이의 공격을 막아낸 뒤로 수인은 자신을 지키는 방법을 알게 되었다. 타인을 다치게 하지 않으면서 스스로를 지키는 것. 수인은 앞으로 사는 동안 수없이 싸움에 직면하게 될 거라는 사실을 알고 있었다. 자신보다 작고 약한 사람은 물론이고 크고 강한 사람까지 상대하게 될 것이었다. 약한 자는 관대하게 대하고 강한 자와는 당당하게 맞설 것. 그것이 수인의 철학이었다.

수인은 단단해지고 싶었다. 어떤 일이 닥쳐도 이겨낼 수 있는 힘을 갖고 싶었다. 정직하고 다정하고 부드러운 사람이 되고 싶었다. 사랑하는 가족에게 든든한 존재이고 싶었다. 모든 사람들에게 공평하게 주어지는 하루를 의미 있게 살고 싶었다. 먼 훗날, 자신의 삶을 되돌아보게 될 때 잘 살았다고 말할 수 있도록 성실하게 살아가고 싶었다.

수인은 이국의 땅에서 살고 있을 자신의 모습을 상상해 보았다. 대학을 졸업하고 군 복무를 마치면 이십 대 중반이 훌쩍 넘을 것이다. 모국어가 통하지 않는 낯선 나라에서 수인은 직장을 다니고 연애를 하고 여행을 할 것이다. 결혼을 하고 아이를 낳을 것이다. 한 나라에 머물러 살지 않고 세계를 떠돌아다니게 될 것이다. 타국 생활에 지쳐 가끔 고국을 생각하며 눈물을 지을지도 모른다.

수인이 머릿속에 세계 지도를 펼쳐 놓고 여행을 하고 있을 때 정인이 불쑥 방으로 들어왔다.

"오빠, 저녁밥 먹어. 엄마가 오빠 좋아하는 거 만들었어. 어서 나와."

수인은 재빨리 지도를 덮고 정인을 따라 주방 식탁으로 갔다.

불고기와 잡채와 고사리나물이 차려져 있는 식탁에 엄마와 아빠가 나란히 앉아 있었다. 수인은 정인과 나란히 앉았다. 밥공기 가득 담긴 잡곡밥에 윤기가 흘렀다.

"잘 먹겠습니다."

수인은 엄마를 향해 활짝 웃으면서 밥을 먹기 시작했다.

여느 날 저녁처럼 밥을 먹는 동안 이야기를 가장 많이 한 사람은 수인이었다. 말을 시작하면 멈출 수 없었다. 무너진 둑에서 물이 흘러넘치는 것처럼 수인은 자꾸만 이야기하고 싶어지는 것이었다.

보라색 꿈이 된 승현이

안산 단원고 2학년 7반 **국승현**

1. 여동생 소현이 돌잔치.
2. 어린 시절.
3. 고등학교 들어와서.

보라색 꿈이 된 승현이

사월의 오후였다. 공원 한쪽 농구장에서 고등학생 몇이 길거리 농구를 하고 있었다. 골대 하나를 놓고 편을 갈라 슛을 날리는 얼굴들은 땀과 열기로 상기되어 있었다. 범진의 블로킹에 가로막힌 준수가 몸을 돌려 길게 공을 던지며 소리쳤다.

"국승현, 간다!"

승현은 골대 앞으로 달려 나가며 손을 뻗었다.

"마이 볼!"

탄탄한 농구공이 손안에 착 감겨들었다. 명훈이 공을 뺏으려 가로막았다. 너무 가까워서 드리블 할 공간이 없었다. 골대가 좀 멀었지만, 승현은 몸을 한 바퀴 돌려 명훈이를 따돌리고는 그대로 중거리 슛을 날리며 소리쳤다.

"터닝슛!"

포물선을 그리며 날아간 농구공은 가볍게 그물을 흔들어 놓고 땅에 떨어졌다. 멋진 슈팅이었다.

"나이스!"

친구들은 점수를 뺏겼는데도 서로 손바닥을 마주치며 좋아했다. 승현은 크지도 작지도 않은 키에 마른 몸매를 가졌지만 동작이 민첩해 농구를 잘했다. 유별나게 수학을 잘하는 아이답게 공이 어디로 날아올 것인가를 정확히 집어냈다. 친구들도 피시방이나 노래방 가기보다 농구를 좋아해서 넷이건 여섯이건 모이기만 하면 편을 짜서 시합을 했는데 서로 승현이를 자기편에 두고 싶어 했다. 시합은 계속되었다.

"패스! 패스!"

"마이 볼!"

농구는 사월의 길어진 해가 아파트 단지 너머로 기울어질 때서야 끝났다.

"이제 그만하자. 학원 갈 시간이야."

승현의 말에 다들 땀방울이 송골송골하니 만족스런 얼굴로 공원을 나섰다. 온 세상이 봄꽃 축제였다. 도로변에 도열한 벚나무들은 커다란 연분홍 꽃무더기가 되었고, 인도 변 화단에는 짙은 보라색부터 샛노란 색까지 온갖 꽃들이 무더기로 피어나 있었다. 서해 바다를 타고 넘어온 봄바람은 훈훈했다. 누군들 이 멋진 저녁에 또 책상에 앉고 싶으랴. 뒤에서 한 명이 바람을 넣었다.

"얘들아, 학원 가기 지겹지 않냐? 오늘은 피시방에 가서 게임이나 하자!"

앞서 가던 승현은 뒤를 돌아보며 소리 없는 미소를 지어 보였다. 가늘어진 눈꼬리가 살짝 내려가고 입술 양끝에 살짝 보조개가 피는 귀여운 얼굴이었다. 갸름한 턱선과 깎아 놓은 듯 반듯한 코도 예뻤다. 엄마는 그래서 탤런트가 되면 어떠냐고 권한 적도 있었다. 하지만 수학에 뛰어난 승현은 이공계 대학에 들어가 과학 계통의 직업을 갖는 게 꿈이었다.

다른 아이들처럼 취미를 가져 보기도 했다. 한때 기타 치는 아이들이 멋져 보여 기타 학원에 등록한 적도 있지만 두 달 다니다가 말았다. 보통의 남자아이들이 그렇듯이 헬스장에 등록해 근육을 만들어 보겠다고 하더니 닭가슴살 먹기 싫어 며칠 만에 그만두기도 했다. 조용하고 침착한 승현이에게 어울리는 것은 역시 공부였다.

"니들은 놀려면 놀아라. 나는 학원에 갈 거야."

승현은 친구들이 불평하거나 말거나 싱긋 미소를 던져 주고 앞질러 걸어갔다. 학원은 승현이의 또 다른 학교나 마찬가지였다. 유치원생이던 다섯 살 때부터 열일곱 살인 고등학교 2학년까지 내내 학원에 다녔다.

부모님이 학원에 다니라고 강요한 것은 아니었다. 아빠는 택배 회사를 운영해 바쁜 데다 엄마는 미장원에서 일하느라 밤늦게야 집에 왔기 때문에 저녁 시간에 빈집을 지키느니 학원에 가서 공부도 하고 친구들도 만나는 게 습관처럼 되어 버렸다.

딱 한 달, 학원에 안 다닌 적이 있었다. 중학교 때였다. 문득 지루한 생각이 들어 학원을 쉬어 보겠다고 하니 엄마는 흔쾌히 승낙했다. 그러나 한 달 놀아 보니 오히려 지루했다. 엄마에게 말하고 다시 학원에 등록했다. 그 한 달을 빼고는 하루도 학원을 빠져 본 적이 없었다.

변함없는 규칙적 생활은 이과 계열 특유의 성실함일지도 몰랐다. 승현은 수학과 과학은 잘했지만 국어, 사회 같은 문과계 공부에는 큰 관심이 없었다. 이과 과목들은 수능 성적 기준으로 일 등급을 유지한 반면 문과 과목들은 중상 수준이었다. 승현이 다니던 종합 학원은 보통반과 특급반으로 나뉘었는데, 문과가 약했음에도 이과 과목들이 뛰어나서 특급반에 선발될 수 있었다.

성적뿐 아니라 성격도 이과 같았다. 문과 적성을 가진 아이들의 자유분방함과 달리, 승현은 정해진 규범에서 벗어나지 않고 말없이 자기 할 일을 하는 성격이었다. 주말이면 절친한 친구들과 운동도 하고 피시방이나 영화관도 갔지만 평일에는 정해진 일과에서 벗어나 본 적이 없었다. 술, 담배도 전혀 배우지 않았다. 친구들은 넘치지도 모자라지도 않는 의리를 가진 승현이를 좋아했다. 그래서 놀 때면 꼭 승현을 불러냈지만, 승현이 학원에 간다면 군말 없이 보내 주었다.

봄바람을 따라 밀려오는 꽃향기가 감미로운 아파트 단지를 지나 학원으로 향하는데 카톡이 왔다. 엄마였다.

「사랑하는 아들, 학원 가니?」

온종일 미장원에 서서 다리 아프게 일하면서도 생각의 안테나는 늘 아들과 딸에게 향해 있는 엄마였다. 승현은 동그라미 두 개로만 답했다.

「ㅇㅇ」

알았다는 뜻이었다. 엄마는 아들의 단답형 문자에 서운해하기도 했지만 이제는 익숙해졌다.

「아들! 온 세상이 꽃향기로구나. 즐겁게, 행복하게 공부하고 이따 보자.」

애정이 듬뿍 담긴 엄마의 문자에도 승현의 답은 같았다.

「ㅇㅇ」

학원을 마치고 오는 길은 언제나 배가 고팠다. 엄마도 아빠도 아직 퇴근하지 못한 시간이었다. 또 카톡이 울렸다. 역시 엄마였다. 미장원 일이 아직도 끝나지 않은 것 같았다.

「아들, 학원 끝났어?」

「ㅇㅇ」

「할머니 댁에 가서 밥 먹어.」

어린 시절의 승현, 소현 오누이는 친할머니 손에 자라다시피 했다. 엄마는 부산 출신이고 아빠는 전남 무안이 고향으로 한 살 차이밖에 나지 않았다. 빈손으로 결혼한 두 사람은 맞벌이를 하느라 안산 사는 할머니에게 두 아이를 맡겼다. 갓난아이 때부터 할머니가 돌봐 주고 학교에 들어가고 나서도 저녁은 꼭 할머니가 챙겨 주셨다. 초등학교 때까지는 엄마와 있는 시간보다는 할머니와 있는 시간이 더 많았다.

중학교 고학년이 되면서는 사정이 달라졌다. 야간 자율 학습에 학원까지 점점 늦게 끝나니 나이 들어 힘들어하는 할머니께 한밤중에 가서 밥상을 차려 달라고 하기가 미안해졌다. 오누이가 알아서 엄마가 해 놓은 반찬에 밥을 챙겨 먹는 날이 많았다.

「너무 늦어서 할머니께 미안해요. 그냥 집에 가서 먹을래요.」

엄마는 무슨 일이든 강요하지 않는 성격이었다.

「그러면 엄마가 나중에 용돈 채워 줄 테니 소현이 데리고 식당에 가서 삼겹살 사 먹을래?」

「좋아요.」

엄마는 두 아이에게 제대로 밥을 챙겨 주지 못하는 데 대해 늘 미안해했다. 휴일에도 일하는 자신을 대신해 밥을 해 주시는 할머니께도 늘 감사하는 마음으로 생활비를 드려 왔다.

아이들이 성장해 할머니 집에도 못 가는 날이 많아지면서 바쁜 시간을 쪼개 잔뜩 반찬을 만들어 놓았지만, 즉석에서 끓인 찌개나 생선 튀김 같은 맛에 비교할 수는 없었다.

아이들의 입도 짧았다. 고등학생이 되면서 부쩍 키가 크고 있지만 도무지 살이 찌질 않는 승현이에게 무엇이든 먹이고 싶은데 승현이는 해 달라는 게 없었다. 삼겹살을 먹겠다는 게 고맙기만 했다.

「고맙다, 아들. 사랑해.」

먹는 것뿐 아니었다. 엄마는 두 아이와 함께 놀아 주지 못하는 데 대해서도 늘 미안해했다. 미장원은 공휴일도 일하는 대신 화요일이 정기 휴일이다 보니 식구들이 다 함께 놀러 가기도 쉽지 않았다. 언젠가 서해안 바닷가에 놀러 간 것과 겨울에 두어 번 스키장에 간 게 전부였다. 그렇게 쉬지도 않고 낭비도 않고 열심히 일해 모은 돈으로 아파트도 장만하고 승현이의 학원비와 소현이의 과외 교습비를 감당할 수 있기는 했으나 미안함과 허전함은 가시지 않았다.

네 식구가 다 함께 놀러 가지를 못하니 함께 찍은 사진도 없었다. 중학교에 들어가면서 찍은 증명사진 빼고는 승현이의 개인 사진 한 장이 없었다. 고등학교에 입학할 때도 학교에서 사진을 제출하라고 했을 텐데 승현이가 말을 안 하니 알지도 못했다. 동생 소현이는 친구들과 핸드폰으로 찍은 사진을 엄마에게 보내 주기를 좋아했는데 승현이는 그런 애교조차 없었다.

절약 생활을 하느라 비싸고 좋은 옷을 입히지 못하는 것도 미안했다. 딱 한 번 승현이를 위해 메이커 옷을 사 준 적은 있었다. 길 가다가 다른 학생들이 유명 메이커 옷차림을 하고 다니는 것을 볼 때마다 시장표 싸구려 옷만 입고 다니는 승현이 생각이 났다. 승현이 자신은 옷에 관심도 없고 사 달라고 한 적도 없었지만 엄마의 마음은 달랐

보라색 꿈이 된 승현이

다. 어느 날은 큰맘 먹고 나름대로 유명하다는 '네파' 매장에 데려갔다.

"승현아, 색깔은 뭐가 좋을까?"

막상 매장에 들어가니 승현이도 좋아하는 것 같았다.

"보라색이요."

가방도, 옷도, 신발이며 볼펜까지 보라색을 좋아하는 승현이였다.

"보라색이 왜 좋아?"

"고급스러워 보이잖아요. 기품도 있고."

메이커 옷들은 정말 비쌌다. 그래도 좋은 옷 한 번 입혀 보고 싶은 마음에 삼십만 원이 넘는 점퍼를 입혀 보았다. 본인이 원하는 대로 보라색이었다. 그런데 메이커를 처음 입어 보는 승현이 묻는 것이었다.

"엄마, 이거 진품 맞아요? 가짜면 어떻게 해요?"

엄마는 웃음을 터뜨리고는 지퍼 손잡이에 네파라고 찍힌 마크를 보여 주었다.

"정식 매장에서 샀는데 모조품일 리가 있니? 지퍼에까지 네파라고 찍혀 있는 걸 보니 진짜가 맞네?"

"알았어요. 그런데 앞으로는 이렇게 비싼 옷 안 사도 돼요."

승현은 그 뒤로도 메이커 옷을 사 달라고 조른 적이 없었다. 계절이 바뀔 때 딱 한 벌 더 사 준 게 전부였다. 승현은 비싼 옷 같은 걸로 열등감을 느끼는 아이가 아니었다. 엄마 마음으로는 다른 아이들에게 소외감 느끼지 않게 하려고 더 사 주고 싶었지만 승현이가 부담스러워 했다. 나중에 또 한 번 메이커 매장에 데려가려 하자 말하는 것이었다.

"엄마 아빠가 밤늦도록 힘들게 일해 번 돈을 그런 거 사는 데 쓰고 싶지 않아요. 안 살 거예요."

의젓하게 말했을 때, 엄마는 눈물까지 핑 돌았다. 그래서 더 열심히 일했다. 부모와 한집에 살 뿐, 가족만의 오붓한 시간이라곤 가져 보지 못한 채 혼자 성장하다시피 하는 아들이었다. 남들은 혹심하게 겪는다는 중2병이니 사춘기가 언제 지나갔는지도 모르게 어른스러워져 버린 아들이었다. 어려운 가정 환경 속에 자라나 제대로 배우지 못한 탓에 평생 고생하는 자신들과 달리 번듯한 대기업 연구소 같은 곳에 취직해 안정되게 살아 주기만을 바랐다.

"엄마, 나 대학에 들어가면 학비는 대 줄 수 있어요? 대학교 등록금 되게 비싸대요."

어느 날 승현이 진지하게 물었을 때도 엄마는 웃었다.

"아무렴 엄마 아빠가 이렇게 열심히 일하는데 너희들 등록금도 못 대 줄까 봐? 걱정 말고 공부만 해."

아빠는 직원이 교통사고를 당하는 바람에 운영하던 택배 회사를 닫고 전기 기사로 취업해 전국을 돌아다니며 공사를 하느라 집에 거의 들어오지 못하고 있었다. 엄마도 직접 운영하던 미장원을 닫고 남의 집에서 일하는 중이라 더욱 시간을 내기 힘들었다. 그래도 두 아이에게 가난을 물려주지 않으려고 더 늦게까지, 더 많이 일하는 부모님에게 승현은 고마움만큼 미안함을 갖고 있었다.

늦게까지 여는 식당에서 동생 소현과 마주 앉아 삼겹살을 먹을 때서야 승현은 생각이 나서 카톡을 열었다.

「엄마, 여행 가방요.」

「깜빡. 언제 떠난다고?」

「4월 15일요.」

「알았어. 다음 휴일에 이마트 가서 사 올게.」

「보라색요.」

「알았다. 사랑한다, 아들.」

승현은 감사의 앞 자음만 따서 'ㄱㅅ'을 눌러 보내고 다시 고기를 먹기 시작했다.

소현이 물었다.

"오빠, 수학여행 어디로 간다고? 제주도?"

"응."

"비행기 타고 가, 배 타고 가?"

"배."

"재밌겠다. 나도 제주도 가고 싶어. 내 선물 사 와."

"응."

사월의 밤은 아름다웠다.

며칠 후, 엄마는 약속대로 이마트에서 캐리어를 사 왔다. 흰색이었다.

"나는 보라색이 좋은데……"

승현은 불만스러워 했다.

"마침 보라색이 없더라."

"그럼 검은색을 사든지, 창피하게 남자가 어떻게 이런 색을 써요? 그냥 배낭 메고 갈래요."

좀처럼 투정하지 않던 승현의 말에 엄마가 달랬다.

"오월에는 소현이도 수학여행을 가니 공동으로 쓰라고 사 왔지. 십삼만 원짜리 비싼 거야."

승현은 친구들에게 카톡을 해서 다른 아이들은 어떤 가방을 들고 가는가를 확인해 보고서야 불평을 접었다. 다른 아이들도 다 캐리어를 가져간다고 하는 데다 색깔도 가지각색이었다. 그냥 흰색 캐리어를 가져가기로 했다. 막상 넣을 것도 별로 없었다. 점퍼에 운동복과 속옷, 멀미약 같은 상비약이며 세면 도구가 전부였다.

아빠가 귀가한 것은 밤이 더 늦은 시간이었다. 마르고 큰 키에다가 긴 얼굴과 큰 입이 시원하게 생긴 아빠는 평소에도 목소리가 우렁차고 씩씩했는데 술이 취하면 정감 넘치는 전라도 사투리가 더욱 커졌다. 이날도 한잔 했다.

"니는 우리 국 씨 집안의 기둥이여. 아버지가 없을 땐 니가 아버지 노릇을 해야 하는 것이다 이 말이여."

수도 없이 들어온 말이지만 소현은 늘 불만이었다.

"칫! 오빠가 무슨 아버지 노릇을 해요? 맨날 나랑 싸우는데."

딸이라면 꼼짝 못 하는 아빠는 커다란 입이 찢어져라 껄껄댔다.

"어이구 이쁜 우리 소현이가 화나뿌렀네?"

듣고 있던 엄마도 경상도와 전라도 사투리가 뒤섞인 독특한 말투로 소현이를 달랬다.

"또 그런다. 소현아, 엄마가 말했지? 어른들이 없을 때는 승현이를 아빠로 생각하고 따르라고."

"싫어! 아들딸 차별하지 말라니까요!"

소현이 아무리 까칠하게 앙탈을 해도 엄마 아빠의 외아들에 대한 믿음은 변치 않았다. 애교 많은 딸은 딸대로, 의젓하니 말수 적은 아들은 아들대로 사랑했다. 아무래도 까불까불한 딸에게는 잔소리도 하지만 승현은 도무지 지적할 거리가 없는 듬직한 아이였다.

수학여행을 떠나기 전날 밤, 엄마가 용돈으로 6만 원을 주었을 때도 승현은 3만 원을 빼놓았다.

"왜, 다 가져가지?"

"재워 주고 밥 주는데 돈이 뭐 필요해요? 돌아와서 학원 끝나고 배고플 때 뭐 사 먹을래요."

보고 있던 소현이 따졌다.

"오빠, 그럼 내 선물은?"

승현은 그제야 만 원짜리 한 장을 더 집어 지갑에 넣었다. 소현이 애교를 부렸다.

"고마워. 나도 오월에 여행 가면 오빠 선물 사 줄게."

"나한텐 안 사 줘도 돼. 고생하는 엄마 아빠 생각해서 돈 아껴 써라."

승현이는 그런 아이였다. 2만 원을 서랍에 감추지도 않고 그대로 책상에 올려놓은 채 긴 여행을 떠났…… 그리고 돌아오지 않았다. 보라색 꿈이 되어 그 먼 깊은 바다에 남았다.

렛잇고, 아무런 문제도 없어……

안산 단원고 2학년 7반 **김민수**

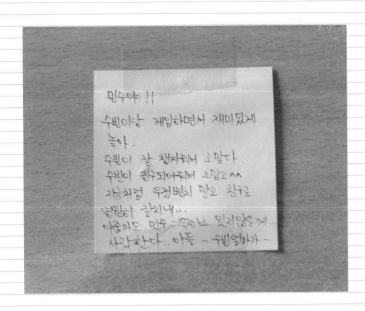

1. 민수 고1 때 찍은 독사진.
2. 초등학교 때 엄마 아빠와 찍은 가족사진.
3. 단원고 입학 시 성적으로 단원고 장학생으로 선발되어 장학증서를 받는 사진.

렛잇고, 아무런 문제도 없어……

아주 예쁜 꽃무늬가 새겨진 그릇이었다. 보는 순간 한눈에 담뿍 반했다.

"이걸로 하겠어요. 계산해 주세요."

흡족한 마음으로 그릇을 골라 드는 순간, 누군가 갑자기 손목을 잡아챘다.

"나도 이게 마음에 들어요. 내가 살래요!"

놀라 돌아보니 엉뚱하게도 학교를 졸업한 뒤 만나지 못했던 옛 친구였다.

"무슨 소리야? 내가 먼저 골랐어!"

한참 동안 그릇을 사이에 두고 실랑이했다. 빼앗길 수 없었다. 놓치기 싫었다. 그렇게 옥신각신한 끝에 마침내 그릇을 손에 넣었다. 내 것, 내 고운 것, 이여쁜 꽃무늬 그릇! 더는 빼앗기지 않으려고 품에 꼭 안았다. 민수는 그렇게 꿈으로 엄마에게 안겼다.

1998년 2월 2일, 전남 목포의 한 병원에서 엄마 여종은은 오랫동안 진통을 했다. 아빠 김기웅은 산모 곁이 아닌 청양의 칠갑산에서 일하고 있었다. 돼지띠 동갑내기인 엄마와 아빠는 고향의 도시가스 회사에서 관리 감독자와 현장 기술자로 만났다. 아빠가 서울로 직장을 옮기면서 엄마도 회사를 그만두고 상경했는데, 때마침 결혼하자마자 IMF 구제금융사태가 터졌다. 결혼 예물까지 팔아 가며 어려운 시기를 견디다 보니, 아빠는 한달음에 엄마에게 달려가고픈 마음을 억누를 수밖에 없었다. 엄마에게 너무 미안했던 아빠는 기도하고 또 약속했다. 이제 아빠가 되면, 세 식구가 되면, 더 열심히 일하고 더 살뜰히 보살피겠노라고.

결국 자연 분만이 불가능해 제왕절개수술로 민수가 세상에 왔다. 엄마 배 속에서 잘 먹고 잘 자라 몸무게가 4.3킬로그램이나 되는 우량아였다.

"어쩌면 신생아가 이렇게 뽀얗고 포동포동하죠? 아들이 아빠를 꼭 빼닮았네요!"

보는 사람마다 그렇게 이야기하는데 아빠는 쭈글쭈글한 아기가 낯설기만 했다. 그래도 사랑의 본능은 어쩔 수 없었다. 아빠는 그때부터 아들의 모든 것을 차근차근 모았다. 이갈이를 하면서 빠진 유치, 유치원에서 그린 그림들, 삐뚤거리는 글씨로 쓴 일기장, 성적표들, 상장들…… 어렸을 때 통통했던 아이는 언제부터인가 살이 빠지면서 훌쩍 키가 컸다. 아들의 흔적들을 꼼꼼히 모아 정리한 아빠의 상자도 점점 커졌다.

민수는 아빠를 닮아 조용하고 약간은 내성적이었다. 아기 때부터 순해서 잘 먹고 잘 자고 특별히 아프거나 다치는 일도 없이 무럭무럭 자랐다. 엄마가 제왕절개수술을 하는 바람에 모유 수유를 하지 못했지만 잔병치레도 별로 없었고, 여느 사내아이들처럼 거칠게 놀다가 팔 한 번 부러진 적이 없었다. 외동이라도 응석부리는 성격이 아니었고 차분하고 인내심이 강했다. 그런가 하면 아빠만큼이나 엄마도 닮았다. 게으름을 피우는 일 없이 바지런했고 새로운 무언가를 배우는 걸 좋아했다. 엄마와 아빠는 귀한 외동아들을 위해 무엇이라도 하고 싶고, 할 수 있었다.

엄마 아빠는 민수가 돌을 지나고부터 민수를 어린이집에 맡기고 맞벌이를 시작했다. 큰아버지와 함께 전기공사 사무실을 운영하던 아빠는 IMF를 기점으로 큰 빌딩 대신 작은 주택으로 사업 대상을 바꿨다. 덕분에 자금 회전은 수월해졌지만 예전보다 훨씬 바빠졌다. 엄마는 도로현장에서 배관 공사를 관리 감독하는 일을 했는데, 원체 여성들의 진출이 많지 않은 분야였다. 하지만 엄마는 현장직이 오히려 남녀차별이 없다는 데 주목하고 고압가스기능사 자격증을 따고 도면설계를 위한 캐드(CAD)를 배워서 연고도 없는 안산의 도시가스 사무실에 어렵지 않게 재취업했다. 항상 진취적이고 적극적인 엄마는 공부의 중요성을 몸으로 체험했고, 그것을 민수에게 가르쳐 주고 싶었다.

더도 덜도 아닌 세 식구는 서로에게 가장 가까운 친구였다. 저녁 7시에 맞춰 퇴근한 엄마와 아빠가 교대로 어린이집에서 민수를 데려오면 그때부터 알토란 같은 가족의 시간이 시작되었다. 보통의 집들과는 다르게 엄마는 조금 엄격하게 훈육하는 편이었고 아빠는 달래며 감싸 주는 역할을 했다. 엄마는 어쩌다 민수가 말을 안 들으면 엎드려뻗쳐를 시키는 벌을 주기도 했지만, 그럴 때마다 시무룩해진 민수를 달래는 건 아빠의 몫이었다.

"아들! 아빠랑 좀 놀아 줘~!"

"공부해야 해요. 지금은 못 놀아요."

"그러지 말고, 우리 레슬링 하자!"

"어휴…… 이러지 마세요. 아, 간지럽다고요!"

사춘기에 접어들면서 감정 표현을 잘 하지 않는 아들이 섭섭해 아빠가 먼저 다가가 장난을 걸었다. 그러면 민수는 귀찮은 듯 뿌리치다가도 아빠의 마음을 헤아려 어설픈 장난을 받아 주었다. 아빠는 민수와 언제까지나 다정한 친구처럼 지내고 싶었다. 원래 '윤수'였던 이름을 초등학교 6학년 때 '민수'로 바꾼 것도 누군가 말하길 그 이름이 아빠와의 관계에 좋지 않다는 이유 때문이었다.

민수는 생김새도 실제 생활도 '모범생'이었다. 초등학교 6년, 중학교 3년, 고등학교 1학년 때도 물론 개근상을 받았다. 특별한 일이 아니라면 밖에서 놀다가도 9시 전에는 꼭 집에 들어왔고, 숙제나 해야 할 일부터 하고 놀았다. 학기 중에는 내일 가져갈 가방을 꼭 싸 놓고 자고 아침에 깨우지 않아도 알아서 잘 일어났으며, 방학 중에도 늦잠을 자지 않았다. 어려서부터 직장 생활을 하는 엄마가 일일이 챙겨 줄 수 없으니 스스로 하는 습관이 밴 것이다. 다른 아이들과 달리 엄마 아빠를 '어머니', '아버지'라 부르며 존댓말을 쓰는 것도 특별했다.

'아들바보'인 아빠가 딱 한 번 민수를 체벌한 적이 있었다. 아무리 사소한 것이라도 거짓말만은 용서할 수 없다고 초등학교 2학년 때 회초리로 종아리를 때린 것이다. 하

렛잇고, 아무런 문제도 없어……

지만 어려서도, 자라나 사춘기를 겪으면서도 민수는 부모님의 훈육에 반발하거나 원망한 적이 없었다. 엄마 아빠가 얼마나 자신을 사랑하는지 마음속 깊이 알고, 믿고, 깨닫고 있었기 때문이었다.

민수는 운동을 별로 좋아하는 편이 아니라서 초등학교 때까지 친구들과 어울려 태권도장에 다니는 정도였다. 엄마의 걱정은 바깥에서 뛰노는 걸 좋아하지 않는 민수의 키가 안 클까 하는 것이었다. 엄마와 아빠의 키를 합쳐 계산해 보니 예상 키는 170센티미터 정도였다.

"안 되겠다. 성장판을 자극하는 운동으로는 줄넘기가 최고라더라!"

달밤에 체조, 아니 달밤의 줄넘기가 시작되었다. 밤마다 세 식구가 동네 공원에 나가 몇 백 개씩 줄넘기를 했다. 민수 혼자 하면 심심하니까 아빠도 같이 줄넘기를 했다. 휙휙 쌩쌩, 빠르고 힘차게 돌아가는 줄을 보면서 마음만큼이나 키가 훌쩍 큰 멋진 청년이 된 민수를 꿈꾸었다.

사춘기에 접어들어 말수가 부쩍 줄고 방안에 틀어박혀 있는 일이 많아지면서 엄마 아빠는 고민에 빠졌다. 외동이라 너무 혼자일까 봐, 혹시 학교에서 왕따라도 당할까 봐 걱정이었다.

"무슨 일이 생기면 언제라도 이야기해! 엄마 아빠가 어떻게든 해결해 줄 테니!"

하지만 엄마 아빠의 염려는 전혀 쓸모없는 것이었다. 민수에게는 꿀 같은 아침잠까지 포기하고 1시간 일찍 학교에 가서 어울릴 만큼 친한 친구들이 있었다. 그렇게 학교에 가서 하는 일이란, 내일이면 까맣게 잊어버릴 시시하고도 사소한 수다를 떠는 것이었다. 그런데 그것이 그때그때 정말로 재미있고 고소했다. 단원중학교에 다닐 때부터 하나둘 비슷한 성격에 비슷한 취향에 키까지 고만고만한 친구들이 모여 모두 11명이나 되었다. 다들 모난 데 없이 착하고 무난해서 3~4년 이상을 어울려 노는데도 단 한 번 싸운 적이 없었다.

"야아, 우리 고등학교도 흩어지지 말고 같이 가자!"

친구들 중 자동차 특성화학교에 진학하기로 결정한 강현과 우석과 준을 제외한 나머지의 대부분이 단원중 바로 옆의 단원고등학교를 1순위로 지망했다. 하지만 승환과 수진, 그리고 민수만 단원고에 가게 되었고, 병훈은 초지고, 승원과 정근은 선부고, 가람과 수근은 강서고로 각각 흩어졌다. 고등학교에 진학하면서 중학교 때처럼 매일 만날 수는 없었지만 친구들의 우정은 변함이 없었고 시시때때로 모여 놀았다. 편도 한 시간 거리에 있는 시흥의 자동차과학고까지 통학하는 세 명을 포함해서 다들 집이 같은 동네에 있었기 때문이다.

다 같이 모이면 시간이 어떻게 가는지도 몰랐다. 11명의 사내아이들이 함께하는 가장 평범한 놀이는 컴퓨터게임이었다. 주로 와동의 PC방에서 중학교 때는 '서든어택', 고등학교 때는 '롤(LOL)'을 했다. 민수는 무리 중에서 공부로는 '인텔리'였지만 게임의 '에이스'는 아니었다. 11명 중 다섯 명이 게임으로 단원중학교를 '평정'했는데, 민수는 그 친구들 중 누군가 빠지면 대신 들어가는 '후보 선수' 정도였다. 민수는 원래 무언가를 하자고 먼저 나서는 아이는 아니었지만 친구들이 무언가를 하자면 빼지 않았다. 조용하게, 하지만 언제나 그곳에 있었다.

중학교 때는 다들 게임에 빠져 있었지만 고등학교에 오면서 노는 방법이 다양해졌다. 생일을 서로 챙겨 주고, 영화를 보거나 노래방에 가고, 가끔은 안산을 떠나 서울로 나들이를 하기도 했다. 남들은 여자 친구와 함께 가는 놀이공원과 '공포의 집' 같은 곳에도 시키면 사내아이들끼리 어울려 갔다. 다들 용돈이 넉넉하진 않았지만 언제나 놀 만큼은 있었다. 없었다가도 털어서 놀면 됐다. 알뜰한 민수는 항상 비상금을 잘 챙겨 나와서 보태었다.

마지막으로 11명의 친구들이 같이 모인 건 2014년 3월 1일, 다음날이면 고등학교 2학년 1학기가 시작되는 삼일절이었다.

"학기를 시작하면 방학 때만큼 자주 만날 수 없으니까. 오늘 우리 신나게 놀자!"

의기투합한 친구들은 고잔초등학교 앞에서 만나 중앙동으로 진출했다. 1차는 닭갈비, 사춘기 사내아이들의 입맛은 역시 고기, 오직 고기였다! 2차는 노래방, 병훈이가 폼을 잡고 '버즈'의 노래를 열창해 분위기를 띄우면, 민수가 신나는 댄스곡을 불렀다.

민수는 남들 앞에서는 얌전했지만 친구들 앞에서는 돌변해서 마음껏 흥과 끼를 발산했다. 남자들끼리 무슨 노래방이냐고 하겠지만 여자들이 싫어하는 노래를 마음껏 불러 젖힐 수 있어서 좋았다. 물론 여자애들과 같이 가면 다들 발라드 따위를 분위기 잡고 부르겠지만. 3차는 다시 피시방이었다. 그렇게 별 대단한 걸 하지도 않았는데 금세 시간은 가고, 각자 집으로 돌아가서 게임에서 다시 만났다.

민수는 특히 수빈이와 친했다. 같은 연립에 살고 있었고 2학년 때는 같은 반이 되었다. 부지런한 민수는 매일 등교할 때 아침잠이 많은 수빈이를 깨워 데려갔다. 언제 어디서나 민수가 있는 곳에는 수빈이가 있고, 수빈이가 있는 곳에는 민수가 있었다. 거기다 옆 단지에 사는 병훈이까지 셋이 모이면 특별히 재미있는 일이 없어도 마냥 재밌었다. 병훈이 엄마는 항상 밝고 인사도 잘하는 민수와 수빈이를 듬직하다고 아들처럼 예뻐했다.

단짝인 민수와 수빈이는 성격은 정반대였지만 묘하게 찰떡궁합이었다. 키도 비슷하고 얼굴도 친구들이 보기에는 도긴개긴인데, 둘은 진심으로 자기가 더 잘생겼다고 생각하는 듯했다. 그래서 언젠가 민수와 수빈이가 내기를 했다. 누가 더 먼저 결혼할지, 먼저 장가를 가는 사람에게는 선물을 해 주자고…… 둘 다 여자 친구도 없으면서 민수는 수빈이에게 중학교 동창 여학생을 엮어 주려 애쓰고, 수빈이는 민수가 수준별 수업에서 짝꿍이 된 여학생이 친구들의 놀림에 새침해져서 자기 반에서 책상을 옮겨 온 일을 놀려댔다. 민수의 취향이 '얼굴보다 몸매'라는 사실을 폭로한 것도 수빈이었다. 열일곱 살의 사내아이들에게는 그 시시풍덩한 헛소동마저도 배를 잡고 구를 만큼 재미난 이야깃감이었다.

중고등학교 친구들은 평생 친구니 어른이 되어도 당연히 자주 보고 지내리라 생각했다. 당장은 대학 입시를 통과하는 게 급했지만 가끔은 각자 소망하는 미래를 이야기했다. 자동차 마니아인 셋은 일찌감치 진로를 정했고, 병훈은 비행기를 정비하는 항공 일을 하고 싶다고 했다.

"나는…… 수학 교사가 되고 싶어. 그래서 사범대로 진학할까 생각 중이야."

"그래! 민수는 외모도 선생님 하게 생겼으니까, 수학 선생님 하면 딱 좋겠다!"

"너희들은 다 꿈이 있는데, 나만 공부도 그렇고 꿈도 없고…… 걱정이다."

"수빈이 너는 대신 친화력이 끝장이잖아. 레크리에이션 강사 같은 거 하면 좋을 것 같아!"

"그래? 너희들이 그렇게 얘기하니 한번 진지하게 고민해 볼까?"

친구들은 그렇게 서로 영향을 주고받았다. 98년생이라 자격이 안 되는 민수를 빼고 헌혈을 하러 갔을 때, 병훈은 수빈이가 노래 하나를 끊임없이 반복해 듣고 있는 것을 보았다.

"뭐야? 렛잇고? 그거 〈겨울왕국〉 주제가잖아?"

"응. 민수가 〈겨울왕국〉 보고 꽂혀서 나한테 보내 줬는데, 들을수록 좋아서 자꾸 듣게 되네!"

렛잇고, 렛잇고…… 그래, 이제 됐어. 아무런 문제도 없어…… 마지막 순간까지도, 그들은 서로의 곁에 함께였다.

민수가 수학 선생님이 되고 싶다는 생각을 하기 시작한 건 중학교 3학년 때부터였다. 전에도 수빈이나 다른 친구들의 공부를 자주 도와주곤 했는데, 중3 때 담임 선생님이 멘토-멘티의 관계로 민수를 반 친구와 이어 주면서 진로의 방향을 잡게 되었다. 그 친구는 수학 점수가 낮아서 상급 학교 진학이 아예 힘들 지경이었는데, 민수가 붙잡고 기초부터 가르친 덕분에 자기가 원하는 학교에 갈 수 있게 된 것이었다.

"친구들이 성적이 오르면 얼마나 기쁜지 몰라요. 남을 가르치기 위해 공부하다 보면 내 실력도 쌓이고요."

민수는 단원고등학교에 입학할 때 전교 5등 이내의 신입생에게 동문회에서 주는 장학금을 받았고, 1학년 부학생장까지 맡았다. 엄마 아빠에게 큰 효도를 한 셈이었다. 뿌듯해서 어깨가 절로 펴졌고, 엄마는 기분이 좋아서 야간 자율 귀가 도우미도 자원하여 열심히 했다. 민수는 고등학교 때도 형편이 좋지 않아 과외나 학원에 못 다니는 친구들에게 야간 자율 학습 시간에 수학을 가르쳐 주었다. 2학년이 되면서 민수가 목표로 삼은 곳은 교원대 수학교육과였다. 국립대학이고 사범대로 명문이니 수학과 과학부터 2등급 이상으로 올리고 차근차근 준비하겠다고 했다. 그래서 한양대 재료공학과 대학원생인 선생님께 일주일에 2번씩 과외를 받기 시작했다. 과외를 받으면서 성적도 많이 올랐고, 형 같은 과외 선생님의 권유로 사범대에만 한정 짓지 않고 다양한 진로를 고민해 보기로 했다. 여름방학에는 선생님 학교에 놀러가겠다는 약속도 했다.

"어디든 네가 원하는 곳에 가면 엄마 아빠가 최선을 다해 지원해 줄 테니, 아무 걱정 말고 공부 열심히 해!"

엄마 아빠는 "아이들은 부모의 뒷모습을 보고 배운다"는 말을 믿었다. 아빠는 초등학교 4학년 때 담배 냄새가 싫다는 민수를 위해 오랫동안 피워 왔던 담배를 단칼에 끊어 버렸다. 또 공부하라는 잔소리 대신 모범을 보이고자 5~6년 동안 꾸준히 준비해서 전기기사 자격증을 땄다. 중3과 고1 사이에 민수에게 사춘기가 왔는지 힘들어할 때에는 엄마와 아빠가 공인중개사 공부를 시작해 둘 다 자격증을 취득했다.

엄마의 소원은 안철수 씨네 가족이 그랬다는 것처럼 온 가족이 도서관에 가서 공부하다가 문 닫을 때 같이 나오는 것이었다. 그래서 중3 중간고사 때 민수를 졸라서 세 식구가 동네의 성포도서관에 갔다. 엄마는 그게 진짜 즐거웠다. 물론 도서관보다는 독서실을 선호했던 민수가 점심을 먹고 나더니 학원에 간다고 먼저 훌쩍 가버렸지만. 아빠는 민수의 학원이 끝나는 밤 10시에 마중을 나가서 이런저런 이야기도 하고 슈퍼마켓에서 간식을 사 먹는 게 사소하고도 가장 행복한 일이었다. 민수는, 단 하나뿐인 아들은 엄마 아빠의 자랑이자 희망이었다.

난생 처음 민수가 청해서 옷을 한 벌 새로 샀다. 과외 선생님이 입고 온 니트와 청바지에 야구점퍼가 멋져 보였던지, 수학여행을 떠나기 전날 엄마와 쇼핑을 했다. 수학여행에서 돌아오면 곧바로 중간고사니 준비를 해야 한다고, 과학과 사회와 국어 문제집을 한 번씩 다 풀었다.

"엄마, 국어랑 사회 문제집은 정답을 좀 지워 주세요. 갔다 와서 다시 한 번 풀게요."

1학년 때는 전 과목을 시험 봐야 해서 내신이 약간 아쉬웠는데, 이제 문과와 이과로 나눠져 보는 첫 시험이니 각오가 단단했고 자신감도 있었다. 잠들기 전에는 2학년 때부터 슬슬 준비를 시작해야겠다며 엄마가 사 준 수리논술 책을 읽었다.

수학여행을 떠난다지만 지극히 평범한 아침이었다. 아빠가 출근하고, 민수가 등교하고, 엄마가 출근했다. 아빠가 나가면서 용돈으로 5만 원을 주자 민수는 슬쩍 2만 원을 빼놓았다,

"제주도까지 가는데 돈을 좀 넉넉히 가져가. 이럴 때 친구들에게 맛있는 것도 사 주고, 선물은 따로 살 생각 말고 감귤 초콜릿이나 과외 선생님 거랑 엄마 아빠 거랑 2개만 사 와."

"알았어요."

욕심도 계산도 없이, 민수가 아빠의 말에 고개를 끄덕였다. 빙그레, 여행의 설렘을 품은 미소를 입가에 머금은 채.

벚꽃이 흐드러지게 핀 날, 너는 슬프게 사라졌다, 봄비와 함께.

아침에 눈뜨면 네 방으로 들어가 침대를 바라본다. 혹시 네가 와서 자고 있지 않을까? 살아생전 몸에 꼬릿꼬릿한 냄새난다며 씻으라고 잔소리했는데,

이제는 그 냄새마저 그리워진다.

사랑했다. 아주 많이……

렛잇고, 아무런 문제도 없어……

희망이 있어서 더 아름다웠던 시절

안산 단원고 2학년 7반 **김상호**

1. 사랑하는 동생 해연이, 승우와 함께.
세 남매는 서로 '오이(상호)', '달걀(해연)', '감자(승우)'라는 별명을 지어 주었다.
2. 고등학교 때부터 치기 시작한 전자기타. 반년간 연습한 〈캐논 변주곡〉을 가족들 앞에서 연주했다.
3. 거실 가운데 걸려 있는 상호의 캐리커처.

희망이 있어서 더 아름다웠던 시절

행복 연주곡, 캐논

거리는 한산했다. 하늘부터 땅 사이로 어둠이 겹겹이 쌓여 가는 중이었다. 상점의 불빛이 힘겹게 거리를 밝혀 주고 있었다. 중앙동 악기점에는 내가 찾는 기타가 보이지 않았다. 주인 아저씨가 머뭇대는 나를 보더니 한마디 거들었다.

"더 좋은 걸 사지 그러냐. 니가 찾는 건 오래 쓰기가 힘들어."

지갑 속에 넣어 둔 아빠의 신용카드가 생각났다. 비싼 걸 사도 아빠는 아무 말도 하지 않을 것이다. 잠시 갈등이 일었다. 며칠 전, 기타를 사고 싶다고 말했을 때 아빠는 흔쾌히 신용카드를 내주셨다.

"살다 보니 별일이 다 있네. 우리 장남도 사 달라는 게 있구나. 좋은 걸로 하나 사."

옆에서 엄마도 거들었다.

"어렸을 때도 장난감이나 먹을 거 사 달라고 한 번도 안 조르더니 웬일이래? 이왕 사는 거 앰프까지 좋은 걸로 사렴."

아르바이트를 해서라도 갖고 싶었던 전자기타였다. 잠시 망설이다 나는 악기점을 나왔다. 아빠, 엄마가 힘들게 버시는데 비싼 기타를 살 순 없지. 갑자기 준석이 생각이 났다. 여덟 살 때 처음 만나 내 성장기에 늘 함께 있었던 가장 친한 친구.

"한 시간만 야구 할까?"

"그래. 거기에서 만나자."

준석이 흔쾌히 승낙했다. 우리들은 가로등 아래 공터에서 캐치볼을 했다. 사이드암 투수 흉내를 내다가 공이 멀리 사라졌다. 헐떡거리면서 준석이가 공을 주워왔다.

"그냥 사지 그랬어."

"인터넷으로 사야겠어. 비싼 건 필요 없어."

"근데 왜 갑자기 기타를 사려고 하는데?"

준석의 질문에 나는 선뜻 답하지 못했다. 모든 행동에 다 이유가 있는 법은 없으니까.

수 개월이 지난 어느 날, 거실로 식구들이 모였다. 두 살 터울의 동생 해연이와 다섯 살 어린 동생 승우의 얼굴에는 호기심이 가득 묻어 있었다. 앰프 전원을 올리고 나는 왼손 검지로 기타 줄을 튕겼다. 캐논 변주곡. 반년 동안 연습한 곡이었다. 한껏 감정을 잡았지만 아직 익숙치 않았는지 간혹 '삑싸리'가 났다. 절반 정도밖에 치지 못했지만 모두들 박수를 쳤다. 내심 뿌듯했다. 엄마가 말했다.

"나는 이 곡이 좋아. 나중에는 꼭 다 들려줘."

괜히 쑥스러운 생각이 들어 방으로 들어가 책상 앞에 앉았다. 아빠의 목소리가 들려왔다.

"생각보다 잘하는데?"

무뚝뚝해 보이지만 애정이 듬뿍 느껴졌다. 아빠가 종종 나에게 한 말씀이 떠올랐다.

"상호 니가 처음 태어났을 때 아빠가 무지 고생했다. 몸무게도 적게 태어난 데다 병원 시설이 나빠 뇌수막염까지 걸렸잖아. 그래서 대학병원 인큐베이터에서 한 달이나 있다가 집으로 데려왔다."

그때 아빠 나이 스물일곱 살, 젊기도 했지만 사업에도 실패해서 굉장히 힘든 시기였다고 한다. 엄마와도 헤어지고 나와 동생 해연이는 24시간 내내 돌봐주는 어린이집에서 자랐다. 그래서일까, 아빠는 특히 내게 안쓰러움 같은 것을 느끼는 것만 같다. 아빠의 손을 잡고 안산에 올라왔던 여섯 살 때부터 난 스스로 옷 입고, 스스로 내 일을 챙기는 버릇이 들었다. 늦은 밤, 아빠가 먼저 잠이 든 우리를 오래도록 지켜보고 있었다는 사실을 나는 잘 알고 있다.

'엄마'라는 이름의 큰 산

"너 초등학교 입학식 때가 잊혀지질 않아."

언젠가 아빠가 내게 한 말이다. 돌이켜 보면 그때는 조금 서운했던 것 같다. 아빠도 그래서 내게 미안해하는 거겠지만.

"아침에 일이 있어 입학식인데도 학교에 못 데려다줬어. 꼬맹이였던 네가 뒤도 돌아보지 않고 걷는데 가슴이 저미더라."

다들 엄마 손을 붙잡고 걸어갔던 그 길, 분명 집 앞에 있는 학교였는데도 내게는 멀고도 험하게만 느껴졌다. 낯선 선생님과 또래들 사이에서 정신없이 서 있다가 하교 하던 길도 힘들기는 마찬가지였다. 게다가 우리 집이 이사하는 바람에 입학하고 이틀 만에 다시 전학을 했던 기억.

그래도 그때 난 운이 좋았던 것 같다. 준석이를 그때 만났으니까. 보습학원에서 처음 마주쳤을 때만 해도 우리가 이렇게 오래도록 우정을 나누리라곤 생각지 못했다. 그날 이후 우리는 다른 학교를 다녔어도 정말 소중하고 아름다운 우정을 만든 것 같다. 내가 힘들었을 때, 즐거웠을 때, 고민에 빠졌을 때에도 늘 준석이는 내 옆에 있었으니까. 그러던 어느 날이었다. 아마 초등학교 3학년 무렵이었을 것이다. 예쁜 아줌마가 마침내 엄마가 된 것이다.

"상호야, 이제 엄마가 생겼어. 인사드려."

오래도록 고대했던 일이었지만 이상하게도 부끄러웠다. 다정한 손길로 내 머리를 쓰다듬어 주셨지만 차마 '엄마'라는 말이 나오지 않았다. 그래서 한동안은 '이모'라고 불렀다. 엄마와 한 '식구'가 되어 생활한 지 얼마 지나지 않았을 때였다. 늦은 저녁, 일을 마치고 온 엄마의 얼굴에는 피로가 가득 차 있었다. 아픈 어깨를 힘겹게 주무르는 모습을 보자 가슴이 아렸다. 아무 말 없이 불쑥 가서 어깨를 주무르자 엄마는 조금은

희망이 있어서 더 아름다웠던 시절

놀란 표정이었다.

"됐어. 너 힘들잖아. 엄마는 괜찮아."

엄마의 어깨는 딱딱하게 굳어 있었다. 그때부터였던 것 같다. 엄마가 '엄마'로 내 가슴속에 자리 잡았던 것은. 행복한 날도 많았던 만큼 엄마와 싸운 날도 많았다. 엄마들은 늘 다 그런 걸까? 엄마가 생기면서 단 한 번도 듣지 못했던 잔소리까지 함께 생긴 탓이다. 간혹 친구들이 '엄마 잔소리 때문에 힘들다'는 말을 할 때마다 이해되지 않던 일이 내게도 생긴 것이다.

하루는 엄마가 내 일을 두고 간섭한다는 느낌을 받은 적이 있었다. 그때 내 입에서는 저절로 이런 말이 튀어나왔다.

"저를 그냥 좀 내버려 두시면 좋겠어요. 제 일은 제가 알아서 할게요."

그때 엄마의 얼굴에 순간적으로 실망의 빛이 스쳐 지나갔다. 그리고 엄마와 나는 오래도록 말을 하지 않았다. 그만큼 엄마도 나에게 서운했던 모양이었다. 하지만 마음의 빗장은 늘 엄마 덕분에 풀렸다. 엄마는 저녁을 할 때마다 나를 찾았다.

"간 좀 봐 줄래? 맛 봐 줄 사람이 너밖에 없네."

엄마가 해 준 반찬은 맛있었다. 나는 고개를 끄덕이며 말했다.

"맛있어요."

엄마의 얼굴 가득 환한 미소가 피어올랐다. 가족 모두가 모여 저녁을 먹었다. 어느덧 우리는 한 식구(食口)가 되어 있었다. 엄마가 온 뒤부터 우리는 봄이 되면 벚꽃 구경을 자주 갔다. 어둠이 사르르 가라앉고 나면 김밥을 싸 들고 노적봉 폭포에서 화사하게 피어오른 봄의 향기를 맡았다. 꽃 구경을 할 때면 아빠는 카메라를 들었고 해연이와 승우랑 사진을 찍곤 했다.

"오이 오빠, 좀 웃어 보지."

'오이'는 내가 빼빼 말랐다고 동생들이 붙여 준 별명이었다. 그러면 나도 동생들 별명을 부르며 맞대응을 했다.

"달걀이랑 감자도 사진 찍어 줄까?"

'달걀'은 동생 해연이에게, '감자'는 승우에게 지어 준 애칭이었다. 노적봉폭포에서 흐르는 물줄기처럼 굴곡 없이, 거침없이 보냈던 초등학교 시절이었다.

영원한 나의 서포터, 아빠

"사실 우리 아이가 잘못 한 건 맞습니다. 하지만 이 애들 덩치를 좀 보세요. 오죽 했으면 그랬겠습니까?"

아빠의 목소리는 단호했다. 2010년 어느 봄날, 내가 선부중학교 1학년 학생일 때의 일이다. 주먹을 꽤 쓴다는 세 녀석과 시비가 붙은 것은 사소한 이유 때문이었다. 태풍이 몰아닥친 다음 날, 준석이와 학교 계단에 앉아 대화를 나누는데 한 녀석이 다가온 것이다.

"너 방금 우리보고 욕 한 거냐?"

"그런 적 없어."

상대하고 싶지 않아 무시하고 돌아서는데 갑자기 얼굴로 주먹이 날아들었다. 극심한 통증이 느껴졌다. 어떻게 해야 할지 생각도 하기 전에 넘어진 내 몸 위로 주먹세례가 이어졌다. 붉은 것이 어른대며 지나갔다. 온몸이 떨려 왔다. 순간 주머니에 넣어 둔 목공용 조각도가 생각났다. 그걸 들고 한참을 뒤엉켜 치고 박았는데 나중에 보니 녀석의 다리에 살짝 피가 묻어나 있었다. 결국 부모님들이 불려 오신 것이다.

"상호가 잘했다는 말은 아닙니다. 하지만 애 얼굴과 몸에 난 멍을 좀 보세요. 오죽했으면 그렇게 대응했겠습니까?"

아빠의 거듭된 설득 때문인지 그 일은 유야무야 지나갔다. 하지만 아빠와 함께 학교 정문을 나오는데 슬며시 걱정이 됐다. 조각도이긴 하지만 무기(?)까지 써서 싸움질을 한 것은 지나치다 싶었던 것이다.

'오늘은 아빠한테 혼날 것 같은데.'

그러나 아빠는 그 일을 입 밖에 꺼내지 않았다. 엄마도 마찬가지였다. 선생님들 앞

희망이 있어서 더 아름다웠던 시절

에서 내 정당방위를 당당하게 주장해 주신 아빠, 부모님이란 그렇게 든든한 존재인가.

부모님을 기쁘게 했던 일도 있었다. 특히 과학과 수학 성적이 최상위권이라는 사실에 아빠는 자부심을 느꼈던 것 같다. 이상하게도 다른 과목은 재미가 없었지만 이 두 과목만큼은 관심을 끌었다. 과학과 수학은 반에서 1등, 아니면 2등을 늘 유지했다. 언젠가 담임 선생님께서 했던 말도 떠오른다.

"상호의 수학, 과학 성적은 최상이니까 그쪽 분야 학교로 가는 것도 생각해 보렴."

하지만 그것은 단지 성적일 뿐이었다. 그때까지만 해도 난 장래 희망이나 미래의 꿈에 대해 깊이 생각해 본 적이 없었다. 여전히 먼 훗날의 일이었고 내가 살아갈 날은 아주 많이 남았기 때문에.

미래에 대한 희망

"상호야, 이게 어떻게 된 거야. 단원고로 가야 한다면서?"

고등학교 배정 발표가 있던 날 저녁, 아빠는 식탁에 앉자마자 대뜸 말했다.

"학교는 집에서 가까워야 좋은데. 그래서 강서고등학교 쓰라고 했잖아."

순전히 계산 착오였다. 인근의 아이들이 전부 강서고를 쓰면, 오히려 1지망에서 밀려 먼 곳의 학교를 갈 것 같았다. 그래서 강서고를 3지망으로 쓴 거였는데.

고등학교에 입학한 이후로는 더 생활이 바빠졌다. 아침 6시에 시리얼을 먹고 나섰다가 저녁에 돌아오면 온몸이 무거웠다. 특히나 이른 아침부터 버스를 타는 것은 고역이었다. 차라리 걷는 것이 더 편해 야자가 없는 날은 늘 걸어서 집으로 왔다.

처음에는 낯설고 익숙하지 않았지만 단원고등학교에서의 생활도 서서히 몸에 익어갔다. 그러던 어느 날이었다. 캐치볼을 하다가 준석이 물었다.

"상호야, 넌 뭐가 되고 싶니?"

잠시 난 침묵했다. 정말 난 무슨 일을 할 수 있을까? 나에게 희망이나 꿈은 무엇일까? 나도 모르게 불쑥 이런 말이 튀어나왔다.

"성우가 되고 싶어."

준석이 웃으면서 물었다.

"갑자기 성우라니? 왜?"

"예전에 일본 애니메이션을 봤는데 어느 성우가 더빙을 했더군. 그런데 그 목소리가 너무 듣기 좋고 아름다웠어."

준석이 고개를 끄덕였다. 그러다가 문득 해연이가 내 그림을 보며 감탄했던 모습도 떠올랐다.

"일러스트레이터는 어떨까?"

만화책을 보고 따라 그리는 수준이었지만 일러스트레이터가 된다면 꽤나 재미있을 것만 같았다. 정말 나는 어떤 꿈을 가질 수 있을까?

생각해 보면 준석이와 나는 참 많은 이야기를 나눴다. 시시콜콜한 일상에서부터 게임, 스포츠, 학교, 친구, 그리고 미래에 대해. 오랜 시간 같이 있다 보면 더 이상 할 말이 없을 지경이었다. 고등학교 1학년 때 가입한 해부 동아리, 밴드 동아리도 간혹 화제에 올랐다. 내가 소 눈알을 해부한 이야기를 꺼냈을 때 준석이 녀석의 얼굴에는 감탄의 빛이 서려 있었다.

"정말 소 눈알을 해부한 거야?"

"해부 동아리에서 단면을 봤는데 아주 재미있었어."

"끔찍하진 않았어?"

"그렇기도 했지만 처음 해 보는 거라 호기심이 생기더라구."

"밴드는 할 만 해?"

"기타 연습을 더 열심히 해야 할 것 같아. 그래도 얼마 전에 이누야샤 애니메이션 곡을 연주했는데 식구들이 좋아했어."

이런 대화들이 오가다가 더 이상 화젯거리가 없으면 철학적인 주제들도 등장했다. 늦은 밤에 준석이와 이런저런 카톡 대화를 나눌 때의 일이었다. 문득 준석이가 물었다.

희망이 있어서 더 아름다웠던 시절

준석 : 우리도 언젠간 죽겠지?

꼭 죽어야 한다면 어떻게 죽는 게 행복할까? 처음에는 쓰잘머리 없는 말이라고 핀잔을 주었지만 나도 이내 그 주제에 몰입되어 있었다. 준석이 어떻게 죽고 싶냐고 묻자 나는 이렇게 대답했다.

상호 : 낙사로 죽는 건 싫어. 너무 지저분한 죽음일 것 같아.
준석 : 그럼?
상호 : 화상을 입은 적은 없지만, 불 타 죽는 것도 너무 뜨거울 것 같아서.
준석 : ㅎㅎ. 그냥 최악이 뭔지만 말해 봐.
상호 : 물에 빠져 익사하는 거.
준석 : 그런데 왜?
상호 : 가족이 날 찾지 못할까 봐.

차가웠던 봄날 저녁, 그리고 아침

"수학여행은 추억을 담는 거야. 사스랑, 신종플루 때문에 너 중학교 때도 수학여행 못 갔잖아. 이제 마지막이다 생각하고 친구들이랑 재미있게 놀다 와."

2014년 봄 어느 날, 수학여행 가정통신문이 왔다. 내용을 읽은 부모님이 말했다. 하지만 난, 정말 수학여행을 간다는 게 싫었다. 사람이 많은 곳을 가면 답답하고 번잡하기만 하지 전혀 흥미를 느낄 수 없었기 때문이다.

"비행기로 왔다 갔다 하는 게 1안이네. 갈 때는 크루즈, 올 때는 비행기가 2안이고? 그냥 비행가 타고 갔다가 비행기 타고 오늘 걸로 써서 선생님 갔다 드려."

더 이상 부모님 말씀을 거역하기가 어려웠다. 며칠 후, 수학여행 일정이 발표되었다. 우리의 바람과는 달리 배를 타고 갔다가 비행기로 돌아오는 일정이었다. 수학여행 가는 날이 다가왔다. 얼마 남지 않았을 때, 교무실에서 선생님이 나를 불렀다.

"상호야, 너 수학여행 안 갈 거니? 여행 경비가 아직 입금 안 됐더라. 지금 전화 좀 해 봐."

그 말을 듣고 차라리 못 가게 되는 것도 좋다고 생각했다. 우선 엄마에게 전화를 걸었다. 하지만 엄마는 전화를 받지 않았다. 다행이다 싶어 전화를 끊으려는 찰나에 엄마가 전화를 받았다.

"저 상호예요. 수학여행비가 아직 입금 안 됐다고 하시네요."

엄마의 화들짝 놀라는 목소리가 들렸다.

"어머, 내 정신 좀 봐. 지금 당장 스쿨뱅킹 통장에 돈 넣어 둘게."

그날 저녁에도 엄마는 몇 번이나 말씀하셨다.

"만약 수학여행 못 갔으면 어떡할 뻔 했어? 천만다행이다."

4월 15일 아침, 나는 수학여행 길에 올랐다. 식구들이 배웅해 주었다.

"잘 다녀와! 친구들이랑 찍은 사진 꼭 보내 주고. 사고 안 나게 어른들, 선생님 말씀 잘 듣고."

부모님을 바라보며 씨익 웃었다. 엄마가 말했다.

"우리 아들이 웬일이지? 평소엔 무뚝뚝하게 나가더니 오늘은 기분이 좋은가 보네. 잘 놀고 웃으면서 돌아오렴."

나는 등을 돌려 거리로 나섰다. 잘 익은 봄날, 하지만 여전히 바람은 차가웠다.

희망이 있어서 더 아름다웠던 시절

'가족'과 함께했던 행복 발자취

안산 단원고 2학년 7반 **김성빈**

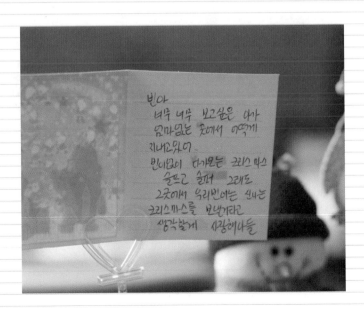

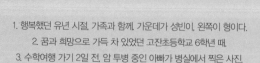

1. 행복했던 유년 시절, 가족과 함께, 가운데가 성빈이, 왼쪽이 형이다.
2. 꿈과 희망으로 가득 차 있었던 고잔초등학교 6학년 때.
3. 수학여행 가기 2일 전, 암 투병 중인 아빠가 병실에서 찍은 사진

'가족'과 함께했던 행복 발자취

슬픔을 이겨내는 '가족'이란 단어

"성빈아, 이리 좀 와 봐." 2013년 12월, 한 해가 저물어 갈 무렵이었다. 학교를 마치고 집 안으로 들어서는데 엄마가 나를 불렀다. 저녁의 피로 때문일까? 엄마의 목소리는 차분하게 가라앉아 있었다.

'무슨 일이지?' 거실 가운데 옅은 어둠이 고여 있었다. 자세히 보니 엄마와 형이 심각한 표정으로 앉아 있었다. "불도 안 켜고 뭐 하는 거야?"

거실의 스위치를 올리면서 나는 말을 이었다. "돼지 엄마! 배 고픈데 밥 안 줘요?"

통통한 형을 놀리기 위해 나는 형이 있을 때면 엄마를 보고 '돼지 엄마'라고 불렀다. 발끈해서 덤벼들 줄 알았던 형은 미동도 하지 않고 돌이라도 된 듯 멍하니 앉아 있을 뿐이었다. 이상한 낌새가 들어 그제야 엄마와 형의 얼굴을 자세히 들여다보았다. 형의 두 눈이 충혈되어 있었다. 눈물의 흔적이 분명했다. "형, 학교에서 무슨 일 있었어?"

엄마가 잠시 멈칫거렸다가 말했다. "아빠가 많이 아프셔."

부쩍 수척해 보였던 아빠의 얼굴이 스쳐 지나갔다. 최근 들어 유난히 핼쑥해진 아빠였다. 낮은 목소리로 형이 말했다. "폐암이래."

순간, 하늘이 무너지는 것만 같았다. 늘 내 손을 다정하게 잡아 주었던 아빠에게 무서운 병마가 덤벼들 줄이야. 어린 시절, 나를 번쩍 안아 올리면서 양 볼을 부벼댔던 아빠. 형의 얼굴에서 다시 눈물방울이 떨어졌다. 엄마가 차분한 목소리로 말했다.

"그래도 걱정할 건 없어. 요즘 암은 불치병이 아니야. 수술만 하면 다 나을 수 있으니까. 이제 우리가 힘을 모아 아빠 병이 나을 수 있도록 해 보자."

엄마의 말을 듣는 내내 눈시울이 뜨거워졌다. 그러나 눈물을 흘려서는 안 된다고 마음을 다잡았다. 엄마 말대로 요즘은 수술만 하면 다 낫는 게 암이니까.

며칠이 지난 후부터 아빠는 더 이상 내 옆에 눕지 못했다. 엄마 얼굴을 보기도 어려워졌다. 수업을 마치고 빈집에 들어서면 엄마가 만들어 놓은 반찬이 냉장고에 들어 있을 뿐이었다. 아빠랑 돼지 엄마, 그리고 돼지 형아와 맛있는 저녁을 먹었을 때는 얼마나 행복했던가. 거실에서 잠을 청할 때면 비어 있는 옆 자리가 더 크게 느껴졌다.

거실은 아빠와 나의 잠자리이자 그날의 일을 도란도란 말했던 소통의 공간이었다. 손을 뻗으면 텅 빈 아빠의 그늘이 느껴졌다. 잠을 청하다 옆이 허전하면 자리에서 일어나 창밖의 밤하늘을 올려다보았다. 안산에 떠오른 달과 별이 유난히 아름다웠다. 그럴 때마다 옛 기억이 떠올랐다. 내게 가장 소중한 단어 '가족'과 함께했던.

엄마와 아빠 – 유년의 기억

1998년 2월 2일, 내 생일이다. 태어났을 때, 나는 엄마를 무던히 고생시켰다고 한다. 성장하면서 빼빼 마른 모습으로 변했지만 처음 엄마 품에 안겼을 땐 4.4킬로그램이나 되는 건강한 아기였으니까. 언젠가 엄마는 이런 말을 한 적이 있다.

"넌 태어날 때 굉장한 우량아였어. 그래서 힘도 들었지만 얼마나 기뻤는지 몰라. 둘째 아들이 아주 건강한 모습으로 내 앞에 나타나서."

엄마는 특히 내 백일사진을 볼 때마다 재미있다는 투로 말하곤 했다.

"갓 태어난 너를 안았는데 검은 머리가 많이 나 있는 거야. 그래서 네 백일 때에는 모자를 씌워 놓고 사진을 찍었어. 무척이나 신기했단다."

엄마 품에 안겨 집으로 돌아온 그날부터 나는 이곳에서만 18년을 살았다. 친구들이 이사한다는 이야기를 들을 때 간혹 부럽기도 했지만 우리 집은 내 탄생과 성장의 흔적이 오롯이 묻어 있는 박물관이다. 문에 난 흠집이나 생채기 모두 형과 나의 발길질이나 장난 때문에 난 거니까. 낡고 비좁은 집이지만 문을 열고 들어섰을 때 엄마의 품처럼 안온했던 내 사랑하는 집. 언젠가 엄마한테 이런 말을 한 적이 있다.

"나중에 결혼해서도 나 이 집에 살면 안 돼? 아니면 이 집을 나 주든가."

"이게 뭐가 좋다고 그러니? 넌 깨끗하고 좋은 새 아파트에서 살아야지."

"아니, 그래도 난 내 집이 좋아."

한 가지 일이 떠오른다. 내가 4살 때의 일이다. 자전거를 타러 나갔다가 큰 사고를 당한 적이 있다. 자전거 뒷바퀴에 오른쪽 다리가 끼었던 것이다. 그때 상황은 안개처럼 뿌옇게 남아 있지만 침대에 누워 바라본 아빠, 엄마의 얼굴만은 또렷이 각인되어 있다. 수심이 가득했던 두 분의 얼굴. 엄마의 목소리가 떠오른다.

"우리 빈이, 이 사고 때문에 키 안 크면 어쩌지?"

그 말씀을 들을 때 내 가슴도 저렸던 것 같다. 어린 나이였지만 엄마를 보며 나는 속으로 다짐했다. '다시는 다쳐서 걱정 끼쳐 드리는 일은 하지 말아야지.' 수술 이후 내 오른쪽 다리에는 크고도 깊은 상처가 새겨졌다. 그 흔적은 오래된 우리 집처럼 내 몸에 기록된 지문 같은 거였는지도 모른다.

태권 소년의 꿈

두 살 터울의 형이 없었다면 내 성장기는 참 심심했을 것이다. 형은 내 멘토이자 친구였고 수호신이었다. 형과 함께하는 운동은 늘 재미있고 박진감이 넘쳤다. 축구나 농구를 할 때면 마치 타임머신이라도 탄 것처럼 훌쩍 시간이 지나갔다. 땀범벅이 되거나 흙투성이가 되어도 돼지 엄마가 타박한 적은 한 번도 없었다.

"공부 잘 하는 것도 중요하지만 난 우리 아이들이 튼튼하게 자라는 게 더 좋아."

엄마는 내성적이던 내가 밖에서 하는 운동을 좋아했던 것을 대견해 하셨던 것 같다.

'가족'과 함께했던 행복 발자취

한 번은 이런 일도 있었다. 오랫동안 태권도 도장을 다닌 내게 부모님이 한 가지 일을 권유하셨다. "사범님께 이야기를 들었는데, 구리에서 국제 어린이 태권도 대회가 열린다는구나. 성빈이도 한번 참가해 볼까?"

그 말을 듣는 순간 가슴이 쿵덕거렸다. 과연 내가 잘할 수 있을까? 몇 주 동안 열심히 연습하고 나선 대회, 내가 얼마나 긴장했는지 가족들은 모를 것이다. 체육관은 수많은 사람들로 가득 찼고 품새를 연습하는 아이들로 북새통이었다. 대회가 어떻게 끝났는지 잘 생각나지 않을 정도로 긴장했지만 나는 작은 상을 하나 받을 수 있었다.

내 목에 은빛 메달을 걸어 주던 형의 얼굴을 나는 오래도록 잊지 못할 것이다. 고잔초등학교 시절, 오랫동안 내 공간의 일부였던 단원태권도체육관, 집 앞 골목을 돌고 돌아 도장 마룻바닥에 서면 늘 자신감이 샘솟곤 했다. 내 방 책상 서랍 속에 가득 쌓인 태권도 상패들도 내 유년의 작은 흔적임에 분명하다.

또 하나 떠오르는 일이 있다. 초등학교 졸업을 앞둔 어느 날, 선생님께서 장래희망이 무언지 적어 오라고 말씀하셨다. 그날 저녁 나는 아빠, 엄마에게 이렇게 물었다.

"엄마는 내가 무슨 일을 했으면 좋을 것 같아?"

잠시 침묵을 지키던 엄마가 말했다.

"난 우리 빈이가 하고 싶은 일을 하고 살았으면 좋겠어."

저녁 식사를 마치고 나는 빈 종이를 앞에 두고 오래오래 생각했다. 그리고 흰 여백에 그때까지 꿈꾸었던 내 미래를 또박또박 채워 넣었다. 그리고 졸업 앨범에 적힐 〈친구에게 한마디〉 코너에 적을 말도.

장래 희망 : 대통령
친구에게 한마디 : 10년 후에 다시 만나자

하지만 실상 이전까지는 대통령을 꿈꾼 적이 없었다. 그러나 대통령이 된다면, 더 좋은 나라를 만들고, 부모님께 효도할 수 있다는 생각이 들었다. 초등학교 졸업식 날, 소중한 친구들의 사진이 가득 담긴 졸업 앨범을 받았다. 거기에는 내 유년의 기록과 흔적이 고스란히 담겨 있었다. 경찰이나 군인이 되면 어떨까?

"엄마, 나 광덕중학교로 배정받았어."

"어머, 정말이니? 단원중학교였으면 가까워서 더 좋았을 텐데."

나도 그랬지만 엄마도, 아빠도 약간은 실망한 표정이었다. 광덕중학교는 집과도 멀리 떨어져 있고, 함께 배정받은 친구들도 많지 않았다. 하지만 그것도 잠시였다. 새로운 친구들을 만나는 것은 또 하나의 즐거움이었다.

그때부터였던 것 같다. 과학이나 화학이 아주 재미있는 과목이라는 사실을 안 것은. 체육도 물론 재미있었지만 과학 시간이 되면 저절로 잠이 달아났다. 어렸을 때 책에서 읽었던 과학자들의 이야기며, 인류의 발달 등을 알게 될 때마다 저절로 신이 났다. 과학이나 화학 성적이 올라가면서 내 자신감도 쑥쑥 자라났다.

두 살 위의 형이 고등학교에 진학한 이후부터는 놀이보다 진지한 이야기를 자주 나누었다. 친구들이 중앙동의 노래방이나 찜질방, 피시방에 가자고 연락을 해도 별반 흥미가 느껴지지 않았다. 그 시간에 집에서 형과 대화를 나누거나 혼자 생각하는 것이 더 좋았기 때문이다. 간혹 주말이 되면 형과 학교 운동장에 나가 농구를 했다. 땀을 흠뻑 흘리고 나면 잎이 무성한 나무 그늘에 앉아 이야기를 나눴다. 그 무렵이었던 것 같다. 내 미래에 대해 진지하게 생각했던 것은. 하루는 엄마가 진지하게 물어본 적이 있었다. "성빈아. 넌 정말 뭐가 되고 싶니?"

"글쎄?" 그때에도 나는 자신있게 말하지 못했다. 엄마는 내 손을 잡으며 말씀하셨다.

"엄마가 보니 기술이 있는 사람들은 늙을 때까지 사회생활을 하더라. 넥타이 매고 대기업에서 일하는 것도 좋지만 자기 기술이 있는 사람만 못한 것 같아. 난 네가 무엇이 되든 다 좋지만 안정적이면서 오래 일할 수 있는 직업을 선택했으면 좋겠어."

엄마의 말을 듣고 나자 당당하게 말할 수 있을 것 같았다. "난 운동을 좋아하니까 그런 쪽의 활동이 많은 직업을 갖고 싶어. 군인이나 경찰. 그 정도면 엄마도 좋지? 안정적이면서 내가 하고 싶어 하는 일이니까." 엄마의 얼굴에 미소가 피어올랐다.

'가족'과 함께했던 행복 발자취

고등학교가 발표되던 날, 난 기분이 무척이나 좋았다. 인근 친구들과 함께 단원고등학교에 배정받기 때문이다. 중학교 때에는 버스를 타고 학교에 다니느라 피곤했던 것이 사실이었다. 아침에 조금 더 잘 수 있다는 것만 해도 기쁜 일이었다. 단원고등학교는 참 아름다웠다. 골목을 돌아 교문 앞에 선 아담한 건물과 아기자기 자리잡은 운동장은 꼭 마음에 들었다. 고등학생이 된 이후에도 변함 없이 형과는 깊은 대화를 나누었다. 꿈이나 미래에 대해. 간혹 형은 내게 말하곤 했다.

"난 대학에서 전기를 공부할 거야. 기술이 뛰어난 엔지니어가 되어서 우리를 기르느라 고생하신 엄마 아빠한테 효도할 거야."

그렇게 둘이 이야기를 나누는 모습을 보면 돼지 엄마는 꼭 이렇게 놀려댔다.

"으이그, 너희들은 지겹지도 않냐. 친구들도 만나러 좀 나가고 그래 봐."

누가 뭐래도 형은 둘도 없는 친구였다. 어떨 때에는 다정한 조언자였고 이정표나 마찬가지였다. 그래서 나는 형이랑 함께 있는 것이 즐거웠다.

늦은 밤까지 형과 이야기를 하고 있으면 엄마가 일을 마치고 들어오셨다. 그럴 때 바라본 엄마의 얼굴에는 피곤이 덕지덕지 묻어 있었다. 형은 그런 엄마의 얼굴을 보다가 책에 머리를 묻었다. 나는 엄마를 꼭 안아 주며 이렇게 말하곤 했다.

"엄마, 이제 조금만 더 크면 나도 돈 벌 수 있을 거야. 그러면 우리 엄마 뭐 해 줄까? 엄마, 고생도 얼마 안 남았어. 이제 엄마는 내가 지킬 거니까."

그런 말을 할 때마다 엄마는 아무 말 없이 등을 토닥여 주셨다. 아마도 엄마는 이런 말을 하고 싶었을 거다. '우리 빈이가 다 컸네. 하지만 넌 네 생각만 해. 엄마 아빠는 네가 하고 싶어 하는 일 다 할 수 있도록 도와줄 테니.' 하루라도 빨리 대학에 입학하고, 또 졸업하고 싶었다. 그래서 더 빨리 사회인이 되고 싶었다.

가족 모두를 지키고 싶었는데

아빠는 갈수록 핼쑥해졌다. 아빠 얼굴이 야위는 속도만큼 엄마의 수심도 깊어갔다.

"수술만 하면 나을 수 있대. 그러니 너희들은 걱정할 필요가 없어. 그냥 학교생활만 열심히 하면 돼."

얼마 후 아빠는 서울대병원에 입원했다. 그리고 내 일상에도 작은 변화가 시작되었다. 토요일 아침이면 나는 몇 권의 교과서를 챙겨 들고 병원으로 갔다. 1주일 내내 병원에서 아빠를 간병한 엄마를 돕기 위해서였다. 내가 병원에 도착하면 엄마는 짐을 챙겨 들고 집으로 갔다.

"엄마, 가서 좀 쉬고 와." 그러면 고개를 끄덕이고 나가셨지만 나는 알고 있다. 엄마가 휴식을 취하기 위해 집으로 갔던 것이 아님을. 밀린 청소와 빨래, 또 형이랑 내가 먹을 반찬을 장만하느라 한순간도 제대로 눕지 못하고 다시 병상으로 오실 거라는 사실을.

토요일 밤, 아빠 옆에 놓인 보조 침상에 누워 있으면 1년 전 생각이 나곤 했다. 그때에는 안산 우리 집에서 아빠와 함께 환한 달을 보았는데. 병실의 밤은 깊고도 뿌연 느낌이었다. 잠이 오지 않아 아빠의 여윈 손을 잡으면 자꾸 눈물이 났다. 수학여행을 앞두고도 나는 오래 고민했다. 수학여행을 떠나는 4월 15일은 아빠가 수술을 마치고 퇴원하는 날이었다. 내가 집에 있어야 하는 건 아닐까? 그러나 엄마의 생각은 달랐다.

"수술은 잘 끝났어. 그래서 퇴원하시는데 니가 왜 필요하겠니? 그냥 선생님이랑 어른들 말씀 잘 듣고 무사히 돌아오기만 하면 돼."

수학여행 가기 이틀 전인 4월 13일, 나는 수술을 마친 아빠를 만났다. 다행히 아빠는 평온해 보였다. 아빠가 말했다. "우리 아들, 수학여행 가기 전에 사진 한 장 찍어 둬야겠다." 괜히 멋쩍어서 밝은 웃음을 보여드리지도 못했다. 정말 수학여행을 가는 게 맞는 걸까? 가족들 모두에게 미안할 뿐이었다. 하지만 엄마는 내 손을 잡으며 도리어 미안하다는 말을 반복했다.

"성빈아, 미안해. 오늘부터 계속 집에 가지 못해 너 수학여행 짐도 못 싸 주겠구나. 내가 전화를 해 놓을 테니 외삼촌이랑 함께 준비해. 그리고 출발하는 날이랑 제주도에 도착한 날 전화 주고." 그러다가 엄마가 갑자기 생각났다는 듯 말했다.

'가족'과 함께했던 행복 발자취

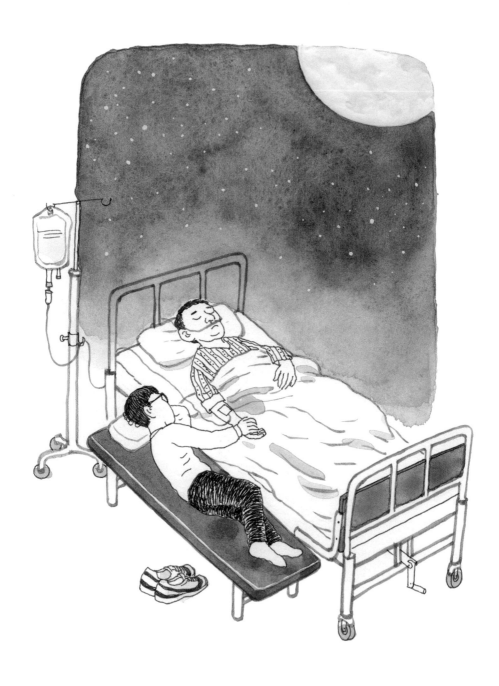

"참 너, 액정이 깨져서 전화도 잘 안 되잖아. 월요일에 삼촌이랑 전화기도 바꿀 수 있으면 바꾸고."

나는 엄마를 안심시켜 드리려고 말했다. "조금 있으면 더 좋은 거 나온대요. 그때 가서 최신형으로 하나 사지, 뭐." 엄마의 표정에서 아쉬움이 묻어났다.

다음날인 4월 14일 저녁, 엄마의 말대로 외삼촌이 와 계셨다. 내가 가장 좋아하는 막내 삼촌, 얼마 전까지 특전사였던 용감한 어른이다. 삼촌이 씩 웃으며 말했다.

"엄마 걱정이 많더라. 너 수학여행 가는데 해 준 게 없다고 말야. 그래서 이 멋진 삼촌이 오지 않았냐? 그러니 안심해라."

외삼촌은 마치 엄마인양 꼼꼼하게 짐을 싸 주셨다. 마트에서 필요한 옷가지를 몇 벌 사고 나자 금세 하늘이 어두워졌다. 어느 정도 짐 정리가 끝난 이후 우리들은 함께 저녁을 먹었다. 삼촌의 무용담은 언제 들어도 재밌었다. 삼촌은 밥을 다 먹을 무렵, 약간은 진지한 표정으로 당부했다.

"성빈아, 그럴 가능성은 전혀 없는데 말이지. 만약에, 만약에 배가 기울면 무조건 갑판으로 나가야 돼. 한 번 넘어간 배는 절대 다시 바로 서지 않거든. 갑판으로만 나가면 누구든 와서 구해줄 테니 내 말 명심해." 외삼촌은 가끔 가다 쓸데없는 생각을 많이 하는 것 같았다. 세상에 내가 탄 배가 침몰하는 일이 과연 있을까.

얼마 지나지 않아 엄마 전화가 걸려왔다. "내일 아버지 퇴원하셔서 네 얼굴 못 보겠네. 짐 싸 주지 못한 게 자꾸 마음에 걸려. 그래도 잘 다녀와, 내 아들!"

엄마의 목소리를 듣는데 자꾸만 눈물이 났다.

'수학여행 갔다 오면 아버지 와 계시겠네. 엄마, 잘 다녀올게. 그동안 아빠 잘 도와주고 있어.' 나는 그렇게 자꾸만 되뇌었다. 내가 사랑하는 안산에도, 내가 사랑하는 우리 집에도 진한 저녁이 내려앉고 있었다.

'가족'과 함께했던 행복 발자취

착한 놈, 씩씩한 놈, 행복을 주는 놈

안산 단원고 2학년 7반 **김수빈**

1. 수빈이와 친구들(단원중학교 3학년 때).
친구들 사이에서 수빈이는 항상 웃음과 행복을 주는 아이였다(칠판을 든 친구가 수빈).
2. 유치원 현장학습에서 그림 그리는 수빈이(안산유치원, 일곱 살).
수빈이는 경험한 것을 그림으로 남기길 좋아했다.
3. 재밌는 수학 선생님이 되고 싶었던 수빈이(단원고 2학년 때, 등교하기 전에 찍은 사진).

착한 놈, 씩씩한 놈, 행복을 주는 놈

"요우…… 챠챠아! 챠챠 쳐!"

수빈이는 주문을 걸 듯 희한한 소리를 내지르면서 게임을 했다. 뒤에서 구경하던 친구들이 "아휴, 왜 그걸 못 맞춰?", "아무도 없는 데다 왜 던지냐?"라며 뭐라 그랬다. 그러면서도 웃음을 멈출 줄 몰랐다. 게임이 재밌는 건지, 수빈이가 웃긴 건지 알 수 없었다. 모두들 수빈이와 함께 있기만 해도 흥이 났다.

수빈이와 친구들이 즐기던 게임은 '리그 오브 레전드(League of Legend)'라는 온라인 게임이다. 줄여서 '롤(LoL)'이라 부른다. 친구들과 좁은 방에 모여서 하기도 했고, 각자 집에서 헤드셋을 쓰고 영상 통화로 떠들면서도 했다. 집에 컴퓨터가 한 대밖에 없었을 때는 자기도 컴퓨터를 쓰겠다며 조르는 동생 수지도 신경 써야 했다. 그럴 때 수빈이는 딱 한 판만 더 하겠다고 약속하고 게임을 계속했다. 그래도 수지는 불만이었다. 롤 한 판이 끝나려면 삼사십 분은 족히 걸리기 때문이다.

수빈이가 롤 때문에 밤을 새도록 게임에 빠져 있는 건 아니었지만 게임과 관련된 건 다 즐겼다. 친구들과 게임 얘기를 하고, 틈틈이 인터넷 방송으로 '해물파전'의 게임 중계를 봤다. 스마트폰으로 '롤백과' 어플리케이션을 찾아보며 챔피언 '리신'을 따라 해 보기도 했다. 눈을 가리고 리신처럼 주먹질과 발차기 흉내를 냈다.

다른 것엔 별 욕심이 없던 수빈이도 게임과 관련해선 꼭 갖고 싶었던 게 있다. 기계식 컴퓨터 키보드다. 중앙동 어느 피시방에서 기계식 키보드로 롤을 해 본 후 홀딱 반했다. 단축키와 동시 입력 기능도 있고, 터치감과 딸깍딸깍 소리도 끝내줬다. 백라이트가 있어서 키보드가 크리스마스트리처럼 번뜩이는 것도 멋있었다.

그 키보드는 비쌌다. 부모님은 그렇게 비싼 키보드가 왜 필요한지 도무지 이해하지 못하셨다. 워낙 수빈이가 뭘 사 달라고 떼써 본 적이 없었기 때문에 마구 졸랐다면 진작 사 주셨을지도 모르지만, 좀 참았다가 수학여행 다녀온 후에 사려고 했다. 수빈이의 책상 속에는 키보드를 사기 위해 모아 놓은 돈 7만 원이 남아 있었다. 그동안 아껴 모은 용돈과 수학여행 가서 쓰라고 주신 특별 용돈의 일부를 남겨 놓은 것이다.

조금 늦었지만, 엄마가 집으로 돌아오지 못한 수빈이를 위해 키보드를 사 놓으셨다. 수빈이가 어디에 있든 그 키보드로 실컷 게임 하면서, 골드를 넘어 플래티넘까지 롤 등급도 높이고, 여기서 그랬던 것처럼 신나고 재미있게 지내길 바라시면서.

게임만 재미나게 했던 게 아니다. 수빈이는 심지어 수학으로도 아이들을 웃겼다. 인수분해, 이차방정식, 코사인법칙 나오는 그 수학 말이다.

수빈이가 교실 앞에서 문제 풀이를 하면 졸던 아이들도 침 닦으며 고개를 들고 칠판을 봤다. 좀 어리바리하긴 해도 재미나게 설명을 잘한다고 선생님들의 칭찬이 자자했다. 수빈이도 자기가 아는 걸 가르쳐 주는 게 좋았고, 학교 공부 중에선 수학을 가장 잘했다. 그래서 고등학교에 가서는 수학 선생님이 되고 싶다는 구체적인 꿈을 키웠다.

친구들은 '과연 수빈이가 수학 선생님이 될 수 있을까?'하며 고개를 갸우뚱거렸다. 그래도 수빈이가 선생님이 된다면, 수학을 최고로 잘하는 선생님이 될지는 몰라도 정말 웃기는 선생님이 되었으리라는 것에 모두 동의한다.

수빈이는 운동과 춤도 좋아했다. 중학교 3학년 체육 대회에서는 줄넘기로 1등을 했다. 한밤중에도 나가서 꾸준히 연습한 덕이다. 그 무렵에 피트니스도 열심히 하고 배드민턴도 많이 쳤다. 춤도 한번 추면 열심히 췄다. 중학교 졸업식 때 수빈이가 춤추는 걸 보고 부모님이 깜짝 놀라신 적이 있는데, 수학여행 가기 전에는 몇 주 동안이나 학원까지 빠져 가며 장기 자랑 춤 연습을 했다. 엄마가 "공부를 그렇게 열심히 하면 원하는 대학교에 가고도 남겠다!"고 하실 정도였다. 엄마도 속으로는 수빈이가 좋아하는 일에 집중해서 노력하는 모습이 기특하셨다.

물론 수빈이도 뭐든지 다 좋아하고 잘한 건 아니다. 영어는 젬병이었다. 수빈이의 영어 발음은 항상 친구들의 놀림감이 되었다. 그래도 별 상관 안 했다. 관심 없는 일엔 크게 신경 쓰지 않는 성격이어서, 옷 사러 돌아다니거나 스마트폰으로 이모티콘을 보낸다거나 하는 자잘한 것들이 귀찮았다. 뭘 읽거나 쓰는 것도 별로 좋아하지 않았다. 편지를 쓴 적이 거의 없는데, 유일하게 가영이에게 빼빼로데이 선물 줄 때 편지를 썼다. 글씨 예쁘게 쓰려고 여러 장을 다시 쓰느라 애 많이 썼다.

수빈이는 많이 먹고 많이 움직이는 편이었다. 해산물 종류만 빼놓고는 치킨, 고기 등 뭐든 잘 먹었다. 먹는 것에 비해 운동을 많이 해서인지 살찐 편은 아니었다. 잘 먹고 활동적인 건 아무래도 타고난 모양이다. 어렸을 때부터 그랬으니까.

"왜 이모부는 저만 혼내세요?"

초등학교 들어가기 전이었다. 수빈이가 볼멘소리로 말했다. 수빈이는 이종사촌과 동갑이어서 어렸을 때 이모네랑 자주 만났다. 이모부는 천방지축 개구쟁이였던 수빈이를 놀이동산이나 공원으로 잘 데리고 다니셨다. 수빈이는 여기저기로 '타다다다' 뛰어다니다가 밥을 '파바바박' 먹어 치우는 정신없는 아이였다. 그러다 보니 수빈이를 돌봐 주던 이모부의 잔소리도 끊이지 않았다.

어린 수빈이는 궁금한 게 많았다. 이걸 하다 보면 저게 재밌을 것 같고, 그러다 또 다른 게 눈에 띄곤 했다. 태어난 지 아홉 달 만에 걷기 시작했고 두 돌도 되기 전에 세발자전거를 타고 다녔다. 한 번은 빵빵거리는 자동차 경적 소리를 들은 엄마가 뛰어나갔더니 골목에서 세발자전거를 탄 수빈이가 차를 피하지도 않은 채 놀고 있었다. "도대체 애 엄마가 누구요?"라며 운전하던 분이 고래고래 소리를 질렀다. 화내며 심한 욕도 했다. 그날 엄마는 수빈이 때문에 처음 눈물을 흘렸다.

그때부터 먹기도 잘 먹었다. 남들 이유식 하기 전부터 이것저것 잘 받아 먹고 소화를 잘 시켰다. 수빈이를 쫓아다니느라 바짝 마른 엄마도 수빈이가 맛있게 먹는 걸 볼 때만은 더없이 흐뭇하고 행복했다. 외할머니도 놀이방 선생님도 눈만 뜨면 설치고 돌아다니는 수빈이를 감당하지 못하셨다. 그래서 점점 더 엄마한테만 딱 붙어 다녔다. 할머니 댁에 가서도 엄마가 부엌에서 물 한 방울도 묻히지 못할 정도로 엄마에게서 떨어지질 않아 효자 소리도 들었다.

어렸을 때는 말하기보다 그림 그리기를 잘했다. 어디든 놀러갔다 오면 기억나는 것을 그림으로 남겼다. 자동차 공장에 견학 갔다 와서 상상 속의 차 그림을 그린 게 대회에 당선된 적도 있다. 손재주가 있다는 말도 많이 들었는데, 종이접기를 하거나 찰흙이나 클레이로 뭘 만들어 놓으면 다들 감탄했다. 어떤 날은 수빈이가 돼지를 만들었더니 아빠가 코끼리도 만들어 보라고 하셔서 또 만들었다. 뭐든 만들 수 있었다. 아빠는 상상력과 재주가 풍부한 수빈이가 신기하면서도 자랑스러웠다.

중학교 때까지는 만화책과 만화 그리기가 좋아서 만화가가 되고 싶었다. 고등학교 들어가면서 수학 선생님으로 꿈을 바꾸었지만, 심심할 때 만화 그리며 낙서하는 건 계속했다. 공책에 '서든 어택' 게임 그림을 그려 놓기도 했다.

수빈이는 영화나 드라마보다 〈원피스〉 같은 만화나 〈무한도전〉을 보는 걸 좋아했는데, 〈겨울왕국〉을 보고선 애니메이션의 세계에 푹 빠졌다. 다 커서 디즈니 애니메이션을 본다고 친구들이 뭐라 했지만 아랑곳하지 않고 〈라이온 킹〉까지 다 찾아봤다. 그림이 재밌고 예뻐서 좋았다. 수빈이는 애니메이션을 보고 캐릭터를 그대로 그릴 수 있었다. 〈겨울왕국〉에 나오는 엘사와 안나, 올라프도 그렸다.

"엄마, 나중엔 꼭 엄마도 그려 줄게."

공부 안 하고 만화나 그리고 있던 게 찔렸는지, 엄마를 그려 주겠다는 약속을 했다. 수빈이는 그 약속을 끝내 지키지 못했다. 반대로 엄마가 수빈이를 생각하며 그림을 그렸다. 수빈이의 그림 재주는 엄마가 물려주신 모양이다. 팽목항에 붙어 있는 '세월호,

기억의 벽' 그림 타일에 그려진 〈겨울왕국〉의 눈사람 올라프는 수빈 엄마의 작품이다. 여름을 좋아하던 행복한 눈사람 올라프, 뜨거움과 차가움 둘 다 좋아하던 올라프……

라시도 솔미레 도시라라라라라라시도……

〈렛잇고〉 노래를 수빈이는 피아노로 쳤다. 선배와 친구들이 의외의 모습이라며 놀랐다. 수빈이는 고등학교 1학년 때는 운동 동아리인 '액티브' 활동을 했지만 2학년이 되면서 노래 부르는 '보컬부'에 들어갔다. 보컬부면서도 노래는 별로 하지 않았다. 주로 선배들, 친구들과 어울려 놀면서 댄스음악에 맞춰 춤도 추고, 피아노를 치기도 했다. 피아노를 많이 배우진 않았지만 좋아하는 곡들을 뚱땅거리며 연주할 수 있었는데, 〈겨울왕국〉 주제가인 〈렛잇고〉는 계이름을 적어 놓고 열심히 연습했다.

〈겨울왕국〉이 좋았던 건 우연이 아니다. 수빈이는 워낙 물과 눈을 좋아했다. 어릴 적부터 할아버지 댁이 있는 양양에 가면 개울에서 가족들과 물놀이를 즐겼다. 수빈이 그림에는 고래, 낚싯배, 물놀이 장면 등이 많이 담겼다.

바다와 계곡이 그려진 그림 위쪽엔 항상 행복한 해님이 밝게 웃고 있다. 처음으로 눈을 많이 본 것도 양양 할아버지 댁에서다. 안산에서는 그렇게 많은 눈을 본 적이 없어서 신나게 눈을 갖고 놀았다.

슈우웅……

장마철 놀이터에서 수빈이가 보드를 탔다. 눈 쌓인 스키장이 아니라 비에 젖은 미끄럼틀에 못 쓰는 상자를 깔고 서서 보드 타듯 미끄러져 내려왔다. 초등학생이었던 동생 수지가 동네 놀이터에서 놀고 있는데 수빈이가 등장한 거다. 그 전까지 옷 젖는 게 싫었던 수지는 상자를 깔고 앉아 미끄럼틀을 타고 있었다. 선 채로 아슬아슬 미끄러져 내려오던 수빈이는 바닥에 고인 물웅덩이에 풍덩 빠지고 말았다. 다시 비가 오기 시작했지만 이미 흠뻑 젖은 아이들은 첨벙대고 물 튀기며 신나게 놀았다.

놀이터 물놀이를 떠올리면 저절로 웃음이 나는 수지의 기억 속에서 그날의 오빠는

착한 놈, 씩씩한 놈, 행복을 주는 놈

허름한 반바지에 민소매 티셔츠 차림이었다. 중고등학생이 되면서도 옷차림에 별로 신경을 쓰지 않아서 친구들에게 "옷 좀 제대로 입고 다녀라" 하는 잔소리를 들을 정도였다.

"찍지 마, 찍지 말라니까!"

강현이가 한겨울 길거리에서 반팔 차림의 수빈이를 찍고 있었다. 수빈이는 겨울에도 반팔 티셔츠에 패딩 점퍼를 쓱 걸친 채 슬리퍼를 신고 다녔는데, 그날은 춥다고 하는 경림 누나에게 점퍼까지 벗어줘 버렸다. 친구들은 수빈이의 엉뚱한 행동들을 사진이나 동영상으로 남기고 싶었다. "수빈아, 여기 봐", "한번 굴러 봐"라며 주문도 많았다. 수빈이는 찍지 말라면서도 결국은 시키는 대로 카메라를 쳐다봤다. 하얀 눈밭에 넘어져서 한 바퀴 굴러 주기도 했다.

그렇게 몰려다니던 강현이, 준이, 승원이, 훈이, 가영이, 경림 누나…… 그들에게 수빈이는 '착한 놈'이다. 놀려도 다 받아 주고 잘 속아 넘어가 주던 놈. 그러면서도 화를 내거나 짜증을 낸 적이 없다. "근데 있잖아…… 이건 뭐야?" 하며 이것저것 말 걸고 떠들다가, 어느 틈에 친구네 집 설거지와 청소를 해치우기도 했다. 수빈이가 있는 곳에는 웃음바다가 펼쳐지고 겨울 왕국이 녹아내렸다.

목포 출신 친구에게 '촌놈'이라 부르곤 했지만 안산에서 태어난 수빈이야말로 순수하고 씩씩한 진짜 촌놈이었는지도 모른다.

"엄마, 립스틱이 생각보다 비싸더라"

생신 선물을 드리며 수빈이가 말했다. 모아 놓은 돈이 모자라 수지와 용돈을 합쳐서 준비한 주황색 립스틱이었다.

수빈이에게 선물은 중요했다. 수빈이에게 특별히 잔소리를 하거나 혼낸 적이 별로 없던 엄마가 딱 한 번 수빈이를 크게 혼낸 적이 있다. 초등학교 5학년 때였을 거다. 친구와 축구를 하다 공이 하수구로 빠져 버렸다.

친구가 생일 선물로 받은 축구공이었는데 건져 내지 못하니 친구가 울면서 마구 화를 냈다. 수빈이가 엄마 지갑에서 몰래 만 원을 꺼내 와서 친구에게 공을 사 줬다. 결국 친구 어머니를 통해 엄마가 그 사실을 알게 되었다. 그날 수빈이는 돈을 몰래 가져가고 거짓말을 했다고 야단을 많이 맞았다.

친구가 선물로 받은 공이라는 말만 안 했어도 그런 일은 하지 않았을지도 모른다. 그렇지만 수빈이에게 선물은 단순한 물건이 아니라 마음이 담긴 것이었다. 수빈이는 가족들 생일은 물론이고 밸런타인데이, 빼빼로데이까지 꼬박꼬박 챙겼다. 아기자기하게 카드나 편지를 쓸 줄은 몰랐지만 장미꽃 한 송이라도 선물하는 걸 잊지 않았다. "오늘 아빠 생신이니까 다 같이 맛있는 걸 먹자"는 등 말만으로도 분위기를 잡았다. 마음은 굴뚝같은데 선물할 방법이 없을 땐 어떻게든 궁리를 해냈다.

어버이날을 며칠 남긴 어느 날, 수빈이가 엄마한테 돈 좀 달라고 했다. 왜 그러냐고 하니, 예쁜 꽃을 봤는데 꼭 사고 싶다고 능청을 떨며 당당하게 돈을 받아갔다. 그해 어버이날에 수빈이는 부모님께 카네이션 꽃바구니를 드렸다. 며칠 전 받아 간 돈으로 샀다는 걸 뻔히 알았지만, 엄마는 아들이 귀엽고 대견했다.

말도 많고 활달한 수빈이와 달리 세 살 어린 동생 수지는 말수가 적고 얌전했다. 수빈이는 수지가 엄마한테 짜증을 내는 걸 보고 대신 야단을 치기도 했고, 처음 집에 놀러 온 수지 친구에게 별명까지 붙여 주며 말을 걸기도 했는데, 수지는 그렇게 온갖 참견을 하는 오빠가 잘 이해가 되지 않았다.

수빈이는 수지의 머리카락을 쓰다듬는 걸 좋아했다. 머리카락이 길고 부드러워서 만지면 시원하다는 게 이유였다. 귀찮다고 신경질 내는 수지에게 그렇게라도 장난을 걸고 싶었는지도 모른다.

수빈이는 하나뿐인 동생에게 관심이 많았다. 소인수분해도 잘 가르쳐 줬고, 겨울 방학 때 처음으로 농구장 아르바이트 해서 번 돈도 수지에게 용돈으로 줄 정도로 기분파였다. 둘은 같은 학원을 다니면서도 따로따로 집에 왔지만, 집 근처에서 혼자 걸어가는 수지의 뒷모습을 보면 수빈이가 달려가서 탁 치며 말 걸곤 했다. 수빈이는 연약한 수지가 밥 많이 먹고 더 씩씩해지기를 바랐다.

아빠는 수빈이와 종종 추어탕 집에 갔다. 수빈이에게 막걸리를 마셔 보라고 권한 적도 있다. 젓가락으로 찍어 먹어 본 막걸리는 수빈이의 입맛에 안 맞았다. 맥주도 마찬가지였다. 혹시나 몰래 술 마시고 다니나 싶어 떠본 거였지만, 아빠에게는 수빈이가 얼른 자라서 맥주 한잔 함께하는 말동무가 되기를 바라는 마음도 컸다.

주말에 피시방으로 몰려가는 수빈이와 친구들을 보면, 아빠는 "니들 또 물고기 잡으러 가냐?"고 말 거시곤 했다. '피시(PC)'가 '피쉬(fish, 물고기)'와 비슷하다고 그렇게 농담을 하신 거다. 머리 크기가 작아서 모자가 잘 안 맞는 것이나, 엉뚱하게 웃기는 능력이 있는 점에서 수빈이는 아빠를 많이 닮았다.

"엄마, 이따 내가 할게, 그냥 두세요"

집에서 엄마가 뭘 시켜도 수빈이는 단박에 싫다는 소리를 한 적이 없다. 하던 걸 끝낸 다음 부탁한 일을 해 드리겠다고 부드럽게 얘기했다. 시장에 가면 절대로 엄마가 짐을 드시게 한 적이 없다. "내 아들이지만, 같은 말이라도 예쁘게 하는 점은 배우고 싶을 정도였다"는 엄마에게 수빈이는 애교가 많으면서도 듬직한 아들이었다.

부모님은 수빈이가 좋은 대학에 가고 돈을 많이 버는 것보다 세상을 크게 보고 다양한 경험을 하기를 원하셨다. 뭘 하든 넓게 보고, 우리나라를 넘어 세계 전체를 경험하고, 너른 시야를 바탕으로 많은 꿈을 꾸기를 바라셨다.

"그렇게 말 많이 하면 힘들지 않니?"

집에 오면 물어보지 않아도 밖에서 있던 일들을 활기차게 얘기하던 수빈이에게 엄마가 물었다.

"나라도 이렇게 떠들지 않으면 우리 집이 너무 조용할걸?"

수빈이가 대답했다. 아닌 게 아니라 수빈이가 떠난 이곳은 너무나 조용하다. 그래서 이제 수빈이 대신 엄마가 재미난 이야기들을 많이 하려 애쓰신다. 가족과 친구들도 수빈이를 통해 더 넓은 곳을 보며 새로운 꿈을 꿀 것이다. 재밌고 웃기는 일들이 벌어지면 수빈이가 보낸 것이라 여기면서.

우리의 수달, 애교 덩어리, 활력소이자 웃음꽃, '롤'의 제드, 행복한 눈사람 올라프…… 수빈이는 지금 어디 있을까? 어디에 있든 바쁘고 신나게 지내고 있을 것 같다. 꼭 그럴 것만 같다.

착한 놈, 씩씩한 놈, 행복을 주는 놈

너를 통해 보는 네 모습

안산 단원고 2학년 7반 **김정민**

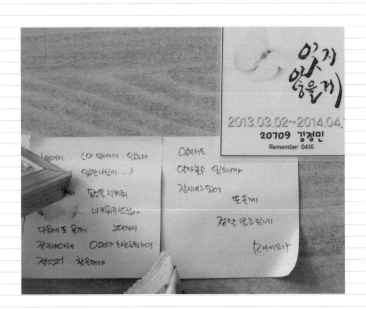

1. 집에서 멋지게 뽐내며 피아노 치던 모습. 피아노는 정민이의 목소리이자 몸짓이었다.
2. 무뚝뚝해 보이지만 친구들의 말을 자상하게 잘 들어주던 마음 따뜻한 정민이.
3. 학교에서의 정민이. 사진 찍는 걸 싫어했던 정민이에겐 앞모습이 제대로 나온 사진이 거의 없다.

너를 통해 보는 네 모습

"정민이가 춤을 추는구나."

"걷는 것밖에 못 봤는데, 정민이가 춤을 추다니 참 신기해."

동영상 속에서 너는 자신 있게 다섯 손가락을 쫙 펼쳤다. 빙그르르 돌며 후드 쓴 고개를 건들거릴 줄도 알았다. 시크하게 검은 옷을 입었지만 다리 구부리는 모습은 약간 어정쩡하게 보였다.

수학여행 때 선보일 장기 자랑을 준비하며 친구들과 연습하다 찍은 동영상이다. 너를 알던 많은 사람들이 그걸 보고 깜짝 놀랐다. 수학여행 이후 곧 있을 중간고사 공부는 안 하고 몰려다니며 밤늦도록 춤 연습이나 한다며 핀잔을 주던 어머니도 멋지게 춤추는 네 모습을, 박자를 맞추며 달싹거리던 네 입술을, 함께 춤추던 친구 어머니에게서 스마트폰으로 건네받은 동영상을 통해서야 볼 수 있었다.

네가 직접 찍은 동영상도 있다. 중3 겨울 방학 때 터키 여행 가서 찍어 친구에게 보내 준 영상이다. 배 위에서 찍은 그 동영상엔 너의 모습도 여행길의 진기한 풍경도 없었다. 거기엔 파란 하늘이 가득 담겨 있었다. 저 높이, 저 멀리, 갈매기가 날아가는 맑고 예쁜 하늘…… 너의 하늘을 보내 주던 소년, 보고 느끼는 모든 것을 나눠 주고 싶던 사람, 그게 너, 김정민이다.

지독하게도 사진 찍히기를 싫어했던 탓에, 가족과 친구들의 스마트폰엔 네 모습이 별로 남아 있지 않다. 친구들과 함께 찍은 사진도 많지 않으며, 웃는 사진이나 앞모습이 제대로 나온 사진도 드물다. 중학교 졸업식에서의 의젓하고 사랑스런 네 모습을 찍고 싶었던 어머니는 끝내 네가 등을 돌려 버려 남기지 못한 그 순간을 못내 그리워하신다.

"많이 웃어드리지 그랬어. 너 웃는 거 참 예쁘잖아, 바보야!"

친구들도 안타까워하며 말한다. 그래도 네가 남긴 흐릿한 셀카 사진들 속에서 너는 만족스런 표정을 짓고 있다. 우스꽝스런 얼굴도 만들고 거울 앞에서 폼 잡을 줄도 안다. 자신이 얼마나 멋진 녀석인지 알고 있었던 게 분명하다. 순간순간 분위기를 잡으며 씩 웃는 네 모습이 떠오른다. 하얀 이 드러내며 웃는 얼굴, 스마트폰에는 다 담기지 못한 너의 진짜 모습……

"엄마, 내가 복제를 할 수 있다면 제일 먼저 정민 오빠를 복제하고 싶어요."

교육방송에서 과학 프로그램을 보던 유민이가 말했다. 막내 유민이는 태권도를 좋아한다. 하루에 한 권씩 책을 빌려 와 읽는 걸 보면 유민이는 딱 초등학생 때의 너를 닮았다. 이번에 수민이는 교회를 통해 케냐에 다녀왔다. 네가 갔던 터키보다 더 먼 곳이었지만 씩씩하게 여행하며 어머니 선물로 알록달록한 팔찌도 사 왔다. 수민이와 유민이는 네가 나온 꿈 얘기를 하며 꿈속에서 너를 기다린다.

막내 유민이의 멋쟁이 큰오빠, 팅팅 튀는 남동생 수민이를 툭툭 건들며 장난치던 무뚝뚝한 형, 말없이 다정하신 아버지의 믿음직한 아들, 그리고 어머니의 마음을 항상 꽉 채워 주던 너는 단단하고 따스한 다섯 가족의 중심이었다. 아니, 너는 지금도 가족의 중심에 있다.

네가 어렸을 때부터 어머니는 누워 있는 모습조차 보이지 않고 네게 사랑과 정성을 쏟았다. 네가 감기로 고열에 시달릴 때면, 밤이 깊도록 미지근한 물로 온몸을 닦아 주며 열이 내리기를 간절히 기도했다. 효과 좋은 약으로 빨리 병을 낫게 하기보다는, 기침이 나오면 배즙을 만들어 먹이는 식으로 천천히 보살폈다. 덕분에 병원을 가까이 하지 않는 건강한 아이로 자랐다.

김정민

어머니는 유치원에 다녀온 너를 업고 다니며 세상을 보여 주셨다. 아버지와는 광덕산에 자주 갔다. 힘들다고 하면 아버지가 널 업어 주셨다. 부모님이 책을 많이 사 주셨지만, 뭔가 많은 것을 아는 사람이 되기를 원해서가 아니었다. 책을 통하여 다른 세상을 경험해 보고, 네가 마음 따뜻한 아이, 정서적으로 메마르지 않은 아이가 되길 바랐기 때문이다.

초등학생 때부터 너는 참 바쁘고 성실했다. 책을 많이 읽었고, 피곤해도 일기를 꼬박꼬박 썼다. 좋아하는 삼국지를 읽고는 책 속 인물들이 사용하던 칼을 은박지로 만들어 갖고 놀고, 독서록에 위인들의 얼굴을 그리기도 했다. 남의 눈에 띄는 성격이 아니고 공격은 잘 못 해서 축구할 땐 골키퍼나 수비수를 했다.

그 외에도 수영을 열심히 하고 자전거를 즐겨 탔다. 탁구를 하면서 운동에 관심이 많이 생겼다. 중학교 3학년 때는 학교 탁구 대회에서 일등을 할 정도로 실전에도 강했다. 일등상과 함께 받은 상품권의 일부를 어머니께 생신 선물로 드리고 남은 걸로는 책을 샀다.

너는 유난히도 겁이 많았다. 어렸을 적에는 파리만 날아다녀도 제자리에 얼어붙어 울어 버리기도 했고, 집을 나서다가 앞집 강아지 짖는 소리에 놀라며 신발을 신은 채 다시 뛰어들어 온 적도 있다. 방학이 되면 큰아버지 댁이 있는 완도에 놀러 가곤 했는데, 거기서도 바다에서 노는 것보다는 아래층과 독립된 3층 다락방에서 혼자 생각에 잠기거나 먼바다를 바라보길 좋아했다. 바닷가에는 바퀴벌레처럼 기어 다니는 '강구'라는 벌레가 있었기 때문이다. 강구가 발에 닿을까 무서워서 바닷가에서 너는 꼭 돌 위에 올라서 있곤 했다. 그때 어머니와 함께 바다를 바라보던 사진 속에서도 어김없이 너는 뒷모습만 보인다.

어른스러우면서도 소심했고, 있는 듯 없는 듯 말이 많지 않았지만 네 안에선 달콤하고 재미난 감성이 자라나고 있었다. 투명인간이 되면 이 세상 사람들을 깜짝 놀라게 하고 싶었다는 너. 텔레비전에 꼭 나오고 싶고, 광고 모델이 된다면 아이스크림 광고와 책 광고를 하고 싶었다는 너. 중학교에선 실내화 대신 삼선 슬리퍼를 신는 게 좋

너를 통해 보는 네 모습

았던 너.

"중학교 때까지는 다윗처럼 시인이 되겠다고 했어요."

어머니는 그렇게 기억하신다. 왜 시인이 '되고 싶다'고 말했을까? 너는 이미 시인
이었는데.

비가 오는 지금

저 검은 구름에
번개와 비가 쏟아지네
사람들은
비를 피하고
구름에는
번개와 비가 쏟아지네
꽃들은 잎을 오물고
나는 고단하네
이 비가 언제까지 오려나?
아마 내일까지 오겠지

- 고잔초등학교 3학년 5반 김정민, 5월 27일 일기 중에서

"정민이를 처음 보면 감정이 없는 것처럼 보여요. 로봇처럼."

신기하다, 네가 시인이면서도 로봇 같기도 했다니. 친구들이 달려와 매달리면 '떨어
져!'라고 하며 툭 하니 털어 버리는 모습이 그렇게 보였던 걸까.

중고등학생이 되면서 방에 들어가면 거실에서 무슨 일이 일어나는지 신경도 안 썼
다. 학교에서도 낯을 많이 가렸다. 특히 여자애들에게는 먼저 인사하거나 말을 거는
법이 없었다. 밖에서는 화장실 가는 것도 힘들어하는 성격이어서 낯선 상황에 적응하
기까지 시간이 많이 걸렸다.

그런데 고등학교 1학년 때는 친구의 추천으로 반장이 되었다. 그 얘길 집에는 한참 후에 해서 부모님은 반장이 된 것도 나중에야 알았다. 반장이 되고 인사말로 '사랑합니다' 딱 한마디 한 후 꾸벅 절하고 들어가 버릴 정도로 숫기가 없었다. 오히려 그렇게 엉뚱한 모습이 친구들을 웃음 짓게 했다.

"정민이의 좋은 점은 뭐지?"

"말이 없는 거요."

"그럼 정민이의 단점은?"

"말이 없는 거요."

먼저 앞에 나서고 먼저 연락해 본 적이 없는 네가 어떻게 반장까지 될 수 있었는지 궁금했던 어머니의 질문에 대한 네 친구의 대답이다.

같은 단지에 사는 친구가 병원 치료를 받고 발이 아프다고 전화한 적이 있다. 너는 자다 깬 옷차림 그대로 뛰어나가 친구에게 등을 내밀며 업히라고 했다. 로봇처럼 차가운 첫인상 뒤엔 말보다 앞서는 따스한 마음이 있었던 거다. 그랬다. 말이 많지 않아 넘치지도 않았고 말이 많지 않아 친구들의 아픔을 건드리지 않았던 아이, 자기 얘기를 하기보다는 친구들의 이야기를 잘 들어주고, 힘들어하는 친구의 편에 묵묵히 서 주던 아이, 그게 너, 김정민이었다.

매달 1일, 스마트폰에 데이터 충전이 되면 너는 부자가 된 기분이라고 했다. 중3 때에야 쓰기 시작한 스마트폰은 너에겐 자랑하기 위한 장식품이나 게임기가 아니라 듣기 위한 수단이었다. 친구들이 카카오톡으로 밤늦게 말을 걸어도 칼 같이 받아 주고 들어주었다. 그리고 아침엔 스마트폰으로 음악을 틀어 놓고 하루를 시작했다. '봄바람 휘날리며……' 등의 노래를 들으며 세수를 하고 머리카락을 말렸다.

음악 듣길 좋아했지만 네가 노래 부르는 건 잘 상상이 되지 않는다. 친구들의 얘길 잘 들어줬지만 네가 들려주던 재미난 얘기가 별로 기억나지 않는다. 그렇지만 모두들 너의 피아노 소리를 기억한다. 그렇다. 너에겐 피아노가 있었다.

어려서부터 어머니께 배우며 피아노를 시작했다. 처음부터 잘 따라했다. 클래식 피

너를 통해 보는 네 모습

아노뿐 아니라 재즈 반주까지 꾸준히 배웠다. 기타나 드럼을 해 보라는 권유에도 오로지 피아노만 고집했고, 커서 자식이 생기면 전공으로 피아노를 시켜 보고 싶다고 할 정도로 피아노가 좋았다. 그렇게 피아노가 너의 목소리와 몸짓이 되었다.

레퍼토리도 다양했다. 교회 예배 시간엔 반주를 도맡아 했다. 처음엔 안 하겠다고 했지만 어머니의 끈질긴 설득으로 성탄절 칸타타 연주도 멋지게 해냈다. 혼자 있을 때는 이루마의 곡들을 즐겨 쳤으며, 단원고 음악실에서는 친구들이 좋아하는 가요 멜로디들을 뚱땅뚱땅 쳐 주기도 했다.

한 번은 친구들과 함께 학교 선배를 위한 깜짝 생일 파티를 준비했다. 학교 음악실에서 네가 피아노로 생일 축하곡을 연주했다. 그렇게 생일 파티를 하니 장구와 북으로 둘러싸인 삭막한 음악실이 재즈 카페처럼 멋지게 느껴졌다.

어머니도 네가 피아노 치는 게 좋았다. 저녁에 집에 들어올 때 네가 치는 피아노 소리를 들으면 피곤이 다 풀릴 정도였다. 수학여행 떠나기 며칠 전에는 너의 피아노 반주에 맞춰 어머니가 성가를 여러 곡 불렀다. 어머니는 마지막 선물 같았던 그때의 황홀하고 충만한 기분을 잊을 수 없다.

깊은 바닷길로 달려왔소
메마른 광야를 돌고 돌아
목마름 지쳐 헤맬 때도
주 함께하니 두려움 없네

- 복음성가 〈소명〉의 가사 일부

모든 사람이 스마트폰을 들고 다니는 세상이지만 정작 네가 피아노 치는 모습과 그 소리는 동영상으로 하나도 남지 않았다. 그렇지만 너의 피아노가 만들어 낸 공감의 순간들이 마음속 선물이 되어 진하게 남았다.

"돌아와서 순대 볶음 해 줘! 떡볶이는 내가 쏠게."

페이스북에선 친구들이 먹을 걸 미끼로 널 부른다. 그 정도로 너는 음식을 만들고 함께 먹는 걸 좋아했다. 특히 매운 음식이 좋았다. 빨간 떡볶이, 매콤한 순대 볶음, 얼큰한 매운탕 등. 걸쭉한 떡볶이 국물을 끝까지 쭉 들이켜 마실 정도였다. 어려서부터 일주일에 한두 번은 순대 볶음이나 떡볶이를 찾았다.

어린이집을 운영하던 어머니는 집과 어린이집의 모든 먹을거리를 자연식으로 직접 준비했다. 그러느라 밤늦게까지 일이 많았다. 어머니가 부엌에서 음식을 하면 너는 차마 방에 못 들어가고 서성이곤 했다. 어머니가 일러주는 대로 물, 식초 등을 일대일로 넣으며 피클을 담그기도 했다.

어느 틈엔가 직접 해 먹는 게 좋아졌다. 집에 혼자 있을 때 오므라이스를 만들어 먹은 적도 있고, 어머니가 해 주시던 순대 볶음을 친구들에게 해 주기도 했다. 집에서 친구와 함께 라면과 볶음밥을 만들어 선배 누나에게 대접하기도 했다. 그리고 수학여행 떠나기 며칠 전, 어머니께 요리를 배우고 싶다고 진지하게 말했다.

어떤 애들은 사춘기를 겪으며 반항도 한다지만 오히려 너는 철이 드는 것 같았다. 여전히 책과 피아노를 좋아하고, 아버지와 장기를 두고, 노적봉 폭포에서 동생들과 배드민턴 치는 시간도 가졌다. 자전거 타고 도서관에 다니고 방에서 스마트폰을 만지작거리는 일상의 모습 외에 싸우거나 욕하는 걸 보인 적이 없었다. 특별히 욕심내어 갖겠다는 것도 없고 짜증을 내지도 용돈을 더 달라고 하지도 않았다. 어릴 때는 시인이, 중학교 때 수학 선생님이 되고 싶다고 말한 이후엔 장래에 뭔가 되고 싶다는 말도 거의 하지 않았다. 부모님은 그런 네가 혹여나 너무 수동적인 것은 아닐까 걱정이 됐다.

그래서 네가 요리에 관심을 보인 것은 어머니께 무척 반가운 소식이었다. 네가 수학여행 떠나던 날 어머니가 요리 학원에 연락해서 알아본 정보가 2014년 수첩에 꼼꼼하게 적혀 있다. 한 번도 허튼소리를 한 적이 없던 네가 처음으로 해 보고 싶다고 말한 일이라 얼른 알아보고 뒷받침해 주고 싶으셨다.

네가 요리를 제대로 배운다면 어떤 음식을 만들고 싶었을까. 사람들에게 어떤 맛을 보여 주고 싶었을까. 매운 맛? 정성이 담긴 맛? 아마도 기본을 지키면서도 평범하

너를 통해 보는 네 모습

지 않은 맛이었을 거다.

무표정한 네 얼굴 위의 진한 눈썹처럼, 하얀 떡볶이 떡 위의 새빨간 양념처럼, 단정한 교복에 메고 다니던 초록색 백팩처럼, 너는 얌전해 보이면서도 한편으론 강렬했다. 중3 겨울방학에는 뽀글이 파마를 했다. 그뿐 아니다. 꼬마였을 때, 미용사 고모의 염색 솜씨로 샛노란 머리를 한 적도 있다. 그때 거울을 보며 너는 이렇게 말했다.

"우와, 다른 정민이가 있는 것 같아요."

그러고는 만족스럽게 씩 웃었겠지. 그게 너였다.

"엄마, 이게 꽃사슴이었나?"

2014년 이른 봄, 뒷짐 지고 베란다를 쳐다보던 네가 말했다. 너는 꽃기린 화분을 보고 있었다.

네가 중학생이 되던 해에 어머니는 삼남매를 위해 재래시장에서 화분 세 개를 사 오셨다. 꼬마 아가씨 유민이를 위해서는 진분홍 꽃을 피우는 선인장을, 화려한 걸 좋아하는 수민이를 위해서는 장미과에 속하는 예쁜 꽃을 골랐다. 그리고 자그마한 빨간 꽃을 피우는 꽃기린이 네 몫이었다.

꽃기린은 튼튼한 줄기에 뾰족한 가시가 달린 열대 식물이다. 그래서 사계절 내내 꽃을 피울 수 있다. 꽃대가 솟아오른 모습이 기린처럼 보여서 '꽃기린'이라는 이름이 붙었다. '고난의 깊이를 간직하다'라는 꽃말을 가진 꽃기린은 '예수님의 꽃'이라고도 불린다.

너희 집 베란다의 꽃기린도 계속 꽃을 피웠다. 어머니는 남향이라 햇빛이 잘 들어 잘 자라는 것 같다고 하신다. 하지만 햇빛만 비춘다고 모든 식물이 꽃을 잘 피우는 건 아니다 물과 공기와 보살핌이 있어야 한다. 꽃기린은 부모님의 믿음 속에서 차분히 자라난 너와 꼭 닮았다.

"아, 맞다, 맞다, 꽃기린…… 꽃기린이었지."

낮은 톤의 네 목소리, 멋쩍어하던 표정, 그 어떤 스마트폰으로도 담을 수 없었던 그 순간들, 너의 숨결, 너의 마음……

사람들은 말없는 네가 무슨 생각을 하는지 도무지 알 수 없어 답답했다. 혼자 속으로 참고 삭이는 게 많아 마음속에 가시가 생기진 않았을까, 아닌 척해도 외롭진 않았을까 안타까웠다. 하지만 꽃기린의 가시 돋은 가지가 잔잔한 꽃을 피우듯, 네 마음속 꽃들도 침착하게 피어오르고 있었음을 느낀다.

네가 세상을 떠나가던 순간에 아버지를 비롯한 가족들은 기도 속에서 너를 꿈꿨다. 황금 물결 위에서 배를 타고 가면서 손을 흔드는 평화로운 네 모습을 보았다.

"정민아, 오늘은 어떻게 하루를 지냈니. 너를 통해 보고 싶은 게 참 많은데, 해 주고 싶은 게 너무 많은데……"

너의 평안을 믿으면서도, 어머니는 네가 곧 문을 열고 들어올 것 같아 현관 밖 계단의 발걸음 소리에 귀 기울이신다. 어머니도 알고 계실 것이다. 문 열지 않아도, 오늘도 네가 꽃사슴으로, 꽃기린으로, 세상 속에 스며들어 있음을 말이다.

띵띵띵 가슴에 스며드는 피아노 소리, 지글지글 혀를 감싸는 순대 볶음, 어색한 표정 뒤의 수줍은 미소, 먹구름 위의 새파란 하늘…… 그것들을 마주치면 네가 보여 주는 너의 모습임을 알 수 있겠다. 네가 보여 주는 세상인 줄 당장 알겠다.

정민아, 오늘은 어떻게 지냈니? 너를 통해 보는 세상의 비는 내일이면 그치겠지.

너를 통해 보는 네 모습

기억 속의 소년

안산 단원고 2학년 7반 **나강민**

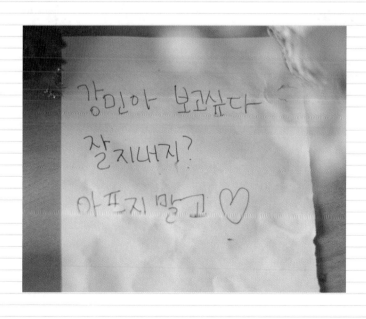

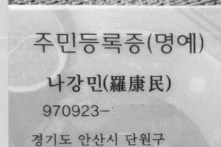

주민등록증(명예)

나강민(羅康民)

970923-

경기도 안산시 단원구

경기도 안산시장

1. 강민이 명예 주민등록증.
2. 나 혼자 몰래 셀카.
3. 사촌 누이와 나들이.

기억 속의 소년

섣불리 상상을 덧붙일 수는 없는 노릇이다. 어떤 삶은 이야기 안에서 살기도 하기 때문이다. 소년이 영원히 사는 이유이다.

한 일생을 두고 그 시작을 태어나는 순간부터라고 말하곤 하지만, 운명은 훨씬 오래전부터 서서히 발걸음을 뗀다. 그러니까 소년이 태어나기 20여 년 전, 소년의 아버지는 남쪽 함평 땅에서 7남매의 막내였으며, 어머니는 그 아래쪽 바닷가에 살았다.

그 시절 가난한 집안의 막내들은 누이의 몫이었다.

"이 땟구정물 좀 봐라! 좀 씻고 다녀!"

손위 누이는 도랑가에 어린 동생을 앉혀 놓고는 얼굴을 씻기면서 잔소리를 해 대곤 했다. 등짝을 세게 때릴 때는 마치 엄마처럼 보였다. 어린 동생은 그런 누이에게 볼멘소리를 하면서도 줄곧 누이 곁을 맴맴 돌았다. 위로 형이 셋이나 있어도 막내에겐 누이가 그만큼 더 살가웠을 것이다. 운명처럼 누이와 자신이 오래도록 얽힐 줄은 모르고 말이다.

소년의 아버지는 한 시절을 함평에서 지냈다. 스스로도 가장 행복한 시절 가운데 한때라고 말했다. 그사이 바깥세상은 몹시 시끄럽기도 하였으나, 그곳은 아주 딴 세상처럼 고요했다. 소년이었던 아버지에게 닥친 큰일이라면, 열일곱 살 즈음에 그의 아버지가 갑자기 돌아가신 일이다. 그 무렵 소년의 아버지는 처음으로 죽음에 대해 생각했는지도 모른다. 철없이 돌아다닌다고 한소리 듣곤 하던 그가 사뭇 달라지기 시작한 것도 그 뒤부터다. 남은 식구들이 가장의 몫을 나누어야 했을 테니까. 소년의 아버지가 나이 스물일곱에 고향을 떠난 것도 그런 까닭이다.

어떻게 해서 함평 땅 살던 청년과 나주 바닷가 여인이 저 북쪽 낯선 도시에서 만났는지를 따지는 일은 무모하다. 그날은 비가 왔고 청년은 늦잠을 자는 바람에 출근 시간이 늦었다. 허겁지겁 버스에서 내렸던 것인데 하필 정류장 바닥이 흙탕물이었다. 성급한 청년 때문에 버스를 기다리던 여인은 흙탕물에 옷을 버리고 말았다. 그런데 놀라운 건 청년 쪽이었다.

"정말 죄송해요. 연락처를 주시면 제가 배상해 드릴게요."

이 청년은 이적까지 여인들 앞에서 제대로 말 한 번 건네 본 적이 없는 이였다. 어떻게 해서 그런 용기가 났는지 알다가도 모를 일이다. 나중에까지 청년은 참 이상한 일이라고 했다. 여인은 쑥스러워하는 청년의 위아래를 한 번 훑어보고는 연락처가 적힌 쪽지를 건넸다. 서글서글한 눈매에 야무진 얼굴이 청년의 기억 속에 또렷이 새겨지는 순간이었다. 인연이 되려는 것일까? 며칠 뒤 둘은 커피숍에서 그것을 확인했다.

"함평 가동리예요."

"어머, 난 나주 영산포인데."

이 순간 두 사람은 서로 운명이 닮았다고 생각했다.

낯선 도시에서 그토록 빨리 살림을 차리게 된 건 그 시절 그리 별난 사건은 아니다. 더 놀라운 일이 따로 기다리고 있었다. 얼마 뒤 엄마와 아빠가 되었으니까.

당시 청년에게 주야간 번갈아 하는 작업은 고된 일이었다. 때문에 아내에게서 양수가 터졌다는 전화를 받았을 때, 아빠는 공장에서 허겁지겁 달려나왔다. 엄마와 아빠는 꼬박 밤을 새우는 산통을 겪고서야 이기의 울음소리를 들었다고 했다. 바로 이 아기가 소년 강민이다.

소년은 1997년 9월 23일 그렇게 태어났다. 아기가 아이가 되고 어엿한 소년으로 자라기까지는 숱한 나날이 필요하다. 그런데도 문득 되돌아보면 한순간처럼 보인다. 시간이 빠른 만큼 영원처럼 보이는 까닭이다.

그 매 순간이 세 식구에게는 가장 행복한 시절이라고 했다. 아빠는 부지런했고 엄마는 알뜰했으며 아기는 탈 없이 자랐다. 그사이 18평 아파트를 장만했고 거기서 그들은 복작댔으나 가장 바쁘고 가장 아름다운 한때를 보냈다. 아빠는 늦은 퇴근을 하면 새근대는 아이와 지쳐 쓰러진 아내의 얼굴을 가만히 들여다보곤 했을 것이다. 그렇다고 쉬이 아내에게 고생했다거나 사랑한다는 말을 해 보지는 못했다. 속마음을 좀처럼 드러낼 줄 모르는 아빠는 그런 말들은 그저 깊이 감춰 두어도 괜찮은 거라고 생각하는 이였다.

아기는 어느 아기보다 더 무럭무럭 자랐다. 다만 쑥쑥 크는 몸보다 말문은 좀처럼 트이지 않는다는 게 걱정이었다. 엄마는 어린 아들에게 같은 말을 여러 차례 묻곤 했다.

"뭐 먹고 싶어?"

"뭐 하고 있어?"

그럴 때마다 어린 강민이는 입을 옹알대기만 할 뿐이었다. 말 대신 손짓 몸짓이 더 빨랐다. '혹시 말을 못하는 거 아닐까?' 이런 걱정은 다섯 살이던 어느 날 한순간에 사라졌다고 했다.

"뭐가 되고 싶어?"

하고 물었을 때, 마침 텔레비전에서 나오는 소방관을 보던 어린 강민이는 이렇게 대답했다.

"난 119 구급대원이 될 거야!"

오래도록 기다리던 말소리였다. 이 순간 엄마는 너무나 반가운 나머지 남편에게 전화를 걸어서는 이 위대한 발견을 여러 번 확인시켜 주었다. 며칠 뒤에는 봇물 터지듯 말문이 트였고, 아들의 수다 때문에 엄마는 귀를 막고 도망 다녀야 할 정도가 되었다.

여하튼 119 대원은 소년이 이 세상에서 맨 처음 바란 꿈이다. 바로 그즈음부터 태권도장에 다니기 시작한 것도 무관하지 않았다. 태권도 사범은 어린아이가 내지르는 발길질과 기합 소리가 그 뒤로 10년이 넘도록 지치거나 멈추지 않으리란 걸 상상이나 했을까? 하여튼 소년이 태권도에 얼마나 열심이었는지 사범은 소년이 장차 대단한 태권도 선수가 될지도 모른단 생각까지 할 정도였다.

"강민아, 대회에 나가 볼래?"

"정말요?"

소년은 어느 만치 그런 꿈도 꾸었을 것이다. 더욱이 주위 사람들을 놀라게 한 건 소년의 끈기였다. 소년은 보란 듯이 태권도 단증부터 해서 수십 개의 자격증을 따내고야 말았다. 이것을 보면, 이 소년은 제법 속 깊은 아이가 틀림없다.

아, 얼마나 빛나는 청춘이었을까! 그런 어느 날이었다. 아빠가 어린 아들에게 말했다.

"이제부터는 고모랑 살 거야. 알았니?"

그때 나이 일곱 살이었다. 강민이는 처음엔 그게 무엇을 뜻하는지 알지 못했다. 새로 살게 된 곳은 그동안 제집처럼 드나들던 고모 집이었기 때문에 잠시 그렇게 사는 일일 거라고만 여겼을 것이다. 어른들 어느 누구도 그 까닭을 차근차근 말해 주는 이는 없었다.

엄마는 오지 않았다. 잠이 들 때도 전처럼 엄마는 곁에 있지 않았다. 아침마다 부엌에서 보던 엄마의 뒷모습도 사라졌다. 그러니 더는 엄마에게 투정 부릴 일도 없었다. 엄마와 아빠도 그토록 긴 이별이 될 줄은 생각지 않았을 것이다. 얼마간 떨어져 있다가 다시 제자리로 돌아갈 것이라 믿었으니까 말이다. 하지만 엄마와 아빠는 헤어졌다. 소년이 그 복잡한 사정을 다 깨닫기에는 더 많은 시간이 필요했을 것이다.

소년은 몇 번인가 엄마를 찾았다고 했다.

"엄마는 어딨어?"

고모는 대답 대신 애써 웃는 얼굴을 하고 조카의 머리를 어루만져 주며 대답을 얼버무려야 했을 것이다.

"이제 안 오는 거야?"

어쩌면 어린 강민이는 진작 그 대답을 알고 있었는지도 모른다. 소년은 자신의 속내를 아무에게도 말한 적은 없었다. 여느 아이였다면 투정을 부리고 애타게 엄마를 찾을 만도 했다. 아이라면 당연한 일이다. 하지만 이 소년은 어느 순간 마치 어른이 된 듯했다. 벌써 철이 들어 버린 것일까?

사실 소년은 잠결에 엄마와 아빠가 다투던 수많은 밤을 기억했다. 어른들은 아이들이 모른다고 생각하겠지만 그런 일들은 직접 듣지 않고도 눈과 가슴으로 먼저 아는 법이다. 엄마가 떠나기 전, 잠잘 때 엄마의 젖가슴을 더 세게 어루만졌던 것이며 길을 걸을 때는 엄마의 손을 더 꼭 쥐기까지 했다. 속으로 아이는 엄마를 내내 붙잡고 있던 것일까.

그리고 그 어느 날부터 고모가 엄마의 자리를 대신했다. 이때 고모는 그 옛날 어린 막내 동생을 돌보던 시절을 떠올렸을 것이다. 운명인가? 고모는 어린 조카의 얼굴과 동생의 얼굴이 언뜻언뜻 겹쳐지는 걸 보면서 몰래 긴 한숨을 쉬었다. 그리고 그런 고모의 곁에서 소년은 밤마다 속으로 몇 번이고 되뇌곤 했다.

"왜 엄마는 오지 않는 걸까?"

그렇게 어린 소년은 엄마 대신 고모의 젖가슴을 헤집으며 잠이 들었다.

아이는 어른이 되기 전 반드시 소년을 거친다.

중학생이 되자, 소년은 시간을 삼켜 버리기라도 한 듯, 키가 훌쩍 커 버렸다. 소년은 전보다 자주 엄마를 찾았다. 초등생이었을 때 한 달에 한두 번이던 것이 일주일에 두세 번씩이기도 했다. 학원을 마치고 엄마가 일하는 직장 근처에 가서 같이 저녁을 먹는 일도 잦아졌다. 엄마와 소년의 일상은 여느 모자와 다를 게 없었다. 그날 있던 일과 요즘의 고민들과 앞으로 하고 싶은 일들을 이야기하고 돌아오곤 했다.

그러던 어느 하루, 소년은 엄마에게 오랫동안 참아 왔던 말을 꺼냈다고 했다.

"엄마, 아빠랑 다시 안 살래?"

그건 소년이 일곱 살 이후로 꾹꾹 참아 왔던 말이었을 것이다. 아주 간절하게 바랐던 소망이었을지도 모른다. 소년의 바람이기도 했겠지만, 달리 보면 부모를 생각하는 애틋한 마음이기도 할 것이다. 엄마는 단호했다. 얼굴색을 바꾸고 대답했다.

"또 한 번 그런 말을 하려거든 다신 오지 마!"

소년은 그 뒤론 다신 그 말을 꺼내지 않았다고 했다. 세상일이란 그 시절 소년이 풀던 수학 방정식 같지 않다는 걸 소년은 깨달았을 것이다. 그렇게 아이였던 소년은 조금씩 단단해져 가고 있었다.

한편 아빠와 고모는 소년을 보며 몇 번이나 감탄을 했다. 부쩍 커진 몸집과 키를 우러러보며 놀라워했다.

"언제 이렇게 컸니? 곧 아빠를 따라잡겠어."

그러면 소년은 배시시 웃으며 농담을 했다.

"당연하지. 조금만 더 먹으면 아빠를 내려다볼 거야."

덩치만큼 엄청 먹어댔다. 그도 그럴 것이 그간 같이 붙어 다니던 또래 패거리 녀석들이 하루가 멀다 하고 집으로 쳐들어오곤 했다.

"고모, 먹을 거 없어요!"

"오늘 반찬 뭐예요?"

패거리들은 제집처럼 집 안을 들쑤셔 놓았지만, 소년은 아무렇지도 않은 듯 학교에서 돌아오면 친구들과 어울렸다.

야근이 잦던 아빠는 속으로 못내 아들을 걱정했다. 왜 아니겠는가? 겉으로 내색은 하지 않았으나, 엄마 없이 지낸 시간이 10년이나 되어 가니 그럴 만도 하다. 그래서일까? 어느 여름 한 날, 옥상에서 아이들과 삼겹살을 굽던 아빠는 넌지시 물었다.

"니들 술, 담배는 하니?"

"저 녀석 사귀는 여자애 있어?"

물을 때마다 소년과 패서리는 서의 농시에 거품을 물 듯 웃음을 터뜨렸다. 아빠는 소년들의 해맑은 웃음소리를 대답으로 들었다. 소년의 단짝 녀석이 불쑥 말했다.

"강민이 별명이 뭔 줄 아세요?"

아빠는 궁금했다.

"내가 어떻게 알겠냐?"

녀석들은 키득거리며 뭔 비밀 하나를 보여 주듯 말했다.

"네빌이에요."

"네빌? 그게 뭔데?"

별명은 국어 시간에 벌어진 역할 놀이 중에 붙여진 별명이었다. 해리포터 주인공들 가운데 네빌이다. 덩치는 크고 뚱뚱하며 수줍음이 많은 아이. 반 아이들은 그 모습이 강민이와 딱 어울린다고 말했다. 얼핏 봐도 네빌과 소년은 썩 닮았다. 소년도 싫지 않은 눈치였다. 소년은 생각할수록 그 네빌이 썩 마음에 와 닿는 듯했다. 그래서 일기장 귀퉁이에도 이런 구절을 적어 놓았다.

겁쟁이라 놀림 받던 네빌이 결국 그리핀도르의 칼을 뽑고 볼트모트를 무찌르잖아. 네빌은 절대 겁쟁이가 아니야. 용감한 아이야. 너!

그날 아들은 아빠 앞에서 환하게 웃었고 친구들도 덩달아 장난스럽게 그 해리포터 패거리 흉내를 냈다. 거기서 아빠는 철부지 소년들의 넋두리를 흐뭇이 쳐다봤다. 속으로는 이토록 잘 자라준 아들에게 고마움도 느꼈을 것이다. 그 여름 날 옥상의 웃음소리는 그렇게 아빠의 뇌리에 박혔다. 그렇다. 소년은 아주 훌륭하게 자라 주었다. 소년에게 가장 화려한 시절이 다가오고 있었다. 아빠가 어리기만 한 줄 알았던 아들이 속 깊고 용감한 아이라는 걸 안 건 시간이 더 흐른 뒤였다.

말문이 늦게 트였던 소년은 어느덧 남들 앞에서 말도 잘했다. 그건 그가 반장 선거에 두 번이나 나가고 부반장을 두 번이나 거친 것만으로도 짐작할 수 있는 일이다. 어디 말뿐이겠는가. 소년은 마음도 생각도 살가웠다. 나중에 알려진 사실이지만, 소년을 가르쳤던 중학교 역사 선생님은 어느 날 편지 한 통을 받고 감동했다. 고등학생이 된 소년으로부터 날아온 편지였다.

선생님, 생신 축하해요……

기억 속의 소년

어머, 내 생일을 기억해!

역사 선생님은 그날 소년에게 전화를 했다. 그리고 그날 한 가지 약속을 했다.

"강민이 네 고등학교 졸업식 땐 내가 제일 먼저 축하 편지를 보내 줄게. 고마워!"

당시 소년이 다니는 고등학교는 집과는 좀 떨어져 있었다. 그것은 아버지의 바람 때문이었는데, 그만큼 소년에 대한 기대가 컸다는 뜻이기도 하다. 학교가 달랐는데도 패거리들은 일주일에 한두 번은 어김없이 소년의 집으로 쳐들어왔다. 집안 냉장고를 다 비워 내고 하룻밤을 지낸 다음 떠나곤 했다.

"요 녀석들아! 맨날 붙어 다니고 공부는 언제 할래?"

소년을 키운 고모가 싫은 소리를 했으나, 그건 물론 진심이 아니다.

그 소리에도 소년과 패거리들은 늘 유쾌했다. 뭔 이상한 궁리를 하는지 방에 틀어박혀 낄낄대며 밤을 새웠고 밖에서 뛰고 들어온 몸에선 땀 냄새가 흥건히 묻어왔다. 그건 오로지 그 시간만 누릴 수 있는 특권처럼 보였다. 어찌 보면 소년들은 지금 또 한 번 빛나는 한 시절을 이제 막 시작하려는 중인지도 몰랐다.

그사이 소년에게도 작은 변화가 생겼다. 중학교 때까지 네빌을 닮은 그 뚱뚱하던 몸집이 살이 빠지면서 아주 훤칠해진 것이다. 그해 봄이 되자, 키는 180센티미터를 넘었고 몸무게는 69킬로그램이었다. 소년이 겨우내 운동으로 만든 몸이었다. 일찍이 소년은 여러 차례 놀라운 끈기로 주위를 놀라게 했는데, 그건 소년 안에 있던 의지가 남달랐던 이유도 한몫했을 것이다.

그리고 밤마다 소년은 누군가와 오랫동안 전화 통화를 했다고 했다. 고모는 늦은 밤 소년의 방에서 들려오는 전화 통화 목소리에도 별 걱정은 안 되었다고 했다.

'연애를 시작한 걸까? 호호, 벌써. 괜찮아. 아무렴, 강민이는 제 일을 알아서 하는 아이인걸.'

소년은 제법 또렷한 계획을 세워 두고 있는 듯했다. 수북이 쌓인 자격증과 상장들을 보노라면, 소년이 얼마만큼 열심이었는지 알 수 있었다.

"걱정하지 마세요. 난 뭐든 자신 있는걸!"

소년은 조금씩 청년이 되어 가고 있었다. 아, 얼마나 아름다운 청춘인가!

그리고 4월이 되었다.

애타게 고대하던 수학여행이었다. 소년은 배를 타고 남쪽 제주도로 간다고 했다.

그날 아침, 소년은 현관문 앞에서 평소보다 더 천천히 운동화 끈을 고쳐 매었다.

그런데 문득 소년은 고모에게 뜻밖의 말을 했다. 혼잣말을 하듯 툭 내뱉은 말이었다.

"엄마랑 아빠가 같이 살았으면 좋지 않았나?"

순간 고모는 깜짝 놀랐다고 했다. 왜 아니겠는가. 지난 10년 동안 소년은 한 번도 그런 말을 고모에게 한 적이 없기 때문이다.

아, 이 아이에게 부모란 그런 것인가? 아니, 어쩌면 소년은 부모의 행복을 가장 바라는 것인지도 모른다. 고모가 대답도 하기 전에 소년은 금세 언제 그런 말을 했냐는 듯이 멋쩍게 웃었다. 고모는 엉겁결에 손을 흔들었다.

"잘 다녀오렴. 아빠, 엄마랑도 전화해!"

"알았어요!"

소년은 봄날 그렇게 떠났다.

아빠와 엄마는 사랑스런 아들의 모습을 선하게 떠올렸다.

고모는 듬직한 조카를 떠올릴 때마다 얼굴이 환해졌다.

패거리들은 그들의 대장을 잊을 수가 없을 것이다.

중학교 역사 선생님은 소년이 보낸 편지를 가슴에 묻었다. 졸업 축하 편지 약속은 영영 지키지 못할 것이다.

소년을 기억하는 수많은 이들은 언제고 소년에 대해 더 많이 이야기를 할 것이다.

그 기억과 이야기 속에 소년이 살아 있기라도 하듯이.

박성복 보고서

안산 단원고 2학년 7반 **박성복**

1. 아홉 살 때 찍은 가족사진.
2. 교복을 입은 성복.
3. 단원고 동아리 TOP. 가운데 사진이 성복이.

박성복 보고서

강당 바닥에 하얀 수첩이 떨어져 있었다. 영찬이는 무심코 수첩을 열어 보았다. 동글동글 여자 글씨가 보였다. 무심코 페이지를 넘기던 영찬이가 급히 수첩을 닫았다. 이름도 제목도 없었지만 몇 줄만 읽어도 이 수첩의 목적을 알 수 있었다. 문제는 누가 썼는지를 모른다는 것이다. 영찬이는 이 작은 수첩이 큰 문제가 될지 모른다고 생각했다.

영찬이는 안산 청소년 YMCA 동아리 연합회 회장이었다. 연합회에 속한 동아리에는 단원고의 TOP, 고잔고의 도담도담, 경안고의 MPT, 연합 동아리인 위메이드, 유니콘이 있었다. 오늘은 모든 동아리가 한 달에 한 번 모이는 월례 회의 날이었다.

회의가 끝날 무렵 영찬이가 말했다.

"하얀 수첩 잃어버린 사람 나한테 연락해."

회의를 마치자 성복이가 다가왔다. 성복이는 단원고 봉사 동아리 TOP의 회장이었다. TOP는 안산 청소년 YMCA 동아리 가운데 가장 회원이 많았다. 작년에 1학년 대표를 했고 바라던 대로 올해 새로 회장이 된 성복이는 의욕이 넘쳤다.

성복이와 영찬이는 가장 친한 친구 사이였다. 둘은 집에 갈 때 버스를 타는 대신 밤거리를 한 시간쯤 걸으며 속에 있는 이야기를 하곤 했다. 하지만 오늘 둘은 함께 걷지 못했다. 만나야 할 사람이 따로 있었다.

영찬이가 약속한 정류장에서 내리자 수첩 주인이 다가왔다. 말없이 수첩을 받아 돌아가려는 그 애에게 영찬이가 물었다.

"그거 왜 썼냐?"

"말하고 싶지 않아."

"난 알아야겠는데? 성복이는 내 가장 친한 친구야."

"그래서?"

"네가 그런 수첩을 썼다는 게 알려지면 우리 모두 곤란해질 거야."

그 애가 입술을 지그시 깨물었다. 영찬이가 대답을 기다렸다. 한참을 곰곰이 생각하던 그 애가 반짝 고개를 들었다.

"그럼 네가 보고서를 완성시킬 수 있게 도와줘."

"무슨 소리야? 나보고 공범이 되라고?"

"보고서가 완성되면 네가 걱정하는 걸 멈출 수도 있어."

영찬이는 잠시 말문이 막혔다.

그 애가 수첩에 〈박성복 보고서〉를 쓰기 시작한 건 보름 전이었다. 완성된 보고서를 받아볼 사람은 자기 자신이었다. 보고서를 읽고 일생에 가장 큰 결정을 내릴 거라 했다. 영찬이는 그게 무슨 뜻인지 알 것 같았다. 여자가 남자에 대해 알고 싶은 게 많다면 답은 뻔했다. 영찬이는 그 결과를 끝까지 지켜봐야 했다.

영찬이는 고민 끝에 박성복 보고서를 같이 작성하기로 했다. 보고서 작성에는 뜻밖에 시간이 많이 걸렸다. 영찬이는 여러 사람을 찾아가 성복이에 대해 물었다. 보고서의 몇 가지 질문은 간단했다.

1. 이름 : 박성복

2. 생년월일 : 1997년 12월 15일

3. 주소 : 경기도 안산시 선부동 주공아파트 12단지

4. 전화번호 : 010-7412-XXXX

5. 학교 : 단원고등학교 2학년 7반

6. 가족 : 아빠 박창국 45세, 엄마 권남희 43세, 동생 박성혜 14세

7. 학교 : 화랑초등학교 - 원일중학교 - 단원고등학교

8번부터는 답이 비어 있었다. 영찬이도 베스트 프렌드인 성복이에 대해서 더 알고 싶었다.

성복이와 영찬이는 지난 여름 청소년 YMCA 하령회에서 처음 만났다. 우정도 사랑처럼 순간에 시작되는 것이었다. 둘은 10년도 넘은 친구처럼 친해졌다. 학교가 달라 날마다 만나지는 못하지만 밤에 전화 통화를 하다 보면 한두 시간이 훌쩍 넘을 때도 있었다. 성복이는 용돈을 모아 영찬이와 똑같은 하얀 스포츠 시계를 샀다. 여자애들이 커플 시계라며 놀려도 성복이는 웃기만 했다.

11번 질문은 친구였다. 성복이는 친구가 많았다. 단원고, 고잔고, 강서고, 원곡고, 디자인문화고까지 친구 없는 학교가 없었다. 물론 지금 다니는 단원고에 가장 많은 친구가 있었다.

"여자 친구는?"

영찬이는 12번 질문에 '없음'이라고 썼다. 성복이는 남자애들과 친한 만큼 여자애들과도 친했다. 여자들은 수다 잘 떨고 말을 들어줄 줄도 아는 성복이를 스스럼없이 대했다. 여자로 착각하는 건 아닌지 의심스러울 정도였다.

겉모습만 봐도 성복이는 누가 뭐래도 당당한 남자였다. 키175센티미터에 몸무게는 65킬로그램이고 가늘고 짙은 눈썹 아래 쌍까풀이 없는 눈은 꼬리가 약간 쳐져서 착해 보였다. 시력은 둘 다 1.5였다. 복스럽게 생긴 코와 넓은 어깨가 아니라면 갸름한 얼굴형 때문에 곱상하게만 보일 뻔 했다. 영찬이는 답에 발 275밀리미터, 옷은 105라고 덧붙였다. 함께 옷과 신발을 사러 다니며 알게 된 정보였다.

나머지 질문은 영찬이도 도움이 필요했다. 성복이에게 직접 물어볼 수도 있지만 눈치챌까 봐 걱정이 되었다. 영찬이는 친구들을 한 명씩 찾아다니며 질문을 했고 친구들이 궁금해하면 깜짝 선물을 준비하고 있다고 둘러댔다.

박성복 보고서

단원고 TOP 친구 은지는 성복이 꿈이 요리사라고 했다.

"성복이가 지난번 겨울 캠프 때 볶음밥 해 줬는데 진짜 맛있었어. 나중에 비빔밥이랑 스파게티도 해 준다고 했어. 동생한테 많이 해 줘서 잘한대. 성복이가 요리사 하면 괜찮을 것 같지 않니?"

성복이의 중학교 후배인 가은이는 성복이의 피아노 연주에 반했다.

"강당에서 모임 끝나면 랜덤 게임 같은 거 하고 놀잖아요. 그때 성복이 오빠가 피아노 앞에 앉는 거예요. 고개를 비스듬히 하고 피아노를 치는데 완전 심장 멎을 뻔했어요."

다른 애들이 맞장구를 쳤다.

"맞아, 맞아, 끝날 때까지 강당이 조용했잖아. 나는 곡 이름도 기억이 안 나."

"성복이 오빠 손 진짜 커요. 손가락도 길고."

성복이는 가끔 큰 손을 활짝 펴서 여자애들 얼굴을 가리곤 했다. 장난인 걸 아는데 심장이 두근두근했다는 친구도 있었다. 영찬이는 뒤에 앉아 있는 그 애 얼굴을 힐끔 봤다. 다른 걸 쓰는 척 하고 있지만 표정이 밝지는 않았다.

성복이는 큰 손으로 할 줄 아는 게 많았다. 앙증맞은 오카리나도 불었고 바이올린도 켰다. 성복이의 작은 방에는 피아노를 비롯해 기타까지 있었다.

취미 다음에 궁금한 건 공부였다. 성적을 정확히 알려 주는 단원고 친구는 없었다. 아주 잘하지도, 아주 못하지도 않는 정도라고 짐작할 뿐이었다. 한 가지 확실한 건 성복이가 공부에 목숨을 걸지는 않는다는 거였다. 그래도 누가 대학 진학 계획을 물어보면 성복이는 계획이 있는 듯 씩 웃었다. 학교 친구는 '복어'라는 성복이 별명도 알려 주었다. 이름에서 땄다는 친구가 있고 '복코'에서 변한 거라는 친구도 있었다.

성복이 성격에 대해서는 TOP의 삼년 회상인 민수가 말해 주었다.

"성복이가 면접 보러 왔을 때 딱 느낌이 왔어. '내년 회장이다!' 우리 동아리가 원래 지원자가 많은데 성복이가 면접 때 귀요미송을 했잖아. 덩치는 커다란 녀석이 춤추고 노래하는데 안 웃을 사람이 있겠냐? 성복이는 사람을 편하게 하는데 뭐가 있어."

안산 YMCA의 홍상표 간사도 같은 말을 했다.

"성복이 장점은 누구와도 친해질 수 있다는 거지. 적이 없어. 성복이는."

성복이는 말이 번지르르한 아이가 아니었다. 하고 싶은 말이 많을 때는 흥분해서 말을 약간 더듬기도 했다. 누군가에게 심한 말을 듣거나 야단을 맞으면 눈물을 흘리기도 했다. 그렇지만 울면서도 할 말은 했고 남에게 상처가 되는 말은 하지 않았다. 그래서 성복이와 싸운 사람은 찾을 수가 없었다.

친구와 후배들을 이끄는 회장으로 성복이가 신뢰를 얻는 점은 무엇보다 다른 사람의 말을 들어줄 줄 안다는 것이었다. 소심한 후배들이 말을 꺼내려다 다른 사람이 불쑥 가로채면 그 말이 끝나기를 기다렸다가 성복이가 꼭 말을 걸어 주었다.

"아까 하려던 말이 뭐였어?"

"별거 아니에요."

"듣고 싶으니까 말해 봐."

사실 1학년들이 성복이를 만난 지는 두 달이 채 되지 않았다. 그런데도 모두들 빨리 친해지고 소속감을 가지게 된 데에는 성복이의 배려가 큰 역할을 했다. 성복이는 후배뿐 아니라 친구들의 고민 상담사이기도 했다.

원일중을 나온 슬기는 성복이가 동생이 같은 중학교에 입학하기를 바랐다고 했다. 정말 성혜가 원일중에 들어오자 성복이는 초등학교 때 그랬던 것처럼 쉬는 시간에 누가 동생을 괴롭히지 않는지 창 너머로 지켜보곤 했다. 하지만 성복이도 오빠는 오빠여서 요리를 해 주면 설거지를 맡기고, 동생에게 이런저런 심부름도 시켰다. 가끔 다투기도 하지만 금방 화해하는 사이좋은 오누이였다.

성복이에 대해 악평을 하는 사람은 없었지만 딱 하나 평가가 좋지 않은 답이 있다면 패션 감각이었다. 어떤 옷을 좋아하는지 묻자 하나같이 대답했다.

"검은 옷, 아니면 칙칙한 옷."

그러고 보니 성복이의 옷은 대부분 어두운 색이었다. 가방과 리복 운동화도 그랬다. 요즘 입고 다니는 옷은 나이키 로고가 그려진 후드 티로 성복이가 가장 좋아하는 옷이어서 어떤 애들은 길에서 똑같은 옷을 보면 성복이를 생각하고 웃을 정도였다. 스스로 편하면 그만일 뿐 옷차림에 별로 신경을 쓰지 않아 수학여행을 위해 며칠 전에 새로 산 아디다스 트레이닝 바지가 최고 패션 아이템이었다. 그것도 윗옷은 수학여행 뒤에 사기로 했다는 것이다. 선배 하나가 성복이를 '패션 테러리스트'라고 부르자 곁에 있던 후배가 발끈했다.

"그래도 성복이 오빠는 어깨가 넓잖아요. 팔다리도 길고."

"피아노도 잘 치고, 친절하고 어깨까지 넓어? 무슨 교회 오빠냐?"

무안해진 선배가 농담 삼아 투덜거리자 성복이 친구가 말했다.

"교회 오빠 맞는데요? 성복이 우리 반 김빛나라랑 같은 교회 다녀요. 생수교회."

지금은 바빠서 뜸하지만 얼마 전까지 성복이는 열심히 교회 학생회 활동을 했다. 성복이와 성혜라는 이름도 목사님이 지어 주었고 주일학교 반주도 했단다. 초등학교 때는 교회 대표로 몇 년 동안 경기도 서부 지역 암송왕 자리를 휩쓸었다고 했다.

'암송왕'이라고 쓰고 그 애가 한참을 웃었다. 영찬이가 이유를 묻자 그 애가 스마트폰을 꺼내며 말했다.

"성경 암송할 때 마이크 붙잡고 하잖아. 암송왕 어린이가 이렇게 변했어."

스마트폰에는 노래하는 성복이를 찍은 동영상이 있었다. 잔잔한 반주가 흘러나왔다.

아무리 기다려도 난 못 가 바보처럼 울고 있는 너의 곁에
보고 싶다 보고 싶다 이런 내가 미워질 만큼
미칠 듯 사랑했던 기억이 추억들이 너를 찾고 있지만
이러면 안 되지만 죽을 만큼 보고 싶다
-김범수 〈보고 싶다〉 중에서

애절한 가사였지만 성복이의 목소리를 들으니 웃음이 나왔다. 박자는 정확했지만 고음으로 가면 째지는 콧소리가 나왔다. 그래도 성복이는 꿋꿋하게 감정을 넣어 노래를 불렀다. 혼자 진지한 성복이를 빼고 노래방에 있던 친구들이 모두 의자에 쓰러졌

다. 노래방 동영상이 몇 편 더 나오고 마지막에는 친구들과 만든 〈강남 스타일〉 뮤직 비디오가 나왔다.

보고서 마지막 질문은 성복이의 어린 시절이었다. 꼬마 성복이가 어땠는지 듣기 위해 영찬이는 토요일을 기다려 성복이와 농구 약속을 잡았다. 호준이나 태현이, 혜지 같은 원일중 친구들도 농구장에서 만나기로 했다. 그 애도 같이 가고 싶어 했지만 성복이 엄마가 여자인 친구들이 너무 많은 걸 걱정한다는 이야기를 미리 들어서 영찬이 혼자 일찍 성복이네 집으로 갔다.

금요일 밤 회사에서 밤샘 근무를 하고 온 성복이 아빠가 안방에서 잠을 자고 있었다. 성복이가 씻는 동안 영찬이는 성복이 엄마 이야기를 들었다.

"어린 시절 생각하면 내가 성복이한테 미안한 게 많아. 성혜가 병원에서 살다시피 해서 성복이를 할머니한테 자주 맡겼거든. 성복이도 비염이 심해서 오래 고생했지. 성혜 6학년 때부터 나도 요양복지사 일을 다시 시작했는데 그때 성복이가 성혜 밥도 챙겨 주고 숙제 있으면 봐 주고 그러면서 동생을 잘 돌봐 줬어. 성복이는 아빠 닮아서 순하고 뭐든 원칙대로 하려고 해. 세상 살려면 융통성도 좀 있어야 하는데."

말소리가 들렸는지 성복이 아빠가 졸린 눈을 부비며 나왔다.

"원칙대로 하려는 건 당신이지. 초등학교 1학년 때 주차 방지 기둥에 부딪쳐서 코 깨진 거 기억 안 나? 학교 빠지면 안 된다고 당신이 코피 닦아서 기어이 학교 보냈잖아. 6년 개근 했는데 개근상이 없어져서 못 받았다며?"

챙기고 혼내는 엄마와 다독이는 아빠로 역할이 딱 나뉘어 있는 것 같았다. 성복이가 너무 동아리 활동에 빠져 있는 것 같다고 걱정하면서도 성복이 엄마는 아들을 믿었다.

"성복이는 별로 걱정 안 해. 이대로만 커 주면 좋겠어."

성복이 엄마는 다음 주 수학여행 뒤에 다른 아파트로 이사를 갈 거라며 성복이 방이 커지니까 자주 놀러 오라고 했다.

성복이 방에는 중학교 때 누군가에게 선물 받았다는 목도리가 있었다. 영찬이는 상자까지 고이 간직하고 있는 예쁜 목도리 이야기를 보고서에 쓸까 말까 망설이다 넣지 않기로 했다. 드디어 성복이 보고서가 완성되었다.

그다음 토요일은 안산 청소년 YMCA 신입 회원 입회식이었다. 성복이는 얼마 전부터 신입생들에게 TOP를 소개하는 프레젠테이션 준비를 했다. 여러 가지 사진도 넣고 문구도 고민해 가며 정성을 들인 프레젠테이션이었다. 입회식이 끝나면 홀가분한 기분으로 수학여행을 갔다 와서 선후배 간담회를 하기로 했다.

입회식이 시작되기 전, 영찬이는 그 애와 만났다.

"마음 정했니?"

그 애가 고개를 끄덕였다. 영찬이가 말했다.

"네가 꼭 알아야 할 게 있어. 다른 동아리와 다르게 TOP에는 이성 관계를 금지하는 규칙이 있어. 이성 관계 때문에 다른 사람들이 곤란해질 수도 있으니까."

실망하는 그 애에게 영찬이가 말했다.

"네가 어떤 결정을 내리든 성복이는 힘들어할 거야. 회장으로 규정을 어길 수도 없고, 그렇다고 남이 힘들어하는 걸 보기만 하는 애가 아니야. 성복이가 회장으로 멋지게 1년을 보낼 수 있게 네가 도와주면 좋겠다."

아주 천천히 그 애가 고개를 끄덕였다. 보고서를 쓰다 보면 단점이 보여 마음이 멀어질까 싶었는데 처음 느낌처럼 성복이는 끝까지 따뜻한 아이였다. 그 애는 성복이를 돕고 싶었다. 좋아하니까 힘들어도 참고 싶었다. 하지만 모두에게 좋은 결정을 했어도 가슴이 아픈 건 어쩔 수 없었다.

넓지 않은 강당 곳곳에서 신입 회원과 선배들이 즐겁게 이야기를 나누고 있었다. 성복이는 아직 보이지 않았다.

"모두들 자리에 앉아 주세요. 곧 입회식을 시작하겠습니다."

다들 자리에 앉자 강당이 조용해졌다. 복도에서 엘리베이터 열리는 소리가 들리고 다급한 발소리가 들려왔다. 앞쪽을 보고 있지만 두 사람만은 그 발소리의 주인이 누군지 알 수 있었다.

'온다. 성복이가 온다.'

강당 문이 열리자 많은 사람들이 뒤를 돌아보고 활짝 웃었다. 주인공처럼 성복이가 등장했지만 그 애는 애써 돌아보지 않았다. 성복이가 그 애 옆을 스쳐 단상을 향해 걸어갔다. 성복이의 넓은 등을 보며 그 애가 입술을 달싹거렸다.

'기다릴게. 꼭 기다릴게. 시간은 금방 가니까 괜찮아. 기다릴게 성복아.'

박성복 보고서

나는 두렵지 않다

안산 단원고 2학년 7반 **박인배**

박인배 아프지마라.
웃으면서 잘지내고 있어.
많이 보고싶다.

인배야 형여 형아야 우리 인배
힘하고 친 하게 지내면서 놀이동
동후고서 합쭈버도 했우는데

인배야 잘지냈어?
거기 어때. 여기보다 살만해?
항상 말없이 웃곤지내던 너32

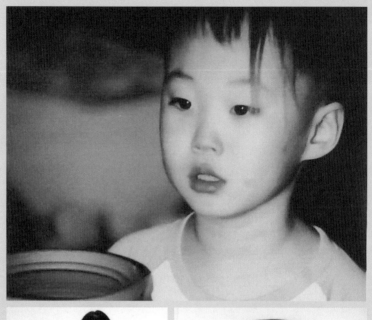

1. 일곱 살 때 유치원 체험학습.
2. 초등학교 2학년 때 찍은 가족사진.
3. 외삼촌이 그려 준 킥복서 인배.

나는 두렵지 않다

　인배는 몸이 무거웠다. 평소 같으면 줄넘기 천 개에 이십 분도 걸리지 않을 테지만 오늘은 발 끝에 자꾸 줄이 걸렸다. 학교에서 축구를 하다 심하게 부딪친 정강이 때문이었다. 그래도 인배는 이를 악물고 끝까지 줄넘기를 마쳤다. 인배는 정수기에서 냉수 한 컵을 받아 마시며 쌍용체육관 안을 둘러보았다.

　입구 가까이 세워진 사각형 링과 샤워실 사이 좁은 통로를 지나면 고무 매트가 넓게 깔린 수련장이 있었다. 샌드백 네 개가 간격 맞춰 서 있는 창가 너머로 불 꺼진 성포중학교가 보였다. 아직 운동 시간 전이어서 관원들은 수련장에서 개인 운동을 하고 있었다. 일반인과 중학생들이 많고 고등학생은 적었다. 그래서인지 단원고등학교에 다니는 인배와 강명이, 홍래, 중식이는 운동을 함께하며 더 친해졌다.

　저녁 운동 첫 시간은 여섯 시 반에 시작해 일곱 시 반에 끝난다. 관장이 한 시간 정도 차량운행을 한 다음 여덟 시 반부터 두 번째 저녁 운동 시간이 시작된다. 지금은 쉬거나 개인 운동을 하는 중간 시간이었다.

　월포동 체육관에서 고잔동 인배네 집까지는 체육관 승합차로 몇 군데 들러가면 삼십 분이 걸렸다. 보통은 여섯 시 반부터 한 시간 운동을 하고 집에 가서 저녁 식사를 했다. 저녁 운동을 두 시간으로 늘리자 인배네 저녁 식사가 더 늦어졌다. 엄마나 큰외삼촌 퇴근이 늦을 때도 있지만 대부분 인배 운동 시간 때문이었다. 인배네 가족은 되도록 함께 모여 저녁을 먹었다. 인배는 저녁 식사가 늦을 때마다 미안했다. 열흘 뒤에 체육관에 가까운 와동으로 이사를 가게 되면 저녁 식사가 십 분이라도 당겨질 수 있을 것이다.

인배는 뭔가에 한번 빠지면 그것에 오로지 집중하는 성격이었다. 게임을 할 때면 엄마가 부르는 소리를 못 듣곤 했다. 살가운 모자처럼 사이가 좋은 편인데도 간혹 엄마 목소리가 커진다면 그건 오로지 게임 때문이었다.

그렇지만 기타를 배울 때는 그 좋아하던 게임에서도 손을 뗐다. 학원에 다니지도 않고 가르쳐 주는 사람도 따로 없었지만 인배는 손가락 끝이 벗겨질 정도로 더듬더듬 기타 줄을 누르며 천천히 원하는 소리를 찾아갔다. 하지만 기타도 인배의 마음을 완전히 채워 주지는 못했다. 인배가 찾는 것은 따로 있었다. 딴 생각이 안 날 정도로 빠져들 수 있는 것, 그러면서 재미있는 것, 노력한 만큼 보상이 따르는 것, 시간과 노력을 쏟아 미래를 그릴 수 있는 것이었다.

인배는 처음 쌍용체육관에 왔던 작년 가을을 기억했다. 1학년 2학기 때 합기도를 해 볼까 하고 강명이를 따라 체육관을 찾았다가 뜻밖에 킥복싱 스파링 장면을 보고 첫눈에 빠져들었다. 글러브를 끼고 미트를 칠 때마다, 묵직한 샌드백에 힘차게 킥을 할 때마다 마음속에서 뭔가가 시원스레 '펑! 펑!' 터지는 것 같았다.

쌍용체육관은 합기도와 킥복싱을 함께 배울 수 있는 곳이었지만 관원 대부분이 킥복싱을 택했다. 인배도 킥복싱이 좋았다. 운동을 하겠다고 하자 엄마는 늘 그랬던 것처럼 인배의 선택을 지지해 주었다.

"아들, 그냥 궁금해서 물어보는 건데 그게 왜 그렇게 좋아?"

인배는 씩 웃으며 딴 소리를 했나.

"엄마, 아들 못 믿어?"

어떤 선택을 해도 엄마가 믿고 응원해 줄 거라는 걸 인배는 알았다. 굳이 킥복싱을 선택한 이유를 말로 하기가 쑥스러웠다. 보름 뒤에는 엄마 역시 그 이유를 알게 될 것이다.

4월 19일에는 인배의 첫 시합이 열린다. 서울 성북구까지 가서 치르는 공식 시합이다. 그 시합을 위해 인배는 얼마 전부터 운동 시간을 늘렸다. 첫 시합이니만큼 관장의 관심도 컸다.

"인배 너는 168에 69킬로그램이니까 웰터급이다. 키만 보면 65 이하로 감량을 해서 라이트급으로 나가면 좋겠는데, 일단은 체중이 70 안 넘어가게 조심하자."

인배는 체중에 비해 키가 큰 편이 아니었지만 크게 걱정하지는 않았다. 돌아가신 아버지 키가 큰 편이었기 때문이었다. 남자는 스무 살 전후까지 크기도 한다.

운동이 대부분 그렇듯 킥복싱도 키가 큰 편이 유리했다. 모르긴 하지만 인배가 싸우게 될 상대는 키가 크고 팔다리도 더 길 것이다. 그렇다면 인배는 상대 선수를 향해 들소처럼 돌진하는 인파이터 스타일로 싸워야 한다. 한 대 맞으면 두 대 때릴 각오로 상대 선수의 품 안을 파고들어야 하는 것이다.

체육관에만 오면 펄펄 날아다니던 평소와 달리 오늘 인배는 어깨가 축 늘어져 있었다. 샌드백을 치던 강명이가 인배를 힐끔 돌아보더니 밖으로 나갔다. 잠시 뒤에 강명이가 인배를 불렀다.

"야, 오리배, 나 좀 보자!"

강명이는 3층으로 내려가는 좁은 계단에 인배를 앉히고 편의점에서 사 온 아이스크림을 불쑥 내밀었다. 둘은 말없이 아이스크림을 먹었다. 인배가 포장지를 모아 휴지통에 넣었다. 강명이가 물었다.

"아까 무슨 생각했냐?"

인배가 별거 아니라는 듯 고개를 저었다. 강명이가 슬로우 모션으로 주먹을 날리며 말했다.

"맞고 말할래, 그냥 말할래?"

인배가 피식 웃으며 입을 열었다.

"다리가 좀 아파서……"

인배 정강이에는 자주색 멍이 들어 있었다. 심하게 다치지는 않았지만 인배는 불현듯 옛날 생각이 났다. 지금까지 축구를 하다가 몇 번이나 다리가 부러진 적이 있어서였다. 혹시라도 킥복싱 시합 중에 다리를 다친다면? 지금까지 몰랐지만 뼈가 쉽게 부러지는 체질이라면? 아픈 건 두 번째였다. 무엇보다 킥복싱을 제대로 할 수 없게 된다고 생각하니 온몸에 힘이 쭉 빠졌다.

인배는 시력이 나쁜 편이었다. 시력이 좌우 0.2 정도여서 초등학교 6학년 때부터 안경을 쓰기 시작했다. 안경을 벗으면 눈앞이 흐릿해졌고 4~5미터만 떨어져도 다른 사람 얼굴 구분이 쉽지 않았다.

시력은 어쩔 수 없으니 운동 실력으로 이기려고 열심히 훈련했지만 나무젓가락처럼 다리가 약하다면 그건 노력으로도 어쩔 수 없는 한계였다. 강명이는 풀 죽은 인배를 말없이 바라보았다. 인배가 체육관에 다니기 시작한 것은 강명이 소개 덕분이었다. 취미로 운동을 하는 강명이와 달리 인배는 운동을 통해 미래를 진지하게 준비하려 했다. 강명이는 인배의 기운을 북돋워 주고 싶었다.

"너 처음 운동 시작할 때 한 말 기억나냐?"

인배가 고개를 끄덕였다. 강명이에게 세상에서 가장 강한 남자가 되고 싶다고 말했다. 눈두덩이 찢어지고 입술이 터질 만큼 힘든 시합을 결국 승리로 끝낸 추성훈이 주먹을 번쩍 치켜드는 장면을 봤을 때였다.

텔레비전에서 추성훈의 눈빛을 본 인배는 번개를 맞은 듯 온몸에 전기가 통했다. 운동이 끝나고 돌아오는 승합차 뒷자리에서 인배가 속삭이듯 말했을 때 강명이는 큰 소리로 웃었다.

"그때 너 좀 웃겼어."

평소 인배는 추성훈이라기보다 얌전한 새색시 스타일이었다. 교복을 단정하게 입고 아침에 학교에 가려고 나오면서 일회용 장갑을 낀 한 손에 음식물 쓰레기 봉투를 들고 나왔다. 2~3분 거리에 단원고가 있어 지나가는 학생들이 볼 수도 있지만 아랑

곳하지 않고 엄마를 도왔다. 세탁기를 돌리거나 바짝 마른 빨래를 잘 개켜 옷장에 넣어 두는 것도 자연스러웠다. 동생과 싸우다가 화나면 "한주먹도 안 되는 게 까분다"고 투덜대면서도 배고픈 성혜에게 밥을 차려 주고 기분이 내키면 떡볶이를 만들고 라면을 끓여 주기도 했다.

그렇지만 인배는 살림꾼보다 격투기 선수가 되고 싶었다. 강명이도 지금은 그 이유를 알았다. 주말이면 인배는 사총사 친구들을 불러 파티를 했다. 같이 라면을 끓여 먹고, 게임하고, 좁은 방에서 불을 끄고 낄낄대며 밤을 새는 파티였다. 처음에는 떠들썩하게 놀지만 새벽이 가까워지면 속에 있는 이야기가 조용히 흘러나왔다.

인배가 평소에는 좀처럼 하지 않는 아버지 이야기를 꺼낸 것도 그런 밤이었다. 아버지는 키가 크고 눈썹이 짙은 미남이었다. 긴 머리에 날씬한 엄마, 하얀 곰돌이를 안은 귀염둥이 성혜와 함께 찍은 옛날 가족사진 속에서 아버지는 크고 강해 보였다.

초등학교 6학년 여름, 계곡으로 마지막 여름 휴가를 갈 때만 해도 아버지는 인배가 고개를 들고 쳐다봐야 할 만큼 높고 우뚝했다. 그때 기분 좋게 술을 마신 아버지는 6학년인 인배에게 목말을 태워 줬다. 아버지의 어깨는 넓었고 목덜미는 굵었다.

1년 뒤인 중학교 1학년 때 아버지가 갑자기 간암으로 돌아가신 뒤 인배는 짧고 깊은 사춘기를 보냈다. 속을 끓이는 고민들이 많았지만 누구에게도 입을 열지 않았다. 사랑하는 사람이 그렇게 쉽게 세상을 떠날 수 있다는 것을, 남은 가족은 눈물과 한숨으로 그 빈자리를 채워야 나머지 삶을 살아갈 수 있다는 것을 깨달았다. 그렇다고 마냥 혼자서 슬퍼할 수도 없었다.

미혼인 외삼촌이 함께 살면서 아버지 자리를 지켜 주지만 인배는 엄마와 성혜가 마음에 걸렸다. 마냥 행복한 아이로 살 것 같았는데, 재미있게 놀 궁리만 하면 될 줄 알았는데 어느 날 문득 엄마의 마른 어깨가 눈에 들어왔고, 날마다 티격태격하는 동생이 마음에 걸리기 시작했다. 하다못해 집에서 키우는 강아지 루이와 루미까지 인배의 손길이 필요한 것 같았다. 인배는 자기가 더 이상 어릴 수 없다는 걸 깨달았다.

나는 두렵지 않다

"빨리 나이를 먹었으면 좋겠다!"

인배는 자상하게 가족을 지켜 주는 남자, 어떤 일이 있어도 절대 가족을 떠나지 않는 남자가 되고 싶었다. 지금은 강명이도 인배가 목표를 가지고 진지하게 운동을 한다는 걸 알았다. 강명이는 어떻게든 인배가 힘을 내게 도와주고 싶었다.

"전에 들었는데 관장님도 운동 시작할 때는 몸매가 너랑 비슷했대."

한국 챔피언 출신인 관장을 보면 키가 크지 않아도 얼마든지 뛰어난 선수가 될 수 있다는 걸 알 수 있었다. 인배는 선문대 무도학과를 나온 관장처럼 운동을 열심히 해서 용인대 격기지도학과나 경호학과를 가고 싶었다. 그 모든 첫 발걸음이 이번 시합에 달려 있는 것이다.

시합을 앞두고는 운동 시간을 늘리고 두 번째 운동 시간에 스파링을 집중적으로 한다. 대게 스파링 상대는 친구인 홍래였다. 홍래는 이미 3전 2승의 공식 전적이 있었다. 몸무게가 적어 체급이 가볍지만 그만큼 몸이 날래서 킥이 매서웠다. 축구 하다 다친 정강이에 홍래의 킥이 날아들 생각을 하자 인배는 한숨이 나왔다. 다리 걱정을 하기 시작하자 온몸의 신경이 정강이뼈에 몰리는 것 같았다.

인배의 얼굴을 보고 강명이가 조심스레 말했다.

"걱정되면 오늘 훈련 쉴래?"

인배도 그러고 싶은 생각이 없지는 않았다. 하지만 훈련을 쉬게 되면 몸보다 마음이 더 먼저 힘들어질 것 같았다. 열흘 뒤인 4월 15일에는 수학여행을 간다. 금요일인 4월 18일에 돌아오면 바로 토요일에 시합이 있는 것이다.

시합만 생각하면 수학여행을 안 가고 싶었지만 평생 단 한 번 있는 수학여행을 포기할 수는 없었다. 살다 보면 영원히 기억에 남는 것들이 있다. 아빠와 함께 마지막으로 갔던 2009년 여름휴가가 여전히 생생하듯 말이다.

"운동 안 하고 뭐하냐?"

차량 운행을 마치고 삼층으로 올라온 관장이 딱하다는 듯 말을 이었다.

"시합 끝나면 감자탕 한 번 쏠 테니까 불쌍하게 냄새 맡고 그러지 마."

그러고 보니 이층에 있는 감자탕 집에서 올라오는 맛있는 냄새가 통로를 가득 채우고 있었다. 살짝 간식을 먹었을 뿐 아직 저녁밥을 못 먹은 인배 입에 침이 왈칵 솟았다. 인배가 관장 팔을 잡으며 말했다.

"오늘 쏘면 안 돼요? 배고파서 집중이 안 돼요."

관장이 고개를 저었다.

"나도 그러고 싶은데 인배 너 체중 조절해야 되니까 참는 거다."

강명이가 옆에서 거들었다.

"감자탕도 못 먹고 운동했는데 지면 진짜 억울하겠네."

"그러니까 더 열심히 훈련해야지. 이기면 감자탕, 지면 감자칩이다."

인배가 관장을 따라가며 심각한 얼굴로 물었다.

"관장님. 제가 다리뼈가 몇 번 부러진 적이 있는데요. 다리가 많이 약해졌겠죠?"

"아니."

관장이 대수롭지 않게 말했다.

"부러진 데가 붙으면 더 튼튼해. 사람 몸이 원래 그래. 막 다쳤을 때나 아프지 시간이 지나면 아프지도 않고 다친 데는 더 튼튼하게 붙지."

"흉터도 없어지나요?"

"흉터는 평생 남아. 그것까지 없앨 수는 없어. 그래도 다쳤던 곳이 더 튼튼해지는 건 분명해. 내가 운동하면서 목뼈 빼고 안 다쳐 본 데가 없거든."

관장이 웃자 인배 마음이 환해졌다. 운동에 관해서라면 인배에게 관장은 교과서였다. 교과서에서 틀린 말이 나올 수는 없다. 인배는 반바지 아래 곧게 뻗은 정강이를 쳐다보았다. 자주색 멍이 선명한 다리였다. 멍은 시간이 지나며 검붉은 색으로, 파란색으로 변했다가 없어질 터였다. 그 뒤엔 전보다 강한 다리가 남게 된다.

관장이 손뼉을 치며 소리쳤다.

"박인배. 준비해!"

인배가 헤드기어를 쓰고 글러브를 꼈다.

"내가 심판 볼 테니까 오늘은 정말 시합처럼 해 봐."

링 주위에 있던 사람들 눈빛이 달라졌다. 뭔가 화끈한 시합을 기대하는 분위기였다.

강명이가 인배에게 낭심 보호대와 몸통 보호대, 정강이 보호대를 대 줬다. 마지막으로 찬물에 헹군 마우스피스를 입에 물려 주었다. 마우스피스를 끼자 가만히 서 있어도 호흡이 가빠졌다. 이를 악물고 코로만 숨을 쉬려니 가볍게 움직여도 숨소리가 거칠어졌다. 반대쪽에서는 원래 스파링 상대인 홍래 대신 형인 형래가 준비를 하고 있었다.

뜻밖에 상대가 바뀌자 인배가 관장을 힐끔 쳐다보았다. 관장이 인배 옆으로 와서 조용히 속삭였다.

"아직 시합 대진표가 안 나왔어. 네 상대가 누가 될지 모른다는 거지. 시합이 꼭 예정대로만 되는 게 아냐. 자기 계획대로 안 될 때 사람이 어떻게 되는지 아냐?"

"모아오."

마우스피스 때문에 인배의 발음이 뭉개졌다. 관장이 헤드기어를 쓴 인배의 뒤통수를 탁탁 두드렸다.

"덜컥 겁을 먹지. 상대방 실력도 모르고 겁부터 먹어. 그럼 시작부터 지고 들어가는 거야. 그럴 때 네가 할 일은!"

관장이 인배의 머리를 잡고 눈을 똑바로 바라보며 말을 이었다.

"십 분만 버티면 된다. 지금까지 네가 한 연습만 믿어. 큰 시합일수록 순식간에 끝나는 법이야. 기억해라."

인배가 고개를 끄덕였다. 다칠수록 강해진다는 말을 듣자 겁날 게 없었다. 더 강해질 수만 있다면 인배는 다치는 게 두렵지 않았다. 사랑하는 가족을 위한 길이라면 무엇이 앞을 막아도 힘차게 돌진할 수 있다.

인배가 고개를 끄덕이며 링에 들어섰다. 지금까시 했던 스파링과 달리 진짜 시합 같은 느낌이었다. 관장이 외쳤다.

"인생은 실전이다! 연습을 실전같이!"

인배가 주먹을 들어 올렸다. 발끝으로 링 바닥을 디디고 서서 상대방을 노려보았다.

피가 갑자기 뜨거워지는 시간, 근육이 팽팽하게 긴장하는 이 순간이 인배는 정말 좋았다. 이기거나 지거나 이 시합 덕분에 다음 시합 때는 더 단련되어 있을 테니까. 인배는 다가올 시합이 정말 기대되었다. 인배 머리 위로 체육관 벽에 붙은 현수막이 보였다.

"인생은 운동과 같다. 힘들수록 강해진다!"

링을 둘러싼 스무 명이 인배와 형래를 지켜보았다. 인배가 고개를 숙이고 두 주먹을 끌어올려 얼굴을 가렸다. 곧이어 기다리던 소리가 들려왔다.

"뎅!"

공이 울리자 인배가 힘차게 앞을 향해 뛰쳐나갔다.

나는 두렵지 않다

매일 너의 이름을 부른다, 현섭아

안산 단원고 2학년 7반 **박현섭**

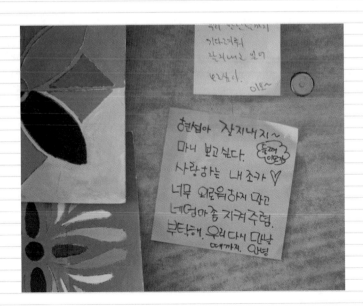

1. 잘생겼다, 내 아들. 너는 이렇게 잘생긴 얼굴로 영원히 내 마음에 있겠구나.
2. 온 가족이 함께 찍은 첫 번째 가족사진이 마지막 가족사진이 될 줄은 몰랐다. 네가 남긴 선물이겠지.
3. 남매보다 더 한 남매. 둘은 속속들이 닮고 속속들이 이해했다.
그래서 남겨진 누나는 매일 너의 이름을 부른다.

매일 너의 이름을 부른다, 현섭아

텅 빈 식탁을 본다. 방금 전 청소를 끝내고 식탁 위를 말끔히 치웠다. 그러나 현섭이, 너의 흔적은 여전히 거기에 있다. 너의 목소리, 너의 웃음소리, 운동을 끝내고 돌아와 배가 고프다며 씻지도 않고 달려든 너, 너의 숨소리, 네 몸에서 나는 기분 좋은 땀 냄새, 그것들은 기억 속이 아니라 지금 여기에 있다.

너에게서는 말이 끊이지 않는다. 무뚝뚝하고 말수 적은 아빠, 늦은 퇴근 뒤에 늘 지쳐 있는 엄마, 그리고 새침한 누나 사이에 네가 없다면 우리 가족의 식탁은 무슨 말로 채워졌을까. 무뚝뚝하고 무심한 것 같은 아빠도 실은 네 말에 귀를 기울이고 있다. 네 무슨 말인가에는 슬몃슬몃 미소가 번지기도 하는데, 꾹 참고는 있으나 곧 소리 내어 웃음이 터져 나오기라도 할 것 같은 얼굴이다.

찰싹 달라붙어 지내며 온갖 비밀은 다 털어놓고 사는 네 누나, 네가 하는 말은 물론이고 네가 엄마 아빠한테는 하지 않는 말까지 다 알고 있는 눈치다. 가끔씩 맞춰 주는 장단에 죽이 척척 맞는다.

내 새끼들, 수지하고 현섭이, 너희들만 보고 있으면 안 먹어도 배가 부르다. 열 아들 부럽지 않은 너, 열 딸 부럽지 않은 네 누나, 그래서만은 아니다. 너희 둘이 붙어 있으면 하나 더하기 하나가 아니라 열 더하기 열이 되는 것 같다. 아니, 세상 전체가 두 배쯤 더 커지고 더 단단해지는 느낌이다.

네 곁에서 네 누나는 세상에서 제일 안전해 보이고, 너는 세상에서 제일 든든해 보인다. 너는 네 누나 곁에서 행복하고 따듯해 보이고, 네 누나는 엄마처럼 너그럽고 의젓해 보인다. 그래 봤자 다섯 살 터울, 너도 어리고 네 누나도 아직 아이에 불과한데.

너희 둘이 원래부터 그랬다. 애기 때부터 어찌나 서로 달라붙어 서로를 잘 챙겨 주는지 이것들이 외동으로 컸으면 어쨌으려나, 큰일 날 뻔했네 싶었다. 누나는 네가 태어나기를 기다리기만 한 아이 같았다. 당장에 사랑에 빠졌고, 당장에 의젓한 누나가 되었고, 당장에 세상에서 제일 친한 친구가 되었다. 한 번 네 손을 잡으면 놓으려고 하지를 않았다. 땀에 가득 찬 네 손을 꼭 잡고, 세상 전부를 향해, 얘가 내 동생이야, 외치는 듯했다.

네가 점점 커서 어느 날부턴가는 누나보다 키가 크더니, 나중에는 어찌나 덩치가 커졌는지 동생이기는커녕 오히려 오빠 같아졌다. 너는 밤늦어 귀가하는 누나를 마중 나가고, 예쁜 누나를 힐끔거리는 거리의 남자들에게는 눈을 부라렸다. 키가 1미터 80센티나 되었던 너는 누나의 가장 든든한 보디가드였다. 그래 봤자 열일곱 살인 동생을 옆에 두고 누나는 세상에서 가장 힘센 애인을 둔 듯했겠지.

알고 있단다. 너희 둘, 그토록 살갑고 그토록 따뜻한 애정은 어디에서 생겨난 것인지. 한배에서 태어나 한 부모 아래에서 자라서만은 아니라는 걸 알고 있단다. 네 누나가 세상에서 태어났을 때, 엄마는 고작 스무 살이었다. 그토록 어린 나이에 너희 아빠를 만나 결혼하고, 그토록 어린 나이에 네 누나를 낳았으니 이 엄마는 남들보다도 훨씬 더 서툰 엄마였다.

너를 낳았을 때도 여전히 이십대 중반, 어리고 서툰 엄마이기는 여전했다. 그래도 너희들을 남부럽지 않게 키우고 싶다는 마음만큼은 누구 못지않았다. 사랑하는 아빠와 사랑하는 딸, 그리고 사랑하는 아들까지, 내겐 부족한 것이 없었다. 가난은 힘들기는 했지만 지겹지는 않았다. 너희들을 위해, 너희들의 미래를 위해 좀 더 열심히, 조금이라도 더 많이 일을 해야 한다고 믿었고 그런 날들이 싫지 않았다.

박현섭

그러나 한 번 지방으로 일을 나가면 한 달씩도 집을 비우는 아빠, 아침에 일을 나가면 밤늦어서야 퇴근하는 엄마를 둔 너희 둘은 어쩌면 외로웠을지도 모르겠다. 아니, 분명히 그랬겠다. 그래서 둘은 한 번 붙잡은 손을 놓지 않고, 앉을 때도 꼭 붙어 앉고, 잠깐 밖엘 나가도 꼭 같이 나가고, 얼마 남지 않은 반찬은 반 입씩 나눠 먹고 그랬겠다. 엄마 아빠 없는 집에서 너희 둘끼리 그랬겠다. 누나는 맨날 현섭이랑 뭐하고 놀면 더 재밌을까만 생각하고, 뭐 사 줄까만 생각하고, 뭐 같이 먹을까만 생각했겠다.

너는 그래서 그렇게 다정해졌을까. 텅 빈 집 거실 바닥에 누워 엄마는 너를 생각한다. 이 집으로 이사 오기 전, 너랑 나랑은 거실에다 잠자리를 펴곤 했었다. 방 두 칸짜리 집, 네게까지 돌아갈 방이 없어서 네 잠자리는 항상 거실. 거기에 엄마가 곁방살이처럼 끼어들었다. 너 혼자 외로울까 봐 그래서였는데, 금방 엄마가 위로를 받기 시작했다. 밤마다 속닥속닥 이어지던 너의 얘기, 다정하게 끌어안는 너의 손길, 밤에 뒤채이다 무겁게 얹혀 오던 너의 다리까지, 나는 밤마다 너한테 위로 받았다.

너한테 너만의 방이 생긴 게 너 떠나기 겨우 1년 전이었다. 손바닥만 한 방이기는 했지만, 그래도 네가 태어나 처음으로 갖게 된 너만의 공간이었다. 얼마나 좋았을까. 너는 수도 없이, 이 집이 정말 우리 집인 거냐고 묻고 또 물었다.

대출을 다 갚아야 진짜 우리 집이다, 라고 얘기해 주니 걱정 말라고 큰소리를 쳤다. 네가 얼른 커 대출도 다 갚고, 더 큰 집도 사 줄 거라고 했다. 엄마는 그 말을 믿었다. 네가 그런 말을 할 때 엄마는 이미 세상에서 가장 큰 집을 가진 듯 했다.

그토록 네가 좋아했던 이 집, 거실 바닥을 닦는다. 이 집에서는 왜 너하고 거실에서 한 번도 못 누워 봤을까. 너랑 같이 이부자리 펴고 누워 너 어렸을 때처럼 속닥속닥 얘기했었으면 좋았을 텐데. 네 이마도 한 번 더 만져 보고, 그새 또 얼마나 컸나 발도 한 번 더 만져 보았으면 좋았을 텐데.

처음으로 너 혼자 갖게 된 방, 네 침대에도 앉아 본다. 네가 마지막으로 덮었던 이불은 아직도 침대 위에 그대로 있다. 네 체온, 네 냄새, 네 추억이 고스란히 거기에 있다.

침대에 앉으니 네 책상도 보이고, 네 책상 위 컴퓨터도 보이고, 교과서도 보이고, 너 좋아하던 여자 연예인 사진도 보이는구나. 무슨 걸그룹의 멤버라고 했다. 엄마는 그 연예인의 이름을 잘 외우지 못했었다.

네 방 치울 때마다 가끔씩 힐끔 쳐다보고, 저 연예인이 예쁘기는 하네, 그렇게 혼자 중얼거린 게 전부였다. 그때마다 네가 연예인한테 빠져 공부 안 할까 봐 걱정되는 마음보다 네가 자꾸 커가는구나 하는 마음이 더 컸었다. 흐뭇한가 하면 서운하고, 서운한가 하면 흐뭇했다. 세상에나. 그러고 보니 엄마는 너에 대한 질투를 저 연예인한테 처음으로 느껴 보고, 마지막으로 느껴 보는구나.

저 연예인의 이름을 너 떠난 후에야 알았다. 에이핑크의 나은이라고 했다. 너 떠난 후에 네 이모가 그 연예인을 우연히 만나게 되었더란다. 네 이야기를 하고는 사인을 받아다 주었구나. 그걸 네 방에다 붙여 놓았는데, 보고 있니? 너, 거기에서, 입이 찢어지도록 좋아하겠구나.

엄마는 네 여자 친구에 대해서 잘 알지 못한다. 중학교 때 네게 여자 친구가 있었다는 말을 나중에야 듣게 되었다. 살갑고 다정한 네가 엄마한테 여자 친구 얘기를 감쪽같이 숨긴 걸 보면, 녀석, 부끄러웠던 게지. 말썽도 부리지 않고, 찡그린 얼굴도 한 번 보이는 적이 없어서 너한테는 사춘기도 없나 했더니, 아마 그때가 엄마 아빠 걱정할까 봐 너 혼자 몰래 지나 보낸 사춘기의 한 시기였던 모양이다.

너 떠난 후에 네 친구들을 만난 적이 있었단다. 다정하고 살가운 성격은 학교에서도 그랬던 모양이다. 친구들하고 우르르 모여 다니고, 우르르 공도 차고, 뭐든지 우르르, 참 친구들도 많았다. 그 친구들에게 뒤늦게야 엄마가 네 여자 친구에 대해 물어보았다. 그런 거는 너 몰래 물어보면 안 되는 걸까?

너 있었으면 엄만 그런 거 괜히 물어본다고, 너 창피하게 만든다고 타박을 놓았을까. 그러나 얼마나 궁금했겠니. 너 떠난 후에 너에 대해 안 궁금한 게 없다. 알아도 알아도 다 알지 못할 거라는 거 알지만, 그래도 때때로 견디지를 못한다. 어떤 여자애였을까. 네 방에 걸린 연예인 사진, 그 여자를 닮았을까. 둘이는 뭐를 했을까. 손도 잡아 봤을까. 이어폰 하나씩 끼고 같이 듣던 음악은 뭐였을까.

그런데 네 친구들 대답이 뜻밖이다. 네가 그랬단다. 네 여자 친구는 엄마라고. 엄마가 네 여자 친구라고.

그랬다. 네가 그렇게 살가웠다. 장도 같이 보러 다니고, 배드민턴도 같이 치고, 할아버지 병문안도 같이 다니고, 길 모르는 엄마 길 잃을까 봐 데리러 와 주기도 했다. 엄마 허리 다쳤던 때 기억하니? 허리가 뭐가 어떻게 되었던지 거의 한 달을 못 일어났다. 앓아누운 엄마는 일 못 하고 돈 못 버는 걱정만 하고 있는데, 엄마 걱정은 네가 다 알아서 해 주었다. 그때 겨우 중학생이었던 네가 엄마 약도 챙겨 주고, 밥도 차려 주고, 찜질도 해 주고, 머리도 감겨 주었다.

떠나기 전에는 키가 1미터 80센티나 되고 몸무게도 70킬로가 훌쩍 넘어 덩치만으로는 키 작은 네 아빠보다, 키 작은 네 엄마보다도 훨씬 더 어른처럼 보였지만, 엄마가 허리를 다쳤을 때, 그때만 해도 너는 아직 작은 아이였다.

그 작은 아이의 손으로 엄마 머리를 감기는구나. 내가 너 아기였을 때 네 머리를 감겨 주었듯, 네가 엄마에게 그렇게 하는구나. 엄마 아주 늙으면 그렇게 해 주려고 했는데, 그렇게 되지 못할 줄 알았을까. 그래서 미리 해 주었을까. 네가 엄마에게 미리 해준 것이 너무 많다. 살아서 백 년 동안 해 줄 일을 그 짧은 세월 동안 다 해 주었구나.

그런데, 엄마가 네 여자 친구라는 말은 무슨 뜻이었을까. 그렇게 우리가 가까웠다는 말, 물론 맞다. 내가 너와 얼마나 가까웠는지, 네가 얼마나 이 엄마와 가까웠는지, 정말로 친구처럼 말이다. 그러나 혹시 그 말 속에는 네가 엄마를 여자 친구처럼 챙겨 줘야 한다는 뜻은 아니었을까. 울 엄마 눈물도 많고, 맘도 약하고, 아픈 데도 많고, 그런데도 할 일은 많아서, 울 엄마, 여자 친구처럼 네가 챙겨 주고 챙겨 줘야한다는 뜻은 아니었을까.

그리고 보니 내가 널 챙겨 준 기억이 없다. 사는 게 바쁘다는 핑계 때문에, 늦게 들어

오고 일찍 일어나지 못했다. 학교 가느라 늘 일찍 일어나는 너는 혼자 밥을 챙겨 먹고, 챙겨 먹은 자리 혼자 치우고, 그리고 아직 잠들어 있는 엄마는 깨우지도 않고 혼자 학교에 갔다. 누가 그러라고 시키지도 않았는데, 네가 알아서 그렇게 했다.

그래서 꿈도 혼자서 알아서 꾸었을까. 고등학교에 올라간 너는 육군사관학교에 가겠다고 했다. 집안에 군인인 사람이 있지도 않은데 그런 너의 꿈은 어디서 생겨났던 것일까. 워낙에 운동을 좋아하고, 축구도 잘하는 너여서 혹시 운동선수가 꿈인 건 아닐까 했었는데. 엄마는 네 꿈이 좋았다.

너는 엄마 아빠 생각하고 집안 형편을 걱정해 학비 부담이 덜한 육군사관학교를 생각했을지 모르지만 엄마는 너처럼 잘생긴 군인을 상상하는 것만으로도 기분이 좋았다. 쉽지는 않겠지만, 뭐든지 알아서 하는 너, 꿈도 꼭 이루겠지 생각했다.

너는 매일같이 운동을 나갔다. 엄마 보기에는 그냥 그대로도 충분한데, 세상에서 제일 멋있고 잘생긴 너인데, 너는 몸을 더 만들어야 한다고, 매일같이, 하루도 빠짐없이 헬스장에 나가고 다이어트도 했다. 다이어트한다고 그 좋아하던 고기도 맘 놓고 먹지 않았다. 그렇게 각오를 다지고 애를 썼으니, 육사도 가고 군인도 되었겠지. 어느 날엔가는 그렇게 되었겠지. 그래서 나라도 지키고, 이 나라 사는 사람들도 지키고, 누구도 불안하지 않은, 안전한 나라로 만들었겠지. 너는 그러고도 남았겠지. 엄마도 지키고, 누나도 지켰던 너. 그렇게 살갑고 다정하게 지켰던 너니까.

너는 떠났어도 누나는 여전히 너하고 속닥속닥 이야기를 나누는 모양이다. 네가 없어도 어디서든 네 목소리를 듣는 모양이다. 너한테 속 얘기도 다 털어놓는 모양이다. 네 누나, 너한테 정말 지극정성이었다. 바쁜 엄마보다 더 엄마 같은 누나였다.

아르바이트를 해 돈이 모이면 제일 먼저 너 용돈을 주고, 너 사 주고 싶은 걸 생각하는 누나였다. 영화도 같이 보러 가고, 너 제일 좋아하던 떡볶이도 같이 먹으러 다니고, 놀러도 다니고, 애인처럼 둘이서 수도 없이 사진을 찍어 대고, 너희들은 같이 안 하는 일이 없었다. 오죽하면 네 누나, 엄마 아빠보다도 네가 먼저라고 했다. 그래서 지킬 수가 없었던 네 열여덟 번째의 생일 선물이 네 누나의 마음에 못으로 남은 모양이다.

자전거를 사 주기로 했었던 모양이구나. 그때까지 너 타던 자전거도 네 누나가 어디서 얻어 온 것이었다. 지 친구 동생이 타던 거라고, 지 친구 동생은 더는 안 타는 거라고. 그 헌 자전거 얻어 오면서, 그래 봤자 아직 어린아이인 네 누나 마음이 찢어졌던 모양이다. 새 거 사 줄게, 누나가 월급 차곡차곡 모아서 돌아오는 네 생일에는 새 자전거 사 줄게.

그러나 너는 그 생일을 맞이하지 못했고, 누나는 그 약속을 지킬 수가 없게 되었구나. 그래서 이제 겨우 스물세 살인 네 누나는 매일매일 울음을 삼키는 모양이다. 누나 방의 벽을 맞대고 네가 떠난 방이 있다. 침대에 누우면 벽 너머 네 침대가 보이겠지.

남동생인 너는 누나한테 성질을 부리는 적도 없었고, 누나는 너한테 비밀을 가져 본 적도 없는 것 같았다. 오죽하면, 다 큰 너희들이 방문 한 번 걸어 잠그는 걸 본 적이 없었다. 남동생이 있든, 누나가 있든, 다 큰 것들이 훌렁 벗고 돌아다니고, 장난치고, 소리 지르고 그랬었다. 그러니 속에 숨기고 산 게 뭐가 있을까.

엄마가 사느라고 바쁜 동안, 니들은 그렇게 서로의 빈틈을 꼭꼭 메워 가며 살았겠구나. 밥도 같이 차려 먹고, 치우기도 같이 치우고, 톡탁거리면서 서로 싸우기도 하고, 다신 안 볼 것처럼 삐치기도 하고, 그러면서도 모든 속내 얘기를 다 했겠구나. 내 동생, 내 동생, 부르고, 우리 누나, 우리 누나 불렀겠구나.

너 떠나고 나서 제일 후회되는 건, 사느라고 바빴던 시간들이다. 후회를 하고 또 후회를 하는구나. 후회를 할 때마다 두 주먹을 꽉 쥐어서 손바닥이 안 아픈 날이 없구나. 얼마나 잘 살자고 그렇게 바빴을까. 아득바득 사느라 그랬다는 거, 너희들을 위해서 그랬다는 거, 그런 말은 위로가 되지 않는다. 그렇게 사느라 바빠, 온 가족 같이 놀러 갔던 것도 겨우 한 번이었으니. 그것도 너 떠나기 전 해에 단 한 번이구나.

그래도 얼마나 좋았던지. 키 작은 아빠 곁에서 키 큰 네가 텐트를 뚝딱뚝딱 세웠었다. 그때는 네가 아빠의 기둥 같고 아빠의 가림막 같았다. 일 있는 곳이면 어디든 쫓아

다니며 객지 생활하느라 너의 아빠, 니들에게 살가울 틈도 다정할 틈도 없이 사셨더랬다. 그러나 너는 쑥쑥 자라 어느새 아빠의 기둥이 되어 있었다. 네 곁에 서 있는 너의 아빠, 꼭 너를 기대어 서 있는 듯했다. 그 얼굴이 흐뭇했다. 아무리 무뚝뚝해도, 아들을 향한 흐뭇한 미소는 감추지 못했던 거다.

무주구천동 밤하늘에 쏟아지던 별, 그 아래 텐트에서 함께 잠들던 우리 네 식구. 그렇게 영원할 줄 알았다. 가난한 살림살이도 고맙고, 많이 해 준 것 없는데도 잘 자라 준 너희들도 고맙고, 항상 그 자리에서 일 열심히 해 주는 너희 아빠도 고마웠다.

그 밤이 그렇게 평화롭게, 아름답게, 영원하기를 바랐었다. 너와 네 아빠가 친 텐트는 얼마나 튼튼했던지, 얼마나 안전했던지. 세상에서 가장 거센 폭풍이 몰아친다고 해도 끄떡없을 것 같았다. 그리고 좀 흔들리면 어떠랴. 너희 아빠와 네가 이렇게 작은 엄마와 네 누나쯤은 거뜬히 구해 줄 터인데.

네가 떠난 집은 텅 비어 있다. 어떻게 해도 다 채워지지가 않는다. 네 사진을 아무리 많이 걸어 놓아도 백 분의 일도 채워지지가 않는다. 그래도 거실에 걸린 사진, 만발한 튤립 꽃밭을 뒤로하고 찍은 우리 가족 사진은 네가 마지막으로 남긴 선물이다. 참 이상한 일이다. 너 떠나기 겨우 이틀 전, 일요일이었다.

아빠와 엄마 누나, 너를 빼고 이렇게 셋이서 외식을 하러 나가려고 했었다. 가족 중에서 너 혼자서만 다니는 교회이긴 했지만 한 주도 빠짐없이 열심이던 너여서 주일인 그날 너는 당연히 가족 외식에 빠질 줄 알았기 때문이다. 그런데 너, 난데없이, 같이 가겠다고 했다. 너의 하나님이 그날만큼은 너를 우리에게 주셨던 모양이다.

가족에게 마지막으로 남길 선물을 위해 그렇게 해 주셨던 모양이다. 점심을 먹고, 중앙역에 갔었다. 봄이었고, 햇살이 너무나 아름다웠고, 튤립 축제가 한창이었다. 네가 셀카봉을 꺼내 들었다. 그리고 찰칵.

찰칵, 소리 나는 그 순간에 알았다. 그것이 우리에게 유일한 가족사진이라는 거. 그때까지 한 번도 우리 네 식구가 같이 사진을 찍은 적이 없었다는 거.

그렇게 너는 사진 속에 남았다. 우리 가족 속에 남았다. 우리 마음 속에 남았다. 웃음으로 남고 햇살로 남고 서로가 맞대고 있는 몸의 온기로 남았다.

　사랑한다, 사랑한다, 사랑한다.

　이제 엄마가 할 수 있는 일은 너의 이름을 부르는 일뿐이구나.

　사랑한다, 사랑한다, 사랑한다, 현섭아.

나의 일기

안산 단원고 2학년 7반 **서현섭**

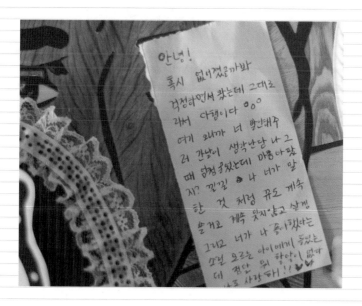

1. 사랑합니다.
2. 나는 이제 단원고 학생.
3. 고무줄 바지도 잘 어울려.

나의 일기

2009년 4월

누나에게 물어보니 나는 이천 서씨였다.
헛! 이천 서씨라면!
나의 조상은 서희 담판!
서희 장군님~!
아~ 나의 조상님이 서희 장군이시라니.
그런데 어디 김씨, 어디 이씨 이런 거는 어떻게 정하는지 궁금하다.
(2009년 초등학교 6학년이었던 서현섭 군이 직접 쓴 일기에서 발췌)

2009년 12월

방학이란 공부를 잠시 쉬고 편하게 하는 것!
방학이란 학교생활을 멈추고 집안일을 도우는 것!
그리고 방학이란, 심심, 지루함을 느끼게 하는 것!
방학이란 무엇인지 생각했더니 이 생각들이 떠올랐다.
이 말들이 나의 오늘을 생각하게 하고, 심심, 지루함을 잠시 잊게 해주었다.
(2009년 초등학교 6학년이었던 서현섭 군이 직접 쓴 일기에서 발췌)

2010년 3월

준학이는 중학교 올라와서 처음 사귄 친구다. 나는 준학이가 첫눈에 마음에 들었다.

하지만 오늘 준학이가 해 준 말을 듣고 깜짝 놀랐다.

"솔직히 처음에 네가 자꾸 말 걸어서 부담스러웠다."

하지만 괜찮다. 내가 말을 걸어서 준학이랑 친구가 되었으니까.

이제 하는 말이지만 준학이한테 말 걸 때 나도 떨렸다.

나를 이상한 애라고 생각하면 어쩌나 걱정이 됐던 거다.

이 사실은 준학이한테 계속 비밀로 해야겠다.

2010년 5월

5월은 가족의 달이라고 한다.

하지만 실감이 나지 않는다. 집이 너무 조용해서 그런 것 같다.

집에는 나랑 말티 둘만 있다. 말티는 수컷 강아지다. 말티즈라 이름이 말티다.

큰누나는 독립해서 혼자 산다. 작은 누나는 직장에 다닌다.

막내 누나는 대학생이다.

아빠는 세상에서 일을 가장 많이 하는 것 같다.

엄마도 야간 근무를 할 때가 많아서 밤늦게 들어온다.

우리 집에선 나랑 말티만 시간이 많다.

시간이 많으니 라면이나 끓여야겠다. 말티도 나눠 주고.

2010년 7월

친구들이랑 노래방을 갔다.
딱 10명이 모였다. 남자 다섯, 여자 다섯. 예감이 좋다.

나는 노래 부르는 게 쑥스럽다.
노래도 잘 부르고 춤도 잘 추는 애들을 보면 부럽다.

준학이가 버즈 노래를 부르면 여자애들도 좋아하는 눈치다.
하지만 준학이는 여자애들이 나를 더 좋아한다고 했다. 나는 잘 모르겠다.
하지만 준학이는 그런 걸로 농담을 하는 친구가 아니다. 어쨌든 기분이 참 좋다.

지금에 비하면 초등학교 때는 완전 암흑이다.
그때는 집에만 있어서 친구도 별로 없었다.
중학교에 와서 친구들을 사귄 건 정말 잘한 일이다.

2010년 12월

친구를 따라 처음으로 교회에 갔다. 나는 하나님을 믿는 것도, 안 믿는 것도 아니다.
하나님보다 맘에 드는 건 교회에 밴드부가 있다는 거다.
친구 말로는 교회에 다니면 밴드 활동도 하고, 기타도 배울 수 있다고 했다.

친구들 중에는 기타를 잘 치는 아이들이 많다.
나도 그 애들처럼 되고 싶었다.

기타 때문에 교회에 다녀도 하나님은 봐줄 거다.

하나님은 원수도 사랑하시니까.

2011년 4월

급식 시간에 고기반찬이 나왔는데, 친구가 먹고 싶어 했다.

나는 친구 식판에 고기를 넘겨줬다. 앞에 앉은 주은이가 말했다.

"현섭아, 너는 정말 착한 거 같다. 인정."

생각지도 않은 칭찬을 받아서 얼떨떨했다.

나는 내가 착하다고 생각해 본 적이 없다.

집에서는 무뚝뚝하고, 누나하고도 잘 싸운다.

아빠도 집에서 무뚝뚝하다. 나는 아빠를 닮았나 보다.

하지만 친구들하고 있으면 말도 많이 하고, 잘 웃는다.

주은이는 내가 가만히 있어도 웃는 얼굴이라고 했다.

어쩌면 식구들보다 친구들하고 있는 시간이 더 많아서 그런지도 모른다.

앞으로는 식구들하고 있는 시간이 많았으면 좋겠다.

2011년 6월

막내 누나에게 기타 연주를 들려줬다.

〈로망스〉. 준학이가 가르쳐 준 거다. 누나가 말했다.

"제법인데. 다음엔 반주에 맞춰 노래도 들려주라."

내가 바라는 것도 그거다. 나는 요즘 틈나는 대로 기타를 친다.

주로 발라드나 팝송이다. 물론 밴드 음악도 좋다.

특히 버즈의 노래는 언제 들어도 좋다.

"자신 있게 못하는 늘 숨어만 있는 나는 겁쟁이랍니다~ ♪"

겁쟁이라도 좋다. 노래가 이렇게 좋으니.

2011년 7월

학교에서 운동하다 팔이 부러졌다.

병원에서 깁스를 하고 앉아 있는데 엄마가 달려왔다.

걱정을 하던 엄마는 내 옆에 있는 여자 친구를 뚫어져라 쳐다봤다.

엄마가 의미심장한 목소리로 물었다.

"너네 사귀지?"

여자 친구가 아니라고 하는데, 뒤에 앉아 있던 남자애들이 그렇다고 소리쳤다.

망했다. 사귄 지 얼마 되지도 않았는데.

걱정과 달리 엄마는 별다른 말을 하지 않았다.

사귀는 걸 인정받은 것 같아 뿌듯했다. 팔이 부러진 게 잘된 일 같았다.

2011년 8월

방학이지만 학교에 갔다.

대학생들이 밴드부에 와서 보컬트레이닝을 하기 때문이다.

주은이는 기타도 잘 치지만 노래도 잘한다.

그에 비하면 나는 그냥 그렇다.

내 차례가 다가올수록 심장이 떨렸다.

못해서 망신을 당하면 어쩌나 걱정이 됐다.

드디어 내 차례가 왔다. 나는 두 곡을 불렀다.

이적의 〈다행이다〉, 그리고 패닉의 〈기다리다〉

수업이 끝나고 주은이가 말했다.

"용기 내서 하는 모습이 인상적이더라."

잘했다는 말보다 듣기 좋았다.

주은이는 빈말을 하는 친구가 아니다.

2012년 4월

나는 간지럼을 안 탄다. 친구들이 간지럽게 하려고 애를 써도 전혀 간지럽지 않다.

내가 간지럼을 태우면 친구들은 구운 오징어처럼 몸을 돌돌 만다.

친구들은 간지럼을 태우거나 껴안아도 전혀 어색해하지 않는다.

나는 가끔 친구들을 안아 주기도 한다. 꼭 껴안는 게 아니라 가볍게 안아 주는 거다.

주은이는 내가 안아 주면 마음이 따뜻해진다고 했다.

그런데 내 여자 친구는 그렇지 않다.

그 애는 가볍게 손을 잡는 정도의 스킨십도 싫어한다.

여자애들은 원래 그런 건지 궁금하다.

준학이한테 물어봤더니 자기도 모른다고 했다.

그 애는 내가 징그러운 걸까? 다음에 꼭 물어봐야겠다.

2012년 5월

여자 친구랑 집에서 시험공부를 했다.

내가 왜 좋냐고 물었더니 그 애가 고개를 옆으로 기울였다.

"너는 미소가 좋아." "다정하고, 매너도 좋고."

"옷도 잘 입고 다니고." "마음도 착해."

마지막엔 이렇게 말했다.

"그리고 잘생겼잖아."

그 애가 웃었다. 나도 웃었다.

그 애랑 같이 있으면 시간이 참 빨리 간다.

누나가 여자 친구를 데려다주라고 해서 시계를 보니 밤 10시였다.

누군가 시간이 천천히 가는 시계를 발명하면 좋겠다.

2012년 7월

준학이는 오전부터 안절부절못했다.

밴드부 오디션을 봐야 하는데, 그게 정말 자기 길인지 판단이 서지 않는다고 했다.

준학이는 오디션을 보는 교실 입구에서도 망설였다.

같이 간 친구들이 그냥 보지 말라고 했다.

내가 친구들에게 말했다.

"준학이는 이걸 꼭 봐야 해. 정말 하고 싶어 했으니까."

준학이가 나를 바라봤다. 그러더니 교실 문을 열고 안으로 들어갔다.

결과는 합격이었다.

내가 붙은 거 보다 더 기분 좋았다.

나중에 준학이가 이렇게 말했다.

"우리 어른이 되어서도 친구하기다. 평생."

내 마음도 같다.

2012년 12월

낮에 요리를 했다.

식빵 사이에 햄과 치즈를 넣고, 계란 물을 입혀 프라이팬에 구웠다.

누나가 먹어 보고 식당에서 파는 것 같다고 했다.

내가 먹어도 진짜 맛있다.

어쩌면 요리에 소질이 있는지도 모르겠다.

나중에 커서 요리사가 되면 어떨까 생각해 봤다.

나쁘지 않다. 요즘은 남자 요리사가 인기도 많다.

요즘 친구들은 어느 고등학교를 갈지 고민들이다.

준학이와 주은이는 일찌감치 음악을 할 수 있는 학교로 진로를 정했다.

나는 대학을 가고 싶은 생각이 없다. 꼭 대학을 갈 필요도 모르겠다.

아빠는 대학을 가지 않을 거면 기술을 배우라고 했다.

하지만 아직은 내가 뭘 잘하는지, 뭘 하고 싶은지 모르겠다.

하고 싶은 일은 고등학교 가서 정할 거다.

내가 가고 싶은 학교는 정했다.

1순위로 선택한 단원고에 꼭 붙었으면 좋겠다.

이게 지금 내가 정한 진로다.

2013년 5월

집에 오니 엄마 기분이 좋아 보였다.
담임 선생님과 상담을 했는데 내 칭찬을 많이 했다고 했다.
중학교 때도 그랬지만 선생님들은 나를 예뻐해 주는 편이다.
중3 담임 선생님은 꼭 "우리 현섭이는~" 하고 부르셨다.
그 때문에 애들이 한동안 나를 "우리 현섭이는~" 하고 불렀다.
칭찬 때문인지 공부를 더 열심히 해야겠다는 생각이 들었다.

2013년 7월

야간 자율 학습을 마치고 여자애들이랑 햄버거를 먹으러 갔다.
그런데 햄버거 가게로 가다가 엄마 아빠와 딱 마주쳤다.
내가 먼저 발견하고 애들 뒤로 숨었지만 소용없었다.

엄마가 손으로 가리키며 "저기 우리 현섭이 아니야?" 했다.
이럴 줄 알았으면 그냥 당당하게 굴 걸 그랬다.
다음에 이런 일이 생기면, 그때는 좀 더 남자답게 행동해야겠다.

2013년 10월

성적이 올라서 상위권에 들었다. 엄마 아빠가 많이 좋아했다.
아빠가 물었다.

나의 일기

"뭐 갖고 싶니? 말만 해. 다 사 줄게."

갑자기 물으니 생각이 나지 않았다.

"생각나면 말할게요" 했더니, 먼저 쓰라며 용돈 10만 원을 주셨다.

아빠도 돈이 많지 않으실 텐데, 너무 큰돈을 받아서 걱정이 됐다.

하지만 이렇게라도 아빠를 기쁘게 해 드릴 수 있어서 좋았다.

2014년 2월

오늘은 내 생일이다.

친구들하고 노래방 가는 것으로 축하를 대신했다.

'생일 선물은 주지도 않고, 받지도 않는다.'

이게 남자애들이 생일을 맞는 방식이었다.

생일 선물은 누나들한테 받는다.

기타, 핸드폰, 이어폰도 다 누나들이 사 준 거다.

나이 터울이 많은 누나들이 있는 건 이럴 때 도움이 된다.

집에서 하나밖에 없는 아들이고, 막내라는 것도 도움이 된다.

요즘은 학교생활도 즐겁고, 모든 게 좋기만 하다.

이제 곧 2학년이 되고, 4월에는 친구들과 수학여행도 간다.

4월이 빨리 왔으면 좋겠다.

2014년 4월

드디어 내일 수학여행을 간다.

행선지는 제주도. 인천항에서 배를 타고 출발할 거다.

밤에는 배에서 불꽃놀이도 한다고 했다.

깜깜한 바다 위에 터지는 불꽃은 생각만 해도 근사하다.

초등학생 때 아빠랑 둘이 제주도 간 적이 있었다.

아빠 친구 모임에서 갔는데, 엄마가 가지 못해 내가 대신 갔던 거다.

이번에 제주도 가면 아빠 선물을 사와야겠다.

선물을 주면서 사랑한다고 말할까?

이건 너무 쑥스럽다.

아빠도 나한테 사랑한다는 말을 해 준 적이 없다.

남자들끼리는 원래 그런 거 잘 안 한다.

하지만 나는 친구들한테는 잘 표현하는 편인데……

역시 아빠는 어렵다. 가족이란 원래 그런 건가 보다.

너무 가깝고, 서로에 대해 많이 아니까, 말 안 해도 다 알 거라고 생각하는.

하지만 정말 가까운 사람이니까 앞으론 더 잘해야겠다.

핸드폰에서 버즈의 〈일기〉가 흘러나왔다.

가사가 좋으니 적어 봐야겠다.

시간이 지나도 변치 않는 건 그댈 사랑하는 일

안된다고 잊었다고 하지 말아요

영원히 그대 곁에 My love

땡큐, 크리스토프

안산 단원고 2학년 7반 **성민재**

1. 일곱 살 어린이날 엄마, 형과 함께 유채꽃밭에서.
2. 단원고 1학년 때 극기훈련 하는 모습.
3. 안산 단원중학교 3학년 때 교복 입은 의젓한 모습.

땡큐, 크리스토프

구릿빛 피부, 눈동자가 유난히 또렷한 성민재, 6학년 민재가 분주하다.

회장 선거가 있기 사흘 전, 플래카드를 만들고 회장 선거문을 미리 낭독해 보는 교실 한 켠에 흐뭇한 미소를 지으며 앉아 있다. 선거에 출마한 건 민재가 아니었다. 그러나 민재는 마치 제 일인 양 앞장서서 출마한 친구가 당선하는 데 일조했다. 친구들을 우르르 몰고 다니며 열정적인 운동을 하고 있었다. 민재가 선두에서 목청을 높이라고 친구를 북돋웠다.

"더 크게 해야지. 크게."

선거에 나가는 친구를 위해 민재가 나선 것이다.

"야, 이거 너무 뻥인 거 같지 않냐? 내가 어떻게 아이들 손과 발이 되냐?"

성현이는 민재가 도와준 선거문에 토를 달았다.

"회장이 되려면 그 정도 각오는 해야지. 안 그래?"

민재와 성현이를 둘러싼 아이들이 고개를 주억거렸다.

"민재 말이 맞아. 그 정도는 돼야 우리도 밀어주지."

아이들도 모두 민재 편을 들었다.

"야, 그렇게 잘하면 네가 하지. 왜 나보고 하라 그러냐?"

약간 빈정 상한 성현이가 민재를 향해 쏘아붙였다.

민재가 성현이를 정면으로 응시했다.

"난, 이게 좋아."

민재는 뒤에 있어도 좋았다. 친구가 민재 덕분이라고 말해 주는 게 마냥 기뻤다. 사흘 뒤 성현이는 회장이 되었고 민재에게 네 덕분이라고 활짝 웃어 주었다. 고맙다는 말도 잊지 않았다. 그거면 충분했다.

딱 한 번 민재가 진짜 나섰던 날이 있긴 했다. 중학교 졸업식이 있던 겨울, 꽃다발을 한아름 안고 마지막 인사를 하던 선생님이 이벤트를 준비한 아이들 때문에 눈이 휘둥그레졌다. 이벤트 첫 페이지에 민재가 있었다.

"춤 춰 라. 춤 춰 라……"

아이들이 함께 선창을 하고 곧이어 귀에 익은 노래가 흘렀다.

오빤 강남스타일~~~~

민재는 기다렸다는 듯 폴짝거리며 춤을 추었다. 다리를 엉거주춤 벌리고 팔을 엑스자로 꼰 뒤 박자에 맞춰 말처럼 뛰었다. 민재 스타일대로 힘차게 말이다. 친구들과 부모님들은 배꼽을 잡고 자지러졌다. 처음 보는 민재 모습이 낯설었지만 어색하지 않았다. 엄마는 웃다가 눈물이 날 지경이었다. 음악 소리가 잦아들 때까지 박수 소리도 끊이지 않았다.

고1이 된 민재는 키가 부쩍 자랐다. 자란 키만큼 엄마도 내심 걱정이 늘어갔다. 사춘기가 되면 예민해질 거라는 또래 엄마들 이야기가 심심찮게 들려오던 참이었다. 하지만 민재에겐 무색했다. 엄마도 맘의 준비를 단단히 하고 기다렸지만 민재는 괜찮아 보였다. 어쩌다 시간이 맞아 저녁을 함께할 때면 아빠와 연예 관련 기사부터 정치 얘기까지 쉴 틈 없이 속사포처럼 풀어 놓았다. 가끔은 아빠 의견에 반론을 제기하기도 했다. 그러면 엄마는 그 모습이 그저 고맙고 대견했다.

서해에 있는 영흥도에 가족 여행을 가기로 했던 전날은 민재가 그렇게 든든할 수 없었다. 엄마는 음식 준비 때문에 분주해졌다. 민재가 학교에서 돌아온 금요일 저녁이었다. 시장에 갈 채비를 하던 엄마는 들고 올 짐이 만만찮음을 직감했다. 만만한 건 민재였다. 엄마에겐 딸 같은 아들이었으니까.

"콩, 같이 가주라."

'콩'은 집에서 부르는 민재의 애칭이었다. 엄마는 장바구니를 일부러 펼쳐 보였다.

장난끼가 발동한 민재는 제 방으로 들어가 숨어 버리는 시늉을 했다. 잠깐의 실랑이는 차례처럼 반복되는 일상의 한 부분이었다.

"안 가도 되지?"

닫힌 방문 안에서 민재 목소리만 새어 나왔다. 말은 그렇게 했지만 사실은 옷을 갈아입는 중이었다. 민재는 시장을 갈 때도 그냥 나가는 법이 없었다. 옷매무새를 단정히 해야만 하는 절체절명의 이유가 있는 것처럼 깔끔하고 세련됨을 지향했다. 그래서였을까. 친구들 사이에서도 민재는 패션에 있어서는 센스왕이었다.

"칫, 치사하다. 엄마 혼자 간다. 그럼."

민재가 엄마와 시장 가는 게 싫은가, 그런가, 잠깐 의심을 품을 때쯤이면 이내 방문 여는 소리가 들렸다.

"가 줄게요. 가요 가."

엄마는 웃으며 나오는 듬직한 막내가 그렇게 고마울 수 없었다. 민재와 엄마는 장을 보러 나갔다. 음료와 술, 고기와 과일 등 여행 가서 먹을 음식들의 무게가 만만치 않았다. 엄마는 암만 무거운 물건을 들어도 민재만 옆에 있으면 든든했다.

"이리 줘요. 짐은 내가 들어야지. 으쌰."

그 한마디가 미더웠다. 아직 형보다 키가 작은 데다가 막내여서 엄마에겐 항상 아기 같은 콩, 건축가가 되어서 이층집을 직접 짓고 싶어 했다. 부모님과 위아래 층에 살거라는 콩이었다.

가족 여행은 즐거웠다. 고등학생이건 대학생이건 여행은 사람을 유치하게 만드는 마법이 있었다. 수평선을 볼 사이도 없이 뻘 안으로 뛰어들어가 소개를 캤다. 누가 너 많이 캐는지보다 누구 얼굴에 흙을 묻힐까 틈만 노렸다. 그러다 얼굴에 누가 먼저랄 것도 없이 흙을 묻히고 엉덩방아를 찧으며 하하호호 연신 웃음을 터뜨렸다.

가족들과 시간을 보내고 집으로 돌아온 민재는 생각했다. '그 좋은 곳을 혼자만 누릴 수 없지.' 생각이 거기에 미치자 민재는 당장 친구들에게 연락을 취했다. 핸드폰을 열어 단톡방에 친구들을 초대했다.

「밖으로 놀자. 나 따라갈 사람.」
「오키 / 나 / 나 / 나도 / 나두」
「……」
「근데 어디서 자?」

아빠에게 부탁해 묵었던 펜션에 다시 일박을 부탁했다. 아빠도 흔쾌히 그러마 허락했다. 추억은 무엇과도 견줄 수 없는 보석 같은 시간임을 느끼게 해 주고 싶었기 때문이다. 준비물은 각각 나누기로 했다. 친구들도 민재 말이면 단번에 오케이였다. 대신 민재는 더 바빠졌다.

"엄마, 버너 닦지 마. 내가 다시 갖고 갔다가 올게. 밥솥도 김치도……"

무겁고 번거로운 건 모두 민재가 맡았다. 엄마는 왜 그러냐고 묻지 않았다. 민재가 회장 선거문을 쓸 때부터 무겁고 힘든 짐을 들면서도 흔쾌히 기뻐하는 모습을 충분히 보았으니까.

가족들과 영흥도를 다녀온 후, 친구들과 곧장 1박 2일을 다녀왔다. 민재가 앞장섰고 아이들은 민재를 잘 따라 주었다. 보호자는 아무도 없었다. 아이들 자신이 보호자였다. 걱정이 되었던 아빠가 간간이 펜션 주인에게 전화만 한 통씩 했다. 아이들은 매우 잘 지내고 있었다.

영흥도에 도착한 첫날 밤 민재는 친구들에게 선포식을 했다.

"우리 이 멤버 그대로 고등학교 졸업하는 날,"

민재가 뜸을 들였다. 듣고 있던 태훈이가 거들었다.

"세계 여행 하자고? 그때도 말했잖아."

"그래. 꼭 하자. 졸업하는 날부터 곧장 가는 거야. 세계 여행…… 계획은 내가 세울게."

"알았다. 알았어. 야야, 우린 민재만 믿자."

찬호와 민규, 영환이 재영이 민영이 혁재 입꼬리가 샐쭉 올라갔다. 꿈을 꿀 수 있다는 것만으로 행복했다. 다음 날 민재는 가족들과 놀았던 코스대로 또 뻘에 들어가 조개를 캤다. 더 격하게 놀고 과감히 넘어졌다. 뻘과 하나가 되어 맘껏 굴렀다. 친구들도 마찬가지였다.

중학교 때 같은 반이었지만 고등학생이 된 후로 각각 흩어졌던 친구들이 간만에 회포를 푼 거였다. 전화 한 통이면 중앙역이건 중학교 뒷산이건 상관없이 만났다. 예고된 졸업이 이별을 실감 나게 해 주었다. 맘을 다잡았지만 살아가는 공간이 둘로 나뉘었다는 건 적잖은 충격이었다. 중학교 때처럼 똘똘 뭉쳐 있는 시간이 그만큼 줄어든 사실이 그냥 싫었다. 민재에겐 그날 아빠의 배려가 진심으로 고마웠던 날이기도 했다.

"다녀왔습니다."

여행을 다녀온 민재 모습은 여느 때와 다름없이 깔끔했다.

"우리 콩, 여전히 멋쟁이구만. 재밌었니?"

민재는 대답 대신 또 씽긋하고 눈웃음을 지었다. 엄마도 민재를 보고 웃어 주었다.

민재는 아빠를 잘 따랐다. 엄마에겐 딸 같은 막내였다면 아빠에겐 든든한 지원군이었다. 불리할 때와 유리할 때가 없었다. 무/조/건 민재는 아빠 편이었다. 한동안 장래 희망도 '아빠처럼' 되는 것이었다. 대기업 간부로 일하며 웨어링 테스트(wearing test)를 위해 계절별로 옷을 투척할 때마다 멋쟁이 민재는 더욱 통통 튀었다. 카멜레온처럼 원하는 대로 색을 바꾸어 멋 부리기를 즐겼다. 그렇다고 마냥 혼자 즐기지는 않았다.

유독 추웠던 겨울 어느 날이었다.

민재는 중학교 때부터 어울려 놀았던 신욱이네 집에 갔다. 구부정하게 앉아 있던 신욱이 할머니와 눈이 마주쳤다. 꾸벅 인사를 했다. 할머니도 고개를 끄덕이며 인사를 받았다. 복지사들이 저녁 도시락을 두고 간 모양이었다. 신욱이 할머니가 대뜸 받아 놓은 도시락 뚜껑을 열어 민재더러 먹으라고 했다. 눈치 빠른 민재는 극구 사양했지만 손주 친구를 대접하고 싶은 할머니 마음을 사양할 수는 없었다. 신욱이도 괜찮으니 같이 먹자고 하는 통에 김이 폴폴 나는 밥을 맛깔나게 먹고 돌아왔다.

집으로 돌아온 민재는 아빠에게 모아 놓은 얼마의 용돈을 내밀었다. 큰 사이즈 옷을 한 벌만 사 달라고 애교를 부렸다. 아빠가 다니는 회사이니 만만했던 모양이었다. 신욱이는 민재보다 사이즈가 두 치수는 컸다. 아빠는 민재가 준 돈보다 훨씬 많은 금액을 보태어 민재의 뜻대로 해 주었다.

"땡큐 아빠."

큰 소리로 인사를 한 민재는 함박눈이 오는 날 밤 신욱이 집을 향해 달렸다.

엄마가 내일 갖다 줘도 되지 않느냐며 불러 세워도 소용없었다. 민재 맘은 벌써 신욱이에게 가 있었다. 눈을 쫄딱 맞아 볼이 발개져서 돌아온 민재가 현관으로 들어왔다. 차가운 바깥 공기를 그대로 가지고 들어왔다.

"으…… 춥다"

말은 춥다고 내뱉었지만 신욱이에게 맞춤한 옷처럼 잘 맞는다며 맘이 푸근하다고 했다. 맘 따뜻한 민재 덕분에 엄마 아빠도 미소 지을 수 있었던 겨울밤이었다.

"엄마, 내일 중요한 모임 있지 않아?"

"오~ 역시 엄마 아들이네."

민재는 그 자리에 서서 엄마가 내일 신고 갈 신발을 먼저 꺼내어 코디를 시작했다.

먼저 밑창이 탄탄한 단화를 꺼내어 두었다.

"콩아, 난 내일 그 신발 안 신을 거야."

엄마도 나름 맘 속으로 정해 둔 스타일이 있었다.

"엄마 엄마, 내가 제일 예쁜 옷으로 골라 줄게요."

콩이는 엄마에게 잘 어울리는 코트와 스커트, 목도리까지 점찍어 두고 나서야 제 방으로 들어왔다. 친구에게서 카톡이 도착했다. 민재는 알 듯 말 듯 한 미소를 지으며 카톡을 확인했다. 핸드폰을 확인하면서도 마지막 말을 잊지 않았다.

땡큐, 크리스토프

"엄마, 내가 코디해 준 대로 입어야 돼요. 밖에 엄청 추워."

엄마는 싫지 않았다. 다음 날 민재가 코디해 준 옷 그대로 외출을 했다. 목도리 때문인지 코트 때문인지 온기가 느껴졌다.

민재도 친구를 만나 영화를 봤다. 유치하다고 부득부득 안 보겠다던 영화를 친구와 보는 중이었다. 영화 제목은 〈겨울왕국〉이었다. 민재는 올라프가 제일 맘에 들었다. 결정적일 때 도움을 주기도 하지만 있는 듯 없는 듯 진심을 다하는 맘이 전해졌기 때문이다. 친구는 올라프보다 크리스토프 같은 인물이 좋다고 했다. 민재가 꼭 크리스토프 같다고 하면서.

민재는 고등학교에 들어가면서 꿈이 바뀌었다. 대기업 간부에서 자신만의 집을 짓는 건축가로 확고해진 것이었다. 사실 민재는 아빠처럼 명문대를 나오고 싶었다. 영어도 유창하고 능력있는 멋진 아저씨가 되고 싶었다.

그러면 민재의 아들도 민재를 멋지게 봐 줄 것 같았다. 무엇 때문인지 확실한 이유는 없었지만 민재에게 조금씩 변화가 찾아왔다. 어느 날부터 그게 다가 아닌 것 같았다. 오르지 않는 점수도 이유라면 이유였지만 절대로 그게 다가 아니었다.

친구들과 어울리면서 무엇을 해야 할지 진지한 고민이 많이 생겨나기 시작했다. 민재는 친구들에게도 가끔 진지한 말들을 툭툭 던졌다. 미래에 어떤 사람이 되어야 할 것인지에 대해, 꽤 긴 시간 침묵하던 시간들이 흘러가고 있었다. 남들 앞에 선뜻 나서지 못해 고개 숙이던 민재도 있었다. 그러나 이젠 아니다. 각각 자신의 길을 찾아 갈라져 버린 고등학교, 그 안에서도 유지되었던 우정.

같이 있던 공간에서 거미 한 마리가 나온 적이 있었다. 예상치 못한 비명을 질러 대던 겁 많은 민재를 앞장서 막아 주던 고마운 찬호, 태훈이, 민규, 영환이, 재영이, 민영이, 현섭이, 수영이, 수빈이, 재영이, 신욱이. 그 외 더 많은 친구들. 든든한 지원군 아빠, 마주치면 잔소리로 모든 걸 표현했지만 진심으로 사랑하는 형, 평생 민재 편 엄마까지 공기처럼 민재를 숨 쉬게 했던 사람들이 있어 참 잘 달려왔다.

수학여행을 가기 전날 밤. 콩이는 문득 엄마에게 핸드폰을 달라고 했다.

"너 엄마 스토커냐? 이리 줘."

엄마가 너스레를 떨었다.

"엄마, 이 노래 드라마 볼 때 좋아하던 거잖아요. 내가 내려받았으니까 밤에 잘 때 꼭 들어요. 나 보고 싶을 때 없다고 울지 말고 킥킥."

"고맙다. 우리 민재, 으구 내 새끼, 잘 들을게."

엄마는 민재 엉덩이를 톡톡 두드린 다음 플레이 버튼을 눌러 보았다. 엄마가 맨날 흥얼거리던 그 노래였다. 이승철의 〈그 사람〉.

그 사랑 지울 수 없는데 / 그 사랑 잊을 수 없는데
그 사람 내 숨 같은 사람 / 그런 사람이 떠나가네요
그 사람아 사랑아 아픈 가슴아 / 아무것도 모르는 사람아
사랑했고 또 사랑해서 / 보낼 수밖에 없는 사람아 내 사랑아
내 가슴 너덜거린데도 / 그 추억 날을 세워 찔러도
그 사람 흘릴 눈물이 / 나를 더욱더 아프게 하네요
눈물 대신 슬픔 대신 / 나를 잊고 행복하게 살아줘 내 사랑아
우리 삶이 다해서 / 우리 두 눈 감을 때 / 그때 한 번 기억해
그 사람아 사랑아 아픈 가슴아 / 아무것도 모르는 사람아
사랑했고 또 사랑해서 / 보낼 수밖에 없는 사람아

엄마는 그저 드라마에 나왔던 노래여서 좋아했다. 아무것도 모르는 사람이 여자 주인공이고, 보낼 수밖에 없는 사람이 남자 주인공인 것 같아 따라 불렀다.

민재가 여행 가방을 싸면서 함께 흥얼거리던 〈그 사람〉이어서 그냥 좋았다. 오늘도 엄마는 콩이가 내려받아 준 노래를 들으며 잠이 든다. 아무것도 모르는 그 사람을 떠올리며 이 깜깜하고 적막한 밤을 이겨 내는 중이다.

요리가 좋아지기 시작한 봄

안산 단원고 2학년 7반 손찬우

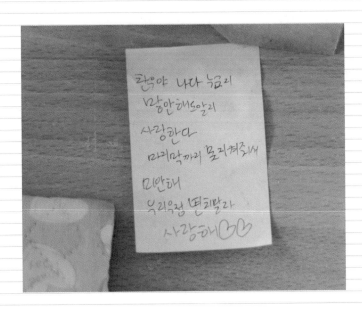

1. 여섯 살 꼬마 찬우가 엄마 아빠와 공원에서 즐거운 한때를 보내는 모습.
2. 멋쟁이 찬우가 유치원 졸업 사진을 찍는 모습.
3. 형을 꼭 빼닮은 단원고 학생증 사진.

요리가 좋아지기 시작한 봄

화랑유원지에 먼저 나가 있던 찬우가 찬호에게 전화를 걸었다.

"찬호야, 오늘은 축구 오키이?"

전화기 너머로 발음이 두루뭉술한 목소리가 전해졌다.

"오키."

"다른 애들도 시간 되는 대로 오기로 했지? 허허허."

"안 오면 우리끼리 놀지 뭐."

"오키."

'손찬우'와 '엄찬호'는 중학교때부터 친구였다. 친구들은 '찬찬'이라고 불렀다. 찬찬들 말고 나머지 다섯 명도 항상 어울리는 패거리들이었다. 고등학교 입학과 동시에 다른 학교로 간 친구들 때문에 아쉬움이 컸지만 만날 수 있는 기회만 있으면 평일도 마다하지 않는 의리파들이었다. 그날은 학교가 쉬는 날이었다. 저녁에는 각각 미용 학원이나 요리 학원을 간다. 가끔 종합 단과 학원을 다니는 친구도 있었다. 안산중학교를 다닐 때 만났던 녀석들은 그렇게 일곱이 똘똘 뭉쳐 다녔다. 전화로 만날 약속을 하고 중학교 운동장에서 만나 축구를 했다. 그때가 오후 5시경이었다. 공이 한 번 구를 때마다 일곱이 다 같이 개성 가득한 고함을 쳤다. '뒤로 차' '오라이' '골' 각자 생김새만큼이나 공을 부르는 몸짓도 다양했다. 그러다가 목이 마른 일곱 중 한 녀석이 말한다.

"타임 타임, 누가 콜라랑 좀 사 와."

다들 지친 상태다. 바닥에 드러 누운 채 못 들은 척 하는 녀석부터 계단에 털썩 주저앉아 숨을 고르는 녀석까지 모두 쌕쌕대고 있었다.

"허허 내가 갔다 올게. 야, 넌 사이다지? 돈 줘."

손찬우는 일부러 허허 하고 크게 웃었다. 상황이 머쓱하거나 어쩔 수 없이 나서야 할 때면 그 허했던 웃음을 더 많이 내뱉는 아이였다.

"야, 네가 간다고 했잖아. 원래 간다는 사람이 사는 거야."

변죽 좋은 찬호가 말했다. 나머지 녀석들은 알아서 돈을 걷었다. 5분쯤 지나 찬우가 비닐봉지 한가득 음료를 사 와서 친구들에게 나누어 줬다.

"나 학원 갈 시간이다. 허허허 허허."

지난달부터 찬우는 요리 학원을 다니기 시작했다.

"요리도 못하는 게 열나 열심히 해요. 시간도 딱딱 맞추고 웃겨 죽어 아주."

찬우보다 딱 1년 먼저 요리 학원을 다닌 민규가 투덜거렸다. 민규는 찬우가 요리 학원을 알아볼 때 자신의 학원이 좋다고 추천을 했었다. 막상 찬우가 요리 학원을 다니기 시작하면서부터는 민규가 수업에 집중이 안 됐다. 한 번은 스파게티 소스를 만드는 수업 중이었다. 요리 선생님은 토마토를 삶아 껍질 까기를 한 다음 벌써 으깨어 삶고 있었다. 선생님의 냄비에는 토마토가 보그르르 튀어 오르며 뭉개지는 중이었다.

"야 야, 민규야, 허허허 이거 어케 하냐?"

찬우가 껍질 까는 차례를 놓쳐 버렸다. 옆 친구 요리 칼을 챙겨 주다가 아주 잠깐 딴짓을 한 사이에 일어난 일이었다.

"진짜, 겁나 짜증 나. 좀 잘 들어. 내가 너 때매 수업 집중이 안 된다."

민규는 농 섞인 진담을 내뱉었다. 그도 그럴 것이 찬우가 학원을 다니고부터는 어찌나 질문 공세를 퍼붓는지 막상 시험 준비를 하고 있는 본인은 시험에 떨어지고 있었기 때문이다. 그러면서도 맘속으로 신기할 뿐이었다.

찬우가 본인이 원해서 학원을 다닌 적은 단 한 번도 없었다. 두 달 전부터 다닌 요리 학원이 유일했다. 그래서 아무렇게나 답을 할 수가 없었다. '때려치워'라거나 '그만하지' 같은 말을 감히 내뱉을 수 없을 정도로 집중하는 찬우 모습을 민규는 생전 처음 봤다. 민규는 1년 먼저 다닌 죄로 매번 찬우의 요리 과외를 거뜬히 해냈다.

요리 학원 수업이 마치는 시간은 밤 9시 30분이다. 시작이 늦어서인지 데코레이션까지 집중하느라 먼저 나간 민규보다 30분은 더 늦게 나온 찬우 때문에 친구들은 마냥 기다리고 있었다. 친구들은 집까지 20분 정도 걸리는 거리를 꼭 모여 걸었다. 심심할 겨를이 없었다. 일곱 명이 중앙역 건너편 상가를 돌아 나오면 상가 골목이 꽉 찼다. 누가 먼저랄 것도 없이 먼저 학원을 마치는 사람이 찬우가 마치는 시간에 맞춰 모여 있었다. 하루도 빠짐없이 그랬다.

평소엔 암만 늦어도 10시 안에 들어오던 찬우가 오늘은 11시가 되어도 들어오지 않았다. 애초에 피시방에 갔다가 형이 일을 마치고 들어올 때까지는 오겠다고 생각했던 게 무리였다. '형이 뭐라 그럴래나. 에이 한 번 웃고 말지 뭐.' 찬우는 항상 자기편에 서 주는 형이 든든했다. 그러면서도 쉽지 않았다. 찬우가 엄마나 아빠에게 대들거나 옳지 않다는 판단이 들 때는 여지없이 형 앞에 망부석이 되어 앉아 있어야 했다. 늘 됨됨이에 대해 강조하던 형이었다.

지난번 엄마한테 그냥 한 번 대들었다가 형이 머리통을 한 방 날릴 때는 정신이 번쩍 들었다. 그래도 형이니까 그러겠지 싶어 대들 엄두는 나지 않았다. 형이니까 찬우가 화를 내는 이유도 알 듯했다. 찬우도 형이 왜 화가 나는지 안다. 찬우는 엄마가 형을 낳은 지 12년 만에 생긴 동생이었다. 찬우 아빠가 안양에서 건축업을 크게 벌였지만 1997년 IMF 여파로 인해 부득이하게 사업을 접을 수밖에 없었다. 사업을 정리한 찬우네 부모님은 찬우 이모가 계시는 안산에 터를 잡았다. 찬우 엄마가 유일하게 기댈 언덕이 이모이기도 했다.

찬우 엄마도 곧 안정을 되찾고 아빠도 안산에서 일을 찾기 시작할 무렵이었다. 항상 아이를 갖고 싶었지만 뜻대로 되지 않는다는 사실을 인지한 후 맘을 놓고 있던 터였다. 그래서 더욱 반갑고 귀한 아이였다. 찬우는.

요리가 좋아지기 시작한 봄

태어날 때부터 고등학교 입학할 때까지도 '우리 아기'를 입에 달고 살던 엄마였다. 갓난아기 때 옹알이를 하다가 잠이 든 찬우는 천사였다. 그렇게 잠이 든 찬우를 보면서 접은 파스텔 색종이 학이 부엌 찬장 안에 세 단지는 넘었다. 엄마는 나이 지긋해 얻은 막내 찬우가 사랑스러웠다. 찰박찰박 기어 와서 엄마에게 안길 때는 세상을 다 가진 듯 행복했다. 그럴 때 마다 종이학을 접었다. 학을 천 마리 접으면 행운이 가득할 거란 속설도 한몫했다. 2천 마리를 접으면 행운이 더 있을 테지. 3천 마리 접으면 찬우에게 온갖 불행의 씨앗은 오지 않을 거라 믿으며 한 마리 한 마리 꾹꾹 눌러 정성껏 접어 유리병 안에 차곡히 넣었다.

형도 엄마 못지않았다. 힘들게 일을 하고 들어와서 동생 찬우 얼굴을 쓰윽 매만져 보고 엉덩이 툭툭 두드려 주는 것이 일과를 마무리하는 일종의 의식 같은 것이었다. 그러면 찬우도 그걸 아는지 얼굴에 엷은 미소 한가득 스며 놓고 중얼거렸다.

"으응…… 혀엉……"

"잘 자라, 찬우."

"으응……"

가끔은 하루 동안 했던 말이 그게 다일 때도 있었다. 하지만 찬우는 안다. 형이 하고 싶은 말은 '잘 자라' 뒤에 수백 페이지는 더 있다는 것을 충분히 감지했다. 엄마와 아빠는 항상 바빴다. 채소와 고기류를 냉장고에 넣어 두면 전문 요리사인 형이 곧잘 요리를 했다. 형이 만들어 주는 음식은 뭐든 맛나게 먹어 댔다. 특히 갈비며 스테이크 맛이 일품이었다. 윤기 나는 소스가 불 위에서 지그르르 소리를 내며 익어갈 때면 찬우는 호들갑을 떨었다. 형이 만드는 건 뭐든 맛있다고 엄지손가락을 연신 들고 흔들어댔다.

그날은 달랐다. 찬우가 형을 위해 떡볶이를 만들어 주고 싶다고 했다.

"네가? 할 수 있겠냐?"

형은 반신반의했지만 지켜보다가 안 되면 도와주면 되겠지 싶었다. 찬우도 그런 걸 더 좋아하는 편이었다. 초등학교 3학년 때였다. 학교 수업을 마친 찬우가 어떻게 알고 찾아 왔는지 형이 일하는 레스토랑까지 왔다.

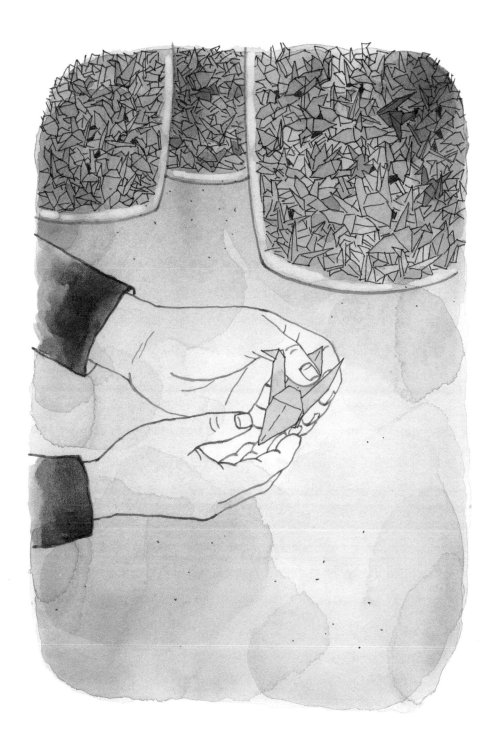

요리가 좋아지기 시작한 봄

"찬우야, 너 여기까지 혼자 왔어? 왜 온 거니?"

찬우는 많이 걸었는지 지친 표정이었지만 눈은 웃고 있었다. 찬우의 트레이드마크는 웃는 표정이었다. 엄마가 열쇠를 집 근처에 숨겨 두고 간다는 것이 그냥 가지고 나간 모양이었다. 찬우는 번뜩 형이 생각났다. 무작정 6개월 전에 한 번 가 보았던 시내 레스토랑까지 열쇠를 가지고 있는 또 한 사람, 형을 찾아 걸었다. 형은 아무 말 없이 찬우에게 열쇠를 건넸고 찬우는 열쇠를 받아 들고 집까지 무사히 도착했다.

형이 있다는 것만으로도 많은 의지가 되었을 터였다. 이러쿵저러쿵 참견하지 않아도 찬우가 원할 때 조용히 제 몫을 다해 주면 찬우는 뭐든 알아서 잘했다. 요리도 그런 거였다. 엄마가 마음처럼 집에서 찬우에게 맛난 음식을 차려 줄 여유가 없다는 걸 잘 알았다. 더 잘 먹고 더 잘 자고 밝게 지내고 싶었다.

찬우는 파, 양파, 떡볶이 떡을 차례로 다듬으며 콧노래까지 흥얼거렸다. 한참을 도마 위에서 쿵닥거리더니 얼마 지나지 않아 형을 불러 재꼈다.

"형, 이제 먹자. 끝내줄 거야."

그사이 엄마도 들어왔다. 일을 막 끝내고 들어온 엄마도 시장하긴 했겠으나 비쥬얼부터 남달랐다는 표현이 딱 맞았다. 붉긴 하지만 기존 떡볶이 색깔을 거부한 밝고 매운 정도와 윤기가 앙상블을 절묘하게 이루어 세상에 단 하나뿐인 찬우표 떡볶이가 엄마와 형의 입으로 들어가고 있었다.

"이걸 찬우가 했다고? 우리 찬우 요리사보다 낫네."

엄마는 진심으로 찬우를 칭찬했다. 찬우도 싫지 않았다. 말은 안 했지만 형도 찬우에게 놀라고 있었다. 잘하면 대한민국 최고의 형제 요리사가 탄생할 수 있겠구나 감지한 순간이기도 했다. 묵묵히 일하는 전문 요리사 형과 배짱 두둑하고 웃기 잘하는 손 찬우가 문을 여는 식당은 어떤 모습일지 상상했다. 그 상상만으로도 행복했던 찬우의 요리는 그냥 맛있었다는 표현으로는 부족했다.

만들기를 유난히 잘했던 찬우는 공고를 가고 싶어했다. 친구 둘도 공고를 갔고 거길 가면 뭐든 잘할 수 있을 것 같았다. 그러나 부모님의 바람을 모른 체 무시할 수가 없었다. 찬우는 어쩔 수 없이 단원고를 선택했다. 단원고에 들어가도 근처 양지고나 기계공고로 가 버린 친구들을 볼 수 있으니 괜찮았다. 찬우는 공부보다 친구가 더 좋았다. 집결지는 항상 화랑유원지였다. 축구, 배구, 달리기를 하고 끊임없이 만나서 이야기를 나누었다. 가끔은 단원중 뒷산을 오르내렸다. 산에 누워 하늘을 보면 시간이 잘 흘렀다. 여친이 생기면 어떠냐고 묻기도 하고 수학여행 다녀오면 본격적으로 자격증을 따야겠단 다짐도 가져 보았다. 나머지 빈 시간은 형이 사 준 최신 폰으로 대체했다. 게임과 카톡, 영화도 친구들과 공유했다. 일을 마치고 자정이 다 되어 도착한 형이 그런 찬우에게 다가갔다.

"찬우야, 형이랑 얘기 좀 할래?"

찬우는 내심 귀찮았다.

"왜?"

"넌 꿈이 뭐냐?"

"……"

"계속 이렇게 지낼 순 없잖아. 꿈이 있으면 꿈을 향해야 하는 거고 없으면 찾아야지. 안 그래?"

형은 진지했다. 찬우도 그런 형의 맘을 잘 알지만 지금은 아니었다. 친구들과 마저 게임을 해야 했기 때문이다. 형도 그런 찬우 맘을 잘 알았기에 그날은 그렇게 각자 방으로 갔다. 얼마 후 형의 휴일이었다. 레스토랑에서 일을 하는 형은 평일 날 쉰다.

쉬는 날이면 찬우가 좋아하는 스테이크, 피자 따위의 요리를 하거나 찬우가 원하는 걸 해 주려고 노력했다. 그날은 찬우가 형에게 해 주었던 떡볶이 대신 형이 스테이크를 만들어 주었다. "형, 이거 짱 맛나다."

허허 웃으며 와구와구 먹는 찬우가 왜 그리 늠름해 보였는지 먹지 않아도 배부르다는 어른들 말씀이 가슴에 아로새겨졌다. 그러던 찬우가 스스로 말을 꺼냈다.

"나도 형처럼 요리사가 될래. 꿈을 향해 가야지."

형은 기뻤다. 맘 같아선 찬우를 와락 안아주고 싶었지만 내성적인 성격 탓에 그러질 못했다. 대신 내뱉은 말은 '시내 나가자'였다. 형은 평소 찬우가 무얼 갖고 싶어 하는지 잘 알고 있었다. 그 또래 남자 아이들이 가지고 싶어 하는 것들이 아무것도 아닌 게 아니라는 걸 너무나 잘 알고 있었다. 형이 중학교에 막 입학했을 무렵 기울어진 가세가 결핍이 무언지 알게 해 준 덕택이었다. 그래서 찬우에게만은 부족함 없이 원하는 게 있으면 그게 무엇이건 모두 사 주고 싶었다. 원하는 걸 말하라고 묻기라도 하면 찬우 대답은 항상 '괜찮다'였다. 형이 힘들게 일하는데 어떻게 자신만 부족함 없이 사느냐는 맘과 부모님에 대한 고마움이 뒤범벅된 찬우식 표현의 전부였다.

"괜찮아." 그날도 찬우 대답은 예상했던 대로였다. 형도 포기할 수 없었다. 쉬는 날이 매번 있는 것도 아니고 찬우를 위해 뭐라도 해 주고 싶었다. 나가는 김에 요리 학원 등록부터 찬우가 원하는 걸 하나라도 해 줘야 할 의무감 같은 것이 솟구쳤다.

"형, 나 초등학교 때 좋아했던 여친한테 고백하려고……"

"오우…… 그래?"

"멋있게 보이고 싶다…… 시계 하나 사 주라."

"시계? 그래. 까짓 거."

형은 자신에게 그렇게 진심으로 뭘 사 달라고 고백하는 찬우가 고맙고 기특했다. 여친을 사귈 준비도 서서히 해 가는 찬우가 남자가 되어 가는 듯했다. 앞으로 더 많은 일들이 일어나리라 잔뜩 기대가 되기도 했다. 그러면 잘은 몰라도 형이 아는 선에서 최대한 멋진 충고를 해 주고 싶었다. 여자의 마음은 갈대와 같다거나 선물은 명품 가방이 다가 아니라거나 하는 평범한 이야기들을 나누며 웃고 싶었다.

형과 찬우는 중앙역 근처 시계 가게에 들어갔다. 두꺼운 은색톤 시계부터 검정, 심지어 밝은 야광 시계까지 줄지어 진열되어 있었다. 찬우는 마치 전부터 보아 둔 것인 양 줄이 까맣고 두꺼운 시계를 골랐다. 가운데 원 안에는 빨간색이 진하게 테두리 되어 있었다. 언뜻 봐도 멋진 스타일이었다.

"힐, 좀 비싼데……"

찬우는 형의 얼굴을 쓰윽 훑어보았다. 미안한 듯 당당한 표정이었다.

"잘 어울리겠다. 해 봐."

"해도 돼?"

형은 말없이 고개를 끄덕였다. 형은 계산을 하고 네모난 통에 포장된 시계를 찬우에게 건넸다. 찬우가 간만에 활짝 웃어 보였다. 시계가 좋은 건지 여자 친구가 좋은 건지 헷갈렸다.

"그렇게 좋냐?"

찬우는 시계가 포장된 종이 가방을 한 손에 들고 요리 학원 수강 신청을 마쳤다. 다음 날부터 곧장 요리를 배우기 시작했다. 수학여행을 가기 전까지 두 달을 다니지 못했다. 그렇게 좋아하던 시계를 단 한 번도 손목에 찬 걸 본 적이 없다. 엄마가 답답했는지 방을 닦다가 서랍장 위에 놓인 시계를 보며 한마디 건넸다.

"구워 먹을 건가? 저건 왜 안 차고 저렇게 둔대?"

텔레비전을 보던 형이 찬우를 대신해서 대답했다.

"수학여행 다녀온 뒤에 여자 친구한테 고백할 때 차고 갈 거래요. 놔둬요."

"여자 친구? 우리 아기가 여자 친구가 생겼어?"

엄마와 형이 찬우를 보며 배꼽을 잡고 웃었다. 찬우는 쑥스러웠는지 슬그머니 거실로 나갔다.

찬우가 만드는 떡볶이는 이상하게 맛있었다. 친구들이 말했다. 싱그러운 미소와 꿈이 범벅 된 찬우의 떡볶이를 또 먹고 싶다고. 바보 코스프레를 한 듯 착하기만 했던 손찬우가 웃는 모습을 잊을 수가 없다고. 그 웃음이 지금도 너무 선명해서 가끔 따라하기도 한다고. 아낄 줄 알고 쓸 줄은 몰랐던 착하고 순하던 손찬우였다.

찬우는 친구를 좋아했다. 화랑유원지와 중앙역, 그 안의 요리 학원이 세상의 전부였던 찬우는 이제야 겨우 꿈이 생겼다. 형과 함께 식당을 열어 찬우의 자격증을 벽에 걸어 둔 채 엄마 아빠를 맨 처음 앉히고 싶었다. 허허허허 찬우 웃음처럼 찬란한 꿈이 4차선 도로 가득 메운 아카시 향기처럼 흩날리고 있다.

게임의 왕, 강현이의 꿈

안산 단원고 2학년 7반 **송강현**

1. 쌍둥이 동생 하영과 함께.
2. 초등학교 시절 태권도.
3. 단원고 교복을 입고 찍은 사진.

게임의 왕, 강현이의 꿈

1.

'이제 탱크를 몰아 볼까? 남자라면 역시 전차전이지. 전차는 전쟁의 꽃, 경전차의 고수 송강현이가 간다! 아니다, 먼저 시가전으로 손 좀 풀자. 평화로운 우리 도시를 점령한 침략군부터 쓸어버리자. 시가전 하면 스나이퍼 블리치지. 열린 방이 많네. 어디서 놀아 볼까? 흠, 이 방이 좋겠다. 아는 닉네임도 있군. 좋았어, 가자! 몸 풀게 가벼운 권총부터 써 볼까? 돌격! 어이쿠 깜짝이야. 뭐야 시작하자마자 우리 편 쏠 뻔 했잖아? 거기 여군 캐릭터! 좀 비키란 말야. 응? 웬 벨소리? 이 밤중에 누가 왔지? 아빠가 올 때는 아닌데? 신경 쓰지 말고 계속해! 나는 죽지 않는다. 나는 서든 어택의 영웅, 쓰리스타 송강현이다. 하사관, 위관급들 까불지 말아. 소령, 중령? 웃기지 마라! 돌진! 나를 따르라, 평화로운 우리 도시를 점령한 적들을 물리치자! 아, 여군 캐릭터, 계속 앞에서 얼쩡거릴래? 응? 현관문 소리가 들리네. 헐, 아빠 목소리! 아빠가 왔다! 미안하다, 전우들아. 나는 잠깐 휴가 간다. 인사만 하고 올 테니 잘 싸우고 있어라!'

아빠 한 손에는 돼지고기 삼겹살, 다른 손에는 갓 구운 피자가 들려 있었다. 어쩌다가 집에 올 때면 꼭 자기가 일하는 대형마트 정육부에서 삼겹살을 사고, 동네 입구에서 다시 피자나 치킨을 사 오는 아빠였다. 편식이 심한 데다 게임을 할 때는 컵라면만

먹다시피 하는 강현이도 삼겹살만 구워 주면 밥을 두 공기씩 먹는 걸 잘 알기 때문이었다. 아빠는 술도 좀 마시고 와서 눈가가 불그레했다.

"강현이 또 게임하고 있었냐?"

얼른 컴퓨터를 끄고 거실로 나왔지만 아빠는 보지 않아도 다 알았다.

"공부도 해요."

강현이 우물거리자 여동생 하영이 톡톡 쏘았다.

"거짓말! 하루 종일 게임만 하면서! 좀 혼내 줘요, 아빠!"

엄마가 김이 모락모락하는 피자를 탁자 위에 펼쳐 놓으며 딸을 나무랐다.

"또 오빠를 고자질한다."

"흥! 똑같이 배 속에서 컸는데 오빠는 무슨 오빠야? 의사선생님이 나 먼저 꺼냈으면 내가 누나가 되는 건데 뭘."

하영이는 여동생이라지만 불과 몇 분 늦게 세상에 나온 쌍둥이라 강현을 오빠라고 부르는 법이 없었다. 쌍둥이라지만 이란성이라서인지 생긴 것도 하는 짓도 너무 달랐다.

강현은 작고 마른 몸매에 약간 네모진 얼굴과 조그만 눈을 가졌다. 학교에서는 친구들과 잘 놀면서도 집에 오면 도무지 입을 열지 않고 게임만 하느라 책 같은 건 열어 보질 않았다. 반면, 하영이는 큰 키에 얼굴도 예쁘고 공부도 잘했다. 과묵한 강현과 달리, 까불까불하니 애교가 넘치고 옷과 신발, 가방 같은 것도 예쁜 메이커만 좋아했다.

아빠는 강현에게는 그리 엄하면서도 하영에게는 한없이 너그러웠다. 어려서부터 동갑 오누이가 다투면 아들만 야단쳤다. 강현이 게임에 빠져 컴퓨터를 독점하는 바람에 하영과 말다툼을 벌일 때도 당연히 아들을 야단칠 수밖에 없었다. 매를 들지는 않았다. 딱 한 번, 중학교 때 강현이 피시방에 갔다가 옆자리에서 만 오천 원을 훔친 것이 걸렸을 때 두 대를 때린 적이 있었다. 본래는 혹독하게 때려서 교훈을 남기려 했지만 남달리 작고 마른 아들이 아파하는 모습을 볼 수가 없었다. 강현도 그 마음을 알았던지 다음 날 문자를 보내왔다.

「아빠 죄송해요. 다시는 안 그럴게요.」

엄마의 자식 사랑에는 아들딸 구별이 없었다. 혈액형이 Rh-인 탓에 서울 강서구의 큰 병원까지 올라가 제왕절개수술을 해서 낳은 아들딸이었다. 팔 남매의 막내로 태어나 일찍 부모를 잃고 어렵게 살아온 그녀에게 주어진 아들딸 쌍둥이는 하나님의 특별한 선물이었다.

결혼 후 시어머니를 따라서 교회에 다니기 시작했던 그녀는 아이들을 낳고 나서는 자진해서 독실한 신자가 되어 버렸다. 아무리 바빠도 주일예배와 심방을 꼭 챙겼다. 강현과 하영도 엄마를 따라 교회에 열심히 다니고 심방 때면 놀다가도 들어와서 함께 기도를 했다. 그런데 강현이는 중학생이 되면서 점점 예배에 참석하지 않으려 했다.

"엄마, 나는 키가 175가 넘으면 다시 교회에 갈게요."

어느 날 강현이 선언했을 때, 웃을 수밖에 없었다. 강제로 교회에 끌고 갈 수는 없었다. 대신 자기가 기도를 올려 강현의 무운 행복을 빌기로 했다. 때문인지 강현은 밤 10시 귀가 시간을 잘 지켰고 술과 담배를 하는 일도 없었다. 교회에 나가든 안 나가든 온순하고 조용한 아이라 속을 썩을 일이 없었다.

아이들에게 신경을 쓸 처지도 못 되었다. 부부가 모두 마트에서 일하기 때문에 빨라야 아홉 시, 늦으면 자정이 다 되어 돌아오는 게 일과였다. 일요일이라고 문을 닫을 수도 없었다. 직접 마트를 열어 5년 동안 운영했을 때도 그랬고, 대형마트들이 생겨 망해 버린 후 각자 남의 마트에 취직해 일하게 되면서도 그랬다. 남편은 김포의 대형마트에 취업하면서 일주일에 한 번 집에 오기도 힘들어졌다. 아이들이 17살이 되도록 네 식구가 찍은 가족사진 한 장이 없는 이유였다.

가족사진을 찍어야겠다는 생각조차 해 볼 겨를이 없는 힘겨운 삶을 버티게 해 준 것은 아이들이었다. 고등학생이 되기 전까지, 엄마는 늘 아이들을 양쪽에 끼고 잤다. 아이들이 엄마의 손을 양쪽에서 하나씩 잡고 새근새근한 숨소리를 내며 달콤한 숨결을 뿜어내야 잠이 왔다. 하루 열서너 시간씩, 단돈 천 원이라도 잘못 계산하면 자기가 물어야 하고, 인사할 때 웃지 않았다거나 무심코 짜증스런 표정 비슷한 것만 보여도 항의를 받아야 하는 감정 노동의 냉엄한 무게도 양쪽 팔에 아이들을 안고 누우면 스르르 녹아 사라졌다.

피자를 겨우 한 쪽도 다 먹기 전이었다. 강현은 입에 피자를 문 채, 손에는 피자 한 쪽을 들고 자기 방으로 들어가려고 일어섰다.

"게임하면서 먹을라 그러지? 것봐요, 강현이는 게임밖에 안 한다니까요."

하영이 고자질을 해도 아빠는 웃기만 했다. 아이들이 자기 방을 어지럽혀 놓은 것만 보아도 야단을 치던 아빠가 술 한잔 하고 온 이날은 퍽 기분이 좋아서 말했다.

"너희 둘이 어렸을 때 유모차를 함께 타고 다닌 거 기억 안 나지? 일인용 유모차였는데 하영이 네가 강현이보다 작아서 둘이 나란히 앉혀 갖고 다녔단다. 근데 앞에 강아지가 지나가거나 사람이 지나가다가 웃어 주면 둘이 똑같이 고개를 돌리며 바라보는데 얼마나 귀엽던지. 지나가던 사람들마다 다 들여다보며 귀엽다고 부러워했지. 그때 내가 생각했다. 너희는 무슨 일이 있어도 세상 끝까지 함께 갈 쌍둥이가 맞구나 하고 말이다. 오빠하고 싸우면 안 돼. 하영아 알았니?"

"몰라요."

하영이 아빠에게 애교 부리는 걸 못 들은 척하고 강현은 방에 들어가 문을 닫았다. 피자 한 쪽을 먹는 시간조차 아까웠다. 어서 빨리 경전차를 몰고 적진에 들어가 침략자들의 탱크와 대전차포를 날려 버리고 싶었다.

2.

'쓰리스타 송강현이 돌아왔노라! 다들 탱크 서버로 들어와라. 전초기지 폭파전으로 들어와서 대기하라! 내가 지상 최대의 전투가 뭔지를 보여 주마. 탱크에 대한 나의 열정은 영원하도다. 내가 선두에서 침략군의 탱크를 박살내 볼 테다. 자, 오늘 나의 별명은 탱크 킬러다!'

아는 친구들을 모으느라 대화창으로 문자 대화를 하고 무기 선택에 바쁠 때였다. 아빠가 방문을 두드렸다.

"송강현! 문 열어 봐."

얼른 모니터 화면을 꺼 버리고 스피커 소리까지 줄이고 방문을 여니 아빠가 한 손에는 콜라 잔을 들고 다른 손에는 식구들이 먹다 남은 피자를 들고 서 있었다.

"저, 안 먹어도 돼요."

강현은 그냥 문을 다시 닫으려 했지만 아빠가 먼저 방안으로 들어섰다.

"이 녀석아, 콜라는 마셔 가며 먹어야지."

강현이 할 수 없이 콜라 잔을 받아 들고 어정쩡하게 서 있으려니 아빠가 먼저 컴퓨터 의자에 앉았다.

"강현아, 니가 하는 게임이 뭐냐?"

"서든어택이요. 계급은 쓰리스타예요."

"삼성장군이면 높은 거냐?"

"이등병부터 시작해서 오성장군이 최고예요."

"호오, 강현이가 게임의 지존급이란 말이냐? 대단하다. 어떻게 하는지 나도 좀 가르쳐 줘라. 나도 좀 해 보게."

"정말이요?"

언제나 엄격하기만 한 아빠의 말에 강현은 작은 눈을 크게 떠 보이며 의아해했다.

"아빠가 언제 실없는 소리 하는 거 봤냐? 나란히 앉게 식탁 의자나 하나 가져와라."

강현은 몇 걸음 안 되는 부엌까지 뛰다시피 달려가 의자를 가져왔다. 아빠가 자기가 하는 일에 관심을 가져 본 적이 언제인지 기억도 나질 않았다. 아빠와 함께할 시간도 없었고 어쩌다가 잠깐 대화를 해 봤자 공부 않고 게임만 한다는 꾸지람뿐이었는데 아빠가 게임을 가르쳐 달라고 하니 신났다.

"아빠는 전차전은 아직 역부족이구요. 시가전부터 시작해요. 같이."

아빠와 나란히 앉은 강현은 일단 아까 하던 스나이퍼 블리치로 들어갔다. 그러나 아빠는 게임 요령을 가르쳐 줘도 소용없었다. 나가기만 하면 벌집처럼 총을 맞았다. 아빠가 실수할 때마다 강현은 웃음을 터뜨렸다.

"아빠! 흰 셔츠 여자는 적군이에요."

"그래? 빨간 셔츠가 적군인 줄 알았지. 아, 헷갈린다."

"앗! 또 맞았잖아요."

"야, 이거 보통 어려운 게 아닌데?"

"아녜요. 조금만 해 보면 쉬워요. 앗! 수류탄이에요, 피해요!"

강현이 소리쳤지만 아빠의 캐릭터는 이미 날아오는 수류탄 쪽으로 박살나 버렸다. 강현은 배를 잡고 웃어댔다. 아빠는 빙긋이 아들을 바라보며 말했다.

"강현이 니가 이렇게 활짝 웃는 거 처음 본다. 그래, 늘 이렇게 웃고 살아라. 보기 좋다."

"아빠, 저도 집에서나 조용하지 친구들하곤 아주 잘 놀아요. 저는 이중인격인가 봐요."

아빠는 폭소를 터뜨렸다.

"기억나냐? 고잔초등학교 5학년 때지? 비타오백 사건 말야."

어느 날 실내화를 잃어버린 강현이 교실 신발장마다 뒤지고 있으려니 선생님이 안쓰러웠던지 비타오백 음료수를 한 병 주었다. 마침 비타오백이 병뚜껑 안쪽에 나오는 글씨대로 상품을 주는 경품 행사 중이었다. 집에 와서 마시고 보니 병뚜껑에 '드럼 세탁기'라고 찍혀 있었다. 드럼세탁기가 아직 널리 보급되기 전이라 상당한 고가품이었다.

"너는 행운을 갖고 태어난 아이야. 평소에 아빠가 엄하게 야단친다고 해서 서운해하지 말고 아빠가 왜 그러는가를 잘 생각해야 한다."

강현은 집안에서나 말수가 적을 뿐, 학교에서는 게임왕으로 통해서 친구들과는 잘 떠들고 잘 놀았다. 친구들 컴퓨터 프로그램을 손봐 주는 단골이었고 중학교 동창생들의 미니홈피도 멋지게 만들어 주었다. 특히 축구를 좋아했다. 제일 친한 문희원이 축구 선수가 되어 서울로 진학했는데 주말에 내려올 때마다 흠뻑 땀에 젖도록 공을 차고 놀았다. 아빠는 강현의 머리칼을 흔들어 주며 말했다.

"네가 이렇게 게임에 몰입하는 건 아빠의 나쁜 점을 닮아서 그래. 아빠도 머리에 뭐가 꽂히면 아주 끝장이 날 때까지 그것만 하거든. 그래서 도박이니 경마 같은 걸 절대 안 하는 거다. 너도 초등학교 때까지는 공부를 잘했잖아. 동생은 지금도 잘하고. 너는 머리가 나쁜 애가 아냐. 근데 게임에 꽂히고 나서 오로지 게임만 하니 어떻게 걱정이 안 되겠냐?"

"알았어요. 공부도 할게요."

피로에 젖은 아빠는 다시 한 번 아들의 머리칼을 손가락으로 흩어 놓고 나갔다. 강현은 더 이상 게임을 할 수가 없었다. 탱크방의 전우들이 자기를 기다린다는 것을 알면서도 모처럼 일찍 컴퓨터를 껐다.

3.

아빠가 다녀가고 며칠 후였다. 모처럼 셋이 나란히 침대에서 자게 되었다. 고등학교 들어와서는 따로 자는 날이 많았는데 이 날은 예전처럼 찬송가도 나직이 틀어 놓고 양손을 꼭 잡고 누웠다.

"강현이는 좋겠다. 제주도 가서 재밌게 놀다 와."

엄마의 말에 하영이 놀렸다.

"며칠 동안 게임 못 하겠네? 어떻게 하니, 게임 못 해서? 고소해 죽겠네."

하영은 가까운 단원고에 안 가고 실업계 고등학교 금융과에 진학했다. 엄마는 고개를 돌려 강현을 바라보며 물었다.

"우리 강현이는 매일 게임만 하니 장차 뭐가 될까?"

"프로게이머 된다고 했잖아요."

"하나님을 믿는 사람이 왜 그런 걸 하고 싶어? 엄마는 강현이가 어려서부터 믿음

생활을 했으니 전도사나 종교학자가 되기를 바랐는데. 아님 대기업에 취직하거나."

"엄마, 프로게이머도 돈 잘 벌어요. 내 실력이면 아무 게임 회사나 갈 수 있어요. 어서 돈 많이 벌어서 집 사 드릴게요."

엄마는 소리 내어 웃었다.

"우리 강현이가 집을 사 준다고? 그렇게만 되면 얼마나 좋을까?"

돈 벌면 집을 사 주고도 남을 아이라고 생각했다. 게임을 좋아하는 것뿐, 다른 말썽이라곤 부려 본 적이 없는 아이였다. 내성적이라 자기 생각을 잘 표현하지 않을 뿐, 순하고 착하기만 한 아들이었다.

말썽이라고는 딱 한 번, 중학교 때 피시방에서 일로 그곳 주인이 집으로 엄마를 찾아와 만 오천 원을 받아 간 게 전부였다. 그때 피시방 주인은 강현이가 참 머리 좋은 아이라고, 게임방에 와서도 너무 얌전하고 착하다고 칭찬을 했다.

"엄마 아빠 얼마나 고생하는지 저도 잘 알아요. 게임왕이 되어 집도 사 드리고 나중에 엄마가 나이 들어 병들면 제가 꼭 모실 거예요."

너무나 오랜만에 듣는 강현의 깊은 속마음이었다.

얼마나 기특한지 괜한 눈물이 나왔다.

"그래, 너는 게이머가 되더라도 크게 될 거야. 고모 말씀 듣고 조금 공부하더니 성적이 쑥 올라가지 않았니?"

아빠의 여동생인 고모는 강현의 삶과 떼 놓을 수 없는 존재였다. 일과처럼 저녁밥을 챙겨 주고 자기 식구끼리 놀러갈 때도 꼭 강현을 데려갔다. 나이가 같은 사촌과 축구하는 것도 좋아했다. 엄마는 말했다.

"강현이 너는 어려서부터 기특하고 대견했어. 여섯 살 때 웅변 학원에 다닐 때 웅변 대회를 했는데 나는 네가 너무 순한 애라서 남들 앞에 나가면 떨려서 못할 줄 알았어. 근데 얼마나 또박또박 힘차게 연설을 잘하는지, 가슴이 찡해서 눈물을 흘렸단다."

"엄마, 진짜야?"

하영이 믿으려 들지 않았다. 엄마는 꼭 잡은 아들과 딸의 손을 자기 가슴 위에 올려

놓고 말했다.

"강현이뿐이니? 어느 날은 엄마가 예배를 보고 왔는데, 너희 둘이서 설거지를 하겠다고 의자를 갖다 놓고 싱크대에서 그릇을 닦는데 물이 넘쳐서 부엌 바닥이 한강이 되었지 뭐니. 놀라서 야단은 쳤지만 얼마나 기특하고 대견했는지 몰라. 너희 둘 다."

"나는 생각도 안 나는데?"

아이들은 잊어도 엄마는 아무 것도 잊지 않았다. 어린 두 아이를 재워 놓고 심방을 다녀와 보니 둘이서 현관 바닥에 앉아 소꿉놀이를 하고 있던 일이며, 사진기를 들이대면 하영이는 멋쟁이 자세를 취하는데 강현은 우스꽝스러운 차렷 자세를 취하던 것까지, 아무것도 잊지 않았다. 엄마가 추억을 더듬으며 힘겨운 장시간 노동으로 지친 자신을 위로할 때, 강현은 어두운 방안에 흐르는 찬송가를 들으며 잠이 들었다. 너무도 곱게, 깊이 잠이 들었다.

소중한 것들을 대하는 그의 태도

안산 단원고 2학년 7반 **안중근**

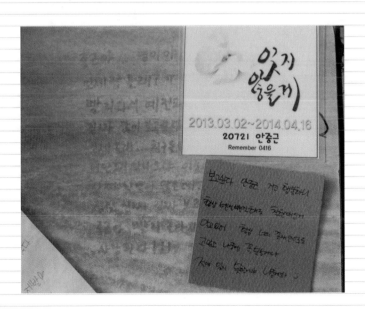

중근이

1. 재근이 형 고등학교 졸업식 날 가족과 함께.
2. 단원고 입학하면서 찍은 학생증 사진.
3. 박재동 화백이 그려 준 캐리커처.

소중한 것들을 대하는 그의 태도

중근이가 중1 때 처음 봤어요. 저는 중학교 3학년 여학생이었어요. 엄마랑 아빠가 교제를 하고 있었는데, 아빠, 재근 오빠, 중근이 그리고 엄마랑 내가 처음으로 한자리에서 만난 거예요. 우리는 영화를 보고 나와서 식당에 가서 밥을 먹었어요.

제가 밥 먹는 속도가 좀 느려요. 그래서 먼저 먹은 사람들이 밖으로 나갔어요. 눈이 오고 있었거든요. 아빠랑 두 형제가 눈싸움을 하면서 노는 게 식당 유리창을 통해서 보였어요. 그걸 보고 있는데, 참 행복해 보였어요. 가족이라는 게 저런 거구나, 그리고 마음 한구석이 따뜻해졌어요.

중근이도 그랬나 봐요. 중근이는 엄마를 무척 좋아했어요. 어떨 때 보면 나보다 더 엄마를 좋아하는 거 아냐? 이럴 정도였으니까요. 어쩌다 엄마한테 전화를 하면 중근이랑 밥 먹고 있다고 하고, 또 하루는 중근이 만나서 옷 사러 갔다 왔다고 하는 거예요.

재혼하기 전부터 그랬어요. 가족들이 다 같이 자주 만나긴 했어요. 저는 못 갔지만 다 같이 여행도 다녀오고, 아빠가 브라질 출장 갈 땐 엄마가 두 형제를 돌봐 주기도 하고 그랬지만, 중근이가 엄마한테 자주 연락을 했나 봐요. 밥 사 달라고도 하고, 만나서 아빠 흉도 보고, 아빠가 자기 말 안 들어준다고 이르기도 하고, 이런저런 얘기를 참 편하게 잘 털어놓더래요.

아빠는 흐트러진 모습을 잘 보이지 않아요. 원칙을 중요하게 생각하시고 반듯하고 성실한 분이에요. 약속한 건 반드시 지키고 모범을 보이세요. 대신 애들한테도 그만큼 기대하시니까 그게 좀 힘들었나 봐요. 중근이는 뭐 부탁할 게 있으면 엄마한테만 얘기해요. 비밀 얘기도 잘 했어요. 같이 살게 되면서 보니까 엄마랑 중근이는 어느새 반말을 하고 있더라고요. 두 사람은 무척 가까웠어요.

엄마가 중근이 담임 선생님이랑 상담하러 학교에 간 적이 있었어요. 그런데 중근이가 교문까지 나와서 엄마를 기다리더래요. 엄마가 학교에 온다는 그게, 너무 좋아서 들떠 있는 게 눈에 뻔히 보이더래요. 남자애들 잘 그러지 않잖아요? 저만 해도 그러지 않았던 것 같고. 하지만 그래서 마음 한구석이 찡하더라고요. 그동안 부모님이 한 번도 학교에 찾아간 적이 없었으니까요. 선생님도 그러시더래요. 중근이 표정이 달라졌다고, 많이 웃는다고요.

좀 가슴 아픈 사연이 있어요. 중근이는 일곱 달 만에 태어나 인큐베이터에 들어가야 했어요. 그리고 그때, 암 투병 중이시던 어머니가 돌아가시고 말았어요. 태어나자마자 어머니를 잃은 거예요. 게다가 장기나 폐가 제대로 성숙되지 않은 채 태어났으니까 잘 클지도 걱정스러웠대요. 그런데 고등학교 2학년 때 중근은 키 178에 어깨가 딱 벌어진 청년이 되어 있었어요. 키는 재근 오빠가 더 큰데 덩치는 중근이 더 좋았어요.

주말이면 아빠는 두 형제랑 목욕을 자주 가셔요. 어느 날 중근이 "아빠, 죄송해요" 그래서 아빠가 왜 그러냐고 물었더니, "제 키가 더 커져서요" 이러더래요. 아빠 키도 작은 키 아니거든요. 그런데 지금은 세 남자 중에서 아빠가 제일 작아져버렸어요.

중근이네는 시흥 거모동에서 할아버지 할머니랑 같이 살았어요. 거기서 군자초등학교 군자중학교를 다녔는데, 부모님이 결혼하시면서 안산으로 이사를 하게 됐고 그래서 단원고를 가게 된 거죠. 어릴 때부터 친했던 친구들이랑 학교가 달라졌지만, 멀지 않으니까 주말이면 친구들 만나러 시흥에 가곤 했어요.

처음에 전 좀 불편했어요. 엄마랑 둘이 살다가 갑자기 세 명의 남자가 생겼으니까요. 사소한 것들이죠. 빨래를 널어놓으면 거기에 제 속옷도 있고, 그런 게 은근히 신경이 쓰이더라고요. 그런데 중근이가 빨래를 걷을 때 보니까 제 건 건드리지 않고 그냥

소중한 것들을 대하는 그의 태도

놔두는 거예요. 말없이 배려하는 게 느껴졌어요.

중근이가 집안일을 잘 도와줘요. 엄마가 부엌에서 일하고 있으면 중근이가 옆에서 엄마를 도와주고 있어요. 이런저런 얘기를 두런거리면서 일하는 걸 보면, 의무감이 아니라 그 자체를 즐기는 거예요. 엄마랑 얘기하는 것도, 일하는 것도 즐거운 거예요. 덩치가 크고 과묵한 스타일이라 집안일 같은 거 손도 까딱 안 할 것 같은 데 의외로 잘하는 데다 뒤처리까지 깔끔하고 완벽해요. 설거지도 중근이가 하면 엄마가 손댈 필요가 없대요.

이런 게 학교에도 당연히 알려졌겠죠? 선생님들이 중근에게 이것저것 시키고 부탁하고 그랬나 봐요. 선풍기 수리나 청소, 분리수거 같은 거 말이에요.

오늘 학교에서 뭘 하고 왔다고, 선생님이 자기만 시킨다고 투덜거려요. 그런데 잘 들어 보면 그게 싫다는 건 아니에요. 다른 애들은 그런 것도 못해, 이러면서 은근히 자랑 섞인 말투예요. 그런 사람을 '츤데레'라고 해요. 투덜거리면서도 할 건 다 하고, 무뚝뚝하지만 은근히 챙겨 주는 그런 스타일을 말하는 거예요.

남들 앞에 나서는 건 썩 좋아하지 않았어요. 수업 시간에 발표하는 거 제일 싫어했대요. 운동을 잘하면서도 체육 대회에 대표로 나가는 법도 없었고. 묵묵하게 뒤에서 지켜보는 스타일이라고 할까요? 장기 자랑 준비한다고 춤, 노래 연습 같은 거 하면, 중근은 팔짱 끼고 뒤에서 지켜보다가, "그것밖에 못 하냐", "잘 좀 해 봐" 이렇게 한마디씩 툭툭 던지는 게 꼭 감독 같았대요. 친구들끼리 있을 때도 애들 얘기하는 거 가만히 듣고 있다가 한마디씩 하는데, '나 듣고 있다' 이런 느낌이었대요.

하지만 장난치고 놀 때는 남자 여자 가리지 않고 누구보다 재밌고 적극적이었대요. 남자애들이랑은 심하게 몸을 던지면서 놀기도 하고, 여자애들이랑 눈싸움하면서 눈을 옷 속에다 집어넣기도 하고, 여자애들이 기어오르면 여자애들 손목을 꽉 잡고 정색을 하는데 그 카리스마에 다들 기가 질려서, "미안, 미안, 화났어?" 하면서 눈치를 보기도 하고…… 친구들이 중근이랑 같이 놀았던 얘기를 하는데 끝이 없더라고요. 잘 놀지만 가볍지 않고 말이 많지 않지만 무뚝뚝한 건 아닌 거죠.

제 동생이라 하는 말이 아니라, 남자다운 데다 성격도 좋고 훈남 스타일이에요. 그만큼 외모 관리도 좀 했죠. 머리에 기름 지는 걸 싫어하고 깔끔한 성격이라서 머리를 하루에 두 번씩 감는다니까요.

하여간 남자 여자 가릴 것 없이 애들이 좋아했던 것 같아요. 사진 찍는 것도 아주 싫어하거든요. 하지만 여자애들이 사진 찍자고 하면, '원하니까 찍어준다' 이런 포즈로 아주 심드렁한 표정을 짓는대요. 좋아하고 싫어하는 게 분명했어요. 좋아하는 건 진짜 열심히 하는데 싫어하는 건 안 해요. 꿈쩍도 안 해요.

중근이 제일 좋아하고 잘하는 건 운동이었어요. 그 중에서도 야구요. 아빠가 두산에 다니시니까 어릴 때부터 야구 보러 자주 다니다가 야구에 푹 빠진 거예요. 야구 선수, 누구 이름 말하면 전력이랑 스코어랑 줄줄이 꿰고 있어요. 운동신경도 있었으니까, 야구 선수가 되고 싶어 했죠.

학교 친구들 얘기도 똑같아요. 초등학교 때부터 운동장에만 가면 늘 중근이가 있었대요. 애들이 야구나 캐치볼 하고 있어서 가 보면 어김없이 중근이가 있었고요.

친구들한테 전화를 해서는 다짜고짜 "나와", 이런대요. 편한 옷 입고 학교로 나오라고 해서 영문도 모르고 나가면, 중근이 공을 들고 기다리고 있는 거죠. 그렇게 갑자기 두세 명쯤 모은 다음에 곧바로 2 대 2로 나뉘어서 축구를 한대요. 중학교 운동장이 잔디 구장이어서 좋기는 했는데 열한 명이 뛰는 그 넓은 곳에서 밤에 조명도 없이 공을 찬다고 헉헉거렸대요.

중근이 여자 친구가 있었는데 걔한테도 그랬나 봐요. 밤에 나오라고 해서 나가 보면 줄넘기를 들고 있대요. 학교 가서 줄넘기하고, 운동장 한두 바퀴씩 돌고 그랬대요. 집에서도 휴지 같은 거 버릴 때 그냥 안 버리고 멀리서 던져 넣어요. 투수가 꿈이었어요.

그런데 중3 때 어깨 인대를 다쳐서 병원 다니고 물리치료도 오래 받았어요. 의사 선생님이 더 이상 운동하면 안 된다고 했어요. 중근이는 그래도 해요. 그러다 아프면 몰래 병원 가요. 아빠가 알면 안 되니까 아프다는 내색은 못하고, 대신 엄마한테 병원비

안 내고 왔다고 통보하듯이 말하고는 비밀로 해 달라고 부탁해요. 넉살이 좋았어요. 그런데 아빠도 그 병원 가니까 당연히 알게 되죠. 어깨도 다쳤지만, 프로 선수가 되기에는 늦었다고, 그리고 운동선수 되는 거 쉽지 않다는 거 아빠는 잘 알고 있으니까, 그냥 취미로 하라고 했어요. 나중에 사회인 야구 해도 된다고요. 중근에게는 충격이었을 거예요. 꿈이 꺾인 거잖아요.

꽹장히 실망했을 텐데, 중근이는 그런 티를 안 내요. 잘 웃고 화날 땐 화도 내고 그러는데 아프거나 싫은 건 티를 안내요. 자기가 좀 불리하거나 창피할 때도 그래요. 남자로서 좀 쪽팔린다 싶은 그런 거 말이에요. 그런 점은 아빠랑 재근 오빠, 중근이 똑같아요. 한 번 옳다 싶으면 절대로 굽히지 않고, 고집도 엄청 세요.

학교에서 이성 교제 교육용 동영상을 찍었는데 거기에 중근이 남자 주인공으로 나온 것도 우리 식구들은 까맣게 모르고 있었어요. 뭘 자랑하는 것도 쪽팔려서 못하는 거예요.

중근이랑 저는 집에서 같이 지낸 시간이 좀 많았어요. 엄마가 직장 다니시니까 우리가 집안일을 많이 거들었는데 중근이가 제일 많이 했을 거예요. 제가 알바를 해서 시간에 쫓기거나 하면, "만 원 줄게, 대신 좀 해 줄래?" 이러면 흔쾌히 해 줘요. 물론 돈도 확실히 받아 내고요. 그거 아니라도 제가 용돈을 잘 줬어요. 그래서인지 몰라도 사소한 거라도 제가 부탁하면 잘 들어줬어요. 저도 시간만 있으면 학원 가기 전에 볶음밥도 해 주고 챙겨 줬어요. 오빠랑 동생이 생겨서 저도 좋았으니까요.

듬직하고 든든하다가도 어떨 때 보면 애기 같아요. 그래서 제가 "애기야, 애기야" 하고 장난치면 "아, 왜 내가 애기야?" 이러면서도 싫은 내색은 안 했어요. 방학 때면 오빠랑 셋이서 장 봐다가 이것저것 만들어 먹으면서 재밌게 지냈어요.

가족들 다 같이 야구장도 자주 갔는데 포스트 시즌 때는 표 구하기가 어려워서 우리 셋만 간 적이 있어요. 중근이 고1 때였어요. 야구 보면서 치킨 먹고 있었는데, 제가 "중근아, 맥주 마실래?" 하니까 "사 주면 마실게" 심드렁하게 대답하더라고요. 그래서 캔

맥주 큰 걸 사 왔는데, 그걸 세 모금에 다 마셨어요. 그리고 잠시 후에 보니까 그 시끄러운 데서 세상모르고 자고 있더라고요. 야구 시작한 지 얼마 안 됐을 땐데, 끝날 때까지 잤어요. 집에 와서도 얼굴이 빨개서 엄마한테만 살짝 귀띔을 해 줬어요. 아빠가 "쟤 왜 저래?" 물으셨는데, 엄마가 "지하철 멀미를 했나 봐요" 이러셔서, 웃음이 터지려는 걸 간신히 참았어요. 엄청 남자처럼 구는데 술은 너무 약한 거죠.

중근이가 진짜 내 말을 잘 들어주는구나 싶을 때가 있었어요. 다른 남자애들도 비슷하겠지만, 중근이가 게임을 무척 좋아해요. 그중에서도 한 번 빠지면 헤어나지 못한다는 게 롤 게임이란 거예요.

하루는 재근 오빠가 저에게 카톡을 보냈어요. "지연, 중근이 롤 하는데 어떡해?" 그래서 저녁 먹으면서 제가 말했어요. "중근아, 롤 안 하면 안 돼? 내 친구들 중에서도 롤 때문에 공부 못 하고 그런 애들 많이 봤어." 그런데 중근이 두 번 생각도 안 하고 대답하는 거예요. "알겠어. 안 할게." 속으로 좀 놀랐는데, 조건을 달더라고요. 레벨 몇 단계까지만 하고 안 한다는 거예요.

그런데 거기까지 하면 그때부터 진짜 시작이거든요. 제가 그렇게 말하니까, "알았어" 그러더니 컴퓨터에서 삭제하더라고요. 내 말 진짜 잘 듣는구나 했는데, 며칠 뒤에 보니 다시 깔은 거예요. 제가 다시 부탁했어요. "공부하라고 안 할 테니까 이 게임만은 하지 말아라." 또 알겠대요. 그러고는 다시 또 해요. "그럼 중근아, 피시방이나 친구 집에서 하는 건 말 안 하겠는데, 집에서만은 하지 말아라." 아무래도 집에 있는 시간이 많으니까 그렇게 부탁한 거예요. 남자애들한테 게임하지 말라는 거, 손발 묶는 거나 마찬가지로 어려운 거거든요. 그래도 이후 제 앞에서는 절대로 안 하더라고요.

재근 오빠랑은 자주 티격태격했어요. 두 살 차이밖에 안 나는 데다 덩치는 중근이 더 컸어요. 오빠가 뭐라고 해 봐야 잘 듣지도 않고, 오히려 기어올라요. 별일도 아닌 걸 갖고 틱틱 거리고 싸우고, 그런데 10초도 안 지나서 뭐라고 뭐라고 얘기하고 있어요. 대개는 오빠가 져 줘요. 그러다가 폭발하면 크게 싸우기도 하는데, 화해하거나 이런 것도 없이 그냥 또 얘기하고 그래요. '너네 싸운 거 맞아?' 이런 생각이 든다니까요.

소중한 것들을 대하는 그의 태도

그런데 중근이가 진짜 멋있는 건, 뭐가 중요한지 안다는 거예요. 투덜거리고 무관심한 척하지만, 자기에게 소중한 사람이라고 생각하면 태도가 완전히 달라요. 여자 친구도 그러더라고요. 데이트랍시고 나갔는데 운동이나 하고 졸업식 때 반가워서 장난쳤는데 가족들이 옆에 있다고 시치미 뚝 떼서 서운하게 할 때도 있지만, 이사 간 후에도 생일 선물 들고 찾아오고 학교에서는 여자 친구라고 당당하게 내놓고 챙겨 주고, 자기가 특별한 사람이란 느낌을 갖게 해 줘서 행복했대요.

언젠가 작은 고모부랑 사촌들, 그리고 우리 삼 남매가 스키장에 갔을 때예요. 중근은 보드를 탔는데 아주 잘 탔어요. 운동이라면 다 잘하니까요. 그런데 전 스키가 처음이어서 중근이 가르쳐 줬어요. 그렇게 초급에서 연습을 좀 해서 중급 코스로 갔는데, 계속 넘어졌죠. 그때 중근이 제 옆에서 지켜주더라고요. 자기는 잘 타니까 고급 코스가서 타고 싶을 텐데도 말이죠.

그리고 언젠가 제가 몹시 아팠을 때예요. 알바 하러 갈 시간이 됐는데 제가 방에서 꼼짝도 않고 있으니까 중근이 들어와서, 안 가냐고 물어보길래, 조금 있다 갈 거라고 대답했어요. 그러고도 그냥 침대에 누워있는 걸 보더니, 어디 아파? 하고는 곧바로 나가서 감기약이랑 물을 갖다 주더라고요. 그거 먹고는 그냥 잠이 들어 버렸나 봐요. 눈 뜨니까 시간이 훌쩍 지나 있더라고요. 깜짝 놀라서 휴대폰을 봤는데, 사장님한테 전화 온 것도 없었어요. 그래서 전화해서, 죄송하다고, 몸이 안 좋아서 약을 먹었는데 잠이 들어 버렸다고 말하니까, 동생이 벌써 와서 말해 줘서 알고 있었다는 거예요. 중근이 학원 가면서 들렀다 간 거예요. 전 그대로 다시 잠이 들었는데, 한참 후에 중근이 집에 돌아오는 기척이 나더라고요. 그리고 중근이 엄마한테 물어보는 소리가 들렸어요. "누나 아직도 아파?" 그 말이 얼마나 기분 좋게 들리던지 몰라요. 잠결에도, 제 얼굴에 미소가 감돌았을 거예요.

그게 중근이에요. 티 내거나 생색내지 않고 은근히 챙겨 줘요. 진심에서 우러난 행동이라는 게 느껴져요. 그런 걸 보면 뜻밖에 결이 참 곱다는 생각이 들고, 감동하게 된

다니까요.

우리 식구들은 주말이면 다 같이 교회에 다녔어요. 교회에 베이스 기타 잘 치는 선생님이 계셔서 강습을 했는데, 중근이 거기에서 기타를 배웠어요. 손가락이 부풀었다고 투덜거리면서도 열심히 하더라고요. 음악에 소질이 있는지 금방 실력이 늘었어요.

그러니까 베이스 기타 사 달라고 아빠를 졸라서 기타는 자기가 세뱃돈 모아 놓은 걸로 사고, 아빠가 스피커를 사 줬어요. 연주를 곧잘 하게 돼서 우리 교회 반주 팀에도 들어왔어요. 저는 오래전부터 반주 팀에서 피아노를 치고 있었고요. 엄마가 찬양대에서 노래할 때 우리 남매가 연주하는 모습을 보면서 얼마나 흐뭇해하셨는지 몰라요. 오빠는 통기타를 칠 줄 아니까 나중에 다 같이 가족 찬양을 하자면서 기뻐하셨어요.

중근이 베이스 기타 치는 걸 보면서 아빠도 치고 싶어 하셨어요. 그래서 중근이 아빠에게 코드를 가르쳐 줬어요. 그리고 수학여행 가기 전에 악보를 프린트해 주면서 숙제를 내줬어요.

"나 수학여행 갔다 올 때까지 이거 다 외워 놔야 돼."

우리 아빠, 지금도 그 숙제를 하고 있어요.

소중한 것들을 대하는 그의 태도

불꽃놀이 하자, 철민아!

안산 단원고 2학년 7반 **양철민**

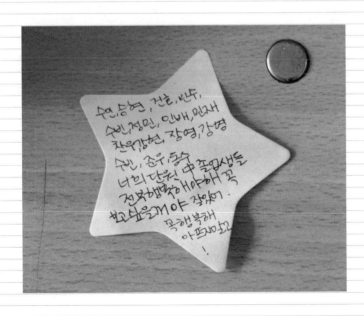

1. 철민이와 21명의 친구들(두 번째 줄 맨 오른쪽 의자에 앉아 있음).
2. 친구들과 행복한 시간을 나눈 철민이.
3. 철민이와 친구들의 자전거 여행(첫째 줄 오른쪽에서 세 번째).

불꽃놀이 하자, 철민아!

"양철민, S반 됐다며!"

따뜻한 봄바람보다 먼저 찾아온 나래탑보습학원 소식이다.

중학교 학원이라 그런지 성적이 좋은 S반과 중간반인 A반, 두 반으로만 나눠져 있는데 철민이는 이 둘 사이를 왔다 갔다 했다.

"헤헤. 내가 지난 학기에 공부 쬐끔 했잖아!"

나래탑학원은 선부중학교 정문 건너편에 있다. 대부분의 아이들이 이 학원에 다니지만, 많은 무리 중 철민이와 함께하는 무리는 좀 특별했다. 22명이나 된다는 것뿐 아니라 친근함에서도 남달랐다. 언제나 같이 움직이거나 학교나 학원에서 같은 반이 아님에도 친했다. 봄바람이 어느 날은 따뜻하게 불어오고 어느 날은 쌩~~ 찬 기운으로 불어오듯 상황 따라 기분 따라 뭉치는 아이들은 달랐다.

오늘은 먼저 S반에 있던 아이들 셋과 철민이다.

"철민아! 떡순이 쏴라!"

A반이든 S반이든 아이들 사이에서는 그닥 중요하지 않지만 떡 본 김에 제사 지낸다고 기회를 놓칠 수는 없었다.

"좋아 좋아! 네 명뿐이니까 쏜다."

"그럼 슬러시도? 괜찮지?"

아이들을 잘 이끄는 원석이가 뿌까뿌까 떡볶이집 세트 메뉴를 읊어 댔다. 매콤한 떡볶이와 입에 착 붙는 찹쌀 순대, 거기에 시원하고 달콤한 슬러시라면 누가 마다하 겠나. 최고의 음식 궁합이다. 문제는 철민이의 주머니 사정이지만 철민이도 믿는 구 석이 있어 앞장을 섰다. 작은 테이블 네 개뿐인 떡볶이 가게 아저씨가 인자하게 웃으 며 아이들을 맞았다. 선부중학교 본관 뒤 철골 담 건너편에 자리한 뿌까뿌까는 철민 이의 단골 가게다.

"철민이로구나. 서비스 슬러시 나간다!"

아저씨는 철민이를 귀여워했다. 웃을 때마다 눈이 초승달이 되는 갸름한 얼굴의 철 민이는 얼굴을 찌푸린 적이 없었다. 항상 밝은 표정이다. 낙천적이고 튀지 않는 성격 때문인지 철민이는 아이들과도 잘 어울렸다. 화정초등학교와 덕인초, 선부초에서 몰 려 놀던 무리에 철민이 혼자만 정지초를 나와 섞였으니 껄끄러울 만도 한데 그렇지 않 았다. 마치 S반과 A반을 오가며 친구들과 부드럽게 어울리듯 자연스럽게 뭉쳐졌다. 그리고 22명 아이들은 뭘 해도 놀이로 만드는 재주가 있었다.

학교 수학 시간이다. 누군가 종이비행기를 철민이에게 날렸다. 철민이는 책상에 떨 어진 비행기를 책상 아래 서랍에 넣은 후 또 다른 종이비행기를 무릎에서 접었다. 선 생님이 칠판에서 열심히 문제를 설명하는 틈을 타 철민이가 두 개의 비행기를 교실 위로 날렸다.

"날아~~간다."

속삭이는 소리에 선생님이 뒤돌아서려는 순간, 이것보다 조금 앞서 아이들은 비행 기를 잡아 숨기고 피식 웃었다. 이내 다시 칠판을 향하는 선생님을 보며 아이들은 비 행기를 날렸다. 비행기가 네 개가 되고 여덟 개가 되고 열여섯이 되어 교실 위를 바람 따라 날았다. 비행기가 팽그르르 맴돌다 선생님 머리 위에 착륙하자 아이들은 참았던 소리를 내지르며 웃었다.

"떴다 떴다 비행기! 착륙했다~~아."

"너희들 학생 주임 선생님한테 명단 올린다."

"예!" "마음대로 하세요." "수양할게요. 선생님~~"

사춘기 절정의 중2다. 우쭐하는 허세에 장난 가득 반발심을 중2병이라 이름까지 붙이는 시기니 몸과 마음을 닦으라는 수양 시간은 자주 주어졌다. 하지만 이것도 놀이일 뿐이다.

허리 굽혀 풀을 뽑거나 쓰레기를 줍는 일은 제일 지루한 일이지만 자주 있는 일인지라 리듬 타기 놀이로 몸에 익었다. 가장 하기 싫은 일은 점심시간에 급식은 안 먹고 낮은 담을 넘어 편의점에서 컵라면을 먹다 들켰을 때 하는 일이다. 냄새 나는 화장실을 뽀득뽀득 광날 때까지 닦는 일. 서로 미루고 게으름을 피우면 안 되는 일이지만 철민이와 아이들에게 있어 월담 놀이는 말릴 수 없는 묘미를 주었다. 여기에 한몫한 건 학생 주임 선생님이다.

학생 주임 선생님은 화장실 청소를 하는 수양 과제를 마치면 꿀밤을 한 대 먹이고는 교무실로 불렀다. 더 큰 벌을 줄 거라 생각했지만 선생님은 책상 서랍을 열더니 달콤한 사탕 한 움큼을 집어 주었다.

"하지 말아야 할 건 하지 말고, 할 것만 해라."

엄격한 말씨와 달리 아이들 손에 쥐어진 사탕으로 아이들은 이미 선생님의 깊은 애정을 전달받았다. 수양 캠프는 아이들에게 있어 정말로 잊지 못할 선부중학교의 한 페이지다.

"제대로 수양시켜 주마."

학생 주임 선생님은 강원도에 1박 2일 코스를 잡았다.

"우리 해병대 훈련시키는 거 아닐까?"

"힘든 일 막 시키면 어떻게 하지?"

"그럴 땐 삼십육계 줄행랑!"

아이들은 도망칠 쌈짓돈을 챙기며 도주 계획을 세웠다. 그럴 때도 철민이는 느긋했다.

"뭘 걱정해. 시키는 대로 하면 되지."

이런 철민이를 두고 친구들은 긍정맨이라고 불렀다.

"학생 주임 선생님 좋잖아. 우리도 함께 있고 말이야."

집에서는 친구만 안다고 철민이를 친구앓이라고 불렀다. 정성 다한 집밥보다 친구들과 먹는 국밥이 더 맛있고, 귀함 받는 외동아들 자리보다 친구들과 몰려 노는 시간을 철민이는 좋아했다. 그러니 물살 따라 계곡 따라 보트를 타고 지글 지글 삼겹살을 구워 먹고 목청 터지도록 노래 부르는 수양 캠프, 1박 2일은 파라다이스였다.

"이게 진짜 수양이다."

학생 주임 선생님은 껄껄껄 웃으며 맘껏 소리치고 달리라고 말했다.

땀 흘리며 모든 에너지를 자연 속에서 발산하라는 박종수 선생님의 교육 철학에 아이들은 감동을 받았다.

"수양 캠프 또 와요! 선생님~~"

그 후로 또 가지는 못했다. 하지만 수양은 얼마든지 할 수 있었다. 철민이와 아이들은 운동장에서 축구 수양을 했다.

"석철아 빨리 팀 짜!"

아이들은 석진이와 철민이 이름을 붙여 이렇게 불렀다. 키도 고만하고 축구 실력도 비슷해 각 팀 주장이 되어 아이들을 한 명씩 뽑았다. 주장이 된 게 축구를 잘해서가 아니라는 건 철민이나 석진이도 잘 알고 있지만 그래도 싫지 않은 주장 자리에 서로 너보다 내가 더 잘해라고 우기는 맛도 괜찮았다. 톡탁거리는 재미에 철민이와 석진이 우정도 다져졌다.

"사실은 석진이랑 같이 공부하려고 내가 S반 간 거야."

"지난번에 A반 다시 온 건 누구 때문인데?"

"그건 너희들하고 지내려고 그랬지."

"야! 너는 석진이하고 있을 때 제일 즐거워 보여. 계속 거기 있어라."

아이들은 자기들끼리 키득거리며 철민이와 석진이를 엮었다. 여기에 진용이까지 합

세하면 22명 안에 한 무리가 만들어졌다. 그런 만큼 셋은 서로 잘 맞았다. 말하고 받는 방식이 비슷해서 자주 토닥거렸고 금방 풀어졌다. 축구 할 때도 그랬지만 유독 철민이는 유니폼 맞춰 입길 좋아했다.

"축구화 어때?"

철민이는 학교 운동장에 맞춰 잘 뛸 수 있는 스터드가 박힌 축구화라며 설명했다. 아르바이트 해서 모은 돈으로 산 유니폼에 아버지 생신에 드렸다가 입지 않으셔서 철민이가 입고 나온 등산복 재킷까지, 프로 축구 선수 못지않았다.

"주장이 차는 완장도 멋지지?"

아이들은 엄지를 척 내 보이며 무엇보다 축구 실력이 늘었다고 말했다.

"철민이 오늘은 공격수 해!"

아이들 평가에 철민이는 그날 제대로 수양을 했다. 넓은 운동장을 이리 뛰고 저리 달리자니 겨울인데도 땀은 끊임없이 쏟아지고 온몸은 팽팽한 축구공처럼 탄력을 받아 상대 골문을 향해 공을 찼다. 힘차게 내질러 가던 축구공이 골키퍼 손을 맞고도 골 안으로 들어갔다.

"골인!"

공을 패스해 준 종수와 정희, 예찬이도 박수를 쳤다. 철민이가 하늘을 향해 오케이 사인을 보내며 골 세레모니를 했다. 때를 놓칠 아이들이 아니다.

"철민아! 뿌까뿌까?"

철민이가 초승달 눈을 만들며 오케이 사인을 아이들에게 보냈다. 뭐든 놀이로 만드는 재주도 재주지만 같이 있다는 것만으로도 즐거운 시절이다.

피시방에서도 철민이는 축구 게임인 피파온라인을 자주 했다. 서든어택은 아이들에게 있어 교과서보다 더 자주 접하는 게임이니 당연히 철민이도 즐겨하는 총싸움이다.

대부도에 1박 2일로 펜션을 잡고 놀았던 날도 잊지 못할 추억이다.

추억을 되새기며 중학교 마지막 겨울을 뿌까뿌까에서 보내게 될 줄 예전에는 미처 몰랐지만, 아이들로 꽉 찬 가게는 마치 잔칫집 같았다.

"졸업하면 자주 못 보겠구나. 가끔 놀러 와라."

아저씨가 더 아쉬워했다.

"철민이만요?"

아저씨는 손사래를 치며 아이들 모두 보고 싶을 거라며 그날도 슬러시를 서비스로 줬다. 아이들은 일제히 엄지를 척 올려 보였다.

틱톡 단체방에 톡이 떴다.

「얘들아, 졸업식 전날 밤에 학교 운동장으로 모여!」

노래 잘하는 서린이다.

「불꽃은 내가 사 갈게.」

22명 중 다섯 명인 여자 중에서도 그렇지만 서린이는 남자아이들보다 더 쾌활하고 적극적이다.

2013년 2월 6일 밤. 선부중학교 스탠드에 모두 모였다.

'쉭~~~~ 팡! 팡! 팡!'

폭죽이 날아가 검은 하늘 위에서 터지자 빨갛게 노랗게 불꽃 그림이 만들어졌다. 철민이는 차가운 이월이 따뜻하게 느껴졌다.

"우와! 멋지다!"

철민이와 아이들이 환호성을 지르며 피리 폭죽 심지에 불을 붙였다.

'삐~융~~~ 팍! 삐~융~~ 팍!'

누군가 두 개의 폭죽을 같이 터트리자고 말했다.

'쉭~~ 팡!'

'삐~융~~~ 팍!'

'쉭~~ 팡!'

'삐~융~~~ 팍!'

'쉭~~ 팡!'

'삐~융~~~ 팍!'

선부중학교 하늘이 아이들이 만든 불꽃 모양으로 뒤덮였다.

폭죽이 동이 나 더 이상 쏘지 못하자 불꽃 하늘이 원래대로 검은 하늘로 변했다.

"우리 내일 졸업식이다."

누군가 말했다. 아무도 대답하지 않았다. 하지만 이럴 때 가만있으면 긍정맨 철민이가 아니다.

"우리 다 안산 살잖아. 번개팅 하자."

철민이 말이 맞기는 하지만 쉽게 모여지지는 않을 성 싶다. 아직 미래에 대해 구체적으로 꿈꾸지 않아 어느 학교 교복이 멋지냐, 집에서 가까운 학교가 어디냐로 고등학교를 정했다. 그러나 각자 선택한 학교가 달라 두셋씩 흩어져 가면 만나기는 어려울 게 뻔했다. 더구나 고등학생이 되면 대입이나 취업을 준비해야 하니 틈내기 쉽지 않다. 함께한다는 마음은 똑같아도 그렇다. 커 간다는 건 그런 것일 게다. 하고 싶은 일이 있어도 참고, 하기 싫은 일이어도 해내야 하는 것, 지금 할 일이 무엇인지 알고 해내야 하는 것 말이다. 그래서 마음에 담아 둘 그림과 감정이 많아지나 보다. 아쉬워서, 기뻐서, 잊지 못해, 즐거워서, 슬퍼서…… 그래도 서로를 위해 잊지 않고 꼭 축하해 주는 날이 있다.

"얘들아, 2월 22일이 무슨 날이지?"

"양철민 생일!"

태어나 줘서, 함께 놀 수 있어 축하해 주고 싶은 생일날이다.

"그래서 해리포터 놀이 하려고 로망캔들 사 왔지."

서린이가 가방에 숨겨 놓은 폭죽을 꺼내 철민이에게 건네자 아이들은 생일을 잊지 않고 있다는 표현을 했다.

"축하! 축하!" "오우! 생일~~빵!"

그 또래 아이들이 그렇듯 선물 대신 툭 던지는 한마디와 손짓에 우정이 서려 있다는 건 이심전심 안다.

"고마워. 다음엔 케이크도 준비해 줘."

2주나 남은 생일 축하에 히죽 웃으며 철민이가 로망캔들 폭죽 심지에 불을 붙였다. 이제 철민이가 마법사 해리포터가 될 시간이다. 철민이가 긴 폭죽의 끝을 석진이 발 옆으로 향하자 불길이 '탁'하고 길게 나가다가 '탕' 소리를 내며 반짝 빛났다. 해리포터가 마술 봉으로 마술을 부릴 때 불꽃이 빛나듯 불꽃을 쏘는 것이다. 그러면 아이들은 자기의 힘을 잃지 않으려는 악당처럼 필사적으로 운동장을 달렸다.

"나의 힘을 받아라!"

철민이가 함성을 지르며 불꽃을 쏘면 아이들은 이리저리 흩어져 도망을 쳤다. 겨울 바람을 가르는 아이들 덕분에 운동장은 겨울이 아니었다. 땅은 달궈지고 아이들 몸에서는 뜨거운 땀이 흘렀다. 넓은 운동장을 몇 바퀴나 뛰고 돌다 지친다 싶어질 때쯤에야 아이들은 해리포터 놀이를 그만두었다.

교문을 나와 찻길을 건넜다. 중3 선배들이 졸업을 하면서 자리 잡을 수 있게 된 놀이터 벤치에 모여 앉았다. 이제는 후배들이 이 자리를 차지하겠지 싶으니 섭섭한 마음보다 성장해 간다는 어색한 느낌이 아이들을 사로잡았다. 꿈이 뭔지 모르겠다고 말들은 했지만 막상 고등학생이 된다고 하니 없던 진지함이 생겨 났다.

"난 고등학교 가면 알바 해서 부모님한테 용돈 드릴 거야."

주말에 웨딩홀에서 접시 빼 주는 알바를 할 거라는 철민이는 부모님을 기쁘게 해 드리고 싶었다.

"난 여행하고 싶어. 우리 자전거 타고 오이도도 가고 여의도도 가자."

"노래방 가서 단독 콘서트 할 거야. 너희들이 관객 해 줘."

"난 바다가 좋더라. 해군 갈까?"

"아이고, 배고프다. 컵라면 사다 먹자."

"꼬르르 꼬르륵."

객쩍은 소리까지 한마디씩만 했는데도 변성기 아이들 목소리로 놀이터는 와자지껄 시장통이 되었다. 늦은 밤인지라 방범대원 아저씨들이 아이들에게 어서 귀가하라고 말했다. 아직은 보호받아야 할 청소년들이다. 마침 걸려 온 엄마의 전화를 받으며 철민이도 집으로 갔다. 내일은 졸업식이 있는 날이다.

22명이 모여 졸업 사진을 찍었고, 아이들은 자기가 원하는 고등학교에서 입학식을 했다. 박서린은 초지고등학교에서, 강종수와 윤석진은 경안고등학교, 이규영과 이정희는 경일고등학교, 이새결과 정예찬은 선부고등학교에서 했다. 원석이와 진용이 그리고 철민이는 단원고등학교에 진학했다.

철민이는 고등학생이 되면 하겠다던 아르바이트로 이십 만 원을 벌어 부모님께 드렸다. 노래방에 가서 친구 노래에 박수도 치고 좋아하던 〈렛 잇 고〉도 불렀다.

무엇보다 좋았던 건 남자들끼리의 자전거 여행이었다. 고등학교가 달랐음에도 선부중학교 스탠드에 모이면 하나가 되었다. 한 사람씩 자전거를 몰고 여의도로 길을 잡았다. 힘차게 페달을 밟아 자전거 도로를 한 줄로 메웠다. 한 번도 쉬지 않고 물왕저수지까지 갔을 때 파랗던 하늘에 먹구름이 끼기 시작했다. 봄비에 추울 수도 있지만 청춘들의 자전거 여행에 방해는 되지 않았다. 그대로 달렸다. 목감을 거쳐 광명역 쪽에서부터 안양천을 탔다. 비는 더 거세졌다. 마음과 몸은 여의도를 향하는데 안양천이 넘쳐 도로를 건널 수가 없었다. 아쉬운 마음으로 돌아섰지만 학생 주임 선생님이 옆에 있었다면 아이들 어깨를 툭툭 치며 환하게 웃었을 거다.

"수양 제대로 하고 있구나. 과연 바른 제자들이야."

아이들은 이렇게 어울려 탄탄한 육체에 건강한 정신을 길렀다. 함께였기에 가능한 일이었고, 효자라는 칭찬을 받던 철민이도 한 뼘씩 철민이답게 커갔다.

2014년 봄이 한참 지나간 때.

철민이가 원했던 생크림 케이크와 좋아했던 청포도가 상에 올랐다. 봄빛을 닮은 겨울 아이 철민이의 생일상 위로 무지갯빛 햇살이 쏟아져 내렸다.

불꽃놀이 하자, 철민아!

웃고 웃기며 사는 즐거운 인생

안산 단원고 2학년 7반 **오영석**

1. 즐거운 나들이. 초등학교 3학년. 화랑유원지.
2. 고고씽씽. 단원고 1학년 때.
3. 이앤 중학교 졸업 사진이다.

웃고 웃기며 사는 즐거운 인생

"저녁은 내가 쏜다. 가자!"

나는 야구 방망이를 둘러멨다.

"설마 또 ○○마트?"

"당연하지."

아이들은 에이, 하면서도 따라나섰다. 두 시간 이상 방망이를 휘두르고, 이리저리 뛰었으니 다들 배가 아우성이지만 용돈은 바닥이었다. 특히 나는 며칠 후 엄마 생일 선물을 사야 하니 천 원도 아껴야 한다. 그렇다고 잘 놀고 나서 그냥 헤어질 순 없다. 뭐든 뒤풀이라는 게 있는 법이다. 또 가볍긴 하지만 파울이다, 아니다로 살짝 다투기도 했으니, 뭔가 나눠 먹으며 기분도 풀어야 했다. 만두부터 시작해서 양념 불고기, 햄, 동그랑땡, 소시지, 어묵, 두부 부침개 코너로 돌았다. 시식 코너 아줌마들은 단골 시식가인 우리들을 박대하지 않았다.

"너는 아예 밥 한 공기 들고 와서 같이 먹지 그러니?"

훈제 오리고기를 굽던 아줌마가 고기 몇 점을 프라이팬에 더 올리며 퉁바리를 주었다. 나는 히죽 웃으며 상냥하게 말했다.

"예, 다음에는 그럴게요."

아이들도 '그거 좋은 생각이야' 하고 거들었다. 아줌마는 어이없어 하면서도 막 구운 고기를 밀어 주었다. 아이들이 후닥닥 달려들었다. 지글지글 소리 내던 고기 조각들이 순식간에 사라졌다. 감질나게 잘게 썬 참외, 소주잔 크기의 미숫가루, 홍초 주스까지 마시고 나니 어지간히 배가 찼다.

"○○마트, 잘 먹었다. 또 올게."

우리는 손까지 흔들어 주고 밖으로 나왔다.

축구복을 입은 아이 몇이 지나갔다. 땀 냄새가 훅 나는 게 한바탕 힘들게 연습을 한 모양이다. 한때 나도 축구 선수가 되고 싶은 적이 있었다. 초등학교 때에 축구부였기도 하다. 공을 신나게 차고 있으면 시간 가는 줄도 몰랐고 힘든 줄도 몰랐다. 나도 박지성 같은 선수가 되고 싶었다. 하지만 시간이 흐를수록 교실에 있는 시간이 줄어들고 합숙소 생활까지 하게 되자 아빠가 걱정을 했다. 학교 공부를 전혀 안 하면 나중에 어쩔 거냐며 축구보다 공부를 열심히 했으면 했다.

아쉽게도 중학생이 되면서 축구를 그만두었다. 조금만 더 해 보고 싶었으나 이래저래 고집을 피울 형편이 못 되어 결국 그만두었다. 축구부를 나오던 날 많이 울었다. 11살 인생에 좋아한다고 잘하는 것도 아니고, 하고 싶다고 다 할 수 있는 것도 아니라는 걸 뼈저리게 깨달은 날이었다. 그래서 훌훌 털었지만 고등학생이 된 지금도 축구복을 입은 아이들을 보면 슬그머니 미련이 일어난다.

나는 야구 방망이를 힘껏 휘두르고는 아이들과 헤어져 집 쪽으로 길을 잡았다. 이어폰을 꺼내 귀에 꽂았다. 가벼운 터치 몇 번에 클럽 노래가 신나게 비트를 때리며 흘러나왔다. 클럽으로 순간 이동! 절로 몸에 리듬이 붙었다. 이 리듬과 비트는 놀랍도록 나를 위로하고 충전시켜 준다.

친구들과 낄낄대며 놀고, 흠뻑 운동을 하고 돌아섰을 때 마음 한 구석에서 뭉클 올라오는 외로움 비슷한 것, 만만치 않은 어른들의 삶을 보면서 느끼는 한 가닥의 울적함들을 떨쳐 내 준다. 고등학교 졸업하면 진짜로 클럽에 가야지. 거기서 온 세상에 대고 나를 흔들어 대야지.

오랜만에 노래방에서 목이 터져라 노래를 부르고 나서 친구들과 우르르 집으로 몰려갔다. 엄마가 맛있는 밥을 해 놓겠다고 했는데 가서 보니 콩이 송송 박힌 밥에 삼겹살이다.

"흰밥 해 놓기로 했잖아요!"

한 녀석이 입이 귀에 걸린 채 말로는 투정을 부린다. 이 녀석 하는 짓이 아예 자기 집, 자기 엄마인 줄 아는 모양이다.

"잔말 말고 먹어. 콩이 얼마나 몸에 좋은 줄 알아?"

엄마는 내 친구들에게 밥해 주는 걸 좋아한다. 그것도 터무니없는 투정 들어가며 이런저런 영양식을. 엄마도 얘들이 모두 아들인 줄 아는 모양이다. 나는 국 끓이는 엄마 옆에서 간을 봐 주었다.

"음, 굿! 역시 엄마 솜씨는 짱!"

내가 개그맨처럼 우스꽝스런 몸짓으로 엄지를 쳐들자 엄마가 소리 내어 웃었다.

"야, 너는 아직도 엄마한테 재롱질이냐?"

한 녀석이 비웃는다. 말은 그래도 표정은 부러운 빛이다. 나는 한술 더 떠 엄마를 끌어안고 애교를 부렸다. 아이들은 거의 흡입 수준으로 먹어댔다.

"어머니, 영석이는요, 생긴 것하고 다르게 슬픈 노래를 좋아해요."

한 녀석이 삼겹살을 볼이 미어터지게 씹으며 흉 아닌 흉을 본다. 나는 클럽 노래를 최대치 음량으로 듣기를 즐기지만 직접 부를 땐 발라드가 좋다. 아까도 연속으로 애절한 발라드를 불렀는데 그걸 두고 하는 말이다. 저런 어린 것, 하며 내가 핀잔을 주었다.

"인마, 사람의 정서 중에서 제일 차원 높은 게 슬픔의 정서라는 거 몰라?"

"슬픔? 야, 인마. 날마다 우스갯소리나 하고 신나게 노는 녀석이 슬픔은 무슨……"

녀석이 동의를 구하듯 엄마를 보았다.

"우리 영석이가 감성이 풍부하거든. 감성 넘치게 생겼잖아."

역시 우리 엄마다. 나와 자주 노래방에 다니는 엄마가 내 노래 취향을 모를 리 없다. 그걸 이 녀석들이 멋모르고 까는 거다. 내 방귀까지 듬직하다는 엄마에게 내 험담

웃고 웃기며 사는 즐거운 인생

을 하려고 덤비다니! 게다가 유머 뛰어나고 운동 좋아한다고 노래도 시끌벅적한 것만 좋아한다고 생각하다니, 단순한 것들. 내 음악 취향이 얼마나 다양하고 폭넓은데. 여자애들이 나한테 뻑 가는 것도 내가 부르는, 심장을 후벼 파는 발라드의 힘인 줄도 모르는 것들.

나는 바이브의 노래를 좋아한다. 특히 〈Promise U〉. 가사도 좋고 윤민수의 허스키한 음색도 좋다. 그 노래를 들으면 내가 실연이라도 겪은 듯한 착각이 일어 가슴이 미어진다.

실연 비슷한 감정을 느낀 적이 있어서인가? 사실 난 여자아이들에게 꽤 인기가 있다. 밸런타인데이엔 사탕과 초콜릿에 달달한 편지를 넘치도록 받는다. 당연하다. 잘생겼지, 유머 있지, 매너 있지…… 크크, 민망하지만 사실은 사실이다.

그런데 나는 동갑내기나 후배 여자아이보다 누나가 좋다. 누나들이 나를 좋아하고 잘해 주기는 하는데 내 설레는 마음까지 쏙 받아 주지는 않는 것 같다. 그냥 귀엽게 봐 주는 것 같을 때 서운하다 못해 실연 비슷한 감정까지 생길 때가 있다. 나도 모르게 수줍어지고 목소리가 부드러워져서 그런가 싶어 안 그러려고 하는데도 잘 안 된다.

후배나 동갑내기 여자애들에게는 얼마나 거리낌 없이 남자답게 말하는데. 많이 사랑하는 쪽이 약자인 건 확실하다. 고등학교 졸업하고 성인이 되면 꼭 고백하고 싶은 누나가 있는데 윤민수의 노래를 들으면 그 누나가 더욱 간절해진다.

"어머니, 영석이는요, 가슴 큰 여자가 좋대요."
한 녀석이 고자질 아닌 고자질을 했다. 그래 놓고는 제가 얼굴을 붉힌다. 엄마가 픽 웃는다. 그것 역시 이미 알고 있는 이야기니까. 중학교 때부터 밀고 있는 내 이상형인데 내가 그런 이야기를 엄마와 진중하게 토론하는 사이라는 걸 이 녀석이 깜빡한 거다.

아직도 엄마와 내가 친구보다 더 적나라한 이야기들을 나누는 사이임을 제대로 파악 못 하다니, 쯧쯧. 그런데, 그런데…… 내가 좋아하는 누나들이 꼭 그런 쪽은 아니었다. 이상형은 머릿속의 이상형일 뿐 마음이 설레는 건 그것과는 별개인 것 같다.

간밤에 아빠와 심야 영화를 보러 갔던 탓인지 늦잠을 잤다. 눈을 뜨고도 이불을 말아 안고 뒹굴었다. 일요일이니까 게으름을 피워도 된다. 어제 아빠와 함께 즐거웠던 장면이 떠올랐다. 행복함이 다시 소록소록 올라왔다. 돈 버는 게 힘들어도 나 때문에 이것저것 다 참을 수 있다는 아빠, 내가 번듯하게 대학을 다니는 게 소원이라는 아빠.

나, 오영석은 하나뿐인 아들로 태어나 넘치도록 사랑받은 보답으로 아빠의 이 소박한 소원을 꼭 들어주고 싶은데 아, 세상에는 공부 말고도 재미있는 게 너무 많다. 내가 잘하는 것도 너무 많다. 그래서 정말 힘들다. 몸이 세 개쯤 되면 좋겠다. 공부도 열나게 하고 운동도 실컷 하고 여자애들 데이트 신청도 다 받아 주고.

"그래도 아빠, 걱정 마세요. 내가 누군가요? 오, 영, 석, 이라고요. 아빠 소원쯤 못 들어주겠어요? 아빠가 평생 나 때문에 껄껄, 낄낄 웃게 해 드릴게요."

이불을 박차고 나가니 아빠는 눈을 부라리며 꿀밤을 먹였다.

"얀마, 일찍일찍 일어나. 고등학생이 말이야."

아, 이런 진한 애정 표현! 나도 질 수 없지. 아빠 다리를 휘어 감고 쓰러뜨렸다. 레슬링 한판이 또 시작됐다.

할머니가 용돈을 주셨다. 현란한 춤으로 감사를 표했다. 무릇 기쁠 때는 기쁘다고 표현해야 한다. 그래야 주는 기쁨에 한껏 행복해지고 다음에 더 주고 싶어지는 법이니까. 할머니, 오래오래 사세요. 나는 늘 용돈이 필요하답니다!

엄마에게 목걸이를 선물했다. 엄마가 어찌나 기뻐하던지 그동안 용돈 모으느라 애쓴 수고를 보상받고도 남았다. 개그맨 흉내에 현란한 춤은 덤. 엄마가 박수를 치며 까르르 넘어갔다. 환한 얼굴에 하얀 이가 다 보이도록 웃었다. 나는 엄마가 웃는 게 너무 좋다.

친구들은 내가 개그맨 뺨친다고들 하는데 정말 개그맨이 되는 것도 좋겠다. 나 때문에 사람들이 웃으면 기분이 좋고 행복하다. 그래서 웃길 수 있는 것을 자꾸 연구하게 된다. 중학교 땐 개그 동아리 활동도 했다. 적성에 맞고 재미있었다. 허를 찌르며 사람을 포복절도하게 하는 개그, 웃음 속에 뼈가 있는 수준 높은 개그, 고통과 슬픔도 웃음으로 승화시켜 위로가 되는 개그, 그런 것을 하고 싶다. 개그맨, 나도 즐겁고 남도 즐겁게 하는 멋진 직업이다. 무엇보다 나는 엄마 아빠가 평생 웃으며 살게 해 주고 싶다.

사람들을 웃게 해 주는 인생, 보람 있고 신날 것 같다. 그리고 잘할 수 있을 것 같다. 살다 보면 더러 힘들고 슬픈 일이야 있겠지만 그래도 사이사이 으하하하, 배를 잡고 웃을 수 있어야 인생이 아니겠는가?

하지만 일단은 간호사가 될 생각이다. 작년에 아빠가 입원했을 때 간병하느라 병원에 자주 들락거렸는데 아, 정말이지 간호사들은 모두 어찌나 예쁘던지. 손길은 부드럽고 말씨는 상냥하고. 내 이상형들은 다 그곳에 있는 것 같았다.

병원에는 남자 간호사가 꼭 필요하다는 것도 많이 체험했다. 이렇게 예쁜 간호사들과 날마다 함께 일한다면 직장이 돈 벌려고 노동하는 곳이 아니라 놀이공원 같을 것이다. 환자의 치유를 돕는 보람 있고 즐거운 일터, 그래서 간호사가 되기로 했다. 지난번에 학교에서 마련한 직업 체험 강좌 때에도 간호사 교실로 가서 들었다. 그걸 듣고 간호사가 될 결심을 더욱 굳혔다. 그럼, 개그맨은? 아, 내 몸이 두 개라면 얼마나 좋을까? 또 한 번 통탄을 했다.

남을 웃기는 재주가 아깝지 않나 싶었는데 생각해 보니 그게 아니었다. 환자를 웃겨 주는 간호사라면 우울한 병실을 웃음으로 채울 수 있을 것이고, 환자들 치료 효과도 훨씬 좋을 것이다. 그건 과학적으로도 증명된 거다. 인생이 어떻게 흘러갈지 다 알 수는 없는 법, 투 잡, 쓰리 잡도 가능한 시대이니 어느 날, 병원 소재로 빵 뜨는 개그맨이 될지도 모른다. 치료 효율을 높이기 위해 병원에 개그실이 생길지도 모른다. 인생은 즐기는 자의 것이라고 하지 않았는가? 좋아하고 잘하는 것을 열심히 하다 보면 의미 있고 즐거운 인생이 나의 것이 될 것이다.

"앗! 큰일났다."

휴대폰이 없다. 아까 이동 수업이 여학생 교실에서 있었는데 거기 두고 온 것이 분명하다. 나는 머리를 쥐어박았다.

"으아, 이런 실수! 미치겠다."

내가 안절부절못하자 짝이 선생님 눈치 보며 퉁바리를 주었다.

"인마, 휴대폰 두고 온 것 가지고 뭘 그러냐? 있는 곳이 빤한데 나중에 찾으러 가면 되지. 설마하니 안 돌려 주겠냐?"

"우씨, 그게 아니라고!"

"뭐가?"

"누가 열면 안 된다고. 그거 보면 나를 변태라고 할 거야."

"변태? 왜?"

"아, 몰라."

"너, 혹시?"

나는 울상이 되었다. 녀석이 크크크, 웃었다. 아예 신이 났다. 풍만한 비키니 사진을 바탕에 깔아둔 게 엊그제다. 며칠만 넣어 놓았다 지우려 했는데 이런 불상사가 생기고 만 것이다. 한 시간 내내 시계만 보다가 종이 치자 선생님보다 먼저 튀어나갔다. 여학생 교실로 쭈뼛쭈뼛 들어가니 내가 앉았던 자리에 여학생들이 우르르 모여 있다. 오, 마이 갓, 늦었다! 내 거요, 하며 나서기도 쪽팔리지만 그렇다고 그냥 나올 수도 없다. 한 명이라도 더 보기 전에 얼른 회수해야 한다. 우물쭈물 다가서자 누가 말을 던졌다.

"오, 저게 네 거니?"

여학생들이 일제히 나를 돌아보았다.

"이 여자가 네 이상형이니?"

자리에 앉은 여자애가 화면이 훤히 켜진 휴대폰을 높이 쳐들고 물었다. 와하하 웃음이 터졌다. 온몸이 졸아들었다.

"네 것도 같이 올려놓지 그랬어? 어울리는가 보게."

오영석

으윽, 이런 개쪽. 몇 명이 에워싸고 있어 낚아챌 수도 없었다. 비상이다. 나는 에라 모르겠다 하고 앞에 있는 여학생 몇을 헤치고 손을 뻗었다. 여자애가 휙 손을 내렸다.

"너, 변태지?"

결국 예상했던 말을 듣고야 말았다. 아무리 마음을 굳게 먹어도 얼굴이 빨개지고 말았다. 애당초 여학생들 소굴에서 남학생 하나가 살아남기는 힘든 법이다. 나는 숨을 크게 들이쉬고 배짱을 내밀었다. 어차피 쉬는 시간 10분이면 끝나는 게임이다. 이미 5분이 지나갔다.

"그게 왜 변태야? 일부러 놔두고 갔으면 몰라도. 이리 줘."

"아, 그랬던 거야? 일부러?"

아이들이 또 와하하 웃었다.

"그러면 이렇게 숨차게 달려왔겠냐?"

"아직 안 본 애들 있으니까 기다리지."

"그렇게 해. 수업 종 치고 나서까지 기다려 줄게. 너희들이 돌려 보고 있었다 하고 선생님한테도 보여 주게."

여자애가 너, 세다 하는 표정으로 살짝 느슨해지는 순간, 휴대폰을 낚아채는 데 성공했다. 후닥닥 교실을 빠져나왔다. 뒤에서 야! 변태! 어쩌고저쩌고하는 소리를 들으며 뛰었다. 우리 교실 가까이 오자 다리가 후덜덜 떨렸다. 여학생이라는 뱀이 우글우글 모여 있는 지옥에 다녀온 기분이었다. 나는 얼른 바탕 화면 사진을 지웠다. 수업 시작 음악이 들렸다.

수학여행이 얼마 안 남았다. 며칠 전부터 아이들은 들떠서 난리였다. 다들 긴 뱃길에 선보일 비장의 장기를 연습하고 춤을 맞춰 보느라 교실이 들썩거렸다. 중학교 때는 조류 독감이 유행해서 여행이 취소되었고 대학생이 되면 배낭여행이나 엠티 같은 걸 간다 하니 사실상 우리한테는 생애 처음이자 마지막 수학여행이다. 그것도 제주도, 밤새 도록 가는 배를 타고. 으아! 얼마나 재미있을까? 수학여행 때 미치도록 재미있게, 신나게 놀고 돌아오면 나도 제대로 공부라는 걸 해야지. 그동안은 썩 가고 싶지 않았지만 이제 미래 직업도 두 개나 챙겨 두었으니 어느 쪽이든 대학은 필요하다.

간호사는 자격증이 필요하고, 개그도 지성을 갖춰야 수준을 높일 수 있을 테니까. 무엇보다 엄마 아빠를 기쁘게 해 주는 것이 내겐 중요한 일이다. 내가 원 없이 사랑 받고 있으니 나도 대학에 가고 돈도 벌어서 부모님을 행복하게 해 주고 싶다. 부모를 행복하게 해 주는 것만큼 나 오영석에게 보람된 일이 어디 있을까?

아이들과 떡볶이를 사 먹고 나오는데 내가 좋아하는 차가 스윽 지나갔다.

"으아! 아이 러브, 돼지 코!"

BMO다. 앞이 돼지 코처럼 생겨 내가 붙인 별명이다. 길 가다가 내 고개를 돌리게 하는 게 딱 두 가지가 있는데 하나가 돼지 코고 나머지가 쭉쭉 빵빵 예쁜 여자다. 내 시선을 내 마음대로 할 수가 없다.

"요새 네 차 자주 눈에 띈다."

한 녀석이 놀려댄다. 내가 저 차를 사겠다고 선언한 다음부터 돼지 코만 보면 나를 자극한다. 나는 저 차를 어머니에게 사 줄 생각이다. 아들이 사 준 차라며 으스대고 타고 다니게 할 것이다.

여행 배낭을 싸 놓고 나니 문득 친구가 생각났다. 슬그머니 나와서 친구 동네로 놀러갔다. 중학교 때부터 친구인데 함께 몸을 부딪치며 뛰어놀면 너무 재미있다. 이런 놀이는 날마다 해도 싫증이 안 난다. 둘 다 숨이 차도록 뛰었다. 이 녀석하고는 어른이 되어도 이러고 놀 것 같다.

"영석아, 너 수학여행 가지 말고 내일도 나하고 놀자."

내 목을 휘감으며 친구가 말했다. 이런 영양가 없는 멘트! 우리가 애인 사이도 아니고.

"그럴까? 으이그, 짜샤. 다녀와서 또 놀자."

나는 손을 흔들어 주고 집으로 향했다.

내일 있을 수학여행의 설렘이 다시 올라왔다. 으음, 참. 다녀오면 ○○을 만나 아이스크림과 개그로 화를 풀어 줘야겠다. 살 빼라고 놀려 먹은 게 아무래도 걸린다. 아무리 만만하고 친한 사이라 해도 여학생들은 그런 걸 농담으로 듣지 않는다니까. 한때는 여자 친구였지만 친구로라도 잘 지내려면 나도 슬슬 신사의 품격은 갖춰야지. 앗싸! 기다려라, 제주도. 오영석이 간다!

안 되면 되게 하라

안산 단원고 2학년 7반 **이강명**

1. 우리 가족, 오래도록 사랑해요.
2. 세상으로 나아가는 몸짓 대화, 수학여행을 위한 춤 연습.
3. 나, 이강명이야. 멋진 녀석이라고.

안 되면 되게 하라

오늘도 땀에 푹 젖었다. 기분이 아주 좋다. 역시 남자에겐 무술이 어울린다. 발을 힘껏 벋어 올리고 몸을 이리저리 휙휙 날리면 스스로 생각해도 근사한 그림이 그려진다. 남성성이 물씬 뿜어 나오는 그림 말이다. 간단히 샤워를 하고 학교로 향했다. 가서 남은 야자를 마저 하고 하루를 끝내야지.

"어이, 강냉이. 같이 가자."

친구가 달려와 옆에 선다. 자식이, 유치한 별명을 아직까지. 하지만 뭐, 마음대로 불러라. 그게 애정의 표현이라면. 보나마나 팝콘 가게가 나오면 '어, 강냉이 과자다!' 하며 사 먹자 하겠지.

내 이름은 이강명. 구수 달짝에 살짝 촌스럽기도 한 강냉이 이미지와는 달리 반듯하고 강단 있는 이름이다. 나는 내 이름에 걸맞게 특전사 부사관이 될 생각이다. 거기서 시작해 언젠가는 고급 장교가 될 것이다. 국가의 안보를 책임지는 군인 중의 군인, 남자 중의 남자 이강명. 멋지다, 흐흣. 그래서 이렇게 옷을 흠뻑 적시는 운동을 하고 있다.

내게 꿈이 생긴 게 너무 좋다. 내가 무얼 하면 좋을지, 무엇이 하고 싶은지 알게 된 건 사실 1년이 채 안 된다. 중학교 때까지는 그런 거 없이 하루하루가 참 막연했다. 그래서 별 의욕도 없었고 뭐든 열심히 하지도 않았다. 그저 게임이나 하고 학교나 왔다 갔다 했다. 내가 생각해도 참 한심하고 지루하게 살았다. 하지만 이제 아니다. 군복 반듯하게 차려입고 걸음걸이와 행동, 말과 생각까지 절도가 쫙 밴 멋진 군인이 될 생각에 하루하루가 벅차다.

내가 군인이 되기로 결심한 날은 내가 나를 발견한 날이기도 하고 처음으로 스스로가 괜찮은 놈이라고 자각한 날이기도 하다. 그건 친척 집에서 학군사관후보생과정(ROTC) 출신으로 군 장교가 된 사촌 형을 만나고 나서였다. 자주 보던 사이는 아니었는데 그날 운명처럼 사촌 형의 모습이 한눈에 들어와 박혔다. 다림질로 각 세운 군복을 제대로 차려입은 형에게서 아우라가 보였다. 눈매와 표정에는 남자다운 늠름함과 자신감이 넘쳤다. 대화 중 호탕한 웃음소리와 은근한 미소에서 남자의 인품도 느껴졌다. 나는 대책 없이 가슴이 뛰었다.

내게는 없는 것, 사촌 형은 그걸 가지고 있었다. 그건 바로 자존감이었다. 자신에 대한 굳은 신뢰와 당당함. 그래서 너무나 아름답고 매력적이었다. 가슴이 뛰면서도 나 자신에 대해 속이 쓰렸고 쓰린 만큼 부럽고 탐이 났다.

사실 나는 중학교 졸업할 때까지도 매우 소심하고 소극적이었다. 엄마 말에 의하면 유치원 때부터 남 앞에 잘 나서지도 못하고 율동도 우물쭈물했다고 한다. 나는 초등학교, 중학교를 거치면서 지나치게 내성적인 내가 늘 마음에 들지 않았다. 다른 사람들도 나를 좋아하지 않는 것 같아 모든 것에 자신이 없고 위축되어 있었다. 사촌 형은 나와 정반대였다. 남들이 자신을 좋아한다는 것을 다 알고 있는 사람의 태도였다.

'아, 내가 저런 사람이 될 수 있다면……'

그동안 티브이에서 근사한 사람을 수도 없이 봤으나 그건 모두 나와는 관계없는, 아니 나를 주눅 들게 하는 대상일 뿐이었다. 그런데 눈앞에서 본 사촌 형은 내 눈을 번쩍 뜨이게 했다. 그것은 실현 가능한 가까운 현실이었다.

'어쩌면 나도 저런 멋진 모습이 될 수 있지 않을까?'

여유 있는 표정, 당당한 말투를 정말로 닮고 싶었다. 드디어 내 인생의 롤 모델을 찾은 느낌, 나는 그날 밤 처음으로 되고 싶은 것이 생긴 흥분으로 잠을 이루지 못했다. 군인이 된 나의 모습을 머릿속에 그렸다. 내게 잘 어울렸다. 내가 멋져 보였다.

군인이 되려면 무엇부터 해야 하지? 다음 날부터 나는 인터넷에서 이것저것 검색을 해 보았다. 의무 입대 말고 직업 군인이 되는 방법에는 여러 가지가 있었다. 그중 육사나 해사, 공사 등에 입학하는 것이 제일 나을 것 같았다. 하지만 그건 엄청 공부를 잘해야 갈 수 있었다. 지금 내 성적이라면 아무리 올린다 해도 무리였다. 그러다 발견한 게 특전사였다. 하사관 시험을 보는 정도는 나도 할 수 있을 것 같았다. 특전사의 구호도 마음에 들었다.

"안 되면 되게 하라!"

그것은 '뭐든 되게 할 수 있다'는 주문처럼 들렸다. 그동안 나는 뭐든 안 되는 걸로 생각하며 살았다. 그래, 뭐든 되게 하며 살자. 그렇게 생각하니 의욕이 불끈 솟았다. 기분이 묘했다.

'아, 이거구나!'

강하게 훅 들어오는 깨달음, 내게 뚜렷하고 강렬한 꿈이 생기는 순간이었다. 또 가슴이 뛰었다.

"그래, 해 보자. 이강명, 할 수 있어!"

나는 주먹을 힘껏 쥐었다.

"그러려면 일단 운동부터 해야겠다. 당연히 공부도 열심히. 지금 성적으로는 어림도 없어. 죽자사자 공부하지 뭐."

할 일이 많아졌다. 이것저것 계획을 세우고 나니 마음이 바빴다. 요즘 자주 어울리는 반 친구가 체육관에서 합기도를 하고 있었다. 거기를 같이 다니기로 했다. 좀 멀지만 친구와 더 친해지기도 할 겸, 또 무리가 되어 다니는 재미도 있을 터였다.

군인이 되기 위해 체육관에 다니겠다는 말에 엄마 아빠가 깜짝 놀랐다. 하긴 고등학생이 될 때까지 뭘 해 보겠다고 자발적으로 나선 적이 없으니 놀랄 만도 했다. 엄마는 반신반의하면서도 체육관에 등록해 주었다.

나는 겨우 며칠 다니고도 벌써 장교라도 된 듯 기분이 좋았다. 하루도 안 거르고 연

안 되면 되게 하라

습에 열중했다. 운동을 하고 나면 학교로 가서 야자도 했다. 잠들기 전엔 구체적인 계획을 종이에 몇 번이고 써 보았다. 언제까지 뭘 하고, 그 다음엔 무얼 준비하고…… 종이에 글자와 표로 나타나니 그게 곧 현실이 될 것처럼 가까이 다가왔다. 내 인생을 내가 계획하고 설계한다는 것이 뿌듯하고 설렜다. 그리고 행복했다. 꿈을 향해 한 걸음 내딛는 순간부터 이렇게 행복한 거구나. 그동안 그걸 몰랐다. 뭔가를 이루어야만 행복한 줄 알았다. 이룬다는 것도 멀고 먼 일인 줄 알았다. 그런데 그게 아니었다. 계획하는 순간부터 이루어지고 있는 거였다.

'그래서 인생은 결과보다 과정이라고 하는구나.'

내게도 자주 미소가 번졌다. 사촌 형의 미소처럼.

"너, 완전 변했다."

두 시간 넘어 고난도의 운동을 하고도 힘든 줄 모르고 씩씩하게 걷고 있자니 친구가 나를 들여다보며 말했다. 나는 천연덕스럽게 대꾸했다.

"변해야지, 그럼. 맨날 찌질하게 살아서야 되겠어?"

"신기해서 그래. 너 표정도 바뀐 거 알아? 카리스마까지 보이려고 해."

눈이 번쩍 뜨였다. 속으로 변한 것도 겉으로 다 드러난다더니…… 기분이 좋았다. 친구가 내 머리를 툭 쳤다.

"기특해. 신기하다니까."

하긴 내가 생각해도 기특하긴 했다. 나한테 이런 열정이 있는 줄 정말 몰랐다. 미래를 꿈꾸는 게 이래서 중요한 거구나 싶었다.

"강명아, 우리, 달릴까?"

"좋아."

달리기라면 내 특기다. 나는 곧바로 달리기 시작했다. 친구와 앞서거니 뒤서거니 하면서 달렸다. 학교 정문에 도착하여 숨을 돌리니 친구가 바로 도착하여 헉헉댔다. 숨도 미처 다 고르지 못한 친구가 웃어댔다.

"야, 너 달리는 거는 언제 봐도 웃겨. 팔자 모양으로 어쩌면 그렇게 날쌔게 달리냐?"

나는 머리를 긁었다. 원래 걸음걸이가 살짝 팔자인데 달릴 때는 그게 아주 웃기는 모양으로 아이들이 늘 웃는다. 고치려고 해도 달리면서 발 딛는 모양까지 신경을 쓸 수가 없었다. 그래서 요즘은 애들이 웃거나 말거나 그냥 달린다. 팔자든 구자든 아무려면 어떠냐? 친구들 사이에선 내가 제일 빠른데.

"인마, 달리기는 빠른 게 정답이야."

"와, 예쁜데?"

사촌 형한테 카톡이 왔다. 망설망설하다가 보낸 여친 사진에 대한 답이었다. 크크, 그럴 줄 알았어. 형이 예쁘다 해 주니 기분이 좋았다. 현대 무용을 해서 올해 대학생이 된 멋진 형의 안목으로도 괜찮다면.

"나 정도면 이런 여자 친구 충분히 사귈 수 있지 않아?"

"오, 자신감!"

"흠, 내가 요즘 좀 있지. 자신감."

"좋아. 좋아."

"다음에 꼭 같이 만나 놀자."

"그 사이에 깨지지나 마."

악담은…… 뭐, 부러워서겠지. 봐준다. 형은 아직 여친이 없으니, 그 부분만큼은 내가 한 수 위다. 형은 멀리 창원에 살아서 방학이나 명절 때 겨우 보는 정도지만 문자와 카톡으로는 자주 대화를 나누곤 했다. 나는 친구들과는 제법 어울리고 여자 친구를 사귀기도 했지만 전반적으로 내 인생에 대해선 비관적이고 부정적인 데다 겁이 많은 편이어서 울적할 때가 많았다. 엄마 아빠는 자신의 인생을 살기에도 버거운 사람들이라 나와는 갈수록 대화가 줄고 있는데 그런 나에게 사촌 형은 이런저런 고민들을 얘기할 수 있는 좋은 상대였다. 지금처럼 여자 친구를 자랑할 수 있는 형이라 더욱 나한테는 숨구멍이 되어 주었다.

안 되면 되게 하라

"형, 내가 보낸 도전장 잊지 않았지?"

"그래, 힘 좀 키웠냐?"

"물론이지. 기다려."

작년 여름에 창원에 놀러 갔을 때 형 수첩에 도전장 하나를 써 두고 왔다. 비록 장난이긴 하지만 몸싸움에서 번번이 지니 열이 받치고 분해서였다. 형은 겨우 두 살 많은데도 너무 강해서 도무지 당할 수가 없었다. 그래서 키도 크고 힘도 세져서 큰코다치게 해 주겠다고 으름장처럼 써 놓고 왔다. 형을 이길 힘을 기르겠다는 일종의 결의였다. 형의 말마따나 내가 은근히 승부욕이 있었다. 물론 기본 예의도 있는 동생이라 많이 바쁘고 스트레스 받는 고3 형에게 꼭 무용가의 꿈을 이루라고 파이팅 해 주는 것도 빼놓지 않았다.

역시 글로 쓰면 위력을 발휘하는 건가? 1년 사이에 제법 몸피도 커졌고, 운동으로 근육도 붙었으니 이번에 만나면 꼭 이길 수 있을 것 같다. 무엇보다 내 정신력이 상당히 강해졌다. 기다려, 형. 내 팔과 다리가 얼마나 날쌔졌는지 제대로 보여 줄게. 대학생이라도 문제없어. <u>흐흐흐.</u>

요즘 들어 내가 부쩍 어른이 되어 가는 것 같다. 덩치만이 아니고 마음까지. 할 일이 많아 마음은 바쁘지만 초조하지는 않다. 차근차근 해 나가면 하나하나 이루어질 거니까. 나는 어떤 어른이 될까? 흔히들 세상이 만만치 않다고 하던데. 하긴 엄마 아빠만 봐도 어른으로 사는 일은 녹록하지 않은 것 같다. 어른이 안 되어 봐서 비교할 수는 없지만 10대의 인생도 결코 쉬운 건 아니다. 하지만 다 이겨 낼 각오가 되어 있다. 나는 예전의 내가 아니다.

나는 멋진 군인도 되겠지만 그에 못지않게 화목하고 행복한 가정을 꾸리고 싶다. 나는 내가 엄청 사랑하는 여자와 결혼해서 엄청 행복하게 해 주고 싶다. 나와 같이 있어서 너무나 행복하다는 아내와 함께 아들, 딸을 키우며 내 넓은 품으로 지켜 주는 사람이 되어야지. 함께 여행도 하고 아이들과 주말농장도 가꿔야지. 내 아이들이 할머니, 할아버지, 고모, 사촌들과 함께 까르르 웃으며 놀게 해 줘야지.

나는 어릴 적에 가족들과 주말농장에서 개구리 잡고 메뚜기 잡던 일을 아주 즐거운 기억으로 가지고 있다. 여동생과 흙장난하며 엄마한테 야단맞던 일도 어쩌면 다시 못 올 추억이다. 역시 어릴 때는 자연 속에서 노는 게 좋은 것 같다. 꽃과 나무, 흙이 있는 곳에서 가족들과 마음껏 즐거웠던 옛 기억의 조각들이 나를 문득문득 미소 짓게 하고, 우울한 방황 중에도 끝내는 나를 포기하지 않도록 지켜 주는 힘이 되는 것 같다.

정말이지 나를 잘 키워서 든든한 남편, 친구 같은 아빠, 자상하고 성실한 가장이 되어야지. 아, 그리고 효도도 많이 해야지. 엄마 아빠에게 아들 낳아 키운 보람을 듬뿍 맛보게 해 줘야지.

수학여행이 확정되었다. 제주도란다. 다들 환호성이었다. 어떻게 하면 더 재미있게 놀 수 있을까 궁리하며 너나없이 흥분했다. 친구 다섯이 의기를 투합하여 장기 자랑으로 춤을 추기로 했다. 음악을 정하고 위치를 배정하면서 스스로에게 놀랐다.

'내가 아이들 앞에서 춤을 추다니, 유치원 때도 못하던 것을.'

이게 다 내 꿈이 생긴 덕분이다. 내가 나를 마음에 들어 하니 친구들과의 관계도 더 좋아졌다. 신나는 음악에 맞춰 파워풀한 안무를 연습했다. 하다 보니 몸동작으로 친구들과 하나 되는 기쁨을 진하게 느꼈다. 대화라는 게 말로만 하는 게 아니었다. 손짓, 고갯짓, 발걸음으로도 넉넉히 소통이 되었다. 심지어 말로 통할 수 없는 것들이 춤으로는 통하는 것도 있었다. 처음엔 동작이 틀리지 않도록, 박자를 놓치지 않도록 하는 데에만 정신이 팔렸는데 차츰 그런 동작으로 내 몸과 대화하고 친구들과 대화할 수 있었다.

새롭고 놀라운 발견이었다. 내 몸이 음악과 녹아드는 느낌도 좋았다. 뿌듯한 경험이었다. 예술, 춤은 예술이었다. 사촌 형이 하는 현대 무용도 몸으로 인간의 내면을 표현해 내는 예술이지만 우리가 추는 춤도 예술임에 틀림없었다. 도대체 세상에는 내가 아직 모르고 있는 세계가 얼마나 많은 것인가? 궁금하다. 더 깊고 넓은 세상으로 나가 보고 싶다.

한바탕 동작을 맞추고 나서 땀을 닦고 있자니 내가 정말 많이 변했다는 생각이 들었다. 어느새 나는 농담도 잘하고 잘 웃는 아이가 되어 있었다. 친구들이 모이면 분위기 띄우는 데도 한몫하고 있었다.

"넌 참 남자다워."

얼마 전엔 친구로부터 이런 말도 들었다. 남자에게 남자답다는 말을 들었을 때의 기분은 정말 짱이었다. 여자 친구에게 들은 것과는 또 다른 기쁨이었다. 그건 인간 이강명에 대한 멋진 찬사였다. 사람이 마음먹기에 따라서 이렇게 달라지다니 전에는 생각도 못 한 일이었다. 앞으로 얼마든지 더 멋지게, 크게 달라질 수 있다는 희망이 생기며 자신감이 붙었다.

얼른 자라서 어른이 되고 군인이 되어 월급도 받고 싶었다. 그동안 공부는 안 하고 오락이나 해서, 자잘한 나쁜 짓도 하고 찌질하게 굴어서 엄마 아빠에게서 한숨이 나오게 살았으니 앞으로는 여동생에게는 자랑스런 오빠, 부모님에게는 힘이 되는 아들이 되어야지. 부모님을 생각하니 고맙고 미안한 마음이 올라온다.

"안 가면 안 되겠니?"

얼마 전, 수학여행 공문을 받아 든 아빠가 힘없이 말했다. 아빠 표정은 참 복잡했다. 사실 요즘 아빠 형편이 많이 안 좋다. 하지만 여행을 못 가다니, 나는 실망에 울상이 되었다. 소심한 나에게서 벗어나 이렇게 적극적으로 친구들과 어울리고 춤까지 출 계획을 잡았는데 포기할 수가 없었다.

"꼭 가고 싶어요. 제발 보내 주세요."

난감해하는 아빠 표정, 지금 생각하니 너무 미안했다.

다음 날, 아빠는 한 번 더 나를 달랬다.

"꼭 가야겠니?"

눈물이 핑 돌아 고개를 숙였다. 다시없을 추억이 될 수학여행인데 어떻게 안 가? 원망하는 마음이 솟았다. 알바라도 해 볼까 했지만 여의치가 않았다. 며칠 후 아빠는 결국 여행비를 마련해 주었다.

"미안해요. 집안 형편 생각 않고 고집 피워서. 하지만 정말 가고 싶어요."

내가 좋아서 날뛰던 걸 보고 엄마 아빠는 철딱서니 없다 생각했겠지만 정작 내가 춤 연습에 매달리는 걸 보고는 뿌듯해했다. 운동에 공부에 춤까지, 내가 씩씩해져 가는 걸 보며 안도하는 거였다. 엄마는 어려운 형편에 여행 가서 입을 옷과 가방 살 돈까지 주었다. 고맙고 미안한 만큼 여행 다녀오면 더 열심히 공부하고 운동해야겠다는 마음을 먹었다.

"자, 한 번 더 맞춰 보자."

리더가 불렀다.

'철없는 건 이번이 마지막이에요. 다음에 커서 꼭 보답할게요.'

나는 속으로 말하며 가뿐히 무대로 뛰어올랐다. 내 위치를 찾아 춤 시작 자세를 취하자 음악이 흘러나왔다. 음악에 맞춘 절도 있는 춤은 합기도 못지않게 남성성이 표현되었다. 그래서 더 매료되었다. 우리는 모두 땀에 흠뻑 젖도록 춤을 추었다. 아이들에게, 세상에 나를 마음껏 표현할 것이다. 수학여행을 다녀오면 나는 한층 더 성숙한 모습의 이강명으로 살 것이다. 이제 모든 게 자신 있다. 나를 사랑하고 믿으니까.

영원한 동생바보

안산 단원고 2학년 7반 **이근형**

오빠 꽃이 점점 시들어가요
보기싫을정도로 시들기전에 내가 꽃바꿔줄게요
- 혜린이 ~ ♡ -
오빠 어제 다운이 오빠 사랑하는 그대여
자작곡 신동재가 불러준거 노래 나왔어요.
같이듣고있죠? 노래 너무 좋음! 귀
다운오빠가 봤으면 더좋았을텐데 다운오빠방
옆에 있죠? 축하한다고 대신 전해줘요!
- 혜린이 ♡ -

좀있으면 중간고사 에요
나 과학 잘못볼거 같다
꿈에서라도 과학쯤 알려줄래요?
삼십점은 넘어야 지.., ^^혜린! ♡

1. 2011년 4월 막내 세형의 돌잔치에서. 왼쪽부터 엄마, 아빠, 세형, 덕형, 건호, 수영, 근형.
2. 고1 때 미술 선생님께서 제자들과 함께 그려 주신 근형의 초상화.
3. 고1 때 보컬 동아리 친구, 선배들과 함께. 아래 왼쪽에서 두 번째가 근형.

영원한 동생바보

"어이, 제군들. 저녁 먹으러 나갈까?"

이틀에 한 번씩 집에 오는 아빠의 대사가 시작됐다. 이젠 근형도 아빠의 일상 정도는 꿰고 있다. 초등학교 6학년에게 그 정도 짐작은 식은 죽 먹기다. 아침에 출근하는 아빠는 하루를 꼬박 채우고 난 다음 날 아침에 집에 오신다.

"학교 가기 전에 밥 꼭 챙겨 먹어라. 저녁 먹는 것도 제발 잊지 말고!"

이건 회사에 가기 전 밥과 찌개를 잔뜩 만들어 놓고 출발하기 전 대사.

"또 밥을 제대로 안 먹었어? 무슨 일이 있어도 끼니는 꼬박 챙겨 먹으랬지! 이렇게 남기면 아빠가 화 나, 안 나?"

이건 다음 날 두 살 터울의 형인 덕형과 근형이 학원 끝나고 집에 돌아오면 준비돼 있는 아빠의 절규에 가까운 대사. 그 간절한 당부에도 불구하고 왠지 아빠가 없을 때 형제는 밥을 제대로 차려먹지 못했다. 신나게 놀거나, 혹은 티격태격하다 보면 밥을 잊기 일쑤였다. 집에 있을 때 아이들 밥 먹이고, 다음 날 아침 출근 전에 끼닛거리를 장만해 놓고 가는 것이 아빠가 할 수 있는 일의 전부였다. 일주일에 한두 번 정도는 아이들을 데리고 마트에 가서 음식 재료들을 사 오는 것도 잊지 않았다. 그런데 요즘 저녁을 먹으러 밖으로 나가는 일이 잦아졌다.

"형, 우리 저녁 먹으러 어디로 가게?"

"맘씨 좋은 아줌마가 있는 밥스틱!"

'밥스틱'은 동네에 있는 분식집 이름이었다. 근형이 다니는 학원이나 덕형이 다니는 태권도장과도 가까워 오며 가며 자주 들러 보던 곳이었다. 음식 맛도 좋았지만 무엇보다 좋은 것은 주인아주머니의 상냥함이었다. 그리 직접 가건, 아니면 다른 곳에서 식사를 하고 들르건 그분은 뭐 한 가지라도 더 주려고 해서 형제는 외식의 필수 코스가 돼 버린 그곳을 정말 좋아했다. 그래서인지 형제는 그 아주머니가 다니는 교회도 따라 나가고 있었다.

"근데 형아, 아무래도 아빠가 그 아줌마 좀 좋아하는 것 같지 않아?"

아빠의 뒤를 따라가던 근형이 덕형의 옆구리를 쿡 찌르며 속삭였다. 하지만 형은 동생의 궁금증 따윈 안중에도 없는 듯 한마디 대꾸도 없이 아빠의 뒤를 쫓기에만 바빴다.

"아이고, 내 새끼! 똥 쌌쩌요?"

세형이 목욕통 안에서 배내똥을 쌌다. 따끈한 물속에 들어오니 배 속이 과하게 좋아졌던 모양이었다. 엄마가 플라스틱 대야에 목욕물을 다시 받는 동안 근형은 갓난쟁이 세형을 품에 꼭 안고 있었다. 새로 받은 물로 세형을 씻기면서 엄마가 한마디 했다.

"세형이 내 새끼지 어떻게 네 새끼니?"

"아니요, 세형이는 내 새끼예요, 엄마!"

고집스레 우기며 엄마와 함께 세형을 씻기는 근형의 두 눈은 마치 자신의 아기를 바라보는 듯 자애로움으로 가득 차 있었다. 실제로 근형은 열네 살 터울의 늦둥이 남동생 세형을 끔찍이도 좋아해서 매일 학교에서 돌아오자마자 손부터 씻었다. 세형을 안기 위해서였다. 그뿐 아니라 분유 타기, 젖병 물리기, 기저귀 갈기, 목욕 시키기 등 엄마의 역할도 자기의 일처럼 팔을 걷어붙이고 나섰다.

"동생이 그렇게 좋으니, 네 자식 삼고 싶을 만큼?"

엄마는 기특하기도 하고 신기하기도 해서 물 묻은 손으로 근형의 머리를 살짝 쓰다듬었다. 엄마가 근형을 처음 만났을 때 아이는 그저 귀엽게 생긴 초등학교 6학년생이었다. 당시 운영하던 분식집에 항상 아빠, 그리고 어딘가 동생보다 철없고 순진해보이

영원한 동생바보

기만 하던 형과 함께 찾아왔었다. 자주 보게 되면서 느낀 거지만 두 아들을 데리고 드나드는 아빠에게는 오랫동안 혼자 아이들을 키워 온 사내에게서 느낄 수 있는 고독함과 피곤함이 가득 배어 있었다.

하루 걸러 한 번씩 아이들을 데리고 자신의 가게를 찾은 남자. 이따금씩 뜬금없이 자신의 신상에 대해 묻는 그의 속셈이 짐작이 가 나이를 물어보면 자신보다 열 살은 족히 많아 보이는데도 항상 스물여덟이라고 너스레를 떨던 홀아비. 처음엔 터무니없이 싱거운 사람이라 생각했다.

엄마 자신도 혼자였다. 한 달에 한 번씩 엄마를 찾아오는 남매와 시간을 보내는 것이 유일한 기쁨이었던 여자였다. 동병상련이랄까. 처음에 엄마는 자신의 가게를 찾아오는 삼부자, 그중에서도 밥도 제대로 못 먹는 것처럼 보이는 아이들에게 특히 더 연민의 정을 느꼈는지도 몰랐다. 하지만 시간이 갈수록 살금살금 마음속으로 들어온 그 남자, 애들의 아빠는 언제부터인가 엄마 자신의 기도 시간에조차 머릿속을 맴돌며 떠날 줄을 몰랐다. 신의 뜻이라 여겼다. 그렇게 엄마는 아이들의 엄마가 되었다.

"학교 다녀왔습니다, 마미!"

한집에 살기 시작하자마자 엄마라고 부르던 형 덕형과는 달리 근형은 한동안 애매한 호칭으로 엄마를 불렀다. 그렇다고 근형이 엄마를 멀리한 것은 결코 아니었다. 말투 하나하나가 살가웠다. 하지만 뜻은 같은데 대 놓고 엄마라고 부르지 않는 근형을 엄마도 아빠도 이해하고 기다려 주었다. 어릴 적 자신들을 두고 훌쩍 사라져 버린 친엄마처럼 새엄마 역시 그러지 않을까 하는 두려움이 나이에 비해 속 깊은 근형에게 잠재돼 있다는 것을 알기 때문이었다.

엄마는 무엇보다 아이들을 제때 잘 먹이는 데 온 힘을 기울였다. 끼니뿐 아니라 간식까지 빼놓지 않고 챙겨 먹였다. 결혼하자마자 분식집도 접고 아이들에게만 집중했다. 그러다 보니 형제는 쑥쑥 자라면서 피부도 뽀얀 윤기를 내기 시작했다.

동생이 태어나기 전 근형은 불러 있는 엄마의 배에 귀를 기울이기도 하고 손바닥을 대 태아의 발길질을 확인하기도 하면서 한껏 들떠 있었다. 그리고 그때는 이미 근형도 엄마를 향한 마음의 문을 모두 열고 난 다음이었다. 이 시절 근형은 엄마에게 한 통의 편지를 썼다.

엄마께.
엄마는 내가 보고 싶지 않으셔도 괜찮아요. 저는 엄마는 단 하나뿐이고, 그 누구보다 힘내시고, 자랑스러운 엄마이니깐 상관없어요. 엄마가 저에게 해 주신 게 너무 많아서 나중에 어떻게 보답해야 될지 모르겠어요. 저는 지금 필사적으로 열심히 글을 모양 잡으며 쓰고 있어요. 안젤리나 졸리보다 더 착한 마음씨를 가지신 엄마이고, 테레사 수녀보다 아이들을 좋아하시는 엄마. 이수현 씨보다 희생정신이 탁월한 엄마.
엄마는 소원을 들어주는 '엘프'입니다.

뒷면엔 '저를 엄마의 아들로 인증합니다'라는 말과 함께 지장까지 찍은 편지였다. 하지만 자신이 보고 싶지 않아도 괜찮다는 첫 줄을 보고 난 엄마는 근형의 맘 한구석에 들어서 있는 두려움을 읽을 수 있었다. 기쁨과 애잔함이 동시에 밀려와 자식 안듯 품에 안았던 편지였다.

게다가 그 후론 어찌나 앞뒤로 끌어안고 애정 표현을 해대는지 엄마는 때로 숨이 막힌다고 즐거운 하소연을 해야만 했다. 그뿐 아니었다. 새로 생긴 외할머니, 한 달에 한 번씩 찾아오는 새 형과 누나까지 만나는 족족 애정 표현을 서슴지 않았다.

중학교 2학년이 되었을 때 근형은 학원을 끊었다. 인터넷강의로 바꾸면서 자신의 공부를 스스로 책임지겠다는 의지였지만 조금이라도 더 동생을 자기 옆에 두고 싶었는지도 몰랐다. 하지만 일찍 들어온 날 어쩌다 엄마와 세형이 없으면 근형은 불안함을 숨길 수 없었다.

엄마는 종종 세형을 데리고 가까운 친정에 나들이를 하곤 했는데, 그런 때도 근형은 자신이 동행하지 않으면 안심을 하지 못했다. 두 사람의 곁은 항상 자신이 지켜 줘야만 한다고 생각했기 때문이었다. 그래서인지 엄마에게 편지 남기는 걸 좋아했던 근형은 어느 날엔가 자신의 속내를 분출하고 말았다.

'그러니깐 좀 할머니 댁 갈 때 문자 좀 보내요. 불안해요 ㅋㅋ'

엄마는 친정 나들이를 할 때도 근형을 대동하기 시작했다. 그리고 늘 어린아이만 같다가 언제부턴가 듬직한 보호자를 자처하는 근형이 곁에 있으면 적잖이 의지가 되곤 했다. 특히나 너무 늦게 본 막둥이의 평생의 보호자를 자청하는 근형이었기에 더욱 미더웠던 것이다. 근형은 집뿐 아니라 학교에서도 공공연한 세형의 보호자였다.

"야, 세형이다!"

어느 날 세형을 안고 동네에 나갔던 엄마의 주변으로 몇 명의 학생들이 몰려들었다. 학교 수업을 끝내고 교문을 나서던 와동중학교 학생들이었는데 그중 한 여학생의 외침에 곁에 있던 학생들이 우르르 달려온 것이다.

"혹시 근형이 어머니 아니세요? 그리고 얘! 세형이 맞죠?"

"맞긴 맞는데…… 너희들이 그걸 어떻게 아니?"

워낙 벼락같이 일어난 일이라 엄마는 본능적으로 어린 세형을 바짝 끌어안았다.

"거 봐, 세형이 맞잖아! 어떻게 아냐고요? 우리 맨날 세형이 봐요."

"근형이가 학교에 오면 제일 먼저 하는 게 뭔지 아세요? 바로 전날 찍은 동생 사진 보여 주는 거예요. 걔 완전히 육아 일기 수준이에요."

"세형이 태어나서부터 쭈욱이요!"

"그러니 우리가 어떻게 세형이를 모르겠어요? 근데 오늘 직접 보니까 짱 귀엽다!"

"근형이 학교에서 별명이 뭔 줄 아세요? 바로 동생바보예요. 우리 반뿐 아니라 2학년 애들은 다 알아요."

세형을 둘러싼 아이들이 사내고 계집애고 할 것 없이 참새 떼처럼 쉴 새 없이 한마디씩 쏟아내는 바람에 엄마는 정신이 다 혼미해질 지경이었다. 아이들이 썰물처럼 몰려간 후, 등교하자마자 전화기에 저장된 세형의 사진을 열고 자랑하는 근형과 그 주변으로 몰려드는 아이들을 상상하던 엄마는 자꾸 입꼬리로 새어 나오는 웃음을 참을 수가 없었다. 세형이 걷기 시작했을 무렵엔 아빠가 종종 손을 잡고 동네를 거닐곤 했는데 그때도 여지없이 여학생들은 몰려들었고, 그냥 지나치던 남학생들도 한마디씩은 던지고 지나갔다. "세형이 많이 컸네."

고등학교에 진학했을 즈음의 근형은 더 이상 깡마르고 귀여운 얼굴의 소년이 아니었다. 훌쩍 큰 키에 살도 붙어서 몰라보게 사내의 풍모를 갖추기 시작했다. 동네에 오래 살았던 어른들은 근형과 덕형 형제를 볼 때마다 칭찬을 아끼지 않았다. 정말 듬직한 청년으로 잘 크고 있다고.

현관문 밖에 매달린 우유 주머니엔 여자 아이들의 편지가 들어 있곤 했는데, 그것은 '친절한 남자' 근형이 중학생일 때부터 심심찮게 있던 일이었다. 하지만 엄마와 아빠가 기대감을 갖고 편지의 주인공이 여자 친구인지를 물어보면 들려오는 대답은 항상 같았다. "그냥 친구예요."

어쩌다 밖에서 여자 친구를 만나더라도 그리 오랜 시간을 보내는 적이 없었다. 오히려 일찍 들어와서 동생과 시간을 보내는 것을 근형은 더 즐겼다.

근형은 어릴 적부터 또래의 다른 남자애들과는 조금 다른 구석이 있는 소년이었다. 정기적인 용돈을 요구해 본 적도 없고, 어쩌다 돈이 생겨도 쓰는 재미를 몰랐던 아이. 설날에 받는 세뱃돈조차 스리슬쩍 엄마에게 건네던 아이. 뭘 사 먹고 싶다, 뭘 사서 입거나 신고 싶다는 말이 없던 아이.

심지어는 중학교 때 탈 것 천지인 놀이공원으로 소풍을 갈 때도 돈 달라는 말 한 번 해 본 적이 없었다. 최소한 비상금은 가져 가야 한다며 부모가 돈을 주머니에 찔러 넣으면 마지못해 받아 가던 아이가 근형이었다. 대신 엄마가 만들어 준 김밥이나 유부초밥이 너무 맛있어서 선생님과 친구들에게 다 뺏기는 바람에 정작 자신은 몇 점 못 먹었다고 투덜대던 아이였다.

그런 근형이 유독 까다롭게 고르는 것이 하나 있었는데 문구류가 그것이었다. 공책 한 권, 펜 한 자루를 사더라도 아무거나 사지 않았다. 또한 아무 데서나 사지도 않았다. 문구류를 살 일이 생기면 근형은 집에서는 제법 거리가 있는 선부동의 한 문구점만을 찾아갔다. 어떤 품목이든 자신이 원하는 것을 모두 살 수 있는 곳은 그 문구점뿐이었기 때문이었다.

중학 시절부터 각 과목에 맞는 공책을 사야만 했고, 마음에 드는 필기를 위해 여러 색깔의 모양 좋은 펜들을 사야 직성이 풀렸다. 과목별로 공책을 하나 고르는 데에도 결코 허술할 수 없는 자신의 원칙이 있었던 것이다.

그중에서도 수학 공책을 고를 때 근형은 유달리 세심하게 골랐다. 중학 시절 가장 좋아했던 과목이었다. 초등학교 시절부터 지속적으로 가져왔던 육상 선수의 꿈을 수학 교사로 바꿀 정도로 그 과목에 대한 애정이 남달랐다. 3학년 때는 수학상을 받기도 했다. 그 꿈이 다시 바뀐 것은 고등학교에 들어가고 나서였다. 워낙 재미있게 가르쳐 준 선생님 덕에 근형은 첫 수업부터 과학 과목에 푹 빠져 버렸고 얼마 지나지 않아 과학 교사가 되는 것을 자신의 최종적인 꿈으로 확정을 해 버렸다. 자신이 왜 과학을 좋아하며 수업 시간이 얼마나 재미있는지, 그리고 과학을 가르치는 선생님이 되는 꿈이 얼마나 강렬한지에 대한 장문의 편지를 써서 선생님에게 드릴 정도였다.

"저 기타 하나만 사 주세요."

고등학교에 입학하자마자 보컬 동아리에 가입한 근형이 어느 날 아빠에게 기타가 필요하다고 했다. 동아리 활동 중에 기타 배우기가 있다고 했다. 뭘 사 달라고 한 적 없던 아들이었기에 아빠는 흔쾌히 사다 주었다. 이름이 보컬 동아리라니 밴드를 구성하는 줄 알았고 당연히 악기 하나 정도는 배울 것이라는 짐작이었다.

하지만 그 동아리는 이름 그대로 목소리만 연마하는 것이었다. 일주일에 한 번씩 노래방을 찾아 노래를 부르는 것이 주 활동이었는데 1학년이 끝날 때까지 근형의 방 한 구석에서 어지간해선 밖으로 나오지 않는 기타의 존재를 부모는 노상 궁금해했다.

그렇다고 보컬 동아리의 활동이 노래방에서 마이크 쟁탈전이나 벌이는 것은 아니었다. 노래를 정해서 전체의 목소리가 조화롭게 어울릴 때까지 연습하기를 게을리하지 않아서 수련회나 축제인 단원제에는 빠지지 않고 공연할 수 있었다. 동아리에서도 노래를 썩 잘하는 편이었던 근형은 매 공연 무대에 올랐다.

동아리 모임 말고 근형이 즐겨 찾아간 곳은 열녀문사거리에 있는 친구 기수의 집이었다. 2학년이 돼서도 같은 반인 기수네 집은 근형뿐 아니라 강민 등 친구들이 모이는 아지트와 같은 곳이었는데, 야간 자율 학습의 부담이 없는 주말이면 종종 모여 자신들의 미래를 함께 그려 보곤 했다. 기수나 강민의 집에서 모일 때면 간혹 근형은 엄마에게 부탁해 반찬거리를 챙겨 가기도 했다.

2학년이 되자 과학 교사가 되려는 근형에게 있어 공부는 이제 절대 허투루 할 수 있는 것이 아니었다. 고1 겨울방학부터 엄마가 건강식품을 취급하는 가게를 냈기 때문에 개학 이후엔 돌봐야 할 동생이 걱정되기도 했지만 그렇다고 야자를 빼먹을 수도 없었다. 대학도 두 군데를 목표로 정했다. 안산에 있는 한양대에리카캠퍼스와 서울시립대였다. 한양대에리카는 가깝긴 하나 사립대 등록금을 감당해야 하는 부모에게 죄송하고 서울시립대는 멀기는 하나 등록금 걱정은 덜어도 될 것이었다. 결국 서울시립대를 목표로 정했는데 어떤 경우든 되기만 한다면 최종적으로는 과학 선생이 되는 것이 목표였다.

근형이 대학 진로와 관련해서 진지하게 그런 고민을 털어놓자 말없이 고개를 끄덕이던 아빠가 단호한 어조로 대답했다.

"그 걱정을 왜 네가 하는가? 공부는 너의 몫이고, 지원은 부모의 몫이다. 돈 걱정은 내가 한다. 넌 네 몫에 최선을 다하면 된다."

뭔가 뜨거운 덩어리가 목을 타며 오르고 있었다. 근형은 단호한 아빠에게서 긴 칼 빼들고 자신을 등진 채 적진을 향해 버티고 선 장수를 보았다.

"알겠습니다. 사실 그 두 곳 모두 죽어라 달려야 가능해요. 그리고 수학여행 다녀온 후 바로 학원 등록할게요."

근형은 10년 뒤쯤 연로해 있을 부모와 아직 교복을 입고 있을 세형을 머릿속에 떠올리며 잠자리에 들었다. 세형의 듬직한 후원자로 곁에 서 있으려면 지금의 몫에 충실해야 한다. 근형은 자나 깨나 동생바보였다.

어느 날 갑자기

안산 단원고 2학년 7반 **이민우**

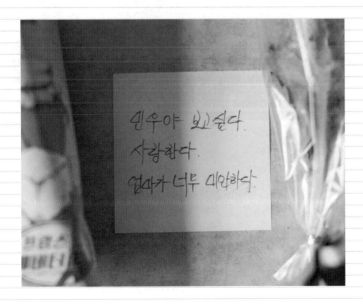

1. 누나 예린과 민우.
2. 교회 친구가 중앙동에서 찍어 준 민우 사진
3. 엄마와 누나가 쓸쓸할까 봐, 학교를 결석하고 누나의 졸업식에 와 준 민우.

어느 날 갑자기

민우를 본 적이 있어?

본 적이 있었나 없었나 고개를 갸웃하게 된다면 아마도 민우를 본 적이 없다고 생각하는 편이 맞을 거야. 왜냐고? 민우는 한 번 봤다고 하면 쉽게 잊히지 않을 만큼 멋진 얼굴을 하고 있거든. 거리를 걷다가 민우를 지나친 적이 있다면 문득 뒤를 돌아봤을지도 몰라. 그래, 한 번쯤 뒤를 돌아보게 만드는 얼굴이라고 하면 맞겠다.

어릴 적 민우는 그런 아이였어. 손을 잡고선 함께 시장에 가고 싶게 만드는 아이. 민우가 시골에 가는 명절날이면 어른들이 벌써 동구 밖까지 마중을 나와 있었다지. 할머니는 민우의 손을 잡고 가면 천 원에 살 두부를 오백 원에도 살 수가 있었는데, 나머지 오백 원은 꼭 민우의 손에 쥐여 주었어.

민우는 오래 걷는 일이 싫었지만, 나이 든 사람들의 거친 손이 머리를 쓰다듬는 따뜻한 감촉은 싫지가 않았어. 그리고 영문을 모르는 용돈까지 챙겨 받곤 했으니, 선뜻 따라나서지 않을 이유가 어디 있었겠어?

할머니와 장터를 돌고 온 민우는 곧장 할아버지의 손을 잡고 마을 어귀로 향하는 것이 순서였대. 장기를 두는 할아버지 곁에 서 있으면 지나가던 사람들이 꼭 한마디씩 칭찬했는데 할아버지는 항상 심드렁하셨어.

"잘생겼다 했소? 아이고, 잘생긴 것 씨가 다 말랐는갑소. 꼭 잿밭에 뒹굴다 온 똥강 아진 양 생겨 먹었제."

할아버지의 말을 전부 이해하진 못했지만 민우는 기분이 썩 좋진 않았는데, 어느 날엔가 보고 말았던 거야. 말을 마친 뒤에 할아버지의 입꼬리가 슬쩍 올라가는 모양을 말야. 그 뒤로 민우는 인상을 쓰거나 입을 내미는 일이 없이 할아버지를 따라 나서곤 했어. 할아버지 마음을 전부 알 것 같았거든.

몇 년 후, 곧잘 따르던 동네 형과 인라인스케이트를 타던 민우가 앞으로 고꾸라져 코를 다쳤을 때 할아버지는 엄마에게 전화해 불호령을 내리셨어. 어떻게 그 위험한 걸 타게 했느냐, 코가 삐뚤어져 인물을 망치면 어쩌느냐고 말이야.

어려서부터 오똑 솟아 아름다운 선을 그리고 있던 민우의 코를 어른들은 예뻐했거든. 검지를 들어 찬찬히 그 선을 쓸어 보는 시간을 좋아했단 말이야. 그러니 할아버지가 속상해할 만도 하지 않았겠어. 하지만 다행히, 부어 있던 민우의 코는 예쁘게 가라앉아 제 모습을 찾았어. 엄마는 가슴을 쓸어내렸지. 곤히 잠든 민우의 얼굴을 가만히 들여다보며 엄마는 자주 감탄했어. 세상에. 내가 어떻게 이 이쁜 것을 낳았을까. 어떻게 이 이쁜 것이 내 속에서 나왔을까.

엄마는 민우의 눈, 코, 입이 어디서 왔는지 궁금했어. 하지만 길게 생각할 것도 없이 이 이쁜 것은 엄마와 아빠에게서 온 것이었지.

고등학교를 막 졸업하고 상경했던 젊었을 적 엄마는, 명동의 한 은행에 취직을 했는데 이 일이라는 것이 엄마의 적성과는 영 맞질 않았던 모양이야. 할머니가 어렵게 다리를 놓아 주었지만 엄마는 직장을 옮겼고 거기서 아빠를 만나 사랑을 했지.

엄마가 스물아홉이던 해에 누나 예린이를 낳았고 2년 후엔 민우를 낳았어. 그리고 누구도 바랐던 일이 아니었지만, 엄마와 아빠는 함께 산 시간이 길지 않았어. 어른들의 일이란 자주 틀어지곤 하잖아.

어느 틈엔가, 민우와 누나는 아빠를 자주 보지 못하는 생활에 익숙해졌지.

민우가 네 살이 되었을 무렵, 엄마는 중앙동의 한 식당에 일자리를 얻게 되었어. 엄마는 아침 일찍 일을 나가야 했기 때문에 민우와 누나는 엄마가 돌아오는 저녁까지 시간을 함께 보내야 했어. 꼬마 애 둘이 도대체 무얼 하며 그 긴 시간을 보냈을까 싶겠지만, 어렸을 적의 놀이란 수를 헤아릴 수가 없이 도처에 널려 있는 법이잖아.

민우가 가장 좋아했던 놀이는 숨바꼭질이었어. 커튼 뒤, 장롱 안, 침대 밑, 식탁 아래. 민우는 어느 좁은 틈이든 작은 몸을 구부려 숨을 수가 있었지. 두 살이 많은 누나는 집 안에서 하는 숨바꼭질이라면 시들해질 나이였지만, 일찍이 누나답다는 말이 어떤 것을 의미하는지 알고 있었던 탓에 열심히 민우를 찾아 주었어. 가령, 커튼 아래로 삐져나온 작은 발이라든지 일정한 호흡으로 오르락내리락하는 이불 뭉치를 못 본 체해 주었다는 말이야.

이렇게 온종일 숨고 찾다 보면 해가 넘어가고, 집 앞에서 멈추는 발걸음 소리에 현관으로 달려 나가 엄마를 맞이했던 나날들이 제법 이어졌지. 민우는 피로에 절어 물렁해진 엄마의 팔을 베고 누워 오늘의 일들을 묻곤 했어. 무슨 음식을 어디에 배달했는지, 점심은 무엇을 먹었는지, 돈을 많이 벌었는지.

"민우야, 오늘은 있지. 시내 제일 큰 약국 있잖아. 예전에 민우 감기 시럽 샀던데. 응. 거기에 배달을 갔는데. 보통 회사원들은 뭐 라면, 김밥, 된장찌개. 이렇게 각자 다른 걸 시켜서 나눠 먹길 좋아하거든. 그런데 이 약사 아저씨들이 오늘 전부 똑같은 음식이 먹고 싶었나 봐. 돌솥 비빔밥으로. 그래서 엄마가 돌솥 네 개를 이렇게 쟁반에 나눠 가지고 머리에 얹었어. 처음엔 거뜬해. 엄마 튼튼하잖아.

근데 있지. 나중에 약국 바로 앞 횡단보도 앞에 서 있는데 그때부터 머리가 어찌나 뜨겁던지. 무겁기도 무거워서 다리가 이렇게 달달달 떨리더라니까. 파란불 바뀌어라,

어느 날 갑자기

파란불 바뀌어라. 속으로 한 백 번은 말했을걸?

사장님한테 앞으로 돌솥비빔밥은 배달하지 말자고 할까 봐. 그럼. 엄마가 말하면 사장님이 들어주지. 그러니까 민우야, 오늘의 교훈이 뭐냐 하면, 민우는 다음에 어른이 되면, 돌솥 비빔밥을 두 개 이상 한 번에 배달시키지 마. 그건 정말 지켜 줘야 해."

민우는 고개를 끄덕이며 작은 손을 엄마 정수리께에 얹었어. 그러면 엄마는 아이 시원하다, 하곤 잠이 들었지.

그리고 겨울의 문턱에 선 어느 아침. 눈을 떴을 때 엄마가 보이지 않았고 놀이가 시작된 거라 생각했어. 민우는 엄마가 어디에 숨었나 하고 커튼 뒤, 장롱 안, 침대 밑, 식탁 아래를 살펴보았어. 열을 셀 때까지만 기다리겠다고 민우는 으름장을 놓았는데, 아홉. 아홉 반. 아홉 반의반. 아홉 반의반의 반을 셀 때까지 엄마는 나타나지 않았지.

민우는 누나와 함께 시골 외할머니 댁으로 보내지게 되었어. 오랜만에 보는 아빠 손을 잡고 시골로 향하는 길에 민우는 궁금한 것이 많았어. 엄마는 어디에 갔는지, 우리는 어떻게 되는 것인지. 아빠는 다시 떠날 것인지. 누나는 모든 걸 알고 있는 것 같았지만 시골로 향하는 내내 단단히 팔짱을 끼고 앉아 창밖만 바라봤기 때문에 민우는 무어라 말을 붙일 수가 없었어.

할머니 댁 식구들과 말 없는 식사를 마친 후에 낮잠을 자고 일어나 보니 아빠가 보이지 않았고 그렇게 민우의 겨울이 시작되었던 거야. 민우는 자신의 잘못을 하나씩 떠올렸어. 물총 싸움을 하다가 넘어져 응급실에 갔던 일이 생각났고, 까치발을 하고 냉동실 문을 열었다가 얼린 떡에 이마를 맞아 병원에 갔던 일도 생각났어.

자신의 생을 돌이켜 보자니 엄마를 힘들게 한 일밖에 없었다는 생각이 든 민우는 울기 시작했지. 밥을 먹다가도 울고, 자다가도 깨어선 울고, 장터에 가서도 울고. 그러니까 민우는 마음이 훌쩍 자라 버린 거였어.

그렇게 엄마가 그리운 와중에도, 할머니 댁엔 재미난 놀이거리가 넘쳐 났어. 울지 않는 누나가 자주 민우의 손을 끌어 주었거든.

긴 겨울이 끝나 가던 아침, 잠에서 깬 민우는 마당 한편에 가지런히 놓인 엄마의 신발을 발견했어. 깜짝 놀라 할머니 방문을 벌컥 열어젖혔을 때는, 엄마가 무릎을 꿇고 앉아 눈물을 흘리고 있었어. 민우는 외쳤어.

"찾았다!"

엄마가 팔을 이만큼 벌렸고, 민우는 그 품에 뛰어들었어. 엄마는 살이 많이 빠져서 예전만큼 포근하진 않았어.

안산으로 돌아가는 버스 안에서, 엄마는 그간 서울의 외사촌 누나 집에 있었고 남대문에서 돈을 벌었다고 했지. 남대문에서 일을 하려면 일본어를 잘해야 한다고 엄마는 말했어.

"오갸상. 코코니 키테 쿠다사이. 도테모 오이시데스요."

"그게 무슨 뜻이야?"

"손님, 여기로 오세요. 정말 맛있어요라는 뜻이야."

"오갸상이 손님이야?"

"응. 따라 해 봐 오갸상."

이해할 수 없는 일 투성이었던 겨울이 지나고, 다시 돌아온 안산은 아무 일이 없었다는 듯 평화로웠어. 이따금씩 아빠를 볼 수 있었고, 엄마와 누나, 민우는 숨바꼭질을 하기도 했으니까.

그리고 그해, 민우는 난생처음 '결심'이라는 것을 하게 되었어. 이 이상한 마음이 무엇인지 몰랐지만, 나중에서야 이런 마음을 결심이라 부른다는 것을 알게 되었어.

민우는 그해 가을, 혼자 아빠 손을 잡고 아빠의 고향에 가게 되었어. 제사가 있는 날이어서 민우는 의젓하게 절을 하고 술을 올리기도 했지. 그러곤 밤이 어두워 안산으로 가는 길에 민우는 몹시 졸렸는데, 아빠는 그런 민우를 재차 깨우며 말했어.

"민우야. 너는 아빠가 밉지. 그렇지? 그래, 대답을 듣지 않는 편이 더 좋겠다. 네가 내 나이가 되면 나를, 조금은 덜 미워하게 될지도 몰라. 민우야, 듣고 있니? 그래. 아빠가 길게 할 말은 없고, 네가 기억해 줬으면 하는 것이 하나 있는데 말이야. 민우는 지금 팔씨름을 하면 누나한테도 지고 엄마한테도 지잖아 그치?

그런데 어느 날 갑자기, 누나도 이기고 엄마도 이기게 되는 그런 날이 올 거란 말이야. 응, 정말 와. 그런 날이 오면 말이야. 밥도 많이 먹고, 운동도 열심히 하고 힘을 길러서 엄마와 누나를 지켜 줘야 해. 무엇으로부터 지키냐면, 도둑이라든지 거짓말쟁이라든지, 나쁜 사람들 있잖아. 그런 사람들이 곁에 오면 민우가 앞장서서 그 사람들을 쫓아내야 해. 알겠지? 아빠가 했으면 좋았을 일이긴 한데, 그럴 수가 없을 것 같거든. 미안하지만 네가 이해를 좀 해 줘."

민우는 대꾸하지 않았고 다만 마음이 이상해졌어. 그리고 이제 아빠를 만날 수 없다는 것을 예감했지. 아빠가 민우를 엄마 품에 안겨 주고 돌아설 때, 민우는 잠이 들지 않았었지만 눈을 꼭 감고 잠이 든 척을 했어.

그날 이후로, 민우는 자신과 누나, 자신과 엄마, 혹은 누나와 엄마가 찍힌 사진만을 갖게 되는 아이가 되었어. 셋이 함께 사진을 찍으려면 어디 평평한 곳을 찾아 사진기를 세워 두거나 처음 보는 사람을 붙잡고선 어색하게 웃어 보여야 했거든.

민우는 눈물이 많았어. 선천적으로 눈물이 많았다기보다, 눈물을 흘리면 금세 다가와 달래 주는 사람들 틈에서 자랐다고 설명하는 게 맞을 거야. 어쨌거나 민우는 집안의 막내였고, 엄마의 애기이자 누나의 동생이었으니까.

민우가 즐겨 했던 것 중의 하나는, 어딘가 부딪히거나 긁혀서 작은 상처가 났을 때 그것을 엄마에게 보여 주는 일이었어. 여기를 다쳤다, 여기가 아프다라고 말할 때, 엄마의 얼굴을 스쳐 지나가는 안타까움은 민우가 보기에 진짜였거든. 세상에 그런 진짜를 흔히 볼 수 없다는 것을, 아주 가끔 엄마의 얼굴에서만 볼 수 있다는 것을 민우는 알

앉어. 손톱만한 상처를 들이밀면 엄마는 정말로 슬픈 얼굴이 되었지. 엄마는 매번 두 손을 가슴에 모으고 말했어.

"아…… 엄마 몸이 너무너무 아픈 것 같아. 우리 민우가 아프다 그러니까."

그러면 민우는 기분이 좋아 배시시 웃었어. 사실은 하나도 안 아프다고 껑충껑충 뛰면서 말이야. 그러면 엄마는 다행이라고 말하며 민우를 꼭 안아 주었지. 엄마는 민우의 거짓말에 속절없이 속아 넘어갈 수밖에. 백번 거짓말을 했더라도 엄마는 의심한 적이 없이 매번, 진짜로 아파했어.

중학생이 되면서 민우에겐 단짝이라 부를 만한 친구들이 생기게 되었어. 학교도 다르고 나이도 달랐던 차정훈, 오양석, 김상준. 민우가 소중히 여기는 이름들이었지.
어느 비 내리던 저녁, 민우는 온몸이 흠뻑 젖어선 현관으로 들어섰고 한 손엔 우산이 들려 있었어. 엄마는 왜 우산을 쓰지 않았냐 물었어. 민우는 우산을 썼다고 답했지. 우산을 혼자 쓴 것이 아니고 셋이 썼는데, 셋이 그냥 쓴 것이 아니라 자전거를 타고 오면서 썼다고 말을 덧붙였어.
자신에겐 우산이 있었고 양석이는 자전거가 있었고 상준이는 아무 것도 없어서 어떻게 해야 할지 고민을 했다고. 그러다 결국 셋이 자전거를 타면서 우산을 쓰고 왔다고 말이야. 어찌어찌 부둥켜안고선 자전거를 타고 온 일이 아무튼 재밌었다 말하며, 민우는 옷을 훌훌 벗고선 화장실에 들어갔지. 화장실 앞에 갈아입을 옷을 놓아 주면서 엄마는 소리쳤어. 위험하니 다음부터는 그러지 말라고 말이야.
민우는 따뜻한 샤워를 하느라 엄마의 말을 듣지 못했는지 콧노래만 흥얼거렸어. 아마 친구들을 비 맞히기 싫어 그랬을 거라고 엄마는 생각했어. 그러다 결국, 셋 다 쫄딱 젖은 채로 손을 흔들며 헤어졌을 모습이 엄마 생각에 꽤 귀엽다 싶었지. 엄마는 막 집에 돌아온 누나에게 자전거 이야기를 들려주었고, 누나는 한심하다고 말하면서도 반

이민우

달눈이 되어서는 한참을 웃었어.

누나는 이따금 동생을 이렇게 부르곤 했어. "아들" 하고 말이야.

그럼 민우가 "왜" 하고 답을 했지. 여드름이 올라왔다 사라지고 거뭇거뭇 솜털 같은 콧수염이 자라기 시작하는 나이가 되었지만 민우는 여전히 누나와 엄마의 애기였어. 갖고 싶은 옷이 있다며 떼를 쓰고, 떼를 썼던 일이 미안했다고 편지를 쓰는 애기. 편지의 끝에는 꼭 사랑한다는 말과 함께 하트 표를 그려 넣는, 다 큰 애기 말이야.

그리고 민우가 열여덟이 되던 해의 이른 봄. 채 가시지 않은 겨울의 한기에 잠이 깨 거실에 나와 앉은 민우는 가만히 아침 볕을 쬐다가 자신의 발가락을 내려다보았어. 발톱이 많이 자라 있었는데, 민우는 곧장 깎을 생각을 하지 않고 엄마를 불렀지. 민우는 엄마가 발톱을 깎아 주는 걸 좋아했거든. 졸린 눈을 한 엄마는 민우가 다치기라도 할까 아주 조심하면서 발톱을 깎아 주었는데, 민우는 그 모습을 보는 것이 좋았어.

잊을 만하면 들려오는 또각 소리에 나른해질 즈음, 민우의 눈에 들어온 것은 부쩍 늘어난 엄마의 흰머리였어. 놀란 민우가 갑자기 자세를 고쳐 앉은 탓에 엄마는 화들짝 손톱깎이를 놓쳤고, 날카로운 칼날이 민우의 발등을 찧었지. 또 가슴이 아파진 엄마가 민우를 나무라는데, 대뜸 민우가 말했어.

"엄마, 우리 팔씨름 해 보자."

이른 아침, 이것이 무슨 황당한 제안인가 싶었지만, 민우는 금세 작은 밥상을 가져와 엄마 앞에 놓았지.

"네가 이기지. 엄마가 널 어떻게 이겨."

민우의 손을 넘어뜨리려 애쓰는 엄마의 힘이 너무나 약해, 민우는 잠시 당황한 채로 시간을 끌어 주었어. 그리고 약간의 힘을 줘 엄마의 손을 쉽게 넘어뜨렸지. 하품을 하며 거실로 나오던 누나는 뜻밖의 장면에 놀라 잠시 몸이 굳었는데 민우는 다짜고짜 이 앞에 와 앉으라는 시늉을 했어.

어느 날 갑자기

"네가 이기지. 내가 널 어떻게 이겨."

누나는 엄마보단 강했지만, 민우에 비하면 턱없이 약했어. 민우는 말이 없어졌고 가만히 자신의 손을 바라보았어.

누나와 엄마는 별일이다 혼잣말을 하면서, 각자의 자리로 가 아침을 준비했지.

학교를 마친 민우는 곧장 시내의 오래된 상점으로 향했어. 무언가 필요했어. 이를테면 무기 같은 것 말이야. 무엇이 좋을까 찬찬히 진열대를 훑던 민우의 눈에 들어온 것은 기다란 목검이었어.

목검을 손에 쥐고 집으로 향하던 민우는, 빈 골목에 들어섰을 때 뒤를 돌아 사람이 없는 것을 확인했어. 그러곤 커다란 기합 소리를 내며 목검을 휘둘러 보았지. 바람을 가르는 날렵한 소리가 제법 그럴싸했고 민우는 알 수 없는 든든함에 마음이 꽉 차올랐어.

그날 저녁, 엄마, 누나, 민우는 모처럼 만에 치킨을 시켜 둘러앉았어. 내일이 누나 예린의 고등학교 졸업식 날인지라 조촐하게 자리를 마련한 것이었지. 작으나마 보탬이 되겠다며, 대학 진학을 미루고 취직을 선택한 예린에게 엄마와 민우는 미안한 한편 고마운 마음이었어.

그렇게 서로를 도닥이고, 새삼스런 격려를 주고받다 보면 언제나 찾아오는 시간이 있었어. 보란 듯이 배를 두드리며, 몇 조각인가 남은 치킨을 서로에게 양보하는 시간 말야. 그러다가 결국엔 가위바위보를 하게 되고, 누구 하나가 이기게 되더라도, 결국은 그 판을 엎고선, 자신이 아닌 두 사람의 입에 기어코 치킨을 들이미는 시간.

그 시간이 지나가고 민우는 말했어. 내일 졸업식에선 꼭 셋이 함께 사진을 찍자고 말이야. 지나가는 담임 선생님이라도 붙잡고선 사진을 찍어 달라 말하자고.

그날 밤, 민우는 잠이 오질 않았어. 언제나 남는 치킨과 이어지는 가위바위보를 곱씹으며, 매번 자신에게 치킨을 양보하는 두 여자를 생각했어. 그리고 자연스레, 방문 옆에 비스듬히 세워 둔 목검을 바라보게 되었지.

'그래, 저것이라면 엄마와 누나를 지켜낼 수가 있겠다. 나쁘고 어두운 것으로부터.'

그리고 민우는 생각했어. 이렇게 갑자기 올지는 몰랐지만, 정말로 그날이 갑자기
와 버렸다고 말이야.

수학자를 꿈꾼 수빈이

안산 단원고 2학년 7반 **이수빈**

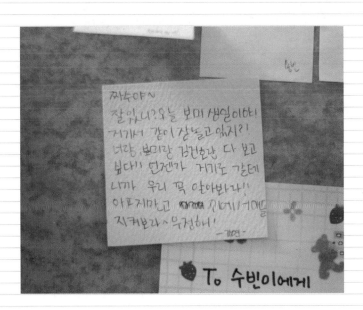

1. 정선 가족 여행.
2. 박재동 화백이 그린 캐리커처
3. 제주도 가족 여행. 동생과 함께

수학자를 꿈꾼 수빈이

수빈이 태명은 밤톨이다.

"꿈속에서 길을 걷는데 밤송이 하나가 내 앞으로 툭 떨어졌어요. 밤송이를 까 보니 그 속에 커다란 알밤 한 개가 있더라고요. 신기해서 제가 주머니에 넣고는 잠에서 깼어요."

"네가 아들 태몽을 꾸었구나."

할머니가 며느리 꿈을 듣고는 함박웃음을 지었다.

며느리는 수빈이 엄마다. 수빈이 엄마는 그날부터 첫사랑 같은 설렘으로 밤톨이와 이야기를 나누었다. 어떤 날은 음악을 들려주면서, 어떤 날은 옛이야기 책을 읽어 주면서, 또 어떤 날은 아빠가 가만가만 노래를 불러 주면서…… 그런데 출산 예정일이 한 달이나 남았는데 비상이 걸렸다. 밤톨이가 세상 밖으로 빨리 나왔기 때문에, 그것도 2.5킬로그램의 몸무게로. 밤톨이는 엄마 아빠에게 첫아이였고, 할아버지와 할머니에게도 첫 손자였다. 사람들에게 있어 첫아이와의 만남이 얼마나 거룩하고 두근거림이 있는지 경험해 본 사람은 알 것이다. 밤톨이를 바라보는 가족들 역시 그랬다.

"의사 선생님, 우리 아이 괜찮을까요?"

"예, 건강하니까 안심하십시오. 인큐베이터에 일주일 정도 있으면 금방 좋아질 겁니다."

의사 선생님 말을 듣고서야 밤톨이네 식구들은 조금 안심이 되었다. 그리고 거짓말처럼 밤톨이는 잘 먹고 쑥쑥 건강하게 자라서 엄마 아빠가 지어 준 수빈이라는 이름으로 가족들의 사랑을 듬뿍 받았다.

"엄마. 나, 여기. 아빠 여기."

수빈이가 자기 팔에 있는 점과 아빠 팔에 있는 점을 손가락으로 짚었다.

"그래, 그래. 우리 수빈이랑 아빠랑 팔에 똑같은 점이 있어서 좋겠다."

엄마가 말하자, 수빈이가 까르륵 웃었다.

수빈이가 세 살 때였는데 글자에 관심을 보였다. 엄마가 한글을 가르쳐 보니 곧잘 따라 한다. 이번에는 숫자를 가르쳐 보았다. 오, 숫자는 더 잘 따라 한다. 손가락이 모자라면 젤리와 사탕을 더하고, 빼고 해 봤더니 수빈이는 숫자 익히는 데 호기심을 나타냈다. 또 젤리와 사탕을 먹는 재미로 또 해 줘, 또 해 줘 하면서 엄마를 졸랐다.

"여보, 아무래도 우리 수빈이 천재인가 봐요."

"세상 모든 부모들은 다 자기 자식이 천재인 줄 안대."

아빠가 엄마에게 눈웃음을 지었다.

수빈이는 초등학교에 들어가더니 호기심이 점점 더 많아졌다. 운동을 좋아하는 것뿐만 아니라 공부하는 것에도 흥미를 느꼈다. 그중에서도 특히 수학과 과학을 좋아하고 잘했다. 수학 경시대회에 나가 상을 받은 뒤로는 수학에 대한 자신감과 공부하는 재미를 알아갔다.

"엄마, 태권도에서 시범단에 들어오래요. 그런데 다 같은 도복을 입으니까 모두 똑같아 보여요. 난 내가 달라 보였으면 좋겠어요. 그래서 머리에 염색하고 싶은데?"

수빈이 말에 엄마는 바로 대답을 하지 않았다. 하지만 수빈이가 자꾸 조르는 바람에 엄마도 허락하였다. 노란색으로 머리를 염색하고 거울을 본 수빈이는 맘에 들었다. 태권도 대회에 나가서 겨루기를 하고 있을 때였다.

"오, 노랑 머리 잘하네!"

관중석에서 누군가 하는 말이 수빈이 귀에 쏙 들어왔다. 그 순간 몸에서 힘이 마구

나와 메달까지 땄는데, 어쩌면 이때부터 남과 다른 자신만의 모습을 꿈꾸었는지도 모른다. 다행스럽게도 엄마나 아빠가 수빈이의 그런 마음을 이해해 줬다.

"수빈아, 아빠 회사 가까운 김포로 이사 갈 건데 괜찮겠니?"

"응, 엄마. 난 괜찮아요. 내 걱정하지 말아요."

수빈이가 제법 어른스럽게 말했다. 하지만 엄마는 마음속으로 걱정되었다. 날마다 축구하며 놀던 친구들과 헤어지고, 낯선 김포에서 낯선 친구들이랑 잘 적응해야 할 텐데 하는 마음이 들었으니까. 그런데 수빈이는 엄마가 걱정했던 것과는 다르게 마음이 설렜다. 오히려 새로운 환경에서 만나게 될 친구들과 선생님이 더 궁금했다.

"엄마, 저 회장 선거 나가도 되죠?"

"회장 선거? 아는 친구도 없는데?"

"벌써 친해진걸요. 친구들도 저보고 회장 선거 나가래요. 저도 나가고 싶고요."

"그래? 그럼 나가 봐."

엄마가 수빈이를 대견스럽게 바라보았다. 전학 와서도 낯설어 하지 않고, 친구들과 잘 어울리는 것 같아서 다행이었다. 한편으로는 미안한 생각도 들었다. 부모님이 직장 때문에 제대로 돌봐 주지 못하는데도 스스로 자기 할 일도 잘하고, 동생 수현이까지 알뜰하게 챙기는 것을 보면 맏이 역할을 톡톡히 해낸다.

수빈이는 학급 부회장이 되면서 엑셀과 워드를 배워 독후 활동에도 열심히 참여하였고 친구들도 많이 생겼다. 특히 수학과 과학을 잘한다며 서로 모둠 숙제를 하자고 집으로 오는 친구들도 있었다.

"엄마, 나 졸업하면 할아버지 할머니 계시는 안산에 가서 중학교 다니고 싶어요."

"그래?"

엄마가 아빠를 바라보았다. 아빠는 머리만 끄덕일 뿐 아무런 말이 없다. 어쩌면 고민해 보겠다는 뜻인지도 모른다. 아빠는 항상 뭐든 심사숙고하는 성격이니까.

수빈이가 김포초등학교를 졸업하고 다시 안산으로 이사를 했다. 안산에서 태어나고 자란 수빈이와 수현이는 무척이나 좋아했다. 안산에 사는 할아버지와 할머니뿐만 아니라 친구이자 사촌인 영한이와 희경이 누나도 환영해 주었다. 며칠이 지나자 함께 축구하며 지냈던 재영이와 윤재한테도 소식이 왔다.

"수빈아!"

사촌 영한이가 놀러왔다.

"다 어디 가고 너 혼자 있어?"

"몰라. 자고 일어나니까 아무도 없어.

수빈이가 채널 CGV에서 하는 영화 〈나 홀로 집에〉를 보고 있었다.

"난 저거 볼 때마다 너하고 케빈하고 닮은 것 같아. 도둑은 고모부랑 닮고."

"지난번에도 그러더니 또 그러냐? 하긴 약간 닮은 것 같긴 해."

수빈이가 그리 싫지 않은 듯 말했다.

"보물 창고는 잘 있냐?"

"응."

영한이는 수빈이가 부러운 것 중 하나가 맛있는 것을 맘대로 꺼내 먹을 수 있는 보물 창고가 있다는 거다. 보물 창고는 수빈이가 좋아하는 먹을거리들(온갖 초코 종류)로 가득 찬 요술 창고였다. 항상 고모부가 수빈이와 수현이를 위해 먹을 것을 보물 창고에 채워 넣기 때문이다.

"흘리지 말고 먹어."

수빈이가 초코도넛을 하나 꺼내 주었다.

가족들은 여행을 떠났지만 혼자 남은 케빈이 도둑과 대치하는 장면을 보면서 웃다가 영한이가 초코도넛 조각을 바닥에 떨어뜨리고 말았다.

"야, 지저분하게 이게 뭐야? 흘리지 말랬잖아?"

수빈이가 화를 냈다.

"야, 이깟 것 좀 흘렸다고 그러냐?"

영한이도 소리를 버럭 질렀다. 그리고 일어나서 집으로 가 버렸다. 혼자 남은 수빈이가 영한이 흘린 도넛 조각을 화장지로 깨끗이 닦아 냈다. 수빈이는 깔끔하고 섬세

한 아빠 성격을 참 많이 닮았다. 아무리 친한 친구라도 방바닥에 음식물을 흘리거나 어질러 놓는 건 못 참는다.

수빈이가 거울 속의 자신과 영화에 나오는 케빈을 보니 약간 닮은 것 같기는 하다. 하지만 "너 탤런트 김수현 닮았어"라고 경미가 했던 말이 떠올랐다. '그래 케빈보다는 김수현을 더 닮은 것 같아.' 수빈이가 거울을 보며 빙그레 웃었다.

안산으로 이사 와서 단원중학교에 입학한 수빈이는 사촌 영한이와 재영이랑 같은 반이 되었다. 수빈이는 키가 커서 언제나 도드라져 눈에 띠었다.

"수빈아, 이제 중학생이니까 용돈은 네 통장으로 달마다 이체해 줄게."

엄마가 수빈이에게 이체한 용돈이 찍힌 통장을 건네주었다.

중학생이 되자 친구들은 쉬는 시간이나 점심시간이 되면 매점으로 달려갔다. 하지만 수빈이는 용돈을 아끼려고 매점에 가지 않았다. 그래서 별명이 하나 생겼다. 짠돌이라는 짠와 수빈이의 수를 합쳐 친구들이 '짠수'라고 불렀다.

"짠수야, 매점 가자."

"범석이랑 축구 하러 갈 거야."

수빈이는 매점에 가지 않고 운동장으로 뛰어나갔다. 수빈이와 범석이는 축구 클럽에 다니면서 축구를 하다 보니 친구들보다 축구 실력이 훨씬 뛰어나다. 축구할 때 서로 자기 팀 하자고 난리다. 수빈이는 그런 인기를 즐겼다.

"범석아, 여름방학 때 클럽 며칠 못 나가. 아빠 휴가 때 강원도 정선으로 여행 가기로 했어."

"넌 좋겠다. 가족들과 여행도 가고."

범석이가 부러운 눈으로 바라보았다. 아빠는 방송국에서 음향을 담당하는 일을 하신다. 항상 바쁘고, 쉬는 날도 휴일이 아닌 평일이다. 다른 집처럼 휴일에 놀러 가는 일은 거의 없다. 그래서 아빠가 여름휴가만은 가족들과 함께 보내기 위해 꼭 여행을 간다. 오랜만에 가족들과 오붓하게 보내는 여행지에서 부쩍 큰 수빈이와 수현이 두 아들을 보는 즐거움도 있다. 특히 수빈이는 뭐든 스스로 알아서 하니 대견하고. 엄마는 그런 수빈이를 아빠보다 더 좋아하니 살짝 질투도 난다.

"당신은 나보다 수빈이가 더 좋지?"

"당연하죠. 우리 수빈이는 나한테 애인이잖아요."

엄마는 한 치의 망설임도 없이 바로 대답했다. 엄마는 언제부턴가 수빈이가 애인처럼 느껴졌다. 볼수록 멋지고, 든든하고, 무뚝뚝한 것 같으면서도 엄마한테 너그러운 모습이 진짜로 애인 같다. 특히 아빠랑 티격태격 말다툼이라도 하고 난 뒤엔 더욱 그렇다.

"엄마가 아빠 이해해 줘."

수빈이 한마디에 속상했던 엄마 마음은 그냥 스르르 풀린다.

"아빠, 아빠가 엄마 이해해야지 누가 이해해요."

아빠한테 가서는 좀 퉁명스럽게 말하지만 아빠 역시 엄마처럼 화났던 마음이 풀리고 만다. 엄마한테는 애인처럼, 아빠한테는 친구처럼, 동생 수현이한테는 의젓한 형으로, 어느 순간 수빈이는 가족들 중심에 우뚝 선 맏이였다.

"엄마, 시험 끝나서 친구들이랑 같이 왔어요."

"시험 보느라 고생했다. 너희들도 시험 잘 봤지? 치킨 시켜 줄까?"

"와우! 치킨 좋아요!"

친구들이 박수를 치며 합창했다. 친구들이 올 때마다 반겨 주는 엄마와 아빠, 언제나 맛있는 음식을 만들어 주거나 맛있는 것을 배달시켜 주는 부모님이 수빈이는 고마웠다. 친구들도 수빈이 부모님을 좋아했다. 자식처럼 대해 주고, 자신들의 이야기에 귀 기울여 주고, 무엇보다 자신들의 마음을 이해해 주는 부모님들이라 눈치 보지 않으니 마음이 편했다.

"야, 시험도 끝났는데 우리 집에서 자고 갈래?"

"오케이. 좋아, 좋아."

친구들이 또 환호성을 질렀다.

"우리 밤새도록 놀자."

"실컷 놀다가 찜질방 가면 어때?"

"것도, 좋아!"

수빈이와 친구들이 왁자지껄 떠들었다.

"애들아, 짜수 침대 세트 좀 봐? 웃기지 않냐? 세상에, 침대 커버랑, 이불이랑 베개 커버랑 다 호피 무늬야! 암튼 짜수 저 자식은 좀 특이한 데가 있어."

"자식들, 내 방에 조사 나왔냐?"

"기타는 또 언제 샀대? 너 기타 칠 줄은 알아?"

"물론이지. 나 혼자 독학했어."

수빈이가 기타를 연주하자 모두들 놀란다.

"짜수 저 자식은 못하는 게 뭐냐? 에이, 부러운 놈! 우리 노래방이나 가자."

수빈이와 친구들은 우르르 노래방으로 몰려갔다. 그동안 노래방에서 얌전히 있던 수빈이가 마이크를 잡더니 놓지 않고 연속으로 노래한다. 먼데이키즈의 〈이런 남자〉를 부르고, 이어서 〈나였으면〉을 불렀다.

"짜수, 너 여자 친구 생겼냐? 왜 이렇게 애절하게 불러."

"뭔가 수상해? 누구야, 누구?"

친구들이 물어보지만 수빈이는 특유의 콧소리를 내며 웃기만 했다. 다시 찜질방으로 가서 식혜와 구운 계란을 먹으며 진실 게임을 했다. 친구들이 수빈이만을 공격하며 끈질기게 질문을 유도했지만 온갖 궁금증만 남기고 수빈이는 잘도 피해 갔다.

수빈이 중3이 되었다.

"엄마, 올해까지만 제주도 가족 여행 가고 내년부터는 못 가요."

"왜?"

"고등학교 가면 수능에 올인 해야죠. 정말 열심히 공부해서 좋은 대학 가고 싶어요. 선생님이 난 수학 잘하니까 수학과로 가면 좋겠대요. 수학과 나오면 금융 쪽에 취업도 할 수 있고, 제가 말을 잘하니까 수학 교수를 해도 잘할 거래요. 최선을 다해서 좋은 대학 갈 거고요. 그리고 좋은 데 취업하여 돈 많이 벌어서 엄마랑 아빠 행복하게 해 드릴 거예요."

"엄마는 말만 들어도 벌써 행복하다."

언제 뵈도 듬직한 수빈이가 오늘따라 더 든든해 보였다. 엄마도 수빈이에 힘내라고 꼭 보여 주고 싶은 게 있었다.

"수빈아, 우리가 분양받은 아파트야. 엄마가 너에게 가장 먼저 보여 주고 싶었어. 네가 대학 갈 무렵이면 경제적으로 여유도 있을 것이고, 네가 원하는 것도 더 많이 해 줄 수 있을 거야."

"우와, 이렇게 좋은 집이 우리가 살 집이라고요? 여긴 엄마와 아빠, 여긴 수현이, 여 긴 내 방 하면 되겠네요. 이런 데서 공부하면 끝내주게 잘될 것 같아요."

"네가 좋아하니 엄마도 기쁘다."

엄마가 살며시 수빈이 손을 잡았다.

고등학교는 단원중학교와 담장 하나 사이를 두고 있는 단원고등학교에 입학했다. 수빈이는 고등학교에 입학하자마자 공부하느라 학교에서 학원으로, 집에 오는 시간 은 늘 한밤중이다.

"우리 짱아, 초롱이 잘 놀았어?"

반갑다고 꼬리치는 강아지 두 마리를 끌어안고 수빈이가 방으로 들어갔다.

"피곤할 텐데 우유라도 한 잔 마시고 자렴."

"곧 시험이라 공부 좀 더 하고요. 엄마 먼저 주무세요."

수빈이는 새벽녘까지 공부하였다. 중간고사와 기말고사, 수능 모의고사를 보고 나 니 자신이 부족한 게 뭔지 체크하다 보면 잠자는 시간도 아까웠다. 그런 중에 안산시 애향 장학금을 받았고, 1학기와 2학기 수학을 비롯한 과학, 체육, 미술 등의 교과 우 수상도 받았다.

"생각대로 살지 않으면, 사는 대로 생각하게 된다."

2학년 7반 급훈이다. 수빈이는 반장이 되면서 급훈을 읽고, 자신도 뚜렷한 목표를

이수빈

가지고 급훈의 글처럼 산다면, 원하는 꿈을 이룰 수 있으리라 생각했다.

"교생 선생님, 반장 이수빈이에요. 잘생겼죠? 키도 크고, 듬직하고, 축구 잘하고, 공부 잘하고…… 반장으로서 리더 역할도 훌륭히 해내는 재주 많은 학생입니다. 수빈아, 너도 선생님한테 인사해."

담임인 이지혜 선생님이 교생 선생님에게 수빈이를 소개했다.

"반갑다, 반장! 잘 좀 도와줘?"

교생 선생님이 수빈이에게 손을 내밀었다.

꽃샘바람이 심하게 부는 봄이 오면, 학교는 어수선하다. 선생님들과 학생들도 모두 긴장하며 새 학기를 맞이하기 때문이다. 수빈이는 1년 앞으로 다가온 수능을 준비하기 위해 선생님들과 상담하며 수능 로드맵을 만들었다. 그리고 아무도 몰래 수원에 있는 성균관대학교 자연과학대 수학과 강의동 앞에 섰다.

바람이 매우 쌀쌀했지만, 수빈이는 추운 줄도 몰랐다. 대학생이 된 자신의 모습을 떠올렸다. 엠티도 가고, 대학생이 되면 사귀자던 여자 친구와 벚꽃이 피어 있는 캠퍼스도 걷고, 대학에서 만난 친구들과 미래를 이야기하고…… 수학과 강의동에서 열심히 공부하고, 잔디가 깔린 축구장에서 맘껏 축구하고…… 수빈이는 생각할수록 가슴이 벅찼다.

"기다려라! 다음에 올 때는 이 학교의 멋진 학생이 되어 올 테니……"

수학자를 꿈꾸는 수빈이

사랑하는 사람들과 함께했던 소년의 시간

안산 단원고 2학년 7반 이정인

1. 고교 시절의 모습과도 꼭 닮아 있는 정인이 어린 시절.
2. 진달래꽃이 흐드러지게 핀 봄날의 정인.
3. 안산 화랑유원지 근처. 아버지와 함께한 시간.

여기로 패스해! 정인이 빠른 발을 이용해 골키퍼 앞으로 파고들었다. 회전하며 날아든 축구공을 능숙하게 가슴으로 넘겨받았다. 그러곤 오른발을 이용해 강력하게 슛! 골인이었다. 함께 뛰던 반 친구들이 환호성을 지르며 정인에게로 달려왔다. 땀으로 범벅된 이마를 닦으며 친구들과 어깨동무를 하고, 하이파이브를 나눴다.

정인은 점심시간의 영웅이었다. 하루 종일 교실에 앉아 교과서와 참고서의 페이지를 번갈아 넘겨야 하는 고등학교 생활은 생각만큼 쉬운 일이 아니었다. 정인은 뙤약볕에도 온 힘을 다해 달리며 스트레스를 잊었다. 같은 편 모두가 승리를 위해서, 골을 위해서 달려가는 축구라는 운동을, 정인은 무척이나 좋아했다. 그러면 교실 안에서의 답답함이 금방 잊고, 다시 힘을 내어 공부할 수 있었다. 정인은 운동장으로 불어오는 시원한 바람과, 늘 곁에서 함께하는 친구들을 사랑했다.

아파트 너머로 멀리 보이는 광덕산이 온통 붉게 물든, 완연한 가을날이었다. 해가 지면 제법 쌀쌀한 바람이 불기도 했기에, 정인의 아버지는 정인에게 가벼운 외투 하나를 더 입혔다. 정인은 아버지와, 한 살 아래인 여동생 유나의 손을 꼭 잡았다.

세 가족은 강릉을 향해 출발했다. 모처럼의 나들이였다. 주말이면 가족은 집 근처 화랑유원지로 나가 롤러스케이트를 타기도, 자전거를 타기도 했다. 단골 중국집에 들러 짜장면과 탕수육을 먹으며 이런저런 이야기를 나누기도 했다. 그러나 평일에는 직장 생활을 하며 홀로 남매를 키워야 했던 아버지가, 이처럼 먼 곳으로 가족 여행을 떠날 틈을 내기란 쉬운 일이 아니었다. 정인의 나이 일곱 살 때의 일이다.

강릉에 도착한 가족은 가장 먼저 경포해수욕장으로 달려가 바닷바람을 맞아들였다. 바닷가의 바람은 내륙의 그것보다 과연 차가웠으나, 간만에 찾아온 낯선 여행지가 주는 설렘이 약간의 추위쯤은 이기고도 남았다. 정인과 유나가 마음 놓고 수영을 할 수 있는 날씨는 아니었지만, 그래도 남매는 동해 바다에 발을 담그고 서로 물을 튀기며 놀았다. 해변의 유원지에서 조랑말 놀이 기구를 타고 사진을 찍기도 했다.

어린 시절의 정인은 늘 가족과 함께였다. 어머니가 계시지 않았지만, 그래도 행복했다. 아버지는 출근 준비로 분주한 아침에도, 아이들을 위해 밥을 짓고, 반찬을 내놓는 일을 빼놓지 않았다. 아침을 다 먹고 나면, 남매는 유치원으로, 아버지는 회사로 떠났다. 가족은 낮 시간 잠깐 동안의 이별을 가졌지만, 아버지는 퇴근하는 즉시 유치원에 들러 아이들을 차에 태웠다. 그렇게 저녁이면 집으로 돌아와 세 식구가 함께 둘러앉아 밥을 먹었다. 평범한 하루하루였고, 그 평범함을 행복이라 말할 수 있는 날들이었다.

간혹 아버지가 휴가를 얻거나 명절이 다가오는 날이면, 전주에 계신 할머니를 찾아뵈었다. 할머니는 사랑하는 손자와 손녀를 위해 미리부터 장을 보고, 음식을 준비하였다. 남매는 마루에서 티브이를 보며 할머니와 아버지에게 장난을 치곤 하다가 까무룩 잠이 들었다. 아버지는 남매를 번쩍 들어 방안으로 옮겼다.

잠결의 어린 정인에게, 아버지의 커다랗고 따뜻한 손길이 느껴졌다. 그러면 언제나 아버지가 곁에 있다는 기분이 들어 좋았고, 더욱 깊게 잠이 들 수 있었다. 안산으로 돌아가던 길에는, 시장에서 가게를 운영하시던 이모할머니에게 들르는 일을 빼놓지 않았다. 시장의 상인들마저, 매번 먼 길을 찾아오는 어린 남매를 알아보며 반가이 인사하고, 일일이 포옹을 나눠 주었다.

그러나 정인은 몇몇 슬픈 기억의 조각들을 여전히 기억하고 있었다. 아주 어린아이였을 때의 일들이다. 정인의 아버지는 스물아홉 나이에 아이들을 홀로 키우게 되었다.

남매는 너무나 어렸고, 아버지는 도저히 남매를 집에 두고 혼자 일터로 나갈 수 없었다. 그래서 찾았던 곳이 근처에 위치한 24시간 보육원이었다.

아버지는 정인과 유나가 홀로 맞이해야 했던 그곳의 밤을 생각했다. 아이들에겐 해가 저물고, 형광등마저 꺼진 그곳의 어둠이 얼마나 무서웠을까. 그 길로 아버지는 차를 몰아 보육원으로 향했다. 잠결에도 남매는 단번에 아버지를 알아보며 울음을 터트렸다. 그날 이후로, 정인의 가족은 단 하루도 서로 떨어져 지내지 않았다.

가족이 서울대공원 나들이를 갔을 때엔 이런 일도 있었다. 놀이동산엔 엄마 아빠의 양손을 맞잡고 걷는 또래 아이들이 가득했다. 한 번도 그런 생각을 하지 않았더랬는데, 어느 곳을 둘러보나 그곳엔 엄마의 손을 잡고 미소 짓는 아이들뿐이었던 것이다. 어느 순간, 정인과 유나는 맞잡고 있던 아버지의 손을 놓아 버렸다. 남매는 제자리에 멈춰 서서 울음을 터트렸다.

아버지는 당혹스러웠으나 그 자리에서 어찌해야 할 바를 몰랐다. 정인은 두고두고 이때의 기억을 가슴에 담아 두었다. 그것은 어머니에 대한 그리움 때문이 아니라, 아버지에 대한 미안함 때문이었다. 이후로 정인은 밝은 소년으로 자라났다. 정인에 대한 아버지의 믿음과 사랑이, 다른 가정의 어머니가 줄 수 있는 그것을 충분히 채워 주고도 남았기 때문일 것이다.

정인은 스스로 충분히 아버지의 사랑을 받고 자랐다고 생각했다. 앞서 언급했듯, 주말이면 아버지, 여동생과 함께 화랑유원지로 나가는 것이 가족의 일상이었다. 자전거를 타고, 땀을 흘리고, 동네 중국집으로 돌아와 짜장면과 탕수육을 먹는 일. 그리고는 집으로 돌아와, 거실 소파에 모여 앉아 티브이를 보다가 스르륵 잠이 들곤 하던 일.

정인이 조금 더 자라 중학교에 들어갈 무렵, 아버지는 정인에게 당구를, 여동생 유나에게 볼링을 가르쳤다. 아버지와 당구 시합을 하며, 정인은 자신이 제법 어른이 되어 가고 있다고 느꼈다. 동시에 큐대를 잡고 공을 겨냥하며 미간을 찌푸리던 아버지의 주름진 얼굴에서, 늘 든든한 버팀목이었던 아버지가 조금씩 늙어 가고 있다는 사실도 깨달았다.

사랑하는 사람들과 함께했던 소년의 시간

사춘기를 맞이한 정인이 나쁜 길로 어긋날 위기도 있더랬다. 정인이 호기심 어린 마음에 집 앞에서 친구들과 담배를 피우다가 아버지와 마주친 적도 있었다. 정인은 본능적으로, 담배를 쥔 어색한 자신의 오른손을 등 뒤로 숨겼다. 학교에서 스트레스를 받고 집에 돌아올 때면, 괜한 일로 유나에게 소리를 칠 때도 있었다.

그런 오빠를, 철든 여동생 유나는 묵묵히 받아 주었다. 가끔은 중앙동에 위치한 노래방에 가서 친구들과 한바탕 노래를 불렀다. 그러면 마음이 제법 시원해지는 것 같았다. 밤에는 친구들과 민원센터 아래 주차장에서 모여 정처 없이 거리를 거닐기도 했다. 아버지는 남매에게 통금 시간을 정해 놓았다. 일정 시간이 되면 정인은 집으로 들어가야 했다. 친구들은 다 큰 녀석이 '통금'이 대수냐며 놀리기도 했지만, 정인에게 아버지와의 약속은 무엇보다 소중했다. 아버지의 꾸중이 두려워서가 아니라, 그것이 다름 아닌 '아버지와의 약속'이었기 때문이다.

아버지는 시장의 반찬 가게에 들러 미리 준비한 반찬들로 매일 저녁 정성스럽게 식사를 준비했다. 세 식구는 식탁에 둘러앉아 이런저런 이야기를 나누며 밥을 먹었다. 이것은 벌써 15년을 이어 온 이 단란한 가정의 전통이었다. 그 덕분이었을까. 정인이 비행(非行)의 유혹에서 빠져나오는 데에 걸리는 시간은 그리 오래 걸리지 않았다.

정인의 취미는 또래 남자아이들에겐 무척 평범한 것들이었다. 운동과 컴퓨터 게임 말이다. 달리기를 잘했던 정인의 별명은 '날쌘돌이'였다. 어린 시절부터 아버지와 함께하는 야외 활동을 좋아했던 정인은, 학교 친구들과도 축구를 하며 뛰어노는 것을 즐겼다. 정인은 '서든 어택'이라는 온라인 액션 게임 세계에서도 제법 높은 실력을 자랑했다.

실제 정인은, '서든 어택'의 고수들이 모인다는 게임 대회에 참가하고자 서울에 갔던 적도 있다. 사실 컴퓨터 게임이란, 그 나이 또래의 남자아이들이, 친구들 무리에서 하나의 중심으로 우뚝 서기 위한 가장 절묘한 수단이기도 했다. 어른들이 으레 짐작하듯, 단지 피시방에 틀어박혀 시간을 죽이는 행위가 아닌 것이다. 그것은 축구도 마찬가지였다. 혈기왕성한 학창 시절, 운동 잘하는 소년들은 주위 아이들의 칭송을 한 몸에 받는다. 반 대항전에서 스트라이커로 출전하여 결승골을 터트릴 수 있는 능력이라면, 언제든 점심시간의 영웅으로 우뚝 설 수 있었던 것이다. 가뜩이나 자신이 즐겨 하던 취미 생활에 실력까지 겸비했던 정인은, 반 아이들 사이에서 가장 인기 있고 주목받는 친구 가운데 한 명이었다.

한편, 정인은 주말마다 아르바이트를 하곤 했다. 집에서 멀지 않은 물류 회사의 창고에서 물건을 포장하거나 짐을 나르는 업무였다. 노동력을 꽤 필요로 했고, 실제로 십대 소년이 소화하기에 쉽지 않은 업무였지만, 정인은 불평하지 않고 부지런히 일했다.

이렇게 일하여 번 일당 4만 원은, 정인이 새로 사귀게 된 여자 친구와의 데이트 비용이 되었다. 등하굣길의 버스비를 아끼고자 집까지 한 시간 가까운 거리를 걸어가는 일도 잦았다. 이렇게 열심히 모은 돈으로, 정인은 일주일에 한두 번씩, 여자 친구와 중앙동 번화가로 데이트를 나갔다. 아주 넉넉하지는 않은 돈이었지만, 어린 남녀가 고기뷔페에서 실컷 음식을 먹고, 노래방에 가 목청껏 스트레스를 풀기엔 충분한 액수였다. 정인은 아버지에게 결코 손을 벌리려 하지 않았다. 그러면서도 스스로 제 할 일을 찾고, 스스로 즐거움을 찾을 줄 아는 대견한 소년이었다.

사실 정인은 특성화고에 진학하고 싶었다. 정인의 꿈이 패션모델이었기 때문이다. 그에겐 특성화고에 진학한 이후, 자신이 성인이 될 때까지 단계적으로 밟아 나갈 나름의 계획이 있었다. 그러나 정인의 아버지는 아들에게 일반계고 진학을 권유했다.

아버지 또한 막무가내로 자신의 의견을 밀어붙였던 것이 아니다. 솔직히, 정인은 공부에 그리 흥미를 느끼는 학생은 아니었다. 정인의 아버지는 공부를 주제로 정인을 다그친 적이 없다. 대신, 남들처럼 일반계 고등학교에 가서, 4년제 대학까지 진학하여 졸업 후 평범하고 무난한 직장인의 삶을 살기를 바랐다.

정인의 아버지가 젊은 시절 겪어야 했던 풍파를, 아들에게는 물려주고 싶지 않았기 때문이다. 정인은 고민 끝에 아버지의 뜻을 따르기로 했다. 당장 그가 세웠던 계획으로부터는 조금 돌아갈 수 있겠지만, 결국 아버지의 속마음을 이해했기 때문일 것이다.

사랑하는 사람들과 함께했던 소년의 시간

단원고등학교의 새로운 친구들을 만나며, 약간의 방황을 겪을 뻔하였던 정인의 사춘기도 무난히 정리되어 가고 있었다. 어느새 훌쩍 철이 든 정인은, 아버지가 집을 비운 시간 여동생 유나에게 밥을 차려 주기도 하고, 고민 상담도 해 주는 듬직한 오빠의 모습으로 자라났다. 그리고 여전히 진행형인 패션모델이라는 자신의 꿈에 대해, 더욱 구체적인 청사진을 그려 나가고 있었다.

정인의 아버지는, 일반적인 건실한 직장의 회사원이나 공무원 같은, 보통의 부모들이 자식의 미래에 대해 갖는 작은 소망들을 마음속에 묻어 두고, 자기만의 꿈을 키워 가고 있는 아들을 응원했다. 나이가 들면 꿈이 바뀌게 될지도 모를 것이다. 그러나 정인의 마음가짐은 자못 진지했다. 남몰래 서울에 위치한 모델 스쿨에 대해 알아보고, 고등학교를 졸업하면 1년 남짓 모델 학교에 등록하겠다거나, 명문 대학의 패션 관련 학과 리스트를 작성해 두는 등, 나름의 계획도 세우고 있었다.

실제로 정인은 하얗고 조그마한 얼굴에 마른 체구, 기다란 체형을 지녔다. 인터넷 기사를 통해 모델들의 삶에 대해서도 자세히 검색해 보았다. 성공한 극히 일부 모델들에 한정되지만, 그들의 삶은 더할 나위 없이 화려해 보였다. 물론, 어린 정인에게 실패에 대한 두려움이 아예 없었던 것은 아니다. 아버지가 일찍부터 두 자녀를 키워야 했기에, 어린 시절 정인의 집은 그리 넉넉한 편이 아니었다. 그럼에도 아버지와, 여자 친구의 소리 없는 응원이 정인의 꿈을 북돋웠다.

보통의 아이들은 고교 1학년부터 3학년으로 올라갈수록 학교생활과 입시의 부담으로 스트레스를 호소하지만, 정인은 날이 갈수록 활력을 느꼈다. 자신의 꿈을 향해 한발 더 다가설 수 있다는 기대감 때문이었으리라. 그래서 다른 친구들보다 조금 늦었을지라도, 지금에나마 더 열심히 공부를 시작해야겠다고 정인 스스로는 마음먹었다.

그러나 정인에게, 책상에 앉은 채 거의 온종일을 보내야 하는 고등학교 생활은 때로 고역이기도 했다. 밤 10시까지 야간 자율 학습을 하는 것은 고문이나 다름없었다. 정인은 활동적인 소년이었다. 친구들과 함께 즐기는 운동만 좋아했던 것이 아니라, 바람을 쐬고 길을 걸으며 홀로 이런저런 생각들에 잠기는 것 역시 좋아했다. 학교 수업을 마치고 집에 오는 길에도, 정인은 버스를 타지 않고 먼 거리를 둘러 걷기를 즐겼다. 이 것은 단지 버스비를 아껴 용돈으로 삼기 위함이 아니었다. 학교로부터 벗어나, 미래 에 대한 어떤 스트레스로부터 벗어나 홀로 사색할 수 있는 시간을, 정인은 사랑했다.

그러면서 어린 시절을 떠올리곤 했다. 아버지와 유나와 함께했던 시간들. 때로 외롭 기도 했지만, 아이의 마음을 항상 든든히 채워 주고자 가족을 최우선으로 여겼던 아버 지의 고생과 노력들. 그리고 이제는 쑥쑥 자라난 자신과 유나, 동시에 주름살이 늘어 가고 있는 아버지의 모습. 밤은 아직 쌀쌀했지만, 이제 막 떨어지기 시작한 벚꽃 잎과 잘 다듬어진 화랑유원지 옆의 공원 길이 제법 어울리는 4월의 봄날이었다.

집에 도착한 정인을, 아버지가 거실에서 맞이했다. 아버지는 소파에서 티브이를 보 고 계셨다. "아빠! 나 다음 주 수학여행 다녀오고 나면, 진짜 공부 열심히 하려고." 최 근 정인과 함께 교내 스터디 그룹 활동을 하고 있는 친구들은 하나같이 우등생에다가 배려심까지 넘치는 녀석들이었다. 친구들 덕분에 정인은 '공부'라는 활동에 대해 즐 거움을 느끼기 시작했던 것이었다. 아버지는 정인이 대견하게 느껴졌지만, 자못 무심 한 말투로 "그래? 이번엔 진짜야?"라고 물었다. 정인은 멋쩍게 웃었고, 아버지도 그런 정인을 바라보며 미소 지었다. 이것이 부자의 쿨한 대화법이었다. 더 내색하고 질문하 지 않더라도, 아버지와 아들은 서로의 대화에 담긴 속뜻을 충분히 이해하고 있었다.

샤워를 마치고, 옷을 갈아입은 정인은 제 방으로 들어가 이불을 펼치고 누웠다. 집 으로 돌아오는 길에 펼쳤던 생각들을 이어 가며 잠이 오기를 기다렸다. 이번엔, 자신 이 스무 살 성인이 될 때의 어떤 순간을 상상했다. 아버지, 유나와 함께 어린 시절 찾 았던 강릉 경포해수욕장을 다시 찾아가는 것이다.

그때는 바닷바람을 맞으며 아버지와 술잔을 기울이고, 조개를 굽고, 과거의 추억담 을 밤새도록 이야기하리라. 꽃잎이 바람에 흩날리는 4월의 밤공기를 마시며, 정인은 이런저런 미래들을 상상했다. 잠이 든 정인의 얼굴 위로, 그의 방 창문을 통해 날아든 봄바람이 살며시 다가와 내려앉았다.

사랑하는 사람들과 함께했던 소년의 시간

2차원과 3차원을 연결하기 위해

안산 단원고 2학년 7반 이준우

1. 준우가 초등학교 입학한 기념으로 처음 찍은 사진(오른쪽이 준우).
2. 중학교 3학년 때 준우가 낙원상가에서 덜컥 사온 전자기타.
친구들과 함께 공부하며 놀며 치던 기타는 하염없이 준우의 손을 기다린다.
3. 고1 때 공부하다 지루해서 친구들과 함께 찍은 사진(오른쪽에서 두 번째가 준우).

2차원과 3차원을 연결하기 위해

"꽃사슴, 꽃싸섬."

수업 시간에 친구들이 고개를 떨구고 눈이 게슴츠레해지면 준우가 외치던 한마디다. 졸던 친구들이 일제히 '까르르, 하하하' 배꼽을 잡듯 웃는다. 중학생인 준우가 '꽃사슴' 발음이 잘 안 되기 때문이다. 엄마는 전라도, 아빠는 경상도 출신이라 양쪽의 사투리를 받아서 그런 거 같다고 준우 엄마는 추측한다. 게다가 변성기가 와서 목소리가 굵고 낮아져 꽃사슴 발음이 더 웃기다. 우연히 수업 시간에 꽃사슴 발음을 했다가 친구들도 선생님들도 재밌다고 해서 꽃사슴-숫사슴이란 별명까지 생겼다. 준우가 종종 꽃사슴을 외치면 모두들 즐겁게 웃는다. 처음에는 놀리는 것 같아 별명이 싫었는데 사람들도 재밌어 하니 괜찮다고 했다.

안경도 끼고 공부도 잘해서 첫인상은 모범생 타입인 준우의 중고등학교 생활은 즐거운 일이 많았다. 단원고 1학년 때 준우는 포트폴리오에 중고등학교 시절은 '하루하루가 재밌다'고 적었다. 그에 반해 초등학교 5학년 때 전학을 오는 바람에 친한 친구들이 없었던 고잔초등학교 5, 6학년 생활은 '사는 게 재미가 없었다'고 쓸 정도였다. 새로 생긴 단원중학교에 준우가 입학할 수 있도록 부모님이 집을 이사해서 친한 친구가 없었기 때문이다.

특히 친했던 기훈이는 준우랑 친해지게 된 기억을 떠올려 본다. 중학교 때 국영수 종합 학원에 다녔는데 마침 준우도 그 학원에 다녀서 친해졌다고 했다.

"준우가 쉬는 시간마다 엎드려 자는 거예요. 그 모습이 눈에 밟히더라고요. 쟤랑 좀 친해지고 싶다, 밀 걸고 싶다, 그런 게 있었는데 기회가 없었어요. 그런데 그때 제가 다니는 학원에 준우가 있는 거예요. 그걸 계기로 준우랑 저랑 친해졌어요. 다른 친구 은형이까지 계속 같이 붙어 다니게 되더라구요. 너무 친해서 담임 선생님이 2학년 때 우리 셋을 떼어 놓았어요."

전학 간 이후 친구가 별로 없다가 중학교에서 친구랑 같이 다니니 즐거웠다. 엄마에게도 자기 인생의 최고는 중학교였다고 말했다. 하지만 남자애들끼리 엄청 친하게 몰려다닌다고 게이라는 말도 들어서 준우는 속상하고 괴로웠다. 3명이니 밴드를 만들까도 생각했지만 은형이가 악기 연주를 좋아하지 않아 밴드 이야기는 쏙 들어갔다. 기훈이가 기억하는 준우는 리더십이 많고 추진력이 있는 사람이었다. 무엇보다 준우랑 있으면 재밌는 일이 많았다.

"우리 셋은 서로 잘 맞았어요. 제가 뭐 하자고 말하면 준우는 그걸 구체적으로 만들고 추진하는 스타일, 은형이는 우리가 하자고 하면 따라오는 스타일. 제가 던지면 준우가 받고 은형이가 마무리하는 거죠. 그래서 만들어진 게 만화 동아리예요. 제가 어느 날 동아리 하면 어떻겠냐고 했더니 준우가 그러자고 했어요. 어떻게 동아리를 만들지 물으니까 일단 담당 선생님을 구하자고 해요. 그때 저희 담임 선생님이 일본어를 가르치는 여자 선생님이었거든요. 일본 만화를 한창 좋아할 때니까 괜찮을 거 같았어요. 그리고 동아리 회원 구해야 하니까 사람을 모으자고 했어요. 사람들을 모으려고 포스터를 만들어서 학교 전체에 붙이러 다녔죠. 포스터 얘기가 나오자마자 다음 날 준우가 포스터를 만들어 왔어요."

이전에는 학교 끝나면 칼같이 집에 갔는데, 만화 동아리 때문에 논의해야 할 게 많아서 해가 질 무렵 집에 가곤 했다. 해가 떨어질 무렵의 붉은 기운이 아름답게 느껴진 건 열심히 무언가를 하는 모습이 뿌듯했기 때문인지도 모른다. "우리 진짜 재밌게 산다!" 누군가 얘기하면 동아리 회원이 모집이 안 돼서 좌절하던 마음도 어느새 봄눈

녹듯이 사라진다. 가끔 신입이 들어오겠다는 문자를 받으면 좋아서 서로 하이파이브를 하곤 했다.

동아리를 만들 때의 모습은 준우 엄마도 기억한다. 교장 선생님의 허락을 받기 위해서 교장 선생님께서 신문을 볼 때마다 인사하던 일, 동아리 계획표를 썼던 일, 식당 앞에서 들고 있던 포스터며 알림판을 들고 회원 모집하던 일을 엄마에게 말했으니까. 치밀하고 꼼꼼한 준우는 만화 동아리라고 하면 부모님들이 좋아하지 않을까 봐 시험 기간에는 시험공부도 가르치겠다는 공약도 내세웠다. 친구 2명을 데리고 오면 뭘 해 주겠다는 약속도 했다. 준우는 동아리가 잘 되면 나중에 태준이가 단원중학교에 들어와서 편하지 않겠냐고, 준우 후배들이 태준이 선배가 되는 것이니 좋지 않겠냐고 했었다. 사실 준우는 일본 만화책을 좋아하기는 하지만 그림을 잘 그리는 것은 아니다. 자기들만의 아지트, 공간이 필요했던 것 같다고 엄마는 말한다.

엉뚱하게 그러나 자유롭게

준우는 '중학교 때는 열심히 놀고 고등학교에 가면 공부하겠다'고 종종 말했다. 그래서 기타도 배우고 자전거도 타고 다녔다. 기타를 배운 건 우연이었다. 기훈이가 기타 배울까, 그 한마디에 준우는 그러자고 했고 방과 후 교실에서 같이 통기타를 배웠다. 그러다가 나중에 준우는 전자기타까지 배우고 싶어 했다. 어느 날은 인터넷에서 알아봤는지 기훈이에게 전자기타를 사러 서울 낙원상가를 같이 가자고 말했다. 낙원상가를 여기저기 돌아다니다 어느 집에서 1시간 정도 기타를 치더니 돈도 없이 기타랑 앰프를 샀다. 그 비싼 전자기타를 상의도 없이 사 오는 사고를 쳤으니 그날 일은 엄마 아빠도 잊을 수 없다.

"토요일 날인데 준우가 교복을 입고 가서 기억을 해요. 준우야, 왜 단원중학교 교복 입고 가니 그랬더니 그럴 일 있어요, 해요. 알고 봤더니 낙원상가를 간 거야. 악기점에 들어가서 한 번만 칠 수 있냐고 물어봤대. 어떤 집은 그냥 가라고 하고 어떤 집은

2차원과 3차원을 연결하기 위해

30분만 치라고 하고, 마지막 한 집은 치고 싶은 대로 다 치라고 하더래. 1시간을 기타를 치도록 한 곳이 있었대. 한참을 치게 해 주는 사장은 착하니까 여기서 사야겠다고 마음먹었대. 게다가 사장이 기타 코드도 가르쳐 주더래. 돈도 안 줬는데 사장이 명함에 계좌번호만 적어 주고 준 거지. 준우는 자기 전화번호랑 엄마 전화번호만 주고 기타를 들고 온 거야."

엄마는 돈도 없는 학생에게 이런 걸 준 거는 판매가 아니라 상술이라고 화를 냈다. 준우는 자기가 사장을 설득해서 가져온 거라며, 교복을 입고 있으니까 돈이 없겠거니 하는 사장은 나쁜 사장이 아니라고 했다. 준우가 얼마나 사고 싶었는지 알 것 같았다. 아빠도 처음에는 화가 났으나 교복도 입었겠다, 학생 신분이 확실하니까 준 게 아닌가 싶었고, 한편으로는 어차피 사 줄 거였기에 결제해 줬다.

이런 일들이 기훈이가 준우를 엉뚱하고 재밌는 친구라고 여기는 것들이다. 친구들과 매일 도서관이며 학교 뒤 돌산에서 수다 떨면서 같이 붙어 다녔지만 학교 밖에서 따로 만나지는 않았다. 사실 준우는 거의 집에 있었다. 그런 준우가 뜬금없이 새벽 1시에 문자를 보내 자기네 집으로 자전거 끌고 오라고 했다. 새벽에 차 없는 도로를 미친 듯이 함께 달리고 나면 자유로워진 기분이 들었다. 그러고는 편의점에서 라면 하나를 사 먹고 헤어졌다. 그뿐만이 아니다. 준우의 버킷리스트에는 '새벽에 도로에 누워 보기'가 있을 정도로 즉흥적이고 강렬했다. 준우가 적성 검사 노트에 흥미 있는 직업 란에 '마법사'를 적은 것이나 '하늘을 나는 능력'을 써 놓은 것도 친구들이 그를 4차원으로 보는 이유인지도 모르겠다.

어린 동생의 엄마 아빠가 되어

그렇지만 준우 스스로 평가했듯이 책임감이 강했다. 일하러 가는 엄마를 대신해 동생을 돌보면서 생긴 책임감인지도 모른다. IMF 터지고 준우 아빠가 다니는 회사 사정이 어려워지자 준우 엄마는 돈을 벌러 나갈까 고민했다. 초등학교 입학한 지 얼마 안 된 준우가, 엄마에게 걱정하지 말고 일하러 가시라고 말했다. 초등학교 앞에 학원이 있으니까 자기가 동생을 데려다주고 데리고 오면 된다고 했다. 어린이집에 가지 않으려고 동생 태준이가 떼를 쓰거나 화장실에 숨거나 해서 준우가 힘들었던 적도 많다. 그러면 가끔은 힘들다고 울먹이며 엄마에게 말하기도 했다. 그래도 준우는 동생을 챙기지 못할 때가 있어 미안했다. 준우가 쓴 일기장에는 열쇠를 두고 와서 집에 못 들어간 일화가 있다. 열쇠가 없어 동생과 놀이터에서 추위에 떨며 엄마 아빠를 기다리니 동생에게 미안하다고 했다.

초등학교 때 방학이면 둘은 시골 친할머니 집에 갔다. 엄마 아빠가 일하느라 시골에 맡긴 거 같다고 태준이는 생각했다. 막대기 들고 산속을 돌며 곤충을 잡기도 하고 호두나무에 호두 따러 올라타기도 하고 무거운 비료 포대를 들고 농사도 거들었다. 커서도 김천에 있는 친할머니 집에 자주 간 이유는 아빠가 효자이기 때문이라고 태준이는 생각했다. 가면 엄마는 일만 하고 태준이나 준우는 심심했다. 그래서 가끔 형과 한목소리로 요구해 외할머니 집에 간 적도 있다. 친할머니 쪽보다 외할머니 쪽에 또래가 있어 좋았다. 게다가 완도라 바다도 있으니까.

준우는 태준이가 태어나기 전부터 엄마랑 떨어져서 시골에 가 있었던 적이 많다. 어린 나이에 부모 밑에 있어야 하는데 그러지 못한 게 준우 엄마 아빠는 두고두고 미안하다. 준우가 어리니까 처음에 맡긴 데가 준우 엄마의 오빠가 있는 의정부, 나중에는 준우 아빠의 누님이 있는 울산, 그리고 준우 할머니가 있는 김천까지. 시골에 갔다 준우만 두고 올라올 때면 엄마 아빠는 가슴이 아렸다.

어렸을 적 일은 준우도 기억나지 않는다고 했는데 태준이도 그렇다. 게다가 커서는 형은 공부한다거나 친구들하고 노느라 놀아 주지 않았다. 그래서인지 태준이는 형과 컴퓨터 게임 때문에 싸우던 일, 형이 때리던 일이 기억에 많이 남는다. 스마트폰이 없던 형이 태준이의 핸드폰을 맘대로 빌려 가던 일도. 하지만 형이 없으니까 서운하다.

2차원과 3차원을 연결하기 위해

컴퓨터 게임 때문에 아빠가 혼낼 땐 주로 준우를 많이 혼냈는데 이제는 혼자 아빠한테 혼나야 한다. 아빠는 준우가 첫째니까 더 책임감이 있어야 한다고 많이 혼내기도 했고, 엄마는 태준이가 어리다 보니 동생을 주로 삼았다.

딸 같은 아들

준우는 엄마에게 학교에서 있었던 일, 친구랑 있었던 일을 하나하나 이야기했다. 엄마가 직장 동료 중 딸 있는 사람을 너무 부러워했기 때문이다. 그래서 준우는 집에서 자신에게 기대하는 게 딸이라고 생각했다.

엄마의 친구가 딸에게 예쁜 핀을 선물 받았다고 부러워하면 준우는 "엄마 부러워하지 마세요, 엄마랑 백화점 같이 가면 돼요. 제가 시험 기간이라도 갈게요. 언제든지 엄마가 원하는 거 말해요"라고 했다. 그리고 '내 아들은 공부 1등을 했다'고 자랑하라고 했다. 집에서 엄마가 목욕할 때도 등을 밀어주던 준우. 엄마 생각에는 준우가 공부를 열심히 한 것도 엄마를 기쁘게 해 주기 위해서인 것 같다. 태준이도 학교에서 늦게 오면 형과 엄마가 이야기하던 모습을 종종 봤다.

아빠는 미국에 몇 개월씩 출장을 가기 때문에 준우는 아빠랑 얘기할 기회가 많지 않았다. 게다가 아빠는 준우가 게임하고 편식한다고 많이 혼냈기 때문에 별로 가깝지 않았다. 제주도로 수학여행을 가기 전날도 편식을 해서 아빠에게 혼났다. 아빠가 보기에 준우는 말랐고 눈도 나쁘니까 걱정이 됐다. 키가 176센티미터인데 55.9킬로그램 밖에 안 됐으니 준우도 건강에는 자신이 없긴 했다. 그래도 좋게 타이르면 되는데 아빠는 그렇게 하지 못한 게 속상하다.

자전거만 해도 그렇다. 준우가 눈이 오는 날 자전거를 타고 다니기도 해서 잔소리도 많이 했다. 한 번은 자전거 타고 다니다 다친 적도 있다. 그러다가 자전거를 도난당했다. 아빠는 준우 걱정이 돼 새 자전거를 사 주지 않았다. 그러자 친구에게 중고 자전거를 얻어 와 엄마와 함께 페인트칠을 해서 타고 다닌 걸 나중에서야 알았다. 아빠는 미안해서 준우의 헌 자전거를 지금도 버릴 수가 없다.

　아빠는 2012년에 아이들과 좋은 추억을 많이 만들자는 생각으로 캠핑 도구를 사서 같이 여행을 갔다. 2009년부터 1년에 몇 번씩 미국에 오래 있다 보니 외롭고 가족 생각이 많이 나기 때문이었다. 애들이 가기 싫어하는 걸 억지로 데려갔다. 한반도 모양의 섬이 있는 영월 선암마을에서 웃으면서 아이들과 찍은 사진을 보면 준우 아빠는 마음이 복잡하다.

UCC를 함께 만들던 친구들, 5인방

　준우는 고등학교에 가서 공부도 열심히 했을 뿐 아니라 친구들과도 잘 지냈다. 수학 공부를 잘해서 모의고사가 전교 1등이 나올 정도였지만 공부만 한 것은 아니다. 태준이는 형이 친구들과 저녁이면 몰려다니던 걸 기억한다.

　5명이 몰려와서 왁자지껄 시끄럽게 놀곤 했다. 잘 시간이 됐는데도 거실에서 형들은 노래를 크게 틀거나 따라 불렀다. 기타를 연주하기도 했다. 컴퓨터에 게임을 깔아서 컴퓨터가 버벅거리게 했던 재욱이 형도, 올 때마다 간식을 챙겨 줬던 성호 형도 기억하지만 이제는 볼 수 없다. 형이 가고 난 후 컴퓨터에 있는 동영상과 사진으로 형들의 모습을 다시 볼 수 있었다.

　준우가 촬영과 편집을 맡아 함께 만든 '성적 비관 자살 예방 UCC'에는 입시 제도로 힘들어하는 친구들에게 포기하지 말라는 메시지가 유쾌하게 들어 있다. 준우가 보기에 유치원 교사가 잘 어울릴 것 같은 재욱이도, 아나운서를 하면 잘할 것 같은 제훈이도, 유일하게 여자 친구가 있던 건우도, 소설가가 꿈이었던 성호도, 준우 엄마는 준우가 가고 나서야 친했던 친구들이라는 것을 알았다. 한 번은 친구들과 환경보호 UCC도 만들다가 다칠 뻔했던 일이 있었다고 했다.

　"준우가 UCC 촬영을 건우 아빠 회사 건물의 어두운 곳에서 하고 있었대요. 담배 피는 불량배 형들이 처벅처벅 걸어오더래. 무서웠는데 때마침 각목을 들고 있는 씬이어서 위기를 모면할 수 있었다는 거야. 촬영하고 있는데 그 형들이 '뭐야' 그러더래. 그래서 자기랑 친구들도 각목도 들고 있으니 너무너무 무서웠지만 '뭐야'라고 대꾸했더니 그냥 가너래. 엄마, 각목 때문에 산 것 같아."

컴퓨터 게임만 한다고 아빠는 걱정했지만 준우는 컴퓨터 운영 체제도 잘 알았다. 혼자 공부해서 프로그래밍 언어인 C언어도 배워서 친구들이 물어 오면 알려 주기도 했다. 중학교 때는 기타리스트도 생각해 본 적이 있지만 준우가 꿈꾼 직업은 보안 전문가였다. 게임 프로그래머를 하고 싶은 마음도 있었지만 사회 성원으로서 역할과 생계를 생각하면 보안 전문가가 좋겠다고 생각했다. 누군가 해킹을 하면 그걸 잡아내는 좋은 해커가 되고 싶다고 했다. 1학년 때는 과학 부장도 했다.

또 다른 꿈이 천문학자여서인지 친구들과 별을 보러 가기도 했다. 준우는 꿈과 직업의 연결 지점은 무에서 유를 창조해 내는 것이라고 생각했다. 2차원의 세계를 3차원의 세계와 연결시키는 게 프로그래머라는 준우의 표현은 수학과 과학을 좋아했기에 가능한 게 아닐까. 현실 세계에서 꿈을 펼치고 싶다는 것이리라.

자상한 배꼽친구

고1 때 처음 본 모의고사에서는 수학이 전교 18등이었는데 2학기 모의고사 때는 전교 1등을 했다. 준우는 공책이고 시험지고 남는 공간이면 수학 문제를 풀었다. 어렸을 적 배꼽친구인 선화에게도 수학을 가르쳐 주었다. 선화는 학원에서 모르는 문제가 나오면 문자로 준우에게 물어봤고 준우는 그때마다 친절하게 가르쳐 줬다. 선화 친구들은 남자 친구 아니냐고 의심을 하기도 했지만 태어날 때부터 같은 건물에 살아서 준우 엄마를 이모라고 부르고 가족들끼리 밥 먹으러 오가기도 하고 수영도 함께 갈 정도로 오랜 배꼽친구다. 이사 가서 한동안 연락을 못 하다가 고등학교 가서야 다시 연락이 됐다. 고1 때는 준우네 가서 준우가 쓰던 통기타도 생일 선물로 받았다. 그때 준우랑 준우 엄마가 기타를 배우고 나면 반납하라고 해서 크게 웃었다. 수학여행을 가기 전인 밸런타인데이(2월 14일) 때 잠깐 만나 준우에게 초콜릿도 주고 고기도 얻어먹었다.

준우는 선화에게 자상했다. 학교에서 집까지 걸어오면 거의 1시간을 걷는데 야간 자율 학습 끝나고 나면 위험하다고 집까지 가는 길 내내 통화를 하기도 했다. 선화 동생에게도 쿠션을 선물할 정도로 잘해 주었다. 그래도 준우가 선화에게 항상 하는 말은 공부를 열심히 하라는 말이었다. 준우의 목소리를 좋아하던 친구를 소개시켜 줄까 말했다가 '고등학생이 무슨 연애냐'고 잔소리를 듣기도 했다. 수학여행 가던 날 마지막으로 소소한 이야기를 나눌 정도로 편한 친구였다.

원래 준우 생일이 4월 3일이라 선화는 수학여행을 갔다 오면 생일 선물을 주기로 했다. 옷을 사 줄까 고민했지만 준우는 수학 문제 푼다고 A4용지 500장을 선물해 달라고 했다. 준우는 수학여행에서 돌아오지 못했고 결국 A4 용지는 준우가 직접 받지 못한 채 추모공원에 놓여 있다. 이제 빈 용지를 누가 무엇으로 채울까.

기억 속에 피는 꽃

안산 단원고 2학년 7반 **이진형**

1. 단원고 1학년 축제 때.
2. 올림픽기념관에서 그림나라 재롱잔치.
3. 포도밭에서 형과 함께(오른쪽 진형).

기억 속에 피는 꽃

엄마가 사랑하는 둘째 아들 이진형, 넌 별명이 많았지.

어릴 때 제법 통통해서 엄마가 너를 '뚱이'라 불렀고, 삼촌은 네가 앞뒤 짱구라며 '짱구'라 불렀어. 네 친구들은 운동을 잘한다고 '만능스포츠맨', 성대모사 잘한다고 '성대모사의 달인'이라고도 불렀지. 그리고 넌 한 살 많은 형이 하는 것은 뭐든 하고 싶어 했어. 그러니까 욕심이 좀 많았던 거야. 또 언젠가 엄마에게 말했던 거 생각나니? 고등학교 때 만난 남윤철 영어 선생님 덕분에 영어를 잘하는 사회학자가 되고 싶다고 했잖아. 엄마는 네가 했던 말, 네가 했던 몸짓들을 다 기억해. 그 기억들을 떠올리면 너의 향기를 품은 꽃들이 막 피어나는 것 같아서 기쁘단다.

형은 태어날 때부터 몸이 약했어. 몸이 약한 형을 돌보다 보면 연년생으로 태어난 너한테는 미처 손길이 닿지 못한 적이 많았지. 그런데도 혼자서 잘 놀고 건강하게 자라 줘서 얼마나 고마웠는지 몰라. 너의 어린 시절이 생각난다.

형아가 학습지 하는 날이었지.

"형아 공부하게 우리 뚱이는 엄마랑 놀자."

"싫어, 나 여기 있을 거야."

네가 학습지 선생님을 애절하게 바라보며 말했어.

"어머님, 방해되지 않으니 그냥 두세요. 진형이 얌전히 있을 거지?"

"예. 봐 봐, 선생님이 괜찮대."

네가 어깨를 으쓱하며 엄마한테 말했어. 그날은 낱말 공부를 하는 날이었어. 가지, 나비, 다람쥐, 라디오, 마술사, 바지, 사자…… 형아가 낱말을 읽으면서 네모 칸에 글자를 또박또박 썼어. 넌 옆에서 학습지에 그려진 그림과 똑같은 낱말 카드를 만지작거리며 형이 낱말을 읽을 때마다 가만가만 따라 읽었지.

"찬형아, 여긴?"

선생님이 학습지에 그려진 그림을 손가락으로 짚었어. 그런데 형은 네가 만지작거리는 낱말 카드를 보느라 선생님이 하는 말을 못 들은 거야.

"어흥, 호랑이!"

네가 손짓까지 하면서 큰 소리로 읽었어. 읽었다기보다 호랑이 그림을 보고 얼떨결에 큰 소리로 말한 거지. 넌 그때 글자를 잘 몰랐으니까. 형하고 선생님은 네가 글자를 읽은 줄 알고 깜짝 놀랐어.

"오, 진형이도 잘 읽는구나. 인제 형아랑 같이 공부해야겠네."

선생님이 칭찬해 주니까 네가 좋아서 엄마한테 달려왔어.

"엄마, 엄마, 선생님이 나 잘 읽는대. 형아랑 같이 공부하재. 엄마, 나도 형아처럼 학습지 시켜 줘. 응, 엄마. 엄마, 시켜 줄 거지?"

"그랬어? 아이고, 우리 뚱이 똑똑하네."

네가 좋아서 얼굴이 빨갛게 상기되어 엄마한테 달려왔던 그 모습이 아직도 눈에 선해.

"어머님, 진형이도 찬형이랑 같이 학습지 해야겠어요. 호기심이 많아서 잘할 거예요."

"그러게요. 형 하는 것은 뭐든 한다고 저러니."

"오늘은 찬형이도, 진형이도 아주 잘했어."

학습지 선생님이 너희들에게 초콜릿 막대사탕을 주었어.

그 뒤로 형아가 학습지 하는 날이면 너도 형아 옆에 바짝 붙어서 지켜봤어. 기회가 오면 또 지난번처럼 그렇게 하고 싶어서. 그런 네 모습을 보면서 귀엽기도 하고, 둘째라 형보다 더 적극적이구나, 그런 생각했단다.

우리 식구는 스포츠를 참 좋아했지. 그중에서 야구와 축구를 유난히 좋아했어. 야구 시즌이면 우린 잠실야구장도 가고, 문학경기장도 가고 그랬어. 난 아직도 잠실야구장에 갔다 와서 너희들이 한 일을 잊을 수가 없어.

사월의 어느 토요일이었어. 아빠가 웬일로 일찍 오셨더구나.

"우리 식구 잠실야구장 갈까?"

"와, 우리 아빠 최고!"

네가 좋아서 폴짝폴짝 뛰었어. 잠실야구장은 시작도 하기 전에 발 디딜 틈도 없이 사람들로 꽉 찼어. 겨우 자리를 잡아 앉았지. 아빠와 너희들은 삼성라이온스 팬이었지만 엄마는 두산베어스 팬이었어. 그런데 너희들이 어리니까 삼성라이온스 응원단에 같이 있었지 뭐. 문제는 삼성라이온스와 두산베어스가 앞서거니 뒤서거니 하면서 관중들 마음을 조마조마하게 했어. 끝내는 삼성라이온스가 승리하였지.

"오늘 삼성이 이긴 기념이다. 우리 아들들 선물!"

아빠가 어디서 났는지, 삼성라이온스 사인이 새겨진 야구공을 너희한테 주었어.

너희들은 마치 귀한 보물이라도 되는 듯이 야구점퍼 주머니에 넣고, 네가 좋아하는 불고기로 저녁을 먹고 집으로 왔지. 너희는 집에 오자마자 누가 먼저랄 것도 없이 너희들 방으로 들어갔어. 조용하기에 방문을 살짝 열어 보니 야구공을 그리고 있더구나. 커튼이 가려지는 창문 옆 벽에다 말이야. 야단을 치려다 그만두었어. 너희가 너무 열심히 그림을 그리고 있었거든. 그림을 다 그렸는지 깔깔거리는 웃음소리가 들렸어.

"얘들아, 뭐하니?"

"엄마, 우리 찾아봐요."

엄마를 보자 너희들은 후다닥 커튼으로 몸을 둘둘 말았어.

"잡았다!"

엄마가 커튼으로 둘둘 말아 숨은 너희들을 양손으로 잡았지.

"엄마, 깜깜해요. 살려주세요!"

너희들이 소리를 지르며 쿵쿵 뛰어서 엄마가 커튼을 풀었어.

"엄마, 이것 좀 봐요. 여긴 내가 그렸고요. 저건 형아가 그렸어요."

진형이 네가 벽에 그린 야구공을 엄마한테 자랑했어. 글자는 그림처럼 그리고, 그 옆에 사자는 제법 잘 그렸더라. 형은 물론 너보다 더 잘 그렸고.

"와, 이다음에 우리 아들들 멋진 화가 되겠네."

"엄마, 나도 형아처럼 그림나라 보내 줘."

화가라는 말이 나오자 진형이 넌 형아 다니는 미술 학원에 보내 달랬어. 그리고 다음 날 아침이었지. 형아 미술 학원 가는데 어디선가 네 목소리가 들리는 거야.

"엄마, 나도 그림나라 갈래. 형아랑 같이 갈래. 엉엉엉……"

잠자는 줄 알았던 진형이 네가 저 멀리서 팬티 바람으로 울며 뛰어왔어. 사람들이 그런 널 보고 한바탕 웃고 난리였단다. 눈물을 훔치며 씩씩거리는 너를 보면서 엄마도 웃음이 나왔지만 꾹 참았지. 엄마까지 웃으면 어린 네가 자존심 상할까 봐.

"그래, 우리 뚱이도 형아랑 같이 그림나라 다녀라."

"엄마, 진짜지?"

네가 새끼손가락을 삐죽 내밀었어. 어린 네 손가락에 힘을 얼마나 주었던지, 지금도 그 힘이 느껴져. 그렇게 해서 너도 형아랑 함께 그림나라미술학원에 다니게 되었어. 자유롭게 그림 그리는 것도, 과학놀이 하는 것도, 날마다 맛있는 점심을 먹는 것도 넌 좋다고 엄마한테 자랑했어. 하루는 미술 학원 원장님과 상담하는 날이었어.

"우리 진형이는 뭐든 잘 먹고, 깨끗이 먹으니 요리 선생님이 아주 예뻐해요. 요즘 애들은 편식 많이 하잖아요. 막내라 그런지 붙임성도 좋고, 뭐든 잘하고 싶어 샘도 많아요. 찬형이는 형이라고 동생 챙기는 모습 보면 의젓하고요. 친구들하고도 잘 어울리고. 진형이도 형이 있어서 그런지 금방 적응하더라고요. 다음 주 운동회는 참석하실 거지요?"

"진형이가 꼭 오라고 벌써부터 난리니 참석해야지요. 저는 유치원보다 공부도 덜 시키고, 맘껏 상상력을 키우며 자유롭게 그림 그리는 미술 학원이 좋아요. 무엇보다 우리 아이들을 자유롭게 키우고 싶거든요. 앞으로도 좋은 프로그램으로 아이들이 즐겁고 행복했으면 해요."

"그럼요, 당연히 그래야죠. 저희들도 어머님 실망시키지 않을 겁니다. 믿고 지켜봐 주세요. 그럼 운동회 때 봬요, 어머님."

원장님이 바깥에까지 나와 인사했어.

며칠 뒤에 미술 학원 운동회는 가족들이 참여하는 즐거운 운동회였어. 하지만 넌 입이 뾰로통했지. 형은 훌라후프를 잘 돌리는데, 넌 아무리 돌려도 훌라후프가 돌아가지 않고 바닥에 떨어진다며 속상해했어. 운동회 끝나고 선물로 받은 훌라후프를 들고 삼촌 차로 화성에 갔어. 화성엔 할아버지와 할머니가 농장을 하고 계셨어. 우린 주말에 화성에 가서 할아버지와 할머니가 가꾼 포도도 따고, 고구마도 캐고, 네 사촌들이랑 함께 가는 날엔 바비큐도 해 먹고 그랬지.

"짱구야, 다 왔다!"

삼촌이 널 깨웠어. 깜빡 졸다가 눈을 비비고 일어나더니 훌라후프를 갖고 넌 어디론가 사라졌어. 우린 평상에 앉아 할아버지와 할머니에게 운동회에서 찬형이가 훌라후프를 잘 돌렸다고 이야기했어. 그런데 한참이 지나도 네가 보이지 않으니까 삼촌이 걱정됐나 봐.

"우리 짱구 어디 있니?"

삼촌이 손나발을 만들어 크게 불렀어.

"삼촌, 나 여기!"

네가 땀을 뻘뻘 흘리며 훌라후프를 들고 나타났어.

"짱구 너 뭐했어? 얼굴 땀 좀 봐?"

"형아는 훌라후프 잘 돌리는데, 난 자꾸 땅에 떨어져. 속상해서 연습했어. 삼촌 나 봐봐. 인제 나도 형아처럼 돌릴 줄 알아."

네가 삼촌 앞에서 훌라후프를 돌렸어. 하지만 겨우 한 개나 두 개 돌리면 훌라후프는 바닥으로 떨어지고 말았어. 통통한 네가 기우뚱거리며 온몸으로 훌라후프를 돌리는데 우습기도 하고 안쓰럽기도 하더라. 그래도 넌 훌라후프 돌리는 걸 멈추지 않았어.

"짱구야, 이제 그만해. 이 정도면 잘 돌리는 거야. 앞으로 연습하면 너도 형아처럼 훌라후프 잘 돌릴 수 있으니까 오늘은 그만하자."

"정말?"

너는 그때서야 훌라후프를 집어던지고 시원한 평상으로 달려와 물을 꿀꺽꿀꺽 마셨지. 저녁엔 마당에 텐트 치고 그 안에서 장난하며 별도 세고 그랬어. 그런 일들이 어제 일처럼 생생해.

너희들에게 삼촌은 참 특별했던 것 같아. 아빠와 엄마가 직장 다니느라 바쁠 때 삼촌은 너희들을 데리고 어린이대공원에 가서 놀이 기구도 타고, 관악산과 수리산, 광교산도 데리고 다녔었잖아. 산에 데리고 다녀도 싫다는 말 한 번 없이 잘 따랐다고 삼촌이 그랬어. 한 번은 진형이 네가 삐친 이야기를 하더라.

"삼촌, 빨리빨리 와. 왜 이렇게 늦어."

"짱구야, 형은 몸이 약하잖아. 천천히 가면서 형이 뒤처지지 않도록 맞춰 줘야지."

"삼촌은 만날 형만 챙겨!"

넌 툴툴거리며 먼저 산 위로 올라갔고, 삼촌은 네가 걱정되어 부지런히 산 정상에 도착하니 네가 바위 위에 앉아 얌전히 쉬고 있더래.

"진형아, 배고프지? 네가 좋아하는 초콜릿이야."

"형, 고마워!"

넌 언제 그랬냐는 듯이 호호거리며 형한테 초콜릿을 받아서 먹더래. 그런 너를 보고 삼촌과 형은 껄껄껄 웃었다고 했어. 너희 둘은 항상 그랬던 것 같아. 금방 싸우다가도 금방 화해하는 다정한 형제였지. 삼촌도 그래서 너희들을 더 예뻐했던 것 같아. 때마다 선물 사 주고, 산으로 들로 데리고 다니면서 놀아 주고, 삼촌은 너희들을 진짜 많이 아껴 주고 사랑했어.

초등학교 때 단짝이었던 태민이랑 불장난한 것도 생각난다. 그날 오후에 엄마가 퇴근하는 길이었어. 집 앞에서 동네 아저씨를 만났는데, 아들 주의 좀 주라는 말에 깜짝 놀랐지.

"집에 아들하고, 친구하고 오늘 일 낼 뻔했어요. 여 앞에 놀이터에서 라이터 갖고 불장난을 하지 뭐예요. 내가 안 봤으면 놀이터 나무 다 타고도 남았어요."

아저씨가 흥분해서 말했어. 엄마는 미안하다는 말을 여러 번 하고 집에 오니 넌 잠들어 있더구나. 다음 날 아침에 물어보니 엄마 눈치를 보면서 말했어.

"태민이가 집에 라이터가 많다고 두 개 가져왔어요. 내가 놀이터 담벼락 거미줄에 라이터로 불을 붙여 보자고 했고요. 그런데 거미줄은 불이 안 붙고 옆에 있는 낙엽에 불이 붙은 거예요. 그때 아저씨 한 명이 소리를 지르며 우리한테 달려왔어요. 우린 무서워서 죽어라 뛰어 집으로 도망 왔고, 그 다음은 몰라요."

넌 놀이터에 있는 나무에 불이라도 붙은 줄 알고 엄청 놀라는 모습이었어. 그 뒤로 한동안 아저씨 만날지도 모른다며 놀이터에 가지 않았지. 물론 엄마가 라이터 갖고 불장난하면 큰일 난다고 주의를 주었지만 말이야. 화정초등학교 5학년 때 생각나니? 엄마한테 전화해서 넌 축구 동아리에 들겠다고 했어. 엄마는 갑작스러운 일이니 생각 좀 해 보자고 했지. 그런데 축구 동아리 선생님이 바로 전화해서 이다음에 축구 선수가 될지 누가 아냐고 말하면서 축구 동아리에 들어올 수 있게 허락해 달래. 그때 엄마는 얼떨결에 네가 축구 동아리에 들어가는 걸 허락했지 뭐.

넌 축구 유니폼을 입고 거울 앞에 서서 떠날 줄을 몰랐어. 엄마가 보니 훤칠한 네 키에 유니폼이 정말 잘 어울리더라. 그리고 더욱 놀라운 것은 친구 아빠 따라 조기축구회에 갔다가 너보고 선수로 뛰어 달라고 했던 거야. 그것도 서로 자기 팀으로 널 데려가겠다고 옥신각신하는 모습을 보면서 넌 의기양양했어. 조기축구가 끝나면 아저씨들이 사주는 삼겹살은 진짜 꿀맛이었다고 엄마한테 자랑했지.

선부중학교에 들어가서도 넌 축구 동아리에 들어갔어. 중학생이 되더니 유럽 축구리그를 보더라. 네가 좋아하는 축구 선수가 메시, 제라드, 토레스였는데, 넌 스페인 바르셀로나에 있는 메시가 가장 멋있다고 했어. 2010년 월드컵대회가 열리는 6월과 7월은 완전 축구 이야기뿐이었지. 그건 너뿐만 아니라 네 친구들도 똑같았어. 빨리 축구가 끝나야 기말시험 준비도 하는데 16강까지 갔다고 엄마들의 걱정은 이만저만이 아니었지. 그런데 다행인지 월드컵도 16강에서 더는 못 가고, 무더운 여름방학이 시작되었어.

"엄마, 학원 보내 줘요."

초등학교 때는 문제집 사서 엄마랑 같이 공부했는데, 중학교에 가니 학원에서 선행학습하는 친구들을 따라잡기가 너무 힘들다고 했어. 친구들과 피시방 가고, 실내 야구장 가고, 축구만 하던 네가 공부하겠다는 말을 듣고 엄마는 반가웠단다. 그럼 엄마가 학원을 알아봐야겠다고 했더니 친구들과 알아보고 결정한대. 그때 엄마는 서운했어. 한편으로는 네가 그만큼 성장한 거라고 여기며 스스로 위로했지.

학교에서 학원으로, 식구들보다는 친구들과 어울리며 중학교 시절이 지나고, 단원고등학교에 입학했어. 고등학교에 입학하면 수능이라는 중압감을 느끼는 게 우리나라 현실이지. 그런데 넌 1학년 때 남윤철 영어 선생님을 만나면서 눈빛이 반짝거렸어. 꿈이 구체화되고, 진로에 대한 고민도 생기고, 이러한 것들을 의논할 수 있는 선생님을 만나서 좋다고 엄청 자랑했지. 엄마는 그때 약간 질투도 났어. 네 미래의 꿈과 고민들을 엄마가 아닌 남윤철 선생님과 의논하며 결정하고 그랬으니까. 하지만 네 인생의 중요한 포인트가 뭔지 가르쳐 주고, 이끌어 주신 훌륭한 스승을 만났으니 너에겐 대단한 행운이었지.

아침이면 모닝콜로 나오는 마룬파이브의 〈Payphone〉을 들으며 침대에서 일어나 엉덩이를 흔들던 네 모습이 생각난다. 넌 유독 마룬파이브의 〈Payphone〉을 좋아했어. 모닝콜뿐만 아니라 컬러링도 그걸로 했으니까.

"엄마, 오늘은 할머니표 꼬비가 먹고 싶어요."

할머니표 꼬비는 할머니가 농사한 재료로 만든 비빔밥이지. 넌 이걸 무척이나 좋아했어. 언제부턴가 학원 끝나고 네가 보내는 카톡을 기다리게 되었어. 카톡이 없는 날엔 엄마가 먼저 보냈지.

"우리 뚱이 오늘은 뭐 먹고 싶니?"

"엄마, 오늘은 태민이랑 영근이랑 도도한 닭강정 먹으면서 가고 있어요."

학원 마치고 동의당약국 옆에 있는 도도한 닭강정집은 너희들한테 인기가 좋다고 했어. 컵에 담은 닭강정을 먹으며 친구들과 수다 떨며 걸어가는 모습이 그림처럼 그려져.

"헤이, 부라더! 이 형님만 믿으면 되아. 하하하!"

넌 친구들 앞에서 이상한 목소리와 억양으로 말하며 형님으로 통했어. 그때 아빠와 엄마는 깜짝 놀랐단다. 알고 보니 영화 〈신세계〉의 정청 역을 맡은 황정민 성대모사라고 했어. 넌 어릴 때부터 익살스러운 데가 있었지. 개그맨 흉내도 잘 내고, 유명한 사람들 성대모사도 잘하고, 그래서 네 둘레에는 항상 즐거운 웃음소리가 끊이지 않았어.

사랑하는 아들, 진형아!

엄마는 언제나, 어디에서든 널 사랑한단다. 그래서 네가 어디에 있든 좋아하는 운동을 맘껏 하면서, 네가 이루고자 하는 꿈도 꼭 이루기를 엄마는 기도한다.

기억 속에 피는 꽃

내 생애 가장 긴 편지

안산 단원고 2학년 7반 **전찬호**

1. 일곱 살 무렵 가족과 함께 한 제주도 여행. 한라산 입구에서 찍은 사진이다.
가족과 함께 제주도를 여행한 경험이 있었지만, 배를 타고 가는 수학여행에 무척 기대가 컸다.
2. 수학여행을 떠나면서 엄마에게 자신이 보고 싶을 때, 꺼내 먹으라고 두고 간 감귤 초콜릿 상자.
3. 생후 7개월 무렵의 찬호. 맨 위 친형, 가운데 아빠, 맨 아래 활짝 웃는 아기가 찬호.

내 생애 가장 긴 편지

엄마 아빠!

저, 젖막내 찬호예요. 열일곱 살이나 먹은 아들을 이렇게 부르셔도 되는 건가요? 사실 저는 젖도 못 먹고 자랐다면서요. 아빠께서 지어 오신 산후조리 약을 드신 뒤에 잘 나오던 엄마 젖이 말라 버렸다죠? 저도 형처럼 젖을 충분히 먹고 자랐으면 참 좋았을 텐데요. 그래도 뭐, 전 괜찮아요. 젖은 못 먹고 자랐지만 사랑은 넘치게 먹고 자랐으니까요. 자랑할 일은 아니지만 아직도 엄마 아빠 옆에서 잠을 자는 애는 저밖에 없을 걸요.

절 젖막내라고 부르시긴 하지만, 엄마 아빠에게 저는 아픈 손가락 같은 자식이라는 것도 잘 알고 있어요. 어렸을 때 심하게 다쳐서 신장 하나를 잃어버린 데다, 허약하기까지 해서 늘 노심초사하는 마음으로 기르셨다는 것도요. 하지만 이제 제 건강 걱정은 마세요. 작년부터 체중도 많이 늘어나고 전보다 많이 **튼튼**해졌잖아요. 그리고 신장은 하나가 없어도 얼마든지 건강하게 살 수가 있다잖아요.

제가 엄마 아빠께 이렇게 긴 편지를 드리는 건 지금이 처음이죠? 어버이날에 학교에서 내 주는 '부모님께 편지 쓰기' 숙제를 한 적은 있지만요. 한두 번쯤, 짧은 내용의 쪽지를 쓴 적도 있고요. 하지만 지금처럼 긴 편지를 쓴 적은 한 번도 없었네요.

사랑하는 엄마 아빠께 그동안 편지 한 번 쓰지 않은 걸 변명하자면, 말로 할 수 있는 걸 굳이 글로 쓸 필요성을 느끼지 못했기 때문이라고나 할까요? 친구들 중에는 부모님께 무슨 말씀을 드리고 싶은데 쑥스러워서 차마 입이 떨어지지 않을 때, 편지를 드린다고 하는 애들이 있더라고요. 그런데 저는 엄마 아빠께 무슨 말씀을 드려야 하는데, 쑥스럽다거나 망설여졌던 적이 별로 없었어요. 가끔 아빠 앞에서는 말을 삼갈 때가 있기는 했지만, 정말로 저는 엄마 아빠께 제 생각을 말씀드리기 주저되었던 적이 거의 없어요. 아마도 그건 엄마 아빠께서 제 말을 건성으로 들으시거나 무시하신 적도 없고, 늘 존중해 주시기 때문일 거예요. 엄마 아빠도 아시죠? 제가 엄마 아빠께는 어떤 생각도 숨기지 않고 술술 풀어놓는다는 것을요. 그래서 굳이 엄마 아빠께는 편지를 써야겠다는 생각이 들지 않았던 거랍니다.

딱 한 번, 엄마한테는 조금 긴 편지를 썼던 적이 있네요. 초등학교 5학년 때였는데, 그날은 엄마도, 저도 몹시 속이 상했던 날이었습니다. 제가 학원 선생님께 버릇없이 대들어서 엄마가 선생님께 사과하신 적 있잖아요. 엄마는 이유야 어쨌든 학생이 선생님께 대든 일은 잘못한 일이라고 꾸짖으셨지만, 저는 그때 제 행동이 그렇게 나빴다고 생각하지 않아요. 제가 장난을 치며 시끄럽게 한 것은 사실이지만, 그렇다고 해서 마치 부모님이 잘못 가르친 애 취급을 하시는 건 참을 수 없었어요.

저는 엄마 아빠가 저와 형을 키우시면서 잘못된 교육을 하신 적이 없다고 생각하거든요. 그런데 선생님은 제가 한 행동에 대해서만 야단을 치는 게 아니라, '너희 부모님은 널 어떻게 가르치신 거니?'라며 엄마 아빠까지 옳지 못한 사람 취급을 하시잖아요. 그때 선생님께서 제가 한 행동에 대해서만 야단을 치셨다면, 제가 감히 선생님께 대드는 일은 절대 없었을 거예요.

그런데 엄마는 선생님께 절 잘못 가르쳤다면서 사과를 하시더라고요. 아무 잘못도 없는 엄마가 저 때문에 선생님께 머리를 조아리고 사과를 하시는 걸 보았을 때, 정말 속상하고 마음 아팠습니다. 그래서 그날 저녁에 죄송하다고 편지를 썼던 거예요. 그리고 그날, 결심했어요. 다시는 엄마 아빠를 욕 먹이는 일을 하지 않겠다고요.

이제, 편지 쓸 필요성을 느끼지 않는다면서 왜 갑자기 편지를 드리는지 말씀드릴까요? 사실 이 편지는 엄마 아빠에게 드리는 글이기도 하지만 제가 저 자신에게 쓰는 다짐 글이기도 해요. 저, 이제 곧 수학여행 떠나잖아요? 이번 수학여행을 제 삶의 중요한 전환점으로 삼으려고 하거든요.

그러니까 제가 여행을 마치고 돌아오면 저는 예전의 찬호랑은 많이 다른 찬호가 될 거랍니다. 지금부터 제가 쓰는 이 글은 엄마 아빠의 젖막내 찬호가 예전과는 다른 찬호가 되기 전에, 엄마 아빠에게 꼭 전해 드리고 싶은 제 마음이라고 생각해 주시면 좋겠어요.

수학여행을 앞두고 제가 잔뜩 들떠 있는 걸 보고, 엄마 아빠도 느끼셨죠?

제가 이번 수학여행에 얼마나 큰 의미를 두고 있는지, 또 얼마나 큰 기대를 갖고 있는지도요. 2주 전, 수학여행 갈 때 입을 옷을 사 달라고 말씀드렸을 때, 엄마는 태연하게 '그러자!' 하셨지만 아마 속으로는 놀라셨을 걸요. 그동안은 제가 먼저 뭘 사 달라고 말씀드린 적이 없었으니까요. 옷을 사 달라고 한 적은 더더군다나 없어요.

교복을 입고 학교에 다니니까 사복을 입을 일도 거의 없었거니와, 저는 형이 옷 입는 스타일이 맘에 들어서 형과 함께 옷을 입는 게 정말 좋거든요. 그래서 굳이 새 옷을 살 필요성을 못 느꼈어요. 그런데 이번에 수학여행을 떠날 때는 꼭 제가 직접 고른 옷을 입고 가고 싶더라고요. 또 제가 새 옷을 입고 집을 나서면 엄마 아빠도 기뻐하실 것 같았어요. 그래서 순전히 제 마음에 드는 옷들을 서슴없이 골랐던 거예요.

제가 고른 옷이 여러 벌이었던 까닭에 옷값이 엄청 많이 나왔는데도 엄마 아빠는 흐뭇한 표정을 지으시더라고요. 바로 그때, 갑자기 중학교 3학년 때 학원 공부를 마치고 돌아오는 길에 아는 형에게 패딩 점퍼를 빼앗겼던 일이 떠올랐어요.

같은 형한테 한 번도 아니고 두 번씩이나 점퍼를 빼앗겼는데, 지금 생각해 보면 그때 제가 처신을 좀 잘못했어요. 처음 점퍼를 빼앗겼을 때 숨기지 말고 얼른 말씀드렸다면 일이 더 커지지 않았을 텐데, 새로 산 지 얼마 되지 않은 옷을 빼앗기고 집에 들어 온 게 너무 죄송해서 말씀드릴 수가 없었습니다. 나중에 엄마가 그 사실을 아시고는 얼른 새 점퍼를 사 주셨는데, 다음 날 또 점퍼를 빼앗기고 말았죠. 그때는 엄마도 더는 안 되겠다고 생각하셨는지 아빠께 말씀하시고, 마침내는 아빠가 경찰서에까지 가셔야 하는 일이 생기고 말았어요. 그때, 크게 화를 내시던 아빠 표정을 저는 지금도 잊을 수가 없습니다.

"사내 녀석이 왜 옷을 빼앗기고 다녀! 제 옷 하나도 못 챙기고 다니는 녀석이 더 큰 일들은 어떻게 헤쳐 나갈 거야?"

그때 처음으로 아빠에게 매를 맞았어요. 아빠가 점퍼를 빼앗아 간 형에게는 울분에 찬 듯 크게 이렇게 소리치셨다죠?

'어떻게, 그 추운 날 저보다 어린 애 겉옷을 벗겨 놓고 그냥 보낼 수가 있느냐? 네 옷이라도 벗어 입혀 보냈어야지!'

그날 저는 평소와 달라 보였던 아빠가 몹시 무섭기도 했지만, 한편으로는 가슴 뭉클했답니다. 아빠가 저를 얼마나 아끼고 사랑하시는지 느꼈거든요. 그리고 한 가지 더, 크게 깨달은 것이 있습니다.

아빠가 진정으로 제게 바라는 게 무엇인지를요. 제가 엄마 아빠에게 사랑스러운 젖막내라는 것은 불변의 진실이지만, 그렇다고 언제까지나 사랑스러움만 지닌 젖막내로 머물러 있기를 바라시는 것은 아니라는 것을요. 엄마 아빠에게는 평생 사랑스러운 젖막내일망정, 세상을 향해서는 굳세고 단단한 남자로 걸어 나가기를 바라고 계신다는 것을요.

제 지갑 속에 만 원 한 장, 오천 원 한 장, 천 원 권 몇 장이 늘 채워져 있도록 매일매일 살펴 주시는 엄마의 세심한 사랑도, 제가 무엇을 바라고, 무엇을 하고 싶어 하든지 간에 단 한 번도 제 의지를 막아서는 법이 없으셨던 아빠의 믿음도, 모두 제가 세상을 살아가면서 해내야 할 제 몫을 거뜬히 해낼 수 있는 사람으로 성장하기를 바라시기 때문이라는 것을 이제는 너무나 잘 알고 있습니다.

엄마 아빠의 관심과 사랑을 잊은 적은 없지만, 특별히 아빠에게 감사드리고 싶은 일은 또 있어요. 제가 복싱을 배워야겠다고 말씀드린 적 있잖아요. 전 몸이 좀 약한 편이라 할 수만 있다면 늘 체력을 기르고 싶은 욕구가 있었거든요. 제 생각에 복싱이라면 체력을 기르는 데 제격일 것 같은데, 좀 격한 운동이라 엄마 아빠가 흔쾌히 허락해 주실 줄 몰랐어요.

어려서 크게 다친 일도 있으니까 당연히 걱정을 먼저 앞세우실 줄 지레 짐작했죠. 만일 엄마 아빠가 반대를 하셨다면, 저는 더 고집부리지 않고 금방 단념했을 거예요. 두 분이 제 건강을 얼마나 염려하시는지 너무나 잘 알고 있으니까요. 그런데 아빠는 반대는커녕 당장 체육관에 데려가 등록까지 시켜 주셨답니다.

"무엇이든 하고 싶은 게 있으면 망설이지 말고 말해라. 네가 성인이 될 때까지 엄마 아빠는 물심양면으로 믿어 주고 밀어줄 거야!"

등록을 마치고 체육관을 나설 때 아빠가 들려주신 말씀은 두고두고 힘이 되었다는 걸, 꼭 전해 드리고 싶어요. 고등학생이 된 뒤에 제 일정이 바빠져서 복싱을 오래 배우지 못하고 그만두게 된 점은 지금도 못내 아쉽지만요.

그리고, 엄마!

엄마에게 감사드리고 싶은 일은 많고도 많아서 무엇부터 말해야 할지 모르겠어요. 아침 일찍부터 늦은 밤까지 가게 일을 하시면서도 나와 형 앞에서는 피곤한 낯빛을 보이시는 법이 없으시죠.

가게 일 때문에 늦게 주무시고 일찍 일어나시니까 늘 잠이 부족하실 텐데도 하루도 빠짐없이 절 학교까지 태워다 주시는 건 어떻고요. 엄마와 함께 학교로 가는 15분 남짓한 시간이 저는 얼마나 행복한지 모릅니다. 엄마에게 학교에서 있었던 일을 마음껏 떠들어 댈 수 있는 시간이니까요.

내 생애 가장 긴 편지

집 현관을 나와 엘리베이터를 타고 일층까지 내려가는 동안에도 엄마는 제 지갑 속을 살펴 주곤 하시죠.

"오늘은 지갑 속에 얼마짜리가 비었어?"

저는 그때서야 어제 얼마를, 어디에 썼는지 떠올려요. 친구들 대부분은 엄마가 용돈을 어디에 얼마 썼는지 간섭하고 아껴 쓰도록 강요한다나 봐요. 그런데 엄마는 제가 받은 용돈을 어디에, 어떻게 쓰는지 간섭하시는 법이 없으시죠. 아빠도 물론이고요.

엄마가 매일 아침 지갑에 채워 주시는 용돈 말고도, 형과 저 둘이 집에서 지내는 동안에도 돈 쓸 일이 생기면 언제든지 꺼내 쓰라고 집에 비상금을 챙겨 놔 주시는 것도 잊으시는 법이 없지요. 덕분에 저와 형은 엄마 아빠가 집에 계시지 않는 동안에도 돈이 없거나 부족해서 곤란했던 적이 없었답니다.

참! 오늘 집에 들어오시기 전에 제가 자꾸 전화를 걸어 짜증나지는 않으셨어요? 고등학교 2학년이나 된 사내 녀석이, 더구나 엄마가 가게 일로 한창 바쁜 시간인 걸 알면서, '내 여행 가방 엄마가 싸 주면 좋겠는데, 집에 언제 와?' 하고 자꾸 물어댔으니 짜증이 나셨을 법도 해요.

그런데 엄마는 '집에 들어가는 대로 엄마가 찬호 가방 잘 꾸려 줄게. 그동안 내일 가지고 갈 짐들 미리 챙겨 놓고 있어'라고만 하시던 걸요. 마치 처음 전화를 받으시는 것처럼요. 더 어려서도 안 하던 짓을 한다고 꾸짖으실 법도 한데 말입니다.

그렇지만 저, 엄마가 제 수학여행 가방 꾸려 주시니까 기분이 참 좋았어요. 엄마가 제 짐을 꾸려 주실 때, 아빠까지 거들어 주셨잖아요. 엄마 아빠도 좋으셨죠? 저, 다 알아요. 제 여행 가방을 꾸려 주시면서 엄마 아빠도 행복해하셨다는 거.

두 분이 여행 떠나기 전에 먹어 보라고 사 오신 망고는 어쩜 그렇게 맛있어요? 저는 이제껏 망고가 그렇게 맛있는 과일인 줄 몰랐어요. 가끔 학교 급식 시간에 나오는 망고는 냉동이라서 그런지 맛이 형편없었거든요. 그런데 엄마 아빠가 사 오신 망고는 정말 꿀맛이더라고요. 그 달콤한 맛은 앞으로도 영원히 잊지 못할 거예요.

엄마! 저…… 엄마께 꼭 고백해야 할 일이 하나 있어요. 엄마를 속인 적이 있거든요. 제가 엄마를 속인 적이 있다니, 믿기지 않으시죠? 하지만 사실이에요. 엄마는 제가 단원고등학교에 다니게 된 게, 1지망으로 써 넣은 초지고등학교에 배정되지 못했기 때문이라고 믿고 계시죠? 엄마는 형이 졸업한 학교이기도 하고 집에서 다니기도 쉬우니까 초지고등학교를 1지망으로 하는 게 좋겠다고 하셨잖아요.

그런데 제가 엄마가 보는 앞에서는 초지고등학교를 1지망으로 체크했다가, 다음 날 학교에 가서는 담임 선생님께 1지망을 단원고등학교로 바꾸어 달라고 부탁드렸어요. 담임 선생님께서는 의심 없이 제 선택을 존중해 주셨고요. 그러니까 저는 차순위로 지원한 학교에 배정된 게 아니라, 우선 지원한 학교에 제대로 배정이 된 거예요.

초등학교, 중학교 모두 형과 같은 학교를 나왔으니 고등학교만은 형과 다른 학교에 다녀 보고 싶었어요. 저랑 친한 친구들이 모두 단원고등학교를 1지망으로 써 냈기 때문이기도 했지만요. 그런데 단원고등학교를 지망한 친구들은 초지고등학교에 배정되고 저만 단원고등학교에 배정되어서 친한 친구들이랑 한 학교에 다니고 싶었던 제 꿈은 물거품이 되고 말았지 뭐예요.

제멋대로 지원서를 바꾸지 않고 허락을 구했더라도 엄마는 틀림없이 제 뜻을 존중해 주셨을 거예요. 그런데 그때 제가 왜 그렇게 엉뚱한 짓을 했는지 모르겠어요. 그래도 엄마, 저 용서해 주실 거죠? 저 행복하게 학교에 잘 다니고 있잖아요.

함께 단원고등학교에 지원했던 친한 친구들이 다른 학교에 배정되어 함께 다니지 못하는 것은 아쉽지만, 저 단원고등학교 학생이 된 거 후회하지 않아요. 엄마가 가끔 제가 운이 없어 단원고등학교에 배정된 것처럼 말씀하실 때면 가슴이 뜨끔뜨끔했답니다. 그때마다 빨리 사실대로 말씀드려야지 하고 마음먹곤 했는데, 이제야 고백을 하네요. 제 마음대로 학교를 바꾸어 지원한 거 정말 죄송해요. 엄마!

있잖아요, 엄마! 전 제주도 여행을 여러 번 해 봤는데도 이번 제주도 여행은 왜 이렇게 설레죠? 마치 처음 가 보는 것처럼 말이에요. 이제까지는 가족들과 함께한 여행이었는데 이번에는 학교 친구들하고 함께하는 수학여행이기 때문인가 봐요. 그리고 지금까지는 비행기를 타고 간 여행이었는데, 이번에는 배를 타고 가는 여행이어서 더 기대가 되는 것인지도 모르겠어요. 만약 이번에도 비행기를 타고 가는 제주도 여행이라면 이렇게 설레지는 않겠죠?

장기 자랑도 제주도로 가는 배 안에서 한대요. 저는 친구 여러 명과 요즘 유행하는 춤을 출 거예요. 엄마도 아시죠? 제가 춤 연습을 얼마나 열심히 했는지요. 그렇지만 제가 춤을 얼마나 잘 추는지는 모르실 걸요. 그동안 연습한 걸 동영상 촬영해 둔 게 있는데, 카톡으로 보내 드릴 테니 보세요. 아마 깜짝 놀라실 걸요!

편지 끝내기 전에 엄마한테 고맙다는 인사, 한 가지만 더 할게요. 제가 방이 따로 없는 것도 아닌데 아직도 엄마 품에 파고들어 잠들기를 좋아하는 아이라는 비밀, 지켜 주시는 거요. 가끔 친구들한테 폭로하시겠다고 으름장을 놓으실 때도 있긴 하지만, 저 다 알거든요. 엄마는 절대로 저의 비밀을 폭로할 분이 아니라는 걸요.

그렇지만 수학여행을 마치고 돌아오면 엄마 곁이 아니어도 잠들 수 있는 아이가 되어 있을지도 몰라요. 말씀드렸듯이, 이번 수학여행을 제 삶의 전환점으로 만들 거거든요. 그래서 앞으로 찬호는 예전과는 다른 찬호가 될 겁니다.

그러니까 제가 예전과 많이 달라져서 돌아와도 너무 놀라거나 서운해하지는 마세요! 제가 달라졌더라도 엄마 아빠의 젖막내인 건, 영구불변의 진실이니까요. 이 세상에 엄마 아빠의 아들로 태어나서 참 행복한 사람이라는 것도요.

엄마 아빠!

젖막내 찬호가 곁에 없어도 잘 주무실 수 있죠? 또 제가 집에 없는 동안 보고 싶으시더라도 꼭 참아 내실 수 있죠? 저도 엄마 아빠 그리고 형이 몹시 보고 싶겠지만 잘

전찬호

참아 낼 거랍니다.

참! 깜박할 뻔 했어요. 제 방 책상 옆을 보시면 얼마 전에 아빠가 제주도에서 사 오신 감귤 초콜릿 상자가 있을 거예요. 혹시 제가 돌아오기 전에 몹시 보고 싶으시다면, 제 선물이라고 생각하시고 그 초콜릿 꺼내 잡수세요. 어쩌면 저, 엄마 아빠께 드릴 선물을 못 사 올 수도 있거든요.

그럼, 저 이제 여행 떠나요! 돌아오는 날까지, 안녕히 계세요!

젖막내 찬호가 사랑하는 엄마 아빠께!

예비 로봇 공학자

안산 단원고 2학년 7반 **정동수**

1. 가장 행복했던 여행. 선유도에서 사촌형제들과 함께.
2. 선유도에서 불꽃놀이를 하며 마냥 즐거워했던 동수.
3. 로봇 공학자가 꿈이었던 동수가 교내 로봇 경진대회를 준비하며 만든 로봇 작품.

예비 로봇 공학자

어디쯤에서 오빠가 이 편지를 보게 될까? 인천으로 가는 버스 안에서일까? 아니면 제주로 가는 배 안에서일까? 돌아오는 비행기 안에서일 수도 있겠지?

어디가 됐든, 나는 오빠가 이 편지를 바다가 잘 보이는 곳에서 읽었으면 좋겠어. 제주로 가는 배 안에서든, 숙소에서든, 바다가 내다보이는 곳이라면 어디라도 좋아. 오빠는 물론 우리 가족 모두 바다를 참 좋아하잖아.

우리가 작은집 가족들과 함께 선유도로 여행 갔던 일, 오빠도 기억하지? 1박 2일밖에 안 되는 짧은 시간 동안이었지만 우리 가족 모두 행복했던 좋은 여행이었잖아. 조개를 잡겠다고 온몸에 진흙을 묻혀 가며 맛소금을 갯벌에 쏟아부었던 걸 떠올리면 지금도 쿡쿡 웃음이 나와. 오빠가 이번 제주 수학여행에서도 선유도 여행 때처럼 즐겁고 행복했으면 좋겠어.

그런데 가방 한편에 꽁꽁 숨겨 놓을 이 편지를 오빠가 잘 찾아 읽기나 할지 모르겠네. 이제껏 오빠를 괴롭게만 한 동생이지만 이번만큼은 절대 괴롭게 할 생각으로 편지를 쓰는 게 아니니까, 이 편지를 꼭 찾아 읽고 무사히 집으로 돌아오길 바라.

갑자기 웬 편지냐고? 글쎄 말이야. 나도 이렇게 오빠에게 편지를 쓰게 될 줄은 몰랐어. 그런데 여행 가방을 꾸리고 있는 오빠를 보니까 갑자기 편지가 쓰고 싶어지지 뭐야. '저 가방을 들고 집을 나서면 며칠 동안 오빠를 볼 수 없겠지' 하는 생각이 들면서 말이야. 오빠가 여행을 가는 게 이번이 처음도 아닌데 참 이상하지? 이제야 얘기하는데, 오빠가 중학교 때 2박 3일로 수련회 갔을 적에는 나…… 속으로 되게 좋아했었어.

그땐 우리 집엔 방이 두 개밖에 없을 때라서 거실을 오빠 방으로 만들었잖아. 그래서 오빠가 거실에서 공부를 하고 있을 때에는 텔레비전을 볼 수도 없고, 방에서 나올 때도 오빠 눈치를 봐야 하는 게 많이 불편했어. 사실 그때 제일 불편했던 사람은 누구보다도 오빠였을 텐데 말이야. 그런데 오빠는 방을 나한테 양보하고, 거실에서 생활해야 하는 걸 한 번도 불평한 적이 없어. 만약 나였다면 방을 따로 갖지 못한 걸 무기 삼아 날마다 떼를 쓰고 식구들에게 심술을 부렸을 거야.

오빠가 중학교 때 수련회 갔을 때에는 그렇게 좋더니, 이번엔 다만 며칠이라도 오빠가 집에 없게 된다고 생각을 하니까 갑자기 가슴이 휑해지는 느낌이 들어. 그리고 마치 책장이 넘겨지듯이 한 장면 한 장면 지나간 일들이 떠오르고, 문득문득 하고 싶었던 말들도 생각났어. 그래서겠지. 그동안은 어색하고 쑥스러워서 한 번도 입 밖으로 꺼내지 못했던 말들을 편지라도 써서 전해야겠다는 생각이 든 건. 차마 말로는 하지 못했지만 글로는 쓸 수 있을 것 같거든. 오글거리더라도 꼭 참고 끝까지 읽어 줘야 해.

오빠!

내가 곰곰이 생각해 봤는데, 우리는 엄마 아빠랑 지낸 시간보다 우리 둘이 함께 보낸 시간이 더 많은 것 같아. 우리처럼 엄마 아빠가 모두 직장에 다니는 집 애들은 대부분이 그렇겠지만 말이야.

가만 생각해 보면 오빠는 내 그림자 같고 엄마 같은 존재였어. 학교를 오갈 때는 물론이고 집에 돌아온 뒤에도 오빠는 늘 내 곁에 있으면서 날 돌봐 줬잖아. 마치 엄마가 아기를 돌봐 주는 것처럼……

우리, ○○초등학교 다닐 때 집과 학교 사이에 있던 작은 동산을 넘어 학교에 다녔던 거 기억나? 학교에서는 위험하다고 동산을 넘어 다니지 못하게 했지만, 우리는 줄기차게 그 동산을 넘어 다녔어. 학교에서 시키는 대로 큰길로 다니면 학교를 오가는 시간이 배나 더 걸리는 데다가, 동산에는 재밌게 놀 거리도 많았으니까.

그 동산이 지금은 공원으로 꾸며져 걷기 좋은 산책로가 여기저기 많이 생겼지만, 그때는 다듬어지지 않은 좁고 험한 흙길뿐이었어. 그 좁은 산길로 오빠랑 나랑은 앞서거니 뒤서거니 하며 학교를 오갔는데, 그 길에서도 오빠는 좀처럼 내 곁에서 멀어지는 법이 없었어. 이따금 장난기가 발동해서 날 놀려 줄 생각으로 사라졌다가도 내가 겁먹기도 전에 오빠는 참지 못하고 이내 짠 하고 나타나곤 했으니까.

바로 그 산길에서였어. 한번은 함께 학원을 다니는 오빠들이 오빠를 '점쟁이'라고 놀려대서 내가 우리 오빠 별명 부르지 말라고 막 소리 지르면서 그 오빠들을 혼내 준 일도 있었는데, 오빠도 생각나지? 오빠들만 그랬다면 나도 참았을지 몰라. 그런데 오빠보다 어린 애들까지 모두 오빠 별명을 따라 불러대니까, 너무 화가 났어.

그런데도 오빠는 아무렇지도 않은지 피식 웃기만 하더라. 오빤 어떻게 나보다 어린 애들이 별명을 막 불러대도 기분 나쁘지 않을 수가 있어? 나도 오빠를 괴롭힐 때가 많기는 하지만, 나 아닌 다른 애들이 오빠에게 못되게 구는 건 정말 못 참겠어.

학교 공부가 끝나고 집에 돌아온 뒤에도 오빠는 오빠가 아니라 엄마 같았어. 간식을 챙겨 주는 것은 물론이고, 시간 맞춰 학원에 가는 것도 다 오빠가 챙겨 줬잖아. 내 친구들이 놀러 왔을 때는 친구들 간식까지 만들어 주고 말이야.

그래서 친구들이 참 자상한 오빠를 두었다고 날 부러워했는데, 알아? 그건 나도 인정해. 오빠는 참 자상하고 다정다감한 오빠야. 그런데 나는 늘 오빠에게 투정부리기 일쑤였지? 정말 고맙고 미안해, 오빠! 하지만 그땐 미처 생각하지 못했어. 오빠도 누군가의 보살핌을 받아야 할 어린애였다는 걸 말이야.

나는 아주 어려서부터 오빠랑 오빠 친구들하고 많이 놀아서 그런지 남자 애들처럼 총을 갖고 노는 전쟁놀이가 참 재미있었어. 덕분에 계집애가 총을 갖고 논다고 어른들에게 눈총을 많이 받았지. 한 번은 우리랑 자주 같이 놀던 ○○이가 내가 새로 산 비비

정동수

탄 총을 망가뜨렸잖아. 값이 비싼데도 모양이 참 근사해서 내가 굉장히 갖고 싶어 했던 총이었는데, 총을 사자마자 고장이 나버렸으니 내가 얼마나 속상하고 화가 났겠어? 그때, 나는 ○○이가 총을 함부로 해서 망가뜨렸으니까 마땅히 걔가 물어내야 한다고 생각했어. 그런데 걘 너무 어리니까 그 애 부모님이 책임을 져야 한다고 믿었고, 그래서 걔네 집에 찾아가서 자초지종을 얘기하고 총 값을 받아 온 거야.

○○ 부모님이 그러라고 시킨 일도 아니고 함께 놀다가 벌어진 일이었는데, 어쩌자고 그 애 부모님께 물어내라고 할 생각을 했는지 모르겠어. 지금 생각해 보면 참 맹랑하고 당돌하기 짝이 없는 행동이었어. 더구나 ○○이는 우리보다 훨씬 어린애였는데 말이야. 하지만 그때는 사자마자 망가진 내 총이 아깝다는 생각밖에 안 들었어. 물론 ○○이 부모님 탓이 아니었다는 것은 알아.

하지만 ○○이가 저지른 일이니까 그 애 부모님이 책임을 져야 한다고 생각한 거야. 우리 엄마 아빠도 우리가 남에게 피해를 주는 잘못을 저지르면 어떻게 된 일인지 까닭을 알아보고는 책임을 지시곤 했잖아. 우리에게는 다시는 그러지 말라고 호되게 야단을 치시는 것은 물론이고 말이야.

여리고 착한 오빠가 그땐 왜 그랬는지 모르겠지만, 오빠가 딱 한 번 동네 문구점에서 딱지를 슬쩍 했던 때를 기억해 봐. 나중에 그 일을 알게 된 엄마가 문구점에 찾아가서는 돈을 물어주고 '아들을 잘못 가르쳤다'고 하시면서 주인아저씨께 사죄하셨잖아. 그러니까 나도 ○○이가 저지른 잘못은 당연히 ○○이 부모님이 책임져야 한다고 생각했던 거야. 그런데, 오빠는 내가 ○○이 부모님께 총 값을 받아내려 하자, 제발 그러지 말라고 말렸어. 하지만 나는 오빠 말을 듣지 않고 결국 총 값을 받아 갖고 의기양양하게 집으로 돌아왔지.

바로 그날이었을걸. ○○이 부모님께 받아온 돈 때문에 가스레인지 앞에서 오빠와 티격태격 하다가 팔팔 끓고 있던 라면 냄비를 떨어뜨려서 내가 발등을 덴 날이. 그때

예비 로봇 공학자

소스라치게 놀라던 오빠 얼굴이 아직도 생생해. 너무 놀라서 금방이라도 울음을 터뜨릴 것 같은 얼굴이었어.

그렇게 놀랐으면서도 오빠가 어떻게 했는지 알아? 뜨겁다고 팔딱팔딱 뛰면서 울어대는 나를 곧장 욕실로 데려가서는 발등에 찬물 샤워를 해 주었어. 그러니까 엄청나게 아프던 발 통증이 조금 가라앉더라. 그때 나는 양말을 신고 있었는데 오빠는 양말도 벗겨내지 않고 찬물을 먼저 부어 주었어.

오빠가 뭘 알고 그랬는지는 모르겠지만 나중에 의사 선생님이 그러셨잖아. 양말부터 벗기려고 애쓰지 않고 찬물 샤워를 먼저 시킨 것은 참 좋은 응급처치였다고. 펄펄 끓던 라면이 쏟아졌던 발등인데도 흉터가 끔찍스럽지 않고 봐 줄 만한 건, 그때 오빠가 응급처치를 잘해 줬기 때문인가 봐. 그치?

화상이 다 나을 때까지 고생은 좀 했지만, 사실 그날 이후로 내 삶은 예전보다 훨씬 나아졌지, 뭐. 원래도 좀 그런 편이었지만 동생 발을 데게 했다는 죄책감에 빠진 오빠를 내가 종 부리듯 할 수 있었으니까.

내 맘대로 안 되는 게 있다 싶으면 '발 흉터 보여 줘?' 하면 만사가 해결되었지. 걸핏하면 덴 흉터를 들먹이는 내가 때로는 때려 주고 싶게 밉기도 했을 법한데, 오빠는 화를 내기는커녕 번번이 내 요구를 들어주곤 했어. 어처구니없고 터무니없는 요구조차도 말이야. 사실 일이 생긴 까닭을 따지고 들면 나도 할 말이 없었는데…… 나중에 소식을 듣고 달려온 엄마가 왜 그랬냐고 물었을 때도 오빠는 무조건 오빠 잘못이라고만 말했어.

내가 ○○이 부모님께 돈을 받아 온 일부터 얘기했더라면 나도 꾸중을 많이 들었을 텐데…… 오빠는 왜 그렇게 만날 나한테 당하기만 하는 거야? 그만 좀 우려먹으라고, 너한테도 잘못이 있지 않느냐고, 이제 그만 좀 하라고 소리라도 지르지 않고.

이제야 하는 말이지만, 나…… 그날 오빠가 시키는 대로 하지 않은 거 많이 후회하고 있어. 실수로 장난감을 망가뜨린 어린애에게 책임을 물리다니, 내가 정말 너무했어.

그때 오빠 말을 들었더라면 내가 발을 데는 일도 생기지 않았을 거야. 안 그래도 동생 돌보기 숙제에 늘 치여 사는 오빠에게 덴 흉터를 무기 삼아 협박을 일삼았던 일은 정말 많이 후회돼. 후회되는 일을 꼽자면 어디 그 일뿐인가, 뭐. 오빠는 나 때문에 응석 한 번 제대로 부려 보지 못했다는 거, 이제는 나도 알아. 정말 미안하고 고마워, 오빠!

오빠가 착하고 순해서 덕을 볼 때가 많았으니까 앞뒤가 안 맞는 말이긴 한데, 나는 오빠가 착하고 순한 오빠인 게 정말 못마땅하고 화가 나. 솔직하게 말하면 나한테만 순한 게 아니라서 속상하고 화가 난다고 해야겠지? 오빠가 중학교 다닐 때였을 거야.

오빠가 친구들하고 주먹다짐하고 들어온 적 있었잖아. 여기저기 멍이 든 오빠 몰골을 보고 엄마가 왜 맞고 다니느냐고 묻자, 오빠가 뭐라고 대꾸한 줄 알아? '나보다 작은 애들을 어떻게 때려요?' 이랬다고. 나, 참 기가 막혀서.

자기보다 덩치가 작은 애라 못 때리고 맞기만 했다는 게 말이 돼? 나보다 덩치가 작은 애가 까불면 더 혼을 내 줘야지. 오빠 주먹 한 방이면 그냥 게임 아웃일 텐데, 언제까지 참고만 살 거야? 난 오빠가 때로는 사나울 줄도 아는 남자였음 좋겠어. 나한테도 그래. 내가 지나치게 못되게 굴 때는 동생이라고 봐주지만 말고 무서운 오빠처럼 굴어 보라고.

아…… 딱 한 번 오빠가 무서웠던 적이 있다. 무서웠다기보다 미웠다고 해야 하나? 오빠랑 같이 엄마가 다니는 회사로 가는 길이었을 거야. 마침 시에서 벌인 축제 행렬이 거리에 가득했어. 그래서 잠깐 축제 행렬에 정신을 팔았는데, 그만 오빠를 놓치고 말았지 뭐야. 그 길은 집에서 제법 떨어져 있는 곳인 데다 혼자 가 본 적이 없는 데여서 어디가 어딘지 전혀 분간도 못 하겠고 얼마나 무서웠는지 몰라.

낯선 곳에 날 버려두고 혼자 가 버렸다고 생각하니 오빠가 몹시 밉기도 했어. 사실은 오빠가 날 버리고 간 게 아니라 둘 다 축제에 정신이 팔려 서로를 놓쳤을 뿐인데 말이야. 어렵게 엄마랑 통화가 돼서 나중에 오빠가 나 있는 데로 찾아오긴 했지만, 분이다 풀리지 않은 나는 오빠를 마구 때려 줬지. 그런데도 오빠는 뒤늦게라도 만나서 참 다행이라는 표정만 지었던 것 같아.

오빠가 특별해 보이고 자랑스러울 때는 없었냐고? 물론 있지. 오빠는 키가 커서 어떤 때, 정말 멋져 보여. 오빠랑 나란히 걸어갈 때면 나도 모르게 어깨가 으쓱해질 때도 있는걸. 이담에 내 남자 친구도 오빠만큼 키가 크면 좋겠어.

로봇을 만드는 공학자가 되겠다는 오빠 꿈도 참 멋져. 로봇 동아리 활동에 열심인 모습은 더욱 멋있어. 내가 말을 하지는 않았지만 오빠가 고등학교에 들어가서 로봇 동아리에 들어갔다고 말했을 때, 오빠가 동아리 선택은 정말 잘했다고 생각했어. 오빠는 어렸을 때부터 조립하며 노는 장난감을 참 좋아했잖아.

오빠가 몇 시간 동안 공을 들여 완성한 '건담 로봇'은 지금 생각해도 정말 멋졌어. 오빠가 공과대학에 입학해서 언젠가는 로봇을 만드는 공학자가 되겠다는 포부를 말했을 때, 내가 피식 웃기는 했지만 그 웃음에 비웃음만 담겨 있었던 건 아니야.

그 웃음 속에는 먼 훗날 로봇 공학자의 꿈을 이룬 오빠를 떠올린 기쁨도 담겨 있었다는 걸 믿어 주면 좋겠어. 제주도로 수학여행을 간다고 들떠 있으면서도 '로봇 만들기 경진대회' 준비에 몰두하는 오빠 모습이 얼마나 멋져 보였는지 몰라.

그동안 나는 로봇을 장난감 정도로만 생각했거든. 그런데 텔레비전에서 보니까 머지않은 날에 사람이 하기엔 너무 위험천만한 일도 로봇이 척척 해내는 시대가 열릴 거라더라. 나는 믿어! 오빠도 그런 시대를 앞당기는 데 큰 역할을 할 사람이라는 걸.

'예비 로봇 공학자, 정동수!'

언젠간 '예비'라는 말을 떼어 내고 '로봇 공학자, 정동수!'가 되겠지? 정말 멋지지 않아? 다만 거기에 한 가지 더 넣고 싶은 꾸밈이 있다면 '때로는 사나운'이란 말이야. 이번 수학여행에서 돌아온 오빠는 예전보다 조금 더 사나워진 오빠이길 기대할게.

정동수

여행 무사히 마치고 돌아와, 오빠!

수빈이가 오빠에게 사랑을 담아서.

예비 로봇 공학자

힘껏 사랑받는 사람

안산 단원고 2학년 7반 **최현주**

1. 다섯 살 때 화랑유원지에서.
2. 와동중학교 졸업 앨범 사진.
3. 동생 최현수가 그린 가족 초상화.

힘껏 사랑받는 사람

아, 참 예쁜 아이로구나.

어린 너를 처음 본 사람이라면 누구라도 이렇게 감탄했을 것이다. 너는 정말이지 예뻤다. 예쁘네요, 예뻐요, 사진첩을 넘겨 보는 내게서 거듭 탄성이 나왔다.

햇볕에 그을린 피부, 곱슬기 없이 결 좋은 머리카락, 조그맣고 균형 잡힌 코와 입술, 그리고 무엇보다 눈. 너의 눈꺼풀은 꼬리 쪽으로 빠질수록 점점 날렵하게 벌어지는 쌍선을 그리고, 큰 눈망울은 새까맣게 빛난다. 너는 자랑할 만한 아름다운 눈을 둥그렇게 뜨고 사진기 너머를 똑바로 바라보거나, 햇빛 아래 부루퉁하게 쏘아보고, 눈시울을 가늘게 접으며 크게 웃다가, 그럴 때면 쌍꺼풀과 눈꼬리가 더 시원스럽게 예뻐지는데, 모르는 척 외면하고, 찡그리고는, 다시 웃는다.

나는 너의 노래를 들어본 적이 없다. 하지만 나는 네 눈에서 노래가 들리는 것만 같다. 이상한 말이지만, 노래를 잘 부르게 생긴 눈을 가졌다, 너는. 너는 과묵한 편이었다고 하는데, 십대 소년이 비밀이 없지는 않았을 테니까, 네 입술 안쪽에 고였던 말들은 어쩌면 눈의 노래로 말산뇌녔던 게 아닐까. 굳이 가사를 붙이지 않아도, 멜로디만 흥얼거려도 괜찮은, 음의 고저와 장단이 눈꺼풀의 깜박임과 눈꼬리의 곡선과 홍채의 크기 변화로 연주되는, 너만의 신기한 노래.

네 눈에서 노래가 들린다 하니, 엄마가 정색하고 확언해 주신다. 우리 현주 노래 잘 불렀던 거 맞아요. 동생이 옆에서 풋 웃는다. 에이, 오빠 노래 못 불렀잖아. 잘 부른 거 맞지 뭘. 노래를 잘 불렀다는 건 노래를 곧잘 흥얼거렸다는 말이지, 가수처럼 멋지게 불렀다는 건 아니야. 그래도. 즐겨 부르는 것도 잘 부르는 거라고 할 수 있는 거잖아. 네 노래 실력의 진실을 캐느라 우리 사이에 한참 웃음이 번진다. 너는 노래를 제 흥에 겨워 부르며 듣는 사람을 즐겁게 해 주는 사람이었다는 걸 잘 알겠다.

다시 사진첩을 넘기며. 그렇게 너의 눈만 한참 들여다보아도 좋을 것 같다. 어린 너의 눈매에는 주변 사람들을 끌어당기는 힘이 있다. 많은 이들이 같은 심정이었을 것이다. 엄마, 아빠, 동생, 이모 말고도, 꽤 많은 너의 사진에 누구였더라 싶은 사람들이 같이 찍혀 있다. 동네 골목에서, 유원지에서, 잘 아는 사이도 아니면서 같이 어울려 놀았다는 빨간 원피스 여자아이도 그렇고. 엇비슷한 아이들이 옹기종기 들어찬 단체 사진에서도 나는 너를 금세 찾아낸다.

엄마가 너를 안고 나가면 낯선 사람들이 눈길을 주며 흐뭇하게 미소 지었다. 학교에 들어가서는, 운동장에서 몇 학년 위 소녀가 서슴없이 다가와, 야, 너 참 예쁘다 했다. 그들은 나처럼 네 눈이 부르는 상쾌한 노래를 알아들었을 것이다.

너는 첫아이다. 1997년 5월 31일에 태어났다. 아이들이 으레 그렇듯 밖에 나가 노느라 정신없었지만, 조심스러운 구석이 있어서, 산만하거나 위험한 짓거리로 엄마의 간담을 서늘하게 하지는 않았다. 큰 병치레는 없었고 깁스를 한 적은 두 번이다. 다섯 살 때 엄마와 함께 걸어가다가 부주의한 찰나 팔목을 다쳤고, 일곱 살에는 경미한 교통사고로 다른 쪽 팔목에 금이 갔다. 손이 여자의 것처럼 예쁘게 생겼을 만큼 뼈가 가늘고 여린 아이여서 그랬다.

너의 성격은 숫기 없고 수줍음이 많으면서도 명랑하고, 말이 많지 않지만 무뚝뚝한 게 아니라 얌전하고 온순하고, 나서지 않되 속 깊고, 허술한 빈틈을 보이면서도 정리

정돈을 잘하고, 그래서 청결에도 신경을 많이 쓰고. 오죽 깔끔했으면, 엄마가 네게 설거지를 몇 번 부탁했다가 더 이상 안 시킬 정도였다. 한번 설거지를 시작하면, 그릇 하나하나를 어찌나 꼼꼼하게 닦는지, 시간이 너무 오래 걸려서.

　네 살 터울로 동생이 태어났는데, 여느 집 남매와 다르게 오빠는 누이를 살뜰하게 챙겼다. 놀이터 미끄럼틀에서도, 유원지 놀이 기구에서도, 연회장의 북적이는 일가친척들 사이에서도, 너는 동생 곁에 꼭 붙어 있다. 동생을 보호하기 위해서라기보다는, 동생이 훨씬 활달한 장난꾸러기여서, 동생 곁에 있어야 너의 수줍음을 덜 수 있으니까 그랬던 것 같기도 하다.

　할아버지 할머니의 회갑연에서 한복을 곱게 차려 입은 꼬마 손주들이 연단 앞으로 모인다. 사회자가 아이들을 하나씩 지목하며 마이크를 들이댄다. 아이들은 무어라 무어라 돌아가며 말한다. 할아버지 할머니, 오래오래 사세요, 사랑합니다.

　그런데 너는, 둥지 속의 어린 새들처럼 사회자를 향해 일제히 고개를 쳐든 아이들 가운데, 동생 곁에서, 혼자서만 커다란 눈망울을 이리저리 굴리며, 마이크가 네 쪽으로 올까 봐, 볼은 상기되고 입매에는 어색한 웃음, 피하려 애쓴다. 당황스러운 시간이어서 지나기를 기다린다. 사회자가 마이크를 거두자, 휴우, 비로소 너는 안심한다. 환하게 놓인 마음으로 저고리를 풀썩이며 깡충깡충 춤춘다.

　자라면서 오빠는 누이에게 점차 듬직해졌다. 너는 큰 아이들을 만날 때도 동생을 데려갔고, 신나게 어울려 놀았고, 손을 꼭 붙잡고 집으로 데려왔다. 뒷산을 쏘다니기도 하고, 개천에 개구리나 가재를 잡으러 가기도 하고, 사냥 실적은 신통치 않은 것 같았지만, 그때만 해도 그럴 수 있는 동네였다.

　초등학교 일 학년 무렵, 하루는 둘이 어둡도록 돌아오지 않는데, 걱정 어린 기다림 끝에 결국 돌아왔는데, 왜 늦었냐 물어보니, 친구네 집에 놀러 갔다가 동생이 잠들어서, 깰 때까지 기다렸다 오느라 그랬다고 했다. 너는 여전히 동생의 손을 꼭 잡은 채였다. 먼 길을 잃지도 않고. 엄마는 기가 막히면서도 든든했다. 혼내지 않았다. 그 대신, 우리끼리 즐겁게 놀아 볼까, 셋이 문방구에 가서 폭죽을 샀다. 셋이 공원으로 산보를 가서 어스름한 하늘땅에 불꽃을 터뜨리며 크게 웃었다.

아들이라고 더 귀애하지는 않았다. 엄마는 직장에 다니느라 집에 없는 시간이 길었고, 어린 여자아이를 지킬 사람은 조금 덜 어린 남자아이뿐이어서, 늘 신신당부했다. 엄마는 너를 믿어, 오빠니까 동생을 잘 돌봐야지, 동생은 여자잖니. 둘이 싸워도 주로 너에게만 훈계했다. 너는 더 큰 아이니까, 동생은 어려서 잘 몰라, 엄마는 네가 이해해 주었으면 좋겠어.

참 고맙게도 너는 더할 나위 없이 훌륭한 오빠였다. 아주 어릴 때부터 동생과 그토록 우애가 깊었지만, 조금 더 커서는 의젓하게 지키며 돌보기까지 하고. 초등학교 고학년 시절, 너는 하교 후 같은 반 남자아이들 몇 명을 집에 데려와 노는 날이 많았다.

어느 날 엄마는 더 늦기 전에 너를 타일러야겠다고 마음먹었다. 너를 데리고 앉아 찬찬히 설명했다. 친구들과 재미있게 놀고 싶은 마음 알아, 엄마가 집에 있으면 친구들 초대해서 마음껏 놀 수 있어, 하지만 엄마는 일하러 가고 집에는 동생밖에 없잖아, 이제 너도, 네 친구들도, 동생도 다 커가는 시기야, 엄마가 걱정할 만한 일이 생길 수도 있어, 그러니까 이제부터 친구들이랑은 바깥에서만 노는 게 어떨까 싶어. 너는 순순히 납득했다. 그 후로 집에 아무나 데려오는 일은 없었다. 동생에게는 여전히 살가웠다.

동생의 학예회가 다가왔다. 엄마는 중학생인 너에게 학예회를 보러 올 텐지 운을 띄워 보았다. 갓 사춘기에 접어든 남자아이로서는 가족 행사에 참석하기보다는 친구들과 어울리거나 차라리 혼자 시간을 보내는 게 더 마음 내키는 일일 것이다. 엄마도 그걸 모르지는 않았다. 너는 별말이 없었지만, 학예회 날, 네 수업이 끝나자마자, 동생의 초등학교 교실로 한달음에 찾아왔다. 재간둥이 동생이 한껏 연습한 연극인데, 단출한 가족이어서, 낯선 방문객들 가운데 아는 사람이 엄마 하나뿐이면, 둘이 서로 미안하고 섭섭할까 봐, 그 마음을 헤아리고는 모습을 보인 것이다. 속 깊고 미더운 아들이자 오빠였다.

너와 동생은 한창 사춘기를 지나면서도 여전히 사이가 좋았다. 둘은 이제 밖에서 뛰어놀기보다는 집 안에서 즐길 수 있는 취미를 공유했다. 영화와 애니메이션 감상. 〈인셉션〉이나 〈겨울왕국〉처럼 한 편으로 완결된 영상물도 보긴 했지만, 그래도 주로 즐기는 것은 일본 티브이 애니메이션 시리즈였다. 일단 작품 하나를 내려 받기 시작해서 그 시리즈를 끝까지 다 보았다. 동생은 너와 함께 본 것들을 전부 기억한다.

K, 헌터X헌터, 카타나가타리, 작안의 샤나, 아노하나, 사이코패스, 로그 호라이즌, 절원의 템페스트, 바람의 성흔, 강각의 레기오스, 남자 고교생의 이상, 일상, 경계의 저편, 강철의 연금술사, 회장님은 메이드사마, 단간론파, 엔젤비트, 이누X보쿠 시크릿 서비스, 옆자리 괴물군, 문제아들이 이세계에서 온다는 모양인데요, 누라리횬의 손자, 빙과, 클라나드, 벨제부브, 페르소나4, 소드 아트 온라인, 길티 크라운, 나츠메 우인장, 쿠로코의 농구, 블리치, 은혼, 듀라라라, 달빛 천사, 마기, 소울 이터, 가정교사 히트맨 리본, 알바 뛰는 마왕님, 충사, 토라도라, 반딧불이의 숲으로, 데스노트, 슈타인즈 게이트, 헬싱, 진격의 거인, 페이트 스테이 나이트, 페이트 제로, 어떤 마술의 금서 목록, 어떤 과학의 초전자포, 천원돌파 그렌라간.

아무리 사소해도 함께한 것이라면 무엇이든 기억하고 기록해 둘 가치가 있다. 저 제목들은 담고 있다. 네가 어느 순간 크게 웃었는지, 네가 언제 까무룩 잠이 들었는지, 너는 무슨 장르 물을 특히 좋아했는지, 어떤 캐릭터에 열광했는지, 어떤 이야기를 재미있어했는지, 어떤 이야기는 지루해했는지, 어떤 것은 혼자 보고 어떤 것은 같이 보았는지, 같이 보았을 때의 표정, 자세, 입은 옷과 먹은 간식, 날씨와 기분, 그리고 주고받은 말들.

애니메이션을 보는 데 그치지 않고 캐릭터를 따라 그리기도 했다. 공책에, 종이쪽지

　　　　　　　　　　　　　　　　　　힘껏 사랑받는 사람

에, 조심스럽게 모사한 너의 캐릭터 그림들. 동생은 애니메이션에 대한 너의 애호가 단순한 감상자의 것 이상이었으리라 짐작한다.

물론 게임도 좋아해서, 주말이면 친구들과 밤새 온라인 게임을 즐기다 늦잠을 자곤 했다. 빛을 잃은 도시, 히로빈의 저택, 우주 여행, 황혼의 숲 등 주로 마인크래프트 게임을 좋아했는데, 대신전의 비밀은 스토리 탈출 맵까지 준비해 놓고 격파하다 실패했다. 좋아하는 것은 혼자 갖지 않고 기어이 나누려는 성품이어서, 동생과 애니메이션을 같이 보았듯, 엄마에게도 휴대 전화에 윈드 러너 등을 깔아 주면서 게임의 재미를 알려 주려 했다.

동생과 애니메이션을 보다 보면 엄마의 퇴근 시간이 되었다. 너와 동생은 엄마가 집에 돌아오는 시간에 맞춰 현관 앞에서 기다리고 있다가, 엄마가 문을 열면 넙죽 큰절을 올리며 어마마마— 인사하는 습관이 있었다. 주로 엄마 손에 무언가 들려 있기를 바랄 때였다. 치킨을 좋아했는데, 먹고 싶어지면 엄마 뒤꽁무니를 쫓아다니면서 콧소리로 '누나~ 누님~'이라 부르며 아양을 떨었다. 소화력이 왕성한 십대 청소년답게 햄버거는 최소 세 개를 먹어야 기분이 좋아졌다.

세 식구는 서로를 따뜻하게 보듬고 아꼈다. 학교 운동회는 절대적인 가족 축제일이었다. 해마다 운동회 날이면 엄마는 무조건 휴가를 냈고, 행사 시작부터 마무리까지 운동장에 나와 있으면서 아이들이 춤추고 뛰는 걸 응원했다. 운동회가 파할 무렵에는 엄마 친구들도 불러내서 다함께 맛있는 것을 먹으러 갔다. 너는 어른들과 무던하게 어울리며 귀여움을 받았다.

가족 외식의 추억도 빠뜨릴 수 없다. 하루의 업무를 끝낸 엄마의 사무실에 셋이 오순도순 모여 치킨을 주문해 먹기도 하고, 밖에서 식사한 다음 노래방에 가서 못다 한 흥을 해소하기도 하고. 어릴 때부터 MP3에 노래를 수백 곡 저장해 다니면서 엄마의 휴대 전화에도 최신곡을 입력해 주던 네가 마음껏 목청을 가다듬는 날. 리쌍과 거북이의 곡들이 네가 주로 부르던 것이다. 너는 랩에 도전하기를 서슴지 않았는데, 혼신의 힘을 다한 너의 랩은 엄마와 동생에게 열광의 환호성보다는 절레절레 웃음을 이끌어 냈다.

분위기가 무르익으면 엄마는 너에게 주도를 가르쳐 보려고도 했다. 작은 잔에 맥주를 살짝 따라 주고는. 술은 조금만 마시면 즐겁고 좋은 거야, 엄마한테 처음으로 배우면 괜찮아. 엄마의 허락과 지도에도 불구하고 너는 술에 입문하려는 욕구가 그다지 없는 듯했다. 담배도 전혀 피우지 않았다. 모범생처럼 고지식한 면모가 있었다.

너에게는 특이한 고집이 하나 있었다. 머리카락을 짧게 자르기를 질색하는 것.

아주 어릴 때는 다른 남자아이들처럼 평범하게 짧게 쳤다. 그러다 엄마는 네가 워낙 예쁘장하게 생겼으니까 머리카락이 자라는 대로 좀 놔둬 보았고, 웬만큼 길어지자 엄마가 쓰다 남은 염색약으로 장난삼아 물들여 보기도 했다.

1998년 프랑스 월드컵 이후, 국가대표 골키퍼 김병지 선수의 멋진 활약 덕택에, 그의 금색 꽁지머리를 따라한 꼬마들이 심심치 않게 보이기도 한 시절이었다. 햇볕에 그을린 얼굴과 쌍꺼풀진 큰 눈에 잘 어울리는, 부분적으로 밝게 물들인 어깨 길이 머리카락. 너는 그게 꽤 마음에 들었는지, 자라나면서도 이발을 기피했다.

마침 경기도교육청은 네가 중학교에 진학한 2010년에 '경기도 학생인권 조례'를 공포했다. 조례에 따르면, 학생에게는 복장과 두발을 통해 자신의 개성을 실현할 권리가 있고, 따라서 학교는 두발 길이를 규제해서는 안 된다. 너는 교복을 입으면서도 마음껏 머리카락을 기를 수 있게 되었다.

너는 운동을 좋아하는데도 살이 쉽게 붙는 체질을 불평했는데, 홀쭉한 시기든 통통한 시기든, 가운데 가르마에 눈썹을 덮고 귀 뒤에서 어깨까지 내려오는 직모 단발에는 거의 변함이 없었다. 옷과 신발은 튀지 않는 수수한 것을 선호해서 엄마가 마련해 주는 대로 입고 신었지만, 헤어스타일만큼은 자기주장을 굽히지 않았다. 시력이 나빠

지면서 예쁜 눈은 아쉽게도 안경의 두꺼운 뿔테 뒤로 가려졌고, 그러자 긴 머리카락은 더욱 너만의 멋스럽고 소중한 정체성이 되었다.

말썽부리지 않고, 장난치다 크게 다친 적도 없고, 또래 남자아이들에게 불량한 행동거지나 말투를 배우지 않고, 일하는 엄마를 속 깊이 이해하고, 동생에게 듬직한, 나무랄 데 없는 네게 단 한 가지 아쉬운 게 있다면 성적이었다. 물론 아이의 성적은 대한민국 모든 학부모의 걱정거리긴 하지만. 진득하게 앉아 교과서와 참고서를 들여다보기보다는 흥미를 자극하는 놀잇감을 찾고 싶은 게 대한민국 모든 아이들의 속마음이긴 하지만.

너는 과학과 체육에 우수했고, 기술과 가정 점수도 나쁘지 않았는데, 나머지 과목들 성적은 엄마의 마음에 흡족하지 않았다. 엄마는 너를 집 근처 보습 학원에 보내 전 과목 강의를 듣게 했다. 학원에서 너는 수학 문제를 잘 풀어서, 선생님께 이대로 차분히 노력하면 성적이 향상될 거라는 칭찬을 들었다. 시험 결과가 안 좋아 다그치기라도 하면, 너는 다음에 잘할게, 잘할 수 있어, 진짜 잘할 거야, 잘한다니까요, 넉살 좋게 위기를 모면했다. 소심한 듯해도 결코 주눅 들지 않고 구김살 없는 게 너의 최고 장점이었다.

너는 동물을 좋아했다. 특히 개를 좋아했다. 초등학교 등굣길에 유기견을 발견하고 과자를 준 적이 있다. 개는 과자를 다 받아먹고도 너를 따라왔다. 개가 교실 안까지 따라 들어와 화젯거리가 되었다. 집에서는 똘이라는 강아지를 기른 적이 있다. 지금은 몽순이라는 갈색 푸들이 엄마와 동생의 사랑스러운 벗이다.

대학에 가야지, 대학에서 무엇을 공부하고, 졸업하면 무엇이 되고 싶은지, 성적표를 놓고 진로를 물어보면, 너는 아직은 확정적이지 않지만 동물 관련 일을 하고 싶다고 했다. 순하고 여리고 작은 동물들과, 순하고 무던하고 돌보는 데 소질이 있는 너는 아주 잘 어울렸다.

따뜻한 사랑을 받아 따뜻하게 사랑할 줄 아는 사람이었다. 믿음을 받고 자라 믿음을 주는 사람이었다. 너의 이야기를 나누며 우리는 눈물을 머금다가도 웃음을 터뜨리곤 했다. 웃음을 주는 사람이다, 여전히, 너는. 네 덕분에 웃었던 시간에 감사하며, 우리는 너를 힘껏 기억하고 사랑하려 한다.

엄마가 강이를 키웠고 강이는 엄마를 키웠다

안산 단원고 2학년 7반 **허재강**

1. 어린 시절의 한때.
2. 고등학교 때의 재강이.
3. 첫돌 무렵의 재강이.

엄마가 강이를 키웠고 강이는 엄마를 키웠다

"여보, 아무래도 아기가 나오려나 봐요."

정확하게 출산 예정일이던 날 새벽이었다. 산통을 느낀 아내는 잠든 남편을 흔들어 깨웠다. 금세 잠이 깬 남편이 일어나더니 밖으로 나갔다. 세수라도 하는 모양이라고 생각하며 젊은 아내는 일정한 간격으로 오는 고통을 참으며 기다렸다.

꽤 시간이 흐른 것 같은데 남편은 방으로 돌아오지 않았다. 가까스로 일어나 준비해 두었던 가방을 확인하고 거실로 나온 아내는 싱크대 앞에 누군가 서 있는 것을 보았다. 남편이었다.

"아니, 여보 지금 뭐해요? 얼른 병원으로 가자는데."

그런데 남편은 아내를 돌아보며 무심하게 말했다.

"동생 밥이나 해 놓고 가려고."

아내는 어이가 없었다. 아기나 나올 판인데 함께 사는 시동생 밥을 해 놓고 가겠다니, 아무리 형제간에 우애가 좋더라도 이건 아니다 싶었다. 남편도 그제야 멋쩍은지 부리나케 준비를 하고 집을 나섰다. 1997년 6월 18일 새벽이었다.

고향인 경북 영주에서 고등학교를 마치자마자 상경 길에 오른 허흡과, 역시 경남 함양이 고향인 양옥자는 같은 직장의 동료로 처음 만났다. 멀리 고향을 떠나온 두 사람이 서로 가까워져 사랑하는 사이가 되었고 마침내 그 결실로 첫아이가 태어났다. 안산

시 선부동을 고향으로 태어난 아기의 이름은 허재강이었다.

재강이는 4대에 걸친 장손이었고 집안의 종손이었다. 재강이가 태어났다는 소식을 든자마자 시어머니는 먼 길을 달려 올라왔다. 한창 농사철이 바빠서 올라오지 못한 할아버지도 장손의 탄생에 기쁨을 감추지 못했다. 한마디로 집안의 경사였다. 경상도 남자답게 별로 감정 표현을 하지 않는 아빠도 한참씩 아기를 들여다보며 입가에 미소가 번졌다.

3킬로그램이 조금 안 되게 태어난 재강이는 어렸을 때 천식 기운이 있어서 부모님을 긴장시켰다. 조그만 입으로 기침을 하는 모습은 안타깝기만 했다. 28개월이 되었을 때는 기어이 한 달이나 병원에 입원하기도 했을 정도로 어렸을 때 고생을 한 편이었다. 그렇지만 무한한 가족들의 사랑을 받아 재강이는 무럭무럭 자랐다. 재강이를 보며 아직 결혼하지 않은 시동생은 얼른 장가를 가고 싶다고 할 정도였다.

재강이는 다섯 살 때 유치원에 들어갔고 다시 정지초등학교에 입학했다. 어렸을 때 고생하던 기관지와 천식도 나아서 꾸밈없고 명랑한 또래의 아이들과 어울리며 재미있게 학교를 다녔다.

명절이나 휴가 때는 늘 할아버지 할머니가 있는 영주로 갔다. 특히 설날에는 설 사흘 전에 증조부의 제사가 있어서 늘 엄마와 함께 일찍 내려가곤 했다. 그럴 때마다 할아버지는 터미널에 나와서 손자를 기다리곤 했다. 재강이와 22개월 차이를 두고 태어난 딸 민영이도 함께였다.

재강이는 할아버지와 할머니의 사랑을 독차지하는 귀하고도 귀한 장손이었다. 어린 손자와 마주 앉아 대나무를 잘게 갈라서 연을 만들기도 했다. 할아버지가 솜씨 좋게 만든 연을 재강이가 신나게 들판으로 날리러 나갔다.

그러던 어느 날이었다. 바람이 너무 세게 불어서였을까. 할아버지와 연을 날리던 재강이의 연이 그만 줄이 끊어지면서 멀리멀리 날아가 버리고 말았다. 울상이 된 재강이를 보자 할아버지는 오토바이를 타고 날아간 연을 찾아 나섰다. 얼마나 오래 달려

갔을까. 아무리 오토바이라지만 바람을 타고 멀리 가 버린 연을 되찾을 수는 없었다.

"재강아, 할아버지가 연을 놓쳐 버렸어. 그 대신 할아버지가 쥐불놀이 깡통 만들어 줄게."

그러면서 만 원짜리 한 장을 재강이 주머니에 넣어 주셨다. 연을 잃어버린 손자가 실망할까 봐 그토록 마음이 쓰인 것이었다. 그리고 깡통에 구멍을 숭숭 뚫어서 쥐불놀이 통을 만들어 주었다. 철사로 줄을 매고 손잡이를 만들어 불을 넣어 돌리는 옛날 놀이를 재강이는 할아버지 덕분에 할 수 있었다. 그렇게 재강이를 아끼던 할아버지는 재강이가 6학년 때 세상을 뜨셨다.

초등학교 5학년 때부터 재강이는 아람단 활동을 했다. 친구들과 어울려 노는 것을 좋아했던 재강이는 아람단이 적성에 맞았는지 6학년 때는 부단장을 맡기도 했다. 항상 친구들을 좋아하고 남들이 하기 싫어하는 일도 먼저 하던 아이였다. 아람단 야간 캠프에 갔을 때도 내내 불판에서 삼겹살을 구워 친구들에게 먹였다. 애기 때부터 깔깔거리고 잘 웃더니 커서도 그런 성격은 변하지 않았다. 잘 웃고 모나지 않은 성격이었다.

재강이는 어렸을 때부터 곤충이나 동물을 좋아했다. 초등학교 때 장수풍뎅이나 사슴벌레를 좋아해서 키우기도 하고 키우다 죽으면 표본으로 만들어 방학 숙제로 가져가곤 했다. 한 번은 이런 일도 있었다. 추석을 맞아 고향 마을인 영주에 갔을 때 산소에 함께 갔던 재강이가 보이지 않았다. 잠시 후에 나타난 재강이가 웃으며 엄마에게 다가왔다.

"엄마, 이거 봐. 너무 예쁘지 않아?"

무심코 바라본 재강이의 손바닥에는 세상에, 작은 뱀 한 마리가 놓여 있었다. 깜짝 놀란 엄마가 비명을 지르자 오히려 재강이는 이상하다는 표정이었다. 정말로 뱀을 좋아했던 것이다. 동물을 좋아하는 재강이는 아주 일찍부터 꿈을 가지고 있었다.

중학교 1학년 때 학교에서 '인생 설계'라는 걸 쓴 일이 있었다. 자기가 앞으로 하고

엄마가 강이를 키웠고 강이는 엄마를 키웠다

허재강

싶은 일과 계획을 구체적으로 쓰는 것이었다. 재강이는 파충류 전문 학자가 되어 오지에 가서 연구를 하며 살고 싶다고 썼다.

"엄마, 그때 내가 아프리카나 남미 정글 같은 데 가 있으면 아빠랑 놀러 와. 내가 잘해 줄게."

웃으며 말하는 재강이를 보며 엄마는 재강이를 가졌을 때 꾸었던 태몽을 생각했다. 하얀 물뱀이 뒤꿈치를 무는 꿈이었다.

"왜 하필 파충류야? 엄마는 징그럽기만 하던데."

그러면서도 일찍부터 자신의 꿈을 가지게 된 재강이가 기특했다.

중학생이 되어서도 재강이는 가끔 엄마 곁으로 와서 책을 읽어 달라고 했다. 애기였을 때부터 잠자기 전에 엄마는 재강이에게 책을 읽어 주었다.

"야, 다 컸는데 무슨 책을 읽어 달라고 해? 네가 읽어야지."

"난 엄마가 책을 읽어 주는 게 좋은데. 잠도 솔솔 잘 오고."

재강이는 동생 민영이를 생각하는 마음도 특별했다. 동생과 싸운 적도 거의 없었다. 중학교 때 어느 학부모가 아이들 먹으라고 햄버거를 학교에 사다 준 적이 있었다. 재강이만 먹지 않고 햄버거를 집에 가져가려고 하자 그 학부모가 이유를 물었다. 재강이는 '집에 있는 여동생에게 갖다 주려고 한다'고 했다. 민영이가 가끔 신경질을 부려도 늘 져 주는 속 넓은 오빠였다.

그런 성격대로 재강이는 사춘기가 되어서도 속을 썩이거나 하는 일이 거의 없었다. 엄마가 기억나는 것이라고는 중학교 3학년 때 친구 집에서 자고 오겠다고 고집을 부린 일 정도였다. 친구 부모님이 여행을 가서 집이 비었는데 그 집에서 친구들 여럿이 함께 놀다가 자고 오겠다는 것이었다.

친구 부모님에게 허락을 받지 않았으니 안 된다고 했지만 재강이도 그때는 고집을 부렸다. 화가 난 엄마 아빠가 새벽이 다 되어 전화를 하자 재강이는 그 시간에 집으로 왔다. 당연히 저도 화가 잔뜩 났을 텐데도 다음 날 무릎을 꿇고 잘못을 빌었다. 덩치가

엄마가 강이를 키웠고 강이는 엄마를 키웠다

커지고 사춘기가 되었어도 재강이는 겁이 많고 순한 아이였다.

또 한 번 부모님을 조른 일은 역시 재강이가 좋아하는 파충류를 키우는 것이었다.

"엄마, 집에서 뱀을 좀 키우면 안 될까? 나 정말 키우고 싶은데."

"야, 끔찍한 소리 하지 마. 어떻게 집에서 뱀을 키우냐? 말도 안 돼."

엄마는 생각만 해도 소름이 끼쳐서 도저히 그것만은 허락할 수 없었다. 이번에는 재강이도 고집을 꺾지 않았다. 그만큼 간절했던 것이다. 키우고 싶다, 안 된다, 하는 실랑이를 얼마나 했을까. 결국 부모님과 재강이는 타협점을 찾아냈다. 바로 도마뱀을 키우기로 한 것이었다. 엄마 입장에서도 뱀이 아니고 도마뱀이라면 참을 만할 것 같았다.

허락이 떨어지자마자 재강이는 인터넷을 뒤져 외국에서 수입해 들여온 희귀한 도마뱀을 찾았다. 동생 민영이까지 오빠 영향을 받았는지 도마뱀 키우는 데 적극 찬성이었다. 인터넷을 뒤져서 부천까지 가서 사 온 도마뱀은 십만 원이 넘었는데 다 크면 1미터도 넘는다고 했다.

도마뱀을 사고 먹이를 사는 돈은 모두 재강이가 제 용돈으로 해결하겠다고 했고 실제로 재강이는 용돈을 아껴서 도마뱀의 먹이를 샀다. 도마뱀에 대한 재강이의 애정은 유달랐다. 냉동실 한 칸을 도마뱀을 위한 칸으로 하고 돼지고기를 잘게 썬 간식 등을 보관했다. 먹이를 주고 똥을 치우고 목욕을 시키는 일까지 재강이는 정말 도마뱀과 사랑에 빠진 것처럼 돌보았다.

부모님이 하룻밤을 비우고 돌아온 어느 날은 도마뱀을 우리에서 꺼내 집안에 풀어놓기도 했다. 도마뱀이 온 집안을 돌아다니며 허물까지 벗어 놓는 바람에 들키기는 했지만 재강이는 늘 우리에만 갇혀있는 도마뱀이 안타까워서 하루만이라도 마음껏 돌아다니는 자유를 주고 싶었던 것이었다. 먹이를 주다가 손가락을 물리기도 했지만 재강이의 도마뱀 사랑은 멈출 줄 몰랐다.

결국 재강이는 애완동물학과가 있는 성남의 신구대학교에 진학하기로 마음먹고 준비를 했다. 입학하기에 그다지 어려운 학교는 아니어서 재강이는 공부에 별로 스트레스를 받지는 않았다. 그렇지만 2학년이 되자 스스로 '이제 공부 좀 시작해야겠다'고 이야기하곤 했다.

재강이는 몸이 마른 편이었다. 키가 177센티미터였는데 몸무게는 66킬로그램밖에 되지 않았다. 중학교 때부터 비염이 생겨 가방에는 늘 화장지를 가지고 다녔다. 한참 기침이 나고 콧물이 나면 코를 떼 버리고 싶다고 할 정도였다. 그래도 늘 밝았고 식성도 좋은 편이었다. 아침은 꼭 챙겨 먹고 외식을 할 기회가 있으면 장어구이를 좋아했다. 네 식구가 장어를 먹으러 가면 절반 이상을 재강이가 해치울 정도였다.

"살이 좀 붙었으면 좋을 텐데……"

재강이가 먹는 모습을 보며 엄마는 그런 생각을 하곤 했다.

"엄마. 내 휴대폰 언제 와? 수학여행 가기 전에는 오는 거지?"

수학여행을 일주일도 안 남기고 재강이의 휴대폰이 물에 빠져 고장 나고 말았다. 재강이가 마음에 드는 모델로 주문해 놓긴 했는데 혹시 수학여행 전에 오지 않을까 걱정인 모양이었다.

"걱정 마. 오늘 밤이라도 가져다 준다고 했으니까. 근데 수학여행 별로 가고 싶지 않은 것 같더니 좋은 모양이네."

재강이가 배시시 웃었다. 실은 수학여행 이야기가 나왔을 때 재강이가 먼저 제주도로 가는 수학여행은 안 가도 된다고 했던 것이다. 초등학교 때도 다녀왔고 바로 얼마 전에 가족 여행으로 제주도를 다녀왔던 것이다.

"그래도 친구들하고 가는 여행인데 빠지면 안 되지. 얼마나 재미있을 텐데."

엄마가 그렇게 권하자 재강이는 두말없이 싱긋 웃고 신청을 했다. 그리고 여행을 떠나기 나흘 전에 새 휴대폰이 왔다. 재강이는 마음에 쏙 드는 눈치였다. 그날 재강이는 엄마에게 다가와 꼭 껴안아 주었다. 수학여행에 가져갈 수 있도록 서둘러 휴대폰을 사준 엄마에 대한 고마움을 그렇게 표현했던 것이다. 좋아서 손에서 놓지 않았던 휴대폰은 재강이와 함께 하늘 나라로 갔다……

* * * *

엄마가 강이에게

그날, 아주 나쁜 꿈을 꾸었지. 뱀 한 마리가 엄마에게 오는데 까맣게 탄 뱀이었어. 그 일이 없었다면 아무것도 아니었을 텐데 나중에 생각하니 그것이 아파하던 네가 아니었을까, 가슴이 미어진다. 엄마의 배 속에 처음 네가 생겼을 때는 하얀 물뱀으로 왔었는데, 키우던 도마뱀이며 뱀을 좋아하던 파충류 소년이었던 너였는데……

모든 게 생각나는구나. 갓난 너를 처음 안았던 순간, 목욕을 시킬 때 그 보드랍던 살결, 순하게 엄마에게 씩 웃어 주던 네 모습이 이토록 생생한데 아, 모든 게 꿈인 것만 같다. 네가 생기고 일을 그만둔 엄마는 오롯이 너희와 함께 16년을 보냈다.

그 세월 동안 얼마나 많이 웃었는지, 얼마나 가슴 벅차게 기쁜 순간이 많았는지 모른다. 엄마 아들로 와 준 네 덕분에 엄마는 비로소 어른이 되고 이 세상 그 무엇도 두렵지 않게 되었다. 강이와 민영이를 위해서라면 무엇이든 할 수 있는 슈퍼우먼이 된 것 같았으니까. 그래, 엄마가 강이를 키웠고 또 강이는 엄마를 키웠던 거였어. 그게 진짜 부모와 자식의 관계였음도 이제는 알게 되었구나.

그날, 수학여행 간다고 새 옷을 사서 새 가방에 넣고 떠나기 전, 문득 네가 여행 갔다 오면 아웃도어 옷을 하나 사 달라고 했었지. 좀처럼 엄마에게 그런 말을 하는 적이 없던 너였는데 왜 그랬을까. 친구들과 새 옷을 사며 다른 친구들이 비싼 옷을 사서 부러웠을까. 진즉에 말했으면 그 정도 못 사 줄 것도 아니었는데. 무심하게 그러자고, 사촌 누나가 하는 아웃도어 가게에 가서 사자고 약속을 했는데 영영 이룰 수 없는 약속이 되고 말았구나.

학교에 갔다 오면 부엌에 있는 엄마 옆에서 재잘재잘 이야기도 잘 들려주던 내 아들, 엄마보다 훌쩍 큰 네가 엄마를 내려다보며 들려주던 이야기는 얼마나 듣기 좋았는지. 문화 역사 탐방 동아리 만드느라 선생님 찾아가서 조르던 이야기며, 친구 따라 교회 가서 국수 얻어먹은 이야기까지 네가 해 주는 이야기는 무엇이든 다 재미있었지. 아, 다시는 네 목소리를 들을 수 없다는 사실에 가슴이 날카로운 칼로 베어지는 것만 같다. 보고 싶다, 강아.

네게도 소식을 전하고 싶은데 아직 아무 말도 못하겠다. 아빠도 잘 있고 민영이도 잘 있다고 전해야 우리 착한 아들 마음이 편할 것 같은데, 그건 사실이 아니니까. 우리 집에서 제일 환하게 빛나던 보석이었던 네가 없는데 그 누가 잘 있을 수 있겠니.

미안하다, 강아. 네가 없는 이 세상이 도무지 믿기지 않는다. 거기는 어떠니? 엄마 아빠도 가 보지 못한 곳을 먼저 간 내 아들, 너를 그토록 아끼던 할아버지도 거기 계시겠지? 거기서도 아침밥은 거르지 않고 먹니? 네 동생 민영이 모습은 보고 있니? 기다리렴. 언젠가 우리 식구 모두 다시 만날 테니까. 사랑하는 내 아들, 재강아.

* * * *

재강이는 4월 20일 자는 듯한 모습으로 부모님 품으로 돌아왔다. 안경과 신발이 없어졌을 뿐, 가방과 새로 산 옷도 그대로 올라왔다. 재강이는 지금 안산 하늘공원에 잠들어 있다.

경기도교육청 '약전발간위원회'

위원장 | 유시춘
위원 | 노항래 박수정 오시은 오현주 정화진

경기도교육청 약전작가단(139명)

강무홍 강정연 강한기 공진하 권현형 권호경 금해랑 김경은 김광수 김기정 김남중 김동균
김리라 김명화 김미혜 김민숙 김별아 김선희 김세라 김소연 김순천 김연수 김용란 김유석
김은의 김이정 김인숙 김지은 김하늘 김하은 김해원 김해자 김희진 남궁담 남다은 남지은
노항래 명숙 문양효숙 민구 박경희 박수정 박은정 박일환 박종대 박준 박채란 박현진
박형숙 박효미 박희정 배유안 배지영 서분숙 서성란 서화숙 선안나 손미 송기역 신연호
신이수 안미란 안상학 안재성 안희연 양경언 양지숙 양지안 오수연 오시은 오준호 오현주
유시춘 유은실 유하정 유해정 윤경희 윤동수 윤자명 윤혜숙 은이결 이경혜 이남희 이미지
이선옥 이성숙 이성아 이영애 이윤 이재표 이창숙 이퐁 이해성 이현 이현수 임성준 임오정
임정아 임정은 임정자 임정환 임채영 장미 장세정 장영복 장주식 장지혜 전경남 정덕재
정란희 정미현 정세언 정윤영 정재은 정주연 정지아 정혜원 정화진 정희재 조재도 조지영
진형민 채인선 천경철 최경실 최나미 최아름 최예륜 최용탁 최은숙 최정화 최지용 하성란
한유주 한창훈 함순례 홍승희 홍은전 희정

416 단원고 약전
짧은, 그리고 영원한 7권 (2학년 7반)

착한 놈, 씩씩한 놈, 행복을 주는 놈

초판 1쇄	2016년 1월 12일
초판 3쇄	2018년 3월 20일

지은이	경기도교육청 약전작가단
엮은이	경기도교육청
펴낸이	이재교
책임감수	유시춘
책임교정	양순필
책임편집	박자영
그림	김병하
손글씨	이심
디자인	김상철 박자영 이정은
인쇄	신사고하이테크(주)

펴낸곳	굿플러스커뮤니케이션즈(주)
출판등록	2013년 5월 7일 제2013-000136호
주소	서울시 마포구 동교로17길 51 (서교동 458-20) 4, 5층
대표전화	02.6080.9858
팩스	0505.115.5245
이메일	goodplusbook@gmail.com
홈페이지	www.goodpl.net
페이스북	www.facebook.com/pages/416book

ISBN 979-11-85818-18-4 (04810)
ISBN 979-11-85818-11-5 (세트)

「이 도서의 국립중앙도서관 출판시도서목록(CIP)은
서지정보유통지원시스템 홈페이지(http://seoji.nl.go.kr)와
국가자료공동목록시스템(http://www.nl.go.kr/kolisnet)에서 이용하실 수 있습니다.
(CIP제어번호: 2015035194)」

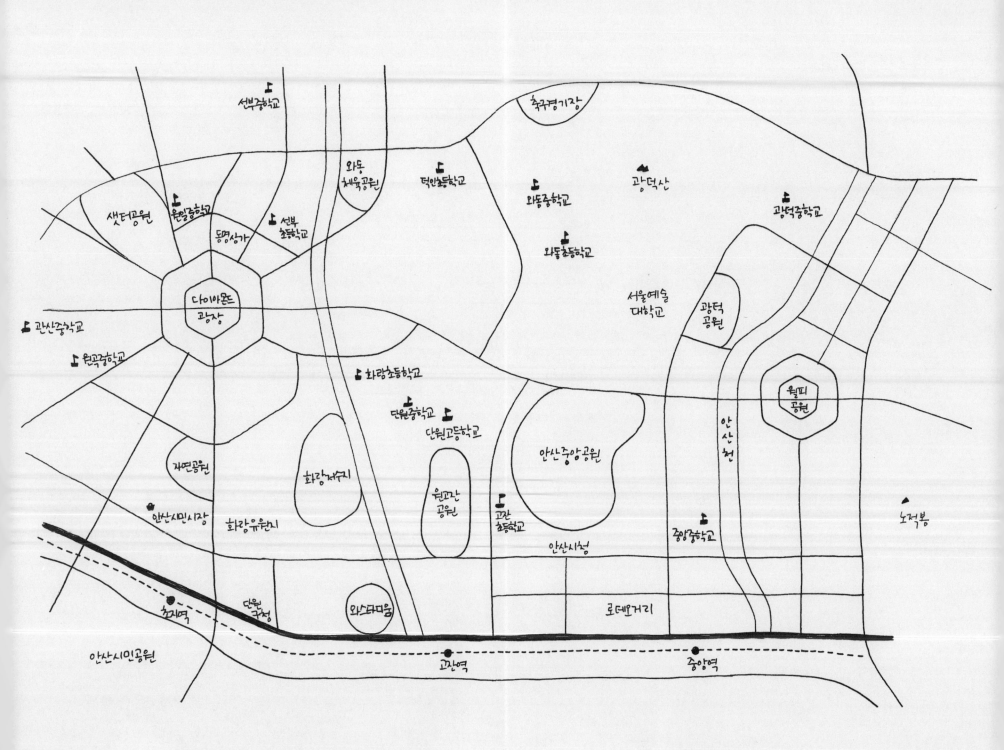

머물렀던 거리

←